내 스폰서를 찾습니다

바다뱀자리 장편소설
DONGAROMANCESTORY

1

동아

내 스폰서를 찾습니다 1

초판 1쇄 인쇄일 | 2021년 09월 28일
초판 1쇄 발행일 | 2021년 10월 07일

지은이 | 바다뱀자리
펴낸이 | 박성면
펴낸곳 | (주)동아

출판등록 | 제406-3960100251002007000071호
주소 | 경기도 파주시 문발로 115, 세종대학교출판부 206호
전화 | (031)8071-5201
팩스 | (031)8071-5204
E-mail | bear6370@hanmail.net

정가 | 12,000원

ISBN 979-11-6302-536-8 (04810)
　　　979-11-6302-535-1 (set)

내 스폰서를 찾습니다

바다뱀자리 장편소설
DONGAROMANCESTORY

1

동아

목 차

※ " " 표시는 한국어, 「 」 표시는 독어로 이루어지는 대화입니다.

01. WANTED

윤이성.

악기를 연주하는 음악인으로서는 늦어도 많이 늦은 나이인 24세에 돌연 등장했다. 클래식 피아노계에선 낯설기만 한 이름을 알림과 동시에 국내 피아노 콩쿠르를 휩쓸고, 이듬해에는 국제 피아노 콩쿠르에 출전했다.

당시 그를 후원하는 이가 헤븐 하모니 음악 재단을 운영하는 재단장이자, 비운의 피아노 신동 박희은의 조부인 박신환임이 밝혀졌다. 그로 인해 잠시, 재단장 박신환이 손녀인 박희은을 통해 이루려던 꿈을 대신하기 위해 발굴한 인재가 바로 윤이성이 아니냐는 말이 돌았다.

실제로 그가 국내 콩쿠르를 휩쓸고 다닐 당시는, 감수성이 풍부하고 섬세한 터치가 박희은을 닮았다는 심사평을 받은 적 또한 있다고 한다.

윤이성의 연주가 박희은의 것을 닮은 것은 사실이기에, 또한 뛰어난 연주 실력을 가진 것도 맞기에 클래식계의 관심을 끌기는 했다. 그러나 그뿐으로 그칠 줄 알았다. 국내 클래식계를 좀 안다 하는 모두가 입을 모아 그저 국내에서 잠시 일었다 멎을 돌풍 정도로 끝날 것이라 했다.

윤이성이 등장할 당시 그의 나이 때문이었다. 클래식이라는 게, 특히 그중에서도 악기를 다룬다는 게 그랬다. 정말로 대단한 신성이 뜰 거라면, 보통은 늦어도 15세가 되기 전에는 두각을 나타내고 사람들의 이목을 끄니까 말이다.

그러나 모두의 생각을 깨고 이변이 일었다. 윤이성은 이듬해 출전한 해외 유명 콩쿠르에서 1위 없는 2위를 차지했다. 1위 수상을 하기 위해서는 심사 위원 전원의 점수에 3점 이하 점이 없어야 하는데, 열셋의 심사 위원 중 둘이 그에게 1점을 던진 탓이었다.

'다른 것도 아니고 둘이나 1점을 던졌다고? 콩쿠르 실황 봤더니 연주는 잘하던데.'

'윤이성이 한국인이라서 심사 위원이 냅다 던진 거 아냐?'

'기존 이력이 없다며. 작년부터라고 하던데, 그럼 윤이성이 알 만한 사람 제자가 아니라서 손해 본 거 아니냐?'

'어릴 때부터 피아노 제대로 배우던 놈 아니래. 그래서 그런 거 아냐? 갑자기 웬 놈이 나타나서 날치기로 수상하는 것도 빡치는데

1등까지 주려니 아니꼬웠나 보지.'

도리어 1위가 아닌 2위로 그해의 피아니스트가 되어 윤이성은 클래식에 관심도 없는 일반인들의 입에까지 오르내리게 되었다.

사실, 일반인들의 입에까지 오르내리게 된 데는 그의 뛰어난 외모도 한몫했다. 그렇게 일약 관심의 중심에 오르게 된 윤이성 피아니스트는 한동안 바쁘게 온갖 곳을 오갔다.

방송, 연주회, 해외 공연까지 바삐 다니며 늦되었던 데뷔를 보상받기라도 하듯 오히려 더 많은 이들에게 이름을 알렸다.

그러면서 사람들은 진짜 윤이성을 알게 되었다. 그가 이름답지 않게 이성 따위 갖추지 않은 미친놈이라는 것을.

박신환의 인재이되 인재(人材)가 아니라 인재(人災)였음을 말이다.

그는 다니는 곳마다 각종 시비에서 가벼운 폭행, 스캔들에 이르기까지 광범위한 사건을 일으켰다. 그가 지나간 자리에 사고가 터지지 않는 일이 드물었다. 심지어 그걸 자신의 SNS에 당당하게 광고까지 하는 예쁘게 미친 면모를 보였다.

그러던 그가 돌연 잠적했다. 그나마 그를 잡아 두었던 고삐인 박신환 재단장의 사십구재가 끝날 무렵이었다.

완전한 잠적이라고 보기는 어려운 점도 있었다. 피아니스트로서의 모든 활동을 중지했지만 그의 SNS는 여전히 활발하게 업데이트되었으니까.

그러던 것도 잠적 2년 차에 들어서는 온갖 부와 사소한 사건을 자랑하던 글들도 잠잠해졌다. 사람들의 관심이 천천히 물러날 즈음, 약 1년 만에 윤이성의 SNS에 새로운 글이 올라왔다.

〈WANTED〉

지금 잡으러 간다.

장식품인 듯 보이는 낡은 수배지, 돈, 계약서, 그리고 수갑이 놓인
흔들린 사진과 함께 올라온 글은 아주 짧은 내용만을 담고 있었다.

이 알 수 없는 글에 모두가 대체 누구를 잡으러 가겠다는 거냐
고 물었지만, 윤이성은 답하지 않았다.

그는 이미 '잡으러' 떠난 뒤였다.

* * *

무릎이 찢어진 딱 붙는 블랙 진에 은근하게 탄탄한 가슴이 드러
나는 핏 좋은 흰 셔츠, 눈이 보이지 않을 만큼 새카만 선글라스에
마스크.

적당히 디테일이 살아 있는 블랙 캡을 쓴 남자의 머리통은 그러
잖아도 작은 편인데 어깨까지 광활해 더욱이나 완벽한 비율을 자
랑했다. 캡 아래 살짝 보이는 머리칼은 달콤한 브라운 톤으로, 유
일하게 남자를 부드럽게 보이도록 하는 부분이었다.

슬쩍 보면 모델 같기도 하고, 마스크에 선글라스까지 무장한 모
습이 연예인인가 싶기도 한 남자. 그가 길쭉한 다리로 대한 종합
예술 학교 캠퍼스를 성큼성큼 걸었다.

보이는 건 높은 콧대와 짙고 모양 좋은 눈썹, 머리칼뿐인데도
남자는 지나치는 사람들의 시선을 사로잡았다.

"뭐지? 누구야? 무슨 촬영 있나?"

"카메라나 그런 거 안 보이네."

"그래도 연예인 같은데?"

"친구 보러 왔나?"

수군거리는 사람들은 이미 남자를 이름 모를 연예인으로 확정 지었다. 누군가는 이름만 들어도 알 만한 키 큰 남자 배우 몇의 이름을 대기도 했다.

남자가 마스크 안의 입술을 비죽 올려 웃었다. 여전히 그의 발걸음은 어딘가로 향했다. 잠깐 멈춰 선 곳은 본관 건물의 안내도 표지판 앞이었다.

남자의 손가락이 어딘가를 가리켰다.

"방송실. 본관 3층."

마스크에 막힌 목소리는 허스키하면서도 어딘가 퇴폐적인 매력이 있었다. 우습게도, 그러면서도 또 달콤한 중저음이었다. 사람의 목소리도 일종의 악기라고 한다면 남자의 목소리는 분명 상등품이었다.

남자가 위치를 확인한 방송실을 향해서 다시 걸음을 옮겼다.

방송실에서는 점심시간 학생 방송이 한창 진행 중이었다. 오늘의 DJ가 방송 부스 안에서 곧 틀어 줄 곡을 설명했다.

-방금까지 대한 종합 예술 학교 대나무숲, 아이디 '그래도 될까요?' 님의 사연 들었습니다. 이어서 사연 보내 주신 분의 신청곡, 피아니스트 윤이성 씨가 연주하신 드뷔시의 〈달빛〉 들려드리겠습니다.

때마침 남자가 방송실 문을 열었다. 남자가 윤이성이라는 이름에 반응하듯 씩 웃었다. 여전히 마스크 안에서였다. 방송 부스 바깥에서 방송에 집중하고 있던 학생 스태프들의 시선이 일순 남자에게 쏠렸다.

"저기요, 여기 함부로 들어오시면 안 돼요. 누구세요?"

서서 방송을 지켜보던 학생 하나가 인상을 찌푸리며 남자에게 물었다. 다른 스태프도 남자에게 다가갔다. 호기롭게 다가갔다간 남자의 훤칠한 키 덕에 절로 기가 질렸다.

－청취자 여러분께서는 음악 들으시면서 '그래도 될까요?' 님의 사연에 관한 의견을 '대중예 커뮤니티 앱'을 통해 보내 주세요.

부스 안에서 방송을 진행하던 DJ도 남자의 난입을 알아챘다. 우선 준비된 멘트를 마치고 신청곡을 튼 DJ가 입 모양으로 '뭐야?' 하고 부스 바깥의 스태프들에게 물었다.

자리에 앉아서 남자와 DJ를 번갈아 보던 스태프가 어깨를 으쓱이고 고개를 저었다. '몰라.' 하는 입 모양은 덤이었다.

"누, 누구시냐고요! 빨리 나가세요!"

남자의 앞에 섰다가 괜히 기만 죽은 학생이 큰 소리로 외쳤다. 그러거나 말거나 남자는 요지부동이다. 눈꼬리를 휘어 웃으면서 괜히 학생을 내려다보기나 했다.

학생은 큰 소리로 외치기나 했지, 막상 남자의 아우라 때문인지 그의 몸에 손을 대고 밀쳐 내거나 하지는 못했다.

드뷔시의 〈달빛〉이 아련하게 흐르는 가운데 이상한 대치 상황이 계속되었다. 거의 곡이 끝날 무렵, 드디어 남자가 입을 열었다.

"마이크 좀 빌립시다."

"뭐라고요?"

상황을 어이없는 얼굴로 지켜보고 있던 여학생이 큰 소리로 반문했다.

"댁이 누군데 마이크를 빌려줘요? 여기서 미아 찾기 방송이라도 하시게? 빨리 나가세요! 별 이상한 사람을 다 보⋯⋯."

빈정거리던 여학생의 말이 채 이어지지 못하고 끊겼다. 남자가 선글라스와 마스크를 벗으면서였다.

"내가 누구냐면 저 곡 연주한 사람이고."

훤칠한 키에 연예인 남부럽지 않은 분위기를 자랑하던 남자는 그의 말대로 윤이성, 막 끝난 드뷔시의 〈달빛〉을 연주한 본인이었다.

"헐."

"진짜 윤이성이다⋯⋯."

드러난 이성의 얼굴을 보고, 누구도 그가 윤이성 장본인이 아니라고 의심하지 못했다. 잊을 만하면 SNS에 온갖 비싼 것, 화려한 파티 사진을 올리며 여러 의미로 '죽지는 않았음'을 알렸던 위험하게 잘생긴 남자.

더군다나 하필 이곳은 피아니스트 윤이성을 더 환영할 이들이 수두룩한 공간이었다. 예술을 사랑하는 이들이 모인 예술 학교이니 말이다.

방송실 안에 있는 이들도 다르지 않았다. 그들은 드러난 윤이성의 얼굴을 한 번에 알아봤다.

"아직 결혼을 못 해서 찾을 애는 없고. 근데 꼭 찾아야 할 사람이 있어서."

이성이 벗어 버린 선글라스 다리를 이로 살짝 물고, 아주 야릇하게 웃었다. 사람을 홀리는 미소였다.

방송 중이던 DJ도 홀린 듯이 윤이성에게 집중하고야 말았다. 곡이 끝나고 이미 멘트가 시작되어야 했을 타이밍이었다.

DJ가 멍청한 얼굴로 벌떡 일어났다.

-어, 헐……. 와. 진짜 이게 무슨……. 와.

명백한 방송 사고였다. 하지만 방송실의 누구도 그를 지적할 정신이 없었다. 모두의 시선이 오로지 윤이성에게만 집중됐다.

이성이 자연스레 사람들을 지나쳐 'On-Air' 불이 선명하게 켜진 방송 부스 문을 열었다. DJ가 홀린 듯이 이성에게 자리를 비켜주었다.

"맘껏 쓰세요! 그리고 저 사인 좀……."

방송 사고가 계속되고 있었지만, 방송실 내의 아무도 신경 쓰지 않았다.

이성이 마이크를 잡았다.

* * *

윤이성이 연주한 드뷔시의 〈달빛〉이 점심 식사 시간의 교정에 흘렀다.

〈달빛〉. 밤하늘에 뜬 달이 구름에 가려지다가 다시 비치는 순간처럼 잔잔하고 아스라하게 시작하는 곡이다. 곡은 고조되어 절정에 이르면 달콤함과 밤의 광기가 뒤엉켜 흘렀다.

크레셴도, 데크레셴도. 점점 크고 웅장하게 흘렀다가 다시금 작고 조용하게 흐르는 곡조. 그리 어려운 테크닉이 필요한 곡은 아니지만 반면에 그렇기에 도리어 제대로 연주하고 표현하기는 더욱 어려운 곡이었다.

빌어먹을 윤이성은 제영이 원하는 딱 그만큼을, 이 〈달빛〉으로 보여 주었다. 처음 그를 직접 마주했던 9년 전, 여물지도 않은 실력에도 감성을 뿜어내던 카페에서 한 번.

그리고 거기서 2년 뒤, 완성된 윤이성의 〈달빛〉은 또 어땠더라. 충격적이었지. 바로 하루 전까지 '아직은 부족해.', '조금만 더.' 하고 그를 다그쳤던 모든 부분을 완벽하게 덮어 버렸던 그날은…….

잠시 이성의 연주에 취해 있던 제영이 휴대 전화 진동 소리에 상념에서 깨어났다. 까맣던 화면은 불이 들어와 받은 문자의 내용을 조그맣게 미리 알려 주고 있었다.

[네 덕분에 진 여사님이 얼마나 곤란해하셨는지 아니?]

발신자는 제영의 할머니. 내용은 지난 주말에 강제로 끌려 나갔던 선 자리의 이야기였다. 어른들이 나가자마자 곧바로 자리에서 일어난 제영을 탓하는 내용이기도 했다.

제영이 못 볼 것을 보았단 얼굴로 입술을 씹다간 휴대 전화를 뒤집어 버렸다. 몇 개의 문자가 더 날아오는 모양인지 휴대 전화가 연신 징징 울렸다. 제영이 신경 쓰지 않겠다는 의지를 담아 밥 숟갈을 크게 펐다.

-어, 헐……. 와. 진짜 이게 무슨……. 와.

밥숟갈을 욱여넣던 제영의 얼굴이 갑작스러운 방송 사고에 우뚝 멈췄다. 여태 한 번도 없었던 교내 방송의 방송 사고였다. 잔잔하게 흐르던 학교생활에 던져진 의외의 상황이었다. 덤덤한 제영이 순간 멈칫할 정도였다.

방송을 듣는 둥 마는 둥 하던 학생 식당의 다른 학생들도 웅성 거리기 시작했다.

-맘껏 쓰세요! 그리고 저 사인 좀…….

"사인……?"

갑자기 이유 모를 불안함이 제영의 안에서 점점 커졌다. 제영이 괜스레 질끈 묶은 머리칼을 매만지며 입에 넣은 밥을 꼭꼭 씹었다.

-……사인은 나중에 봐서. 아아. 마이크 테스트. 잘 들려요? 이 거 잘 들리나?

익숙한, 제영에게 아주 익숙한 목소리가 들렸다. 전파를 타고 전해지는 저 빌어먹을 목소리는 분명.

-피아니스트 윤이성입니다.

주변은 3년 만에 듣는 윤이성의 목소리에 웅성거림을 키웠다. 누구는 윤이성의 목소리가 맞는 것 같다고 하고, 누구는 몰래카메 라 아니냐며 요즘 교내 방송 한번 희한하게 한답시고 비웃어 댔다.

-내 스폰서를 찾습니다.

그러나, 이 한마디에 일순 모든 소란이 그쳤다. 그저 의아함을 느낄 따름이었던 제영의 감정이 이제는 불안으로 바뀌었다. 뭔가 사건이 터질 듯했다.

그녀가 숟가락을 놓았다.

-작곡과 3학년 박제영. ……내 앞에서 토껴 놓고 음악은 또 하고 있었지? 빌어먹을.

"푸흡!"

신나게 씹어 댄 밥알이 제영의 입에서 튀어나왔다. 혼자 밥을 먹고 있었기에 그나마 다행이었다. 아무도 그녀가 뱉은 밥알에 얻어맞지는 않아서.

다만 주변 사람들의 시선을 끌기에는 충분했다. 지나치게 혼자 당황하다 먹던 밥을 뱉어 냈으니 말이다. 그것으로 모자라 지금은 옆자리에 놓아두었던 가방을 챙겨 메고 잽싸게 일어나 달려 나가기까지 했다.

완전히 내가 박제영입네 광고하는 꼴이었다.

-아무튼, 박제영. 내 스폰서. 지금 여기로 안 오면 내가 잡으러 간다?

빌어먹을 윤이성이 3년 만에 나타났다. 제영은 정신없는 머릿속을 애써 정리하며 이를 악물고 캠퍼스를 내달렸다.

교내 방송에 난입했다는 건 당연히 본관 건물에 있는 방송실에 쳐들어갔다는 뜻이다. 저 빌어먹을 주둥아리가 엿 같은 말을 더 뱉어 내기 전에 빨리 뛰어야 했다.

사람들은 점심시간의 한가운데라 여유롭게 걷거나, 아니면 이성의 폭탄 발언에 멈춰 수군거렸다. 그런 사람들 사이에서 오직 제영만이 미친 듯이 달음박질했다.

-시간은……. 그래도 몇 살이라도 많은 내가 너그러워야지. 10분 준다.

"저 개자식 진짜!"

평소엔 감정이 없다시피 차분한 제영이 그녀답지 않게 상소리를
내뱉었다. 여전히 미친 듯이 달렸다. 이성은 미친 소리를 잘도 뱉
어 놓고 차분하게 원래의 DJ에게 상냥하게 마이크를 넘겼다.

스폰서? 틀린 말은 아니었다. 제영은 9년 전, 그러니까 고작 열
세 살이었을 때 윤이성을 찾아내 후원했다. 후원자를 영어로는 스
폰서라고 하니까 그래, 영 틀린 말은 아니지.

다만 사람들이 생각하는 '스폰서'라는 단어의 이미지를 이성이
모르지 않을 텐데. 이건 숫제 엿 먹어 보라고 대놓고 강타를 날린
것이나 다름없었다.

막노동과 아르바이트나 전전하던 놈을 대한민국 사람 대다수가
아는 일약 스타 피아니스트로 만들어 줬다. 그랬으면 고마워할 일
이지. 어떻게 3년씩이나 그 아까운 재주를 썩혀 가며 잠적했다가
이렇게 물심양면으로 도왔던 후원자를 엿 먹이러 친히 나타나실
수 있단 말인가.

"허억, 후읍, 헉!"

미친 듯이 달렸다. 달린 끝에 제영이 본관 건물에 도착했다. 잠
시 숨을 고르고 눈앞의 계단을 올려다보며 제영이 다시금 빠르게
발을 놀렸다.

1층, 2층, 3층.

계단을 올라 코너만 돌면 바로 방송실이었다. 제영이 막 코너로
돌진할 때였다. 별안간 그녀의 손목이 쭉 뻗어 온 남자의 손에 붙
잡혔다.

"악!"

끌어당기는 힘에 속수무책으로 끌려간 제영이 지끈거리는 손목의 통증을 참지 못하고 소리를 내질렀다. 단숨에 엄청나던 남자의 아귀힘이 빠져나갔다. 쉽게 접하기 어려운 길쭉한 그림자가 제영의 머리통을 덮었다. 제영이 고개를 쭉 들어 올렸다. 눈빛은 더없이 이글거렸다.

그러나 험악하기 짝이 없는 제영의 표정과는 반대로 몹시 상쾌한 표정을 짓고 있었다. 그런 얼굴로 이성이 해맑게 웃었다.

"오랜만이다?"

"그러게. 오랜만이네."

제영이 이를 악물고 대답했다. 이성은 언제 웃었냐는 듯 싸늘한 눈으로 제영을 내려다보았다. 이번에는 제영이 이성을 올려다보며 웃었다.

아까 이성이 지었던 미소처럼 상쾌하지는 못했다. 비틀려 올라간 입꼬리는 누가 봐도 명백한 비웃음을 담고 있었다.

"악!"

이번엔 이성의 입에서 비명이 튀어나왔다. 제영이 이성의 정강이를 발로 확 까 버린 탓이었다. 제영은 이성이 정강이를 부여잡느라 허리를 숙이자 내친김에 그의 등까지 팔꿈치로 찍어 버렸다.

"야!"

"조용히 좀 해. 멀쩡히 잘 살던 사람한테 거대한 엿을 날려 놓고 또 무슨 꼴을 더 보게 하려고 시끄럽게 굴어?"

"엿을 먹긴 먹었어?"

"그래."

"와, 이래도 흥 저래도 흥이던 박제영한테 엿까지 먹이고. 내가 많이 크긴 많이 컸다. 안 그러냐?"

"닥치라고."

등을 쓰다듬으면서 이성이 굽혔던 허리를 세웠다. 보통은 꼴불견일 모습인데 윤이성이 하니 무슨 화보의 한 장면이다. 물론 제영만큼은 못 볼 꼴을 봤다는 듯 미간을 잔뜩 구겼다.

웃음을 되찾은 이성이 다시금 제영의 손목을 잡았다.

"놔라."

"여기서 계속 이럴 거야? 난 상관없지만 넌 상관있을 것 같은데. 스폰서 얘기 계속해?"

"그 스폰서라는 단어 좀……!"

"해?"

이성의 얼굴에 걸린 웃음이 점점 더 얄밉게 변했다. 제영이 눈을 감고 파르르 떨었다. 차분하게 마음을 가라앉힌 제영이 주변을 둘러보았다.

아까 이성이 뱉은 폭탄 발언은 교내 방송을 이용했던 만큼 캠퍼스 전체에 울려 퍼졌다. 미친 듯이 달려온 게 이름이 호명된 박제영이었을 뿐이지, 당연히 교내의 모든 사람이 다 들었다.

누구도 아닌 '그 또라이 윤이성'의 목소리였다. 그리고 하필 이곳은 그를 아직도 '피아니스트 윤이성'으로 기억하는 예술인들이 아주 많은 예술 학교 캠퍼스였다.

거기에 더해 스폰서라는 자극적이기 짝이 없는 단어까지, 근처에 있는데 방송실 쪽으로 걸음을 옮기지 않은 사람이 바보인 수준이었다. 고로, 지금 방송실 주변으로는 삼삼오오 사람들이 모이고 있었다.

그로도 모자라 아까 서로 한 번씩 몸으로 살가운 인사를 주고받으며 비명까지 질러 댔으니 그냥 지나치려던 사람들의 시선까지 끌었다.

"해?"

윤이성이 싱글거리며 다시 한 번 물었다.

"……자리 옮겨."

"잘 생각했어."

원하는 답을 얻은 이성이 곧장 고개를 끄덕였다.

"나 차 가져왔어."

제영이 입술을 꽉 깨물고 이성을 노려보았다.

"가자."

이성이 숙녀를 에스코트하는 신사처럼 제영에게 손을 내밀었다. 제영이 싸늘하게 이성의 손을 쳐 냈다. 이성이 나이에 어울리지 않게 입술을 비죽이며 귀여운 표정을 짓더니, 마스크와 선글라스를 다시 썼다.

제영이 깊은 한숨을 내쉬며 먼저 걸음을 옮긴 이성의 뒤를 따랐다.

차에 도착하자 이성은 절대로 제 옆자리는 싫다는 듯 뒷자리에 앉으려는 제영을 기어이 제 옆, 조수석에 앉혔다. 그의 의도대로 조수석에 앉은 제영이 이를 갈며 이성을 노려보았다.

"야."

제영이 이성을 불렀다. 호칭이 다소, 제영이 이성에게 쓰기에는 부적절했지만 차 안에는 그와 그녀뿐이니 제영이 부를 사람이라고는 이성밖에 없었다. 시원하게 얼굴을 드러내고 모자까지 벗은 이성의 눈썹이 요동쳤다.

"야? 지금 나 부른 거 맞지?"

"그래."

하. 그가 실소했다. 이성은 건방지게도 아홉 살이나 연상인 자신에게 반말을 내뱉는 제영을 보며 그녀를 처음 만났던 때를 떠올렸다.

그러니까 제영이 열세 살, 고작 초등학생이고 자신은 지금의 제영 나이였을 때였다. 그때의 제영은 몹시 어렸다. 아직 교복도 못 입어 봤던 나이였으니 당연하지.

그런데 또 그러면서도 도도하고 건방졌다. 하긴 겨우 초등학생이 후원하겠답시고 나서고, 그게 가능할 정도의 집안과 커리어를 갖췄다면 좀 그래도 됐다.

하지만 스물두 살의 이성이 보기에는 고작해야 인생의 쓴맛이라곤 제대로 본 적도 없는 애송이에, 꼬맹이였다. 그렇게 생각했던 때가 있었다.

그저 꼬맹이에서, 거슬리는 꼬맹이가 되었다가.

절 구원한 뒤 도망간 꼬맹이가 되었었지. 이성이 피식 웃었다. 그가 삐딱하게 고개를 기울였다.

"아홉 살이나 어른한테 야 너 하는 싸가지는 어디서 배웠을까?"

"당신이 싸가지를 찾아? 윤이성 당신이?"

"내······."

내가 뭐 어떻길래 싸가지를 찾으면 안 되냐고 반박하려던 이성은 제대로 말을 꺼내지도 못했다. 제영의 폭격이 시작됐다.

"제 인생 종 쳤다고 어떤 사모님이 반반한 청춘을 따먹고 싶어 하시냐고 묻던 상또라이를 기껏 정상에 올려놨더니, 피아니스트 인생의 황금기 3년을 똥에 처박아 놓고! 후원해 줬던 나한테 엿을 날리고! 네가 싸가지를 찾아?"

"그······."

"제정신이야? 네가 사람 새끼니? 대체 3년 동안은 뭐 하느라 처박혀서 미리 잡아 둔 스케줄까지 죄다 펑크 내고 잠적했는데? 왜!"

"야······."

"그렇다고 집에 가만히 처박혀 있기나 했으면 몰라. 피아노 치라고 가꿔 놓은 손가락으로 휴대 전화 자판이나 뚝딱거리면서 SNS로 온갖 글은 다 올려 대면서 불 싸지르질 않나. 너 잡힌 공연 계약 위약금 치르고도 돈이 남아나긴 하던? 그래서 왜 잠적했냐고 이 또라이야!"

마구 내지르는 제영을 이성이 이채가 도는 눈으로 바라보았다. 그의 눈이 아이처럼 반짝였다. 혼자 흥분해서, 아마도 생에 두 번째 쯤으로 난리를 쳐 봤을 제영까지 제풀에 지칠 정도의 눈빛이었다.

후. 제영이 이마를 타고 내려온 잔머리에 바람을 불었다.

"박제영이 먼저 사라졌잖아."

"뭐?"

나른하게 웃으며 튀어나온 이성의 대답은 제영의 상상 밖이었다. 이성의 허스키하고, 달콤한 중저음의 목소리가 이어졌다.

"흔적도 없이 사라졌잖아. 그래서 피아니스트 윤이성이 사라지면, 네가 날 찾을 줄 알았지."

제영은 할 말을 잃었다. 그녀가 도무지 이해가 안 간다는 얼굴로 미간을 찌푸렸다. 제영이 먼저 이성의 곁을 떠난 건 맞았다. 하지만 그건, 적어도 제영의 입장에서는 몹시 당연한 일이었다.

이성이 피아니스트로 완전히 자리를 잡았다. 더는 후원자로 그의 곁에 있을 이유가 없으니 계약을 종료하고 떠났을 따름이었다. 계약이 종료되었음을, 서면으로 확실히 알리기까지 했다. 할아버지가 돌아가셔서 정신없었던 그 와중에도.

제영은 할 만큼 했다.

"내가 한 건 잠적이 아니지. 계약 종료까지 깔끔하게 알렸는데. 잠적은 윤이성 당신이 한 게 잠적이지. 피아니스트 윤이성의 인생을 깡그리 바닥으로 처박았지 아주! 그것도 3년씩이나."

"누구 맘대로 계약 종료야?"

"누구 맘대로가 아니라! 그쪽이 피아니스트로 완벽하게 자리를 잡았으니까 더는 후원할 이유가 없잖아!"

"그러니까, 누구 맘대로."

도무지 말이 통하지 않았다. 제영이 답답함에 입술을 깨물었다. 머리까지 쓸어 올리고는 이성을 노려보았다. 날 선 제영의 시선을 이성은 몹시 도발적으로 받았다. 내친김에 아예 입술을 비틀어 웃기까지 했다.

"후원이 끝났다고? 내가 정상에 올랐으니까? 그만하면 너는 만족했다. 이거야? 그걸로 7년을 부대꼈던 사이가 그렇게 쉽게 끝나?"

이성의 목소리는 지나치게 싸늘했다. 남들이 보기에는 생각 없이 살고 내키는 대로 내지르는 것처럼 보이는 윤이성이었다. 그러나 그는 사실 정말로 화가 나면 냉정하게 가라앉는 타입이었다. 그의 목소리는 제영이 아는 윤이성의 것보다 조금 더 낮고 허스키했다.

"난 아닌데. 난 만족 못 했고, 나는 아직 네 스폰싱이 더 필요하고, 나는. 나는!"

그가 핸들을 쾅 내리쳤다. 순간적으로 제영이 흠칫했다.

"씨발."

"욕하지 마."

화들짝 놀라서 흠칫해 놓고, 언제 그랬냐는 듯 제영이 제 할 말을 다 했다. 3년 만에 다시 마주한 제영은 예나 지금이나 여전했다. 이성이 피식거리며 올라가려던 입꼬리를 내리눌렀다.

"다 떠나서 내가 너한테 은혜 갚고 보답할 시간은 줘야 하는 거 아니냐?"

"왜?"

"왜애?"

제영이 팔짱을 꼈다. 그러곤 한심한 사람을 보는 눈으로 이성을 바라보았다.

"계약상 내 후원은 윤이성 씨 당신이 피아니스트로 자립하는 데 까지였어."

이성이 서명하며 처음이자 마지막으로 봤던 계약서의 내용을 떠올려 봤다. 사실 기억이 잘 나지 않았다. 그저 좋아하는 피아노만

치면 지원을 해 준다기에 얼씨구나 했을 따름이었다.

사실 이성의 첫 후원자가 제영이었을 뿐 그는 다른 후원자의 후원도 받았다. 당시 서명하던 계약서의 조건은 거의 다 비슷했다. 아마 제영과의 계약도 그리 다르지 않았을 것이다.

이성이 떫은 감을 씹은 표정으로 고개를 끄덕였다. 제영의 말에는 틀림이 없었다.

"후원 끝났으면 볼일도 끝난 거지 은혜 갚고 말고가 어디 있어? 그쪽 공연 수익금 일부가 그쪽한테 들어갔던 후원금만큼 꼬박꼬박 내 통장에 꽂혀. 은혜가 그렇게 갚고 싶었으면 공연 열심히 돌고 앨범 내고 하셨어야죠."

여전히 떫은 얼굴로 이성이 제영을 바라봤다. 제영이 덤덤한 얼굴로 강편치를 날렸다.

"이 거지 같은 새끼야."

이성의 얼굴이 이제는 아예 왈칵 구겨졌다.

"왜, 내가 예전처럼 존대에 고상한 말까지 얹어 줄 줄 알고 기대라도 했어?"

보자 보자 하니까.

이성이 오르는 혈압을 이기지 못하고 목 뒤를 손으로 감싸 쥐었다. 방송으로 그녀를 불러내고 마주했을 때부터 쌓아 둔 충격이 '거지 같은 새끼'라는 말에 임계점을 넘었다.

바로 어제까지의 윤이성은 험한 말이라곤 평생 입에 담아 본 적도 없을 것처럼 고고한, 그렇지만 저보다 아홉 살은 어린 꼬맹이 제영만 알았다.

이런 식으로 야, 너 거리는 걸로도 모자라서 이 새끼 저 새끼 하는 제영이라니 상상도 못 했다. 뭔가 뿌듯한 얼굴이라도 하고 있으면 어이구 어린 친구가 많이 커서 이제 욕도 배웠구나, 뭐 그런 사고라도 돌릴 텐데.

제영의 얼굴은 할 말 다 했다는 듯 시원스럽기만 했다. 얄미울 정도였다.

"허…… 박제영 너 3년 동안 대체……"

"변한 거 없어. 그쪽이 3년 동안 욕먹을 만큼 황당한 짓을 한 거지."

"황당한 짓거리는 네가 먼저……!"

이성이 말을 하다 말고 그쳤다. 제영은 윤이성이라는 인간이 또 얼마나 말도 안 되는 말을 늘어놓을지 어디 들어나 보자는 듯 팔짱을 끼고 그를 바라보았다.

이성으로서는 할 말이 많았다. 많았는데, 제영의 앞에서 늘어놓을 수는 없는 것들이었다.

그와 그녀 사이에 3년의 공백이 있었다. 제영이 계약 종료를 통보하고 사라진 해로부터 3년. 제영의 말대로 이성은 피아니스트로 이미 자리를 잡은 뒤였다. 천재 스타 피아니스트라는 명예와 함께 뒤따르는 부 또한 거머쥐었다.

많은 돈으로 세상에 불가능한 일은 없었다. 사실 이성은 제영의 지난 3년이 어떠했는지 모르지 않았다. 정말로 돈으로 안 되는 게 없는 세상이니까.

제영이 어디서 뭘 하는지, 어떻게 지내는지를 먼발치에서나마 알고 지켜보았다. 다만 먼저 찾아오지는 않았다. 대신에 피아니스트로서의 모든 활동을 그만두고 잠적했다. 종종 제영이 먼저 찾아오지 않는 것에 열받아 SNS에 열 좀 받으라는 식의 글도 올렸고.

박제영이 완성한 윤이성이라는 피아니스트의 연주를, 그녀가 얼마나 좋아하는지 아니까. 그래서, 이렇게 굴면 제영이 먼저 저를 찾을 줄 알았다.

그런데 박제영은 윤이성을 찾지 않았다. 계약과 함께 7년의 인연도 완벽히 끝난 것처럼, 저를 신경 쓰지 않고 매일을 살아갔다.

고집이 생겼다. 제영이 먼저 저를 찾을 때까지 기다렸다. 대체 왜 연주를 하지 않느냐, 이따위로 사고만 치고 다닐 거냐고 소리치며 멱살이라도 잡으러 올 때까지 기다릴 셈이었다.

제영이 맞선을 봤다는 소식을 듣기 전까지는.

왜 하필 제영이 맞선을 봤다는 사실이 제 속을 들쑤셔 놨는지는 이성도 몰랐다. 하지만 결국, 그래서 제영을 찾아오고야 말았다. 지금도 그게 왜 3년이나 기다렸던 제영을 결국 먼저 찾아가게 저를 움직였는지는 모르면서도.

"아니다⋯⋯. 그래, 꼬맹이가 어른이 됐는데 욕도 하고 그럴 수 있지."

이성이 말을 돌렸다. 한참 더 어른인 제가 제영을 너그럽게 봐주는 듯이 굴었다. 이번에는 제영이 황당하다는 듯 헛숨을 내쉬었다.

"얘기 끝났니?"

"아직 시작도 안 했는데?"

"여태 한 건 말이 아니라 짖는 소리였어?"

이성은 제영의 비아냥거림에도 아랑곳하지 않았다. 그가 얄밉게 씩 웃었다.

"우리 계약, 종료 인정 못 한다고."

돌아 돌아 제자리가 되었다. 나이는 제영이 한참 어린데 숫제 어린아이처럼 구는 건 이성이었다. 제영이 한숨을 크게 내쉬었다.

"그래서 어쩌라고!"

"아직 안 끝났다고."

이성이 몸을 돌려 제영에게로 기울였다. 제영이 아랫입술을 물었다. 긴장해서 절로 몸이 굳어졌다. 또 무슨 헛소리를 하려고.

"나는. 윤이성은."

이성은 일부러인 듯 단어 사이사이를 끊어 가며 말했다. 그 짧은 쉼표에 수많은 감정이 담겼다. 박제영이 알기도 하고, 모르기도 하는 감정들.

"아직 박제영이 필요하거든."

짧은 침묵이 흘렀다. 분명 이성이 말하는 '필요해'에 다른 의미는 없을 텐데. 그의 허스키한 중저음이 묘한 분위기를 만들었다.

"⋯⋯개소리를 진짜 신통방통하게도 하네."

어색한 분위기 사이로 제영이 답했다. 진지함이 가득 담긴 얼굴이었던 이성이 언제 그랬냐는 듯 금세 가벼움을 찾았다.

"내친김에 널 도와줄 수도 있고."

이건 또 무슨 헛소리지. 제영이 고개를 모로 기울였다. 이성이 장난기 어린 표정으로 웃었다.

"싫은 선 자리 안 나가도 되게, 내 후원 다시 시작하느라 바쁘다는 핑계 만들어 주겠다고."

"뭐?"

"나는 활동 다시 시작하고, 너는 다시 내 스폰서가 되고."

갑자기 찾아와선 스폰서를 찾네, 어쩌네. 무던하게 흐르던 일상에 폭탄을 투하해 놓고 이성이 잘도 지껄였다. 제영은 도무지 지금의 흐름을 이해할 수가 없었다. 이성이 대체 왜 이러는가는 더더욱.

"다 끝난 일을 가지고 무슨 헛소리야?"

"싫다는 뜻?"

"싫고 말고 할 것도 없어. 윤이성 당신이랑 나는 이제 아무 관계도 아닌 사이고."

"아, 그래? 그럼 내가 이대로 쭉 피아노를 때려치우고 멋대로 살아도 상관없다는 소리네."

이성이 제 양손을 핸들에 올렸다. 피아노를 치는 것처럼 매끄럽게 핸들을 두드리는 그의 손을 보는 제영의 눈동자에 화가 그득하게 고였다.

"이 미친놈이……!"

이성의 손가락은, 제영의 모든 것이었다. 한 번도 이성의 앞에서 직접 내놓고 말한 적은 없지만 그랬다. 그가 음악을 쉬는 건 제영에게 거슬림 이상의 무엇이었다. 할아버지의 상을 치르느라 정신없던 시간을 지나자마자 알게 된 윤이성의 잠적 소식을 얼마나 신경 썼던가.

하지만 이미 그와 저는 더 엮일 것도 뭣도 없는 사이라고 생각했다. 신경이 쓰이지만, 제가 이성에게 더는 참견해선 안 된다고 여겼다. 다만 걱정했다.

혹시 그에게 무슨 문제가 생긴 건 아닌지, 아니면 그도 자신처럼……

제영의 시선은 여전히 이성의 손가락에 붙박인 채였다. 핸들을 두드리는 이성의 손가락은 가늘고 곧고, 여전히 아름다웠으며 자유롭게 움직였다. 멀쩡했다.

이를 악문 제영의 손이 이성의 뺨을 내리칠 것처럼 올라갔다. 그러나 제영이 손을 내리치는 것보다 그녀의 손목이 이성에게 잡히는 것이 더 빨랐다.

"박제영."

"놔!"

"역시 넌 내가 피아노를 그만두는 꼴을 가만히는 못 보지?"

이성은 사실 제영이 아무렇지 않게 저의 연주를 포기할까 내심 걱정하고 있었다. 그랬음에도 그는 제 본심과는 다르게, 마치 비아냥거리듯 말했다.

그만두는 꼴을 가만히는 못 보느냐고?

어떻게 그러지 않을 수가 있겠는가. 피아노를 단 한 번도 정식으로 배운 적이 없던 과거의 윤이성도, 제영이 원하는 연주에 닿아 있었다.

이성은 후원을 시작한 지 얼마 되지 않아 제영이 원하던 피아니스트로 완성되었다. 여물지 않은 어린 손가락으로는 미래를 기대할 수밖에 없었던, 제영이 추구하던 그 극점에 금세 도달했다.

손가락이 망가져 이제는 무슨 수를 써도 더는, 제영이 닿을 수 없는 그곳에.

윤이성이 대신 닿았단 말이다.

제영의 얼굴이 일그러졌다. 잡힌 손목이 아팠다. 어른이 되었던들 성인 여성이 남자의 힘을 이길 수는 없었다. 더군다나 피아노를 치며 단련된 아귀힘이다.

이성은 흘긋 제영의 표정을 살피곤 그녀의 손목을 쥔 손에서 힘을 뺐다. 그러나 제영의 표정은 여전했다. 일그러진 얼굴은 풀리지 않고, 잡힌 손목을 빼내지도 않았다.

역시 제영은, 윤이성의 연주를 포기하지 못했다. 이렇게 흥분하고야 말 정도로.

그런데 계약 종료라는 단 네 글자만을 두고 떠나갔단 말이지.

"아니라고는 안 하네?"

제영은, 이제 저와는 상관없는 일이라고 말하지 못했다. 후원이 끝났고 원하는 바를 이루었으니 너 알아서 하라고 하지 못했다.

놀랍게도 이성은 본능적으로 그런 제영의 속내를 알았다.

"잠자리 한 번에 공연 한 번."

"……뭐?"

엄청난 폭탄 발언이었다. 물론 진심은 아니었다. 어차피 제영이 헛소리라고 거절할 걸 알고 있었다. 이건 그저, 잠깐이나마 저만을 바라보고 당황하는 그녀의 얼굴을 보고 싶어서 나온 헛소리였다.

제영이 크게 뜬 눈을 깜빡였다. 이성은 가늘게 뜬 눈으로 제영의 반응을 살폈다. 이성의 머릿속에선 벌써 제영이 당황한 감정을 갈무리하고는 무슨 격 떨어지는 발언이냐며 벌레라도 보는 표정으로 저를 보고 있었다.

정말로 제영이 그렇게 말하면 어떻게 할까. 농담 같냐고 한 번 더 변죽을 울려 볼까? 아니면 농담이었다고 할까? 집에 데려다주 겠다고, 다음에 또 보자고 웃으면서 넘길까?

그러나 제영은 예상 밖의 대답을 했다.

"해."

"……뭐라고?"

이성은 순간 자신이 잘못 들었나 했다.

"하자고. 잠자리 한 번에 공연 한 번?"

얼빠진 얼굴로 이성이 고개를 끄덕였다. 짙고 깔끔하게 빠진 이 성의 눈썹 사이, 그의 미간에는 이 상황을 이해하지 못한 의아함 이 고여 주름이 졌다.

"값싸네."

"……뭐?"

이런 답을, 이런 말을 듣게 되리라곤 추호도 예상치 못했다. 이 성이 상정한 밖의 상황이었다.

"근데, 내가 그쪽의 뭘 믿고?"

"뭐라고?"

역시 튕기는구나 했다. 이성은 저도 모르는 사이 내심 안도했다. 제영이 담담하게 돌아간 표정으로 촌철살인을 날렸다.

"3년이나 쉬었잖아. 내가 후원하던 때의, 내가 만들어 낸 윤이 성이랑 지금의 그쪽이 똑같다고 할 수 있어?"

제영이 이성의 자존심을 긁었다. 그녀의 의심이 합리적인 것을 알면서도 이성은 박제영이라는 존재가 저를, 제 실력을 믿지 않는 것이 마음에 들지 않았다.

이성이 차에 시동을 걸었다.

"들어 봐. 3년 전이랑 똑같은 윤이성인지, 아니면 퇴보했는지. 네 귀로 똑똑히."

차가 출발했다. 목적지는 윤이성의 집이었다. 도착할 때까지 제영도, 이성도 아무 말이 없었다. 간혹 신호를 받으며 이성이 제영의 표정을 살폈다.

제영은 여전한 무표정으로 창밖을 바라보았다. 표정을 읽을 수 없는 얼굴이었다. 새삼 어릴 때와 달라진 것이 없게도, 혹은 완벽히 어른이 된 것처럼도 보였다.

차는 도시를 벗어나 교외에서 멈췄다. 주변에 다른 집도 없게 한적한 곳이었다. 차에서 내린 이성과 제영이 이성의 집으로 들어갔다.

들어가자마자 보이는 널따란 거실에는 중후한 검은색의 그랜드 피아노가 자리했다. 그뿐, 다른 것은 보이지 않았다.

제영이 저도 모르게 실소했다. 집의 위치도, 집 안의 모양새도. 제가 상상하던 이성의 이미지와는 판이하게 달랐다.

도심에 자리 잡은 집에, 들어서면 엉망진창으로 널브러진 잡동사니부터 눈에 들어올 줄 알았는데.

존재감을 자랑하는 피아노 앞에, 드디어 윤이성이 앉았다. 그가 오만할 정도로 자신감이 넘치는 표정으로 말했다.

"잘 들어. 이게 지금의 윤이성이니까."

너른 공간에 장엄하고 힘이 넘치는 첫 음이 터졌다. 심장을 쥐어 터트릴 듯 강렬한, 충격을 음으로 치환해 놓은 듯 낮고 낮은. 비통한 음이 하나하나 강하게 가슴을 치고 들어왔다.

쇼팽 피아노 협주곡 1번 1악장.

작품 번호 11, 알레그로 마에스토소 E minor.

가파르게 여린 높은음으로 등반하던 선율은 다시금 빠르지만 날카롭게 낮은음으로 돌아왔다. 심장이 쿵, 하고 떨어졌다.

건반을 오가는 이성의 몸이 춤추듯 너울거렸다. 그의 손끝은 어느새 여리고 섬세한 마음을 그려 내고 있었다. 잊지 않고 찾아오는, 마음을 전하지 못한 비통함은 첫 음의 강렬함보다 더욱 안타깝게 듣는 이의 마음을 죄었다.

폭풍우라도 치듯 혼란한 마음. 그 마음을 홀로 토해 낸 뒤의, 찰나의 정적.

풋사랑의 어지러움 위로 안타까운 달콤함이 잠시 덮였다. 사랑하는 이의 얼굴을 그리듯 한없이 달고 애틋하기 그지없는 음색이었다.

숨길 수 없는 격정은 종종 달콤한 음 사이로 참지 못해 튀어 오르고, 제영은 이성의 연주에 잠겼다.

현악단의 서주 이후 이어지는 피아노의 첫 시작에서, 다시 현악단의 연주가 이어져야 하는 혼란의 어느 순간까지.

이성이 마지막 음표를 날카롭게 밟아 냈다. 그러곤 건반을 바라보며 내리깔았던 시선을 돌려, 제영을 바라보았다.

말은 필요치 않았다. 이성이 굳이 입을 열어 얘기하지 않아도, 그의 표정이 그의 말을 대변했다.

어때. 연주를 듣고도 무시할 수 있겠어? 날 예전보다 못하다고 깎아내릴 수 있겠냐고.

그는 제영을 도발하고 있었다. 그러나 제영은 그의 도발을 보지 못했다. 이성의 연주가 끌어낸 감정에서 채 빠져나오지 못하고 있었다.

숨 쉬는 것도, 눈을 깜빡이는 것도 잊고 있었다. 느리게 제영의 눈이 깜박였다. 눈이 얼얼했다. 얼얼함을 가시게 할 생각으로 제영이 눈을 비볐다.

쿵 소리와 함께 건반을 덮은 이성이 그 위로 턱을 괴고 엎드렸다. 빤히 제영을 살폈다. 눈을 비비는 제영의 오른손 약지와 소지는 멋대로 펼쳐져 마치 O.K. 사인을 연상케 했다.

이성의 표정이 조금 굳어졌다. 손을 내린 제영의 눈은 온통 눈물로 젖어 있었다. 승리자의 얼굴로 턱을 괴고 있던 이성이 놀라서 몸을 똑바로 세웠다.

제영의 젖은 눈에서 그치지 못한 눈물이 뚝뚝 떨어졌다. 비강까지 적신 눈물에 제영이 훌쩍였다. 메마른 표정으로 소나기처럼 울고 있었다.

"울어……?"

울 줄은 몰랐는데. 이성이 슬그머니 물었다. 누가 봐도 우는 사람을 앞에 두고 울고 있냐고 묻다니 시비라도 거는 건가. 이번에는 제영이 픽 웃음을 터뜨렸다.

그제야 눈물이 좀 그쳤다. 제영이 두 손으로 다시 눈을 문질러 눈물을 닦았다. 자신의 이상향이 저기에 있었다.

저 양아치처럼 한없이 가벼운 남자, 윤이성에게.

제영은 이성에게 3년간 쉬었으니 네 연주를 어떻게 믿겠냐고 했지만 사실 진심으로 의심하지는 않았다. 저런 연주는 피아노를 사랑하지 않고서야 나올 수가 없었다.

누구보다 그녀가 가장 잘 알았다. 그녀도 피아노를 사랑했으니까. 사랑하고 있으니까.

가라앉은 분위기를 이기지 못한 이성이 또 가볍게 입을 열었다.

"내 연주가 좀 쩔지."

"좀 닥쳐. 어떻게 그런 연주를 하면서 입으로는 싼 티를 줄줄 뱉을 수 있지?"

감동 파괴는 순식간이었다. 이성이 묘한 얼굴로 인상을 구겼다. 그가 팔짱을 끼고 제영의 앞으로 다가갔다.

"그래서 어떻게 할 건데?"

"뭘?"

이성의 왼손 검지가 오른손 엄지와 검지로 만든 고리 사이로 오갔다. 상스러운 손놀림이었다.

"할 거야?"

이성의 얼굴에 장난기가 그득했다. 애초부터 제영을 도발하려고 아무 말이나 뱉었을 따름이었다. 정말로 제영과 몸을 섞을 생각은 없었다. 그저 또 한 번. 어린 꼬맹이를 놀리는 짓궂은 장난에 불과했다.

그러나 그는 제영이 추울 정도로 쿨하게, 너랑 자려면 잘 수 있다고 응수했던 걸 간과했다.

제영은 이번에도 쿨하게 고개를 끄덕였다. 그깟 섹스가 뭐가 어려워. 3년 전보다 더 대단한 연주를 보여 준 윤이성을 무대 위로 끌어낼 수 있는데.

내가 원하던 이상을 실현해 낸 피아니스트를 꾀어낼 수 있는 게 돈이라면 돈을, 몸이라면 몸을 주면 그만이었다.

"지금, 해?"

제영이 물었다. 이성은 제가 먼저 잠자리를 요구한 것은 잊고, 제영의 태도에 순간 얼이 빠졌다.

어떻게 저럴 수 있지? 남자랑 자는 게 아무렇지도 않아?

건조한 목소리로 아무렇지 않게 묻는 제영은 이상하게도 자꾸만 이성의 화를 돋우었다. 이성이 제영이 뱉은 목소리와 닮은 건조한 눈으로 그녀의 아래위를 훑었다.

잘록한 허리, 봉긋한 가슴, 길쭉한 팔다리. 그 위로 어른이 된 박제영의 얼굴. 앳된 티가 남은 얼굴은 인형처럼 무표정하지만, 이목구비는 정갈하고 예뻤다. 분명히 웃으면 사랑스러움이 만개할 것이었다.

이성의 상상 속에서 그는 벌써 제영의 뺨을 두 손으로 쥐었다. 말캉한 볼, 그보다 축축하고 따뜻한 입 안의 살까지 선명하게 떠올랐다.

박제영과 살을 섞는 자신이.

이성이 제 상상에 흠칫 놀랐다. 허, 헛숨을 내뱉은 그가 이마를 짚었다. 어떻게. 한참 어린 제영에게 대고 이런 상상을 할 수 있지.

이성의 표정이 제영으로서는 이해할 수 없는 고민을 담았다. 제영이 묘한 눈으로 이성을 바라보았다.

"말로만 그랬지, 네가 나랑 잘 생각이 있을 리가 없잖아. 그렇지?"

제영을 탓하듯 꺼낸 말이었지만 사실 내심, 이성이 먼저 한발 물러서는 발언이었다. 하지만 제영은 이성의 말이 끝나기 무섭게 두 손으로 티셔츠를 붙잡아 끌어 올렸다. 이성의 얼굴이 더욱 딱딱하게 굳었다. 그는 티셔츠를 훌렁 벗어 버린 제영을, 차마 제대로 보지 못하고 고개를 팩 돌렸다.

제영이 저를 똑바로 보지 않는 이성을 빤히 보았다. 생각지 못했던 반응이었다. 먼저 공연을 조건으로 내걸고 제게 잠자리를 요구한 건 이성이었다. 그런데 왜 저런 반응이지?

설마 먼저 잠자리 한 번에 공연이 어떻고 하는 말을 꺼내 놓고 이제 와서 부끄러워한다든지, 그런 건 아니겠지.

"나는…….."

"너, 너……. 너! 너 미쳤어?"

"……뭐?"

"미쳤냐고! 어디서 막 함부로 옷을 막 벗고, 어? 너 누구 앞에서든 막 그러냐?"

여전히 이성은 제영을 외면한 채였다. 그의 귓불은 새빨갛게 달아올라 있었다. 제영이 피식 웃었다. 정상적인 사람의 반응 같으면서도, 정작 말을 뱉은 대상이 윤이성이라서 정말 비정상적인 반응 같았다.

작년까지만 해도 윤이성의 SNS에는 잊을 만하면 낯 뜨거운 파티 사진이 올라왔었다. 사실 제영이 이성의 후원을 할 때도, 그는 여자 문제를 일으킨 전적이 수두룩했다. 그런 윤이성의 저 반응이라니.

우습지도 않았다.

"먼저 연주에, 공연까지 대가로 걸고 자자고 한 건 그쪽 아니야?"

"넌 누가 하자고 하면 그냥 해?"

울컥해서 제영을 바라봤던 이성이, 여전히 브래지어 하나 차림인 제영을 확인하고는 곧바로 다시 고개를 돌렸다. 그가 씩씩거리며 얼굴에 손부채까지 부쳤다.

제영이 얕게 한숨을 뱉었다.

"어쩌자는 거야?"

"다시, 다시 입으라고!"

이성이 제영에게서 시선을 돌린 채 바닥을 더듬었다. 제영이 벗어 바닥에 내던진 옷을 더듬더듬 찾아 쥐어선 그녀에게 내밀었다. 제영이 이성의 손을 가만히 내려다보았다.

이대로, 이성이 말하는 대로 다시 옷을 입고 나서 돌아 나가면 되는 건가. 윤이성은 대체 저와 뭘 하고 싶은 걸까. 그럼 한 번 잘 때마다 공연하겠다던 그의 제안은 어떻게 되는 거지.

제영의 의문을 읽은 것처럼 이성이 이실직고했다.

"매번 저만 세상 다 산 것처럼 덤덤한 박제영 제대로 열받은 거 보려고, 그냥 질러 본 거야!"

"……그래서?"

"너 같은 꼬맹이랑 진짜 잘 생각은 아니었다고!"

제영이 고개를 모로 기울이며 미간에 주름을 잡았다. 옷을 벗으며 엉망이 된 머리칼을 손으로 쓸어 올렸다.

그랬단 말이지.

이성이 내뱉은 말은, 정말 그다웠다. 한없이 가볍고 제가 내키는 대로 행동하는 클래식계의 또라이. 윤이성.

"그러니까 날 열받게 하려고, 내가 중요하게 생각하는 걸 알면서 거짓말로 네 공연이며 연주까지 걸어 가며 헛소리를 지껄였다는 말이지?"

"말하자면……."

아직 제 옷을 내밀고 있는 이성의 손을 제영이 다시금 쳐다보았다. 여전히 저를 바라보지도 못하고 귀까지 새빨갛게 붉히고 있는 이성의 뒤통수도 빤히 보았다.

제영이 빼앗듯 이성에게서 제 옷을 가져왔다. 머리를 꿰고 다시 옷을 입고 정리하며, 그녀가 싸늘한 목소리로 말했다.

"누구는 평생 다시 할 수 없는 연주로 사람을 놀려 먹으니까 참 재밌었겠다. 그렇지?"

"그게 아니라!"

"아냐?"

제영의 물음에 이성이 쉬이 답하지 못했다. 그가 입술을 꾹 깨물었다. 그냥, 저를 계속 밀어내기만 하려는 제영이 미워서 그랬다. 3년의 공백만으로도 참을 수 없었는데, 앞으로도 저를 보지 않으려 드는 제영이 미워서.

피아노를, 연주를 쉽게 생각하는 게 제영의 역린인 것을 이성은 잠시 잊고 있었다. 아니, 잊지 않아서 이딴 짓을 한 걸 테다. 입이 열 개라도 할 말이 없었다.

"윤이성 씨. 당신은 참, 다 쉬워서 좋겠어요. 3년이나 안 보고 살았던 사람 인생에 뛰어들어서 스폰서니 어쩌니, 엉망진창으로 휘젓는 것도. 연주를 빌미로 사람 놀려 먹는 것도."

별안간, 이제 정말 모르는 사람을 대하겠다는 듯이 존대를 해 오는 제영의 말이 이성에게 아프게 박혔다. 이성이 제 아랫입술을 꽉 물었다.

"차라리 그 제안이 진심이었던 편이 나았겠어."

제영이 단호하게 말하고는 이성을 지나쳤다. 아니, 지나치려는 순간 이성의 손이 제영을 붙잡았다. 제영이 잡힌 손목을 내려다보곤, 이어 이성을 노려보았다.

"놓으시죠. 어차피 3년 전에 끝난 사이, 그냥 한 번 마주쳤나 보다 생각하고 서로 갈 길 가게."

이성은 확신했다. 정말로 이 손을 놓으면, 다음은 없었다. 3년 전에 제영이 서면으로 계약 종료를 얘기했을 때도 그랬다. 아니. 그 전부터, 제영은 제 손으로 매듭지은 것에 관하여 언제나 칼 같았다.

이유는 모른다. 제영이 맞선을 보고 다닌다는 소식을 전해 듣자마자 앞뒤 잴 것 없이 3년의 기다림을 깨고 결국 먼저 제영을 좇아왔다. 그러면서도 이성은 제가 왜 그런 선택을 했는지, 그 이유를 몰랐다.

지금도 마찬가지였다. 이렇게 제영과 완전히 연을 끝내는 게 왜 싫은지. 왜, 이렇게까지 억지를 써서라도 그녀와의 연을 이어 두고 싶은 건지.

다만 하나는 확실했다. 스물두 살, 윤이성이 박제영을 처음 만났던 때부터 지금까지. 윤이성은 제 곁에 박제영이 없는 미래를 단한 번도 상상해 본 적이 없었다.

제 삶의 구원자. 이성에게 제영은 어떤 형식으로든 제 곁에 있는 것이 당연한 존재였다.

"……그렇겐 못 하겠어."

"뭐?"

"진심이었던 걸로 해. 넌 나랑 섹스하고, 나는 네가 원하는 대로 공연하고."

잔뜩 굳은 얼굴로 이성이 말했다. 제영이 고개를 내젓기도 전에 이성이 그대로, 제영에게 달려들듯 거칠게 키스했다. 닫힌 입술에 입술이 맞부딪쳤다. 제영의 말에 반박하듯 오기로 시작한 키스였다. 그런데 살갗이 맞닿은 순간 이성은 처음의 의도를 잊어버리고야 말았다.

박제영의 입술이 달콤했다. 이성이 제영의 입술이 주는 달콤함에 홀린 듯 혀끝으로 그녀의 입술을 쓸었다.

제영이 미약하게 반항의 몸짓을 보냈다. 이성이 잠시 겹쳤던 입술을 떼고 제영의 앙다문 입술을 바라보았다.

"진짜였던 걸로 해. 그게 너한테 더 나으면. 그렇게 하자고."

눈이 마주쳤다. 제영은 그의 시선이 마치 저를 잡아먹을 듯 옥죄는 것처럼 느껴졌다. 방금까지 저를 향해 장난이니 뭐니 하던 사람의 눈빛이라고는 생각할 수 없도록 진지했다.

피아노가 아닌 것에서 이렇게까지 진지한 윤이성을 본 적이 있었던가. 제영은 생각하고 또 생각했다. 저 진심마저 거짓이었고, 결국 이성이 연주도, 뭣도 제멋대로 할 생각이라면.

"또, 그냥이었다고 하거나 장난으로 넘어갈 생각이면 난 정말 다시는 윤이성 당신 안 봐."

이성은 대답 대신에, 제영에게 다시금 입술을 겹쳤다. 첫 키스였다. 제영은 불같은 눈으로 이성을 노려보기 바빴다. 그런 제영의 눈이 이성의 커다란 손으로 덮였다. 스르륵 제영의 눈이 감겼다.

힘이 빠진 입술을 헤집고 이성이 밀려 들어왔다.

제영의 입술을 가르고 들어서자마자 이성은 실소했다. 자신이 쓰레기라도 된 듯한 불쾌함과 제영을 향한 갈증이 동시에 일었다. 무슨 첫 몽정 한 애새끼도 아니고. 따지자면 방탕한 서른한 살의 어른인데.

갈증? 열세 살일 때 처음 봤던 풋내기 어린애한테?

머릿속의 복잡함과 달리 이성의 혀는 솔직하게 제영의 입 안을 헤집어 맛봤다. 갈급한 감각을 채우기 위해 내달렸다. 그녀의 작은 신음까지도 전부 삼켜 버렸다.

떨어져 나가는 입술 사이로 뜨거운 숨이 겹쳤다. 제영의 눈을 가리고 있던 손까지 치워 낸 이성이 한 걸음 물러났다.

이성이 벽에 기대고 선 제영을 흘긋 보았다. 손바닥 너머로 감겼던 눈은 다시 뜬 채였다. 여전히 이성을 노려보는 채로 숨을 내뱉는 제영의 입술이 파르르 떨렸다.

이성이 이마를 짚으며 한 걸음 더 물러났다. 그런 이성을 제영은 똑바로 바라보았다. 이렇게 또 도망가면 끝이라고, 저는 확실히 말했다. 그러나 이성과는 조금 다를지라도, 제영 또한 그와의 모든 것이 이대로 끝나는 것을 원하지는 않았다.

망가진 손가락을 대신해 나의 연주를 완성한 사람. 내가 만들어 낸 나의 피아니스트. 3년간 들을 수 없었던 윤이성의 연주를 향한 갈증.

"다시 장난이라는 말로 도망치면 정말 끝이라고 했어."

그 갈증이 제영의 입을 빌려 이성을 도발했다. 멀어졌던 이상으로 단숨에 다가온 이성이 제영을 끌어안았다. 제영의 두 팔이 이성의 목에 감겼다.

* * *

실오라기 하나 걸치지 않은 두 몸이 겹쳐졌다. 침대 아래 널브러진 그와 그녀의 옷가지처럼 이성의 머릿속은 엉망진창이었다. 주저했던 것이 언제였냐는 듯, 지금의 그는 거칠 것 없이 제영을 탐했다.

이번이 몇 번째 키스더라. 제영이 숫자를 헤아리기도 어렵게, 침실까지 오는 동안 이성은 몇 번이고 제영의 입술을 훔쳤다. 옷을 벗는 동안에도 그랬다.

이성의 손이 제영의 둥근 가슴을 쥐었다. 피아니스트의 크고 길쭉한 손에 한 줌이나 될까 싶을 만큼 제영은 가늘고 작았다. 가슴도 앙증맞았다. 손에 아쉽게 차는 크기였다.

그렇지만 봉긋한 모양이 사람을 홀렸다. 아쉬운 듯 제영의 입술에서 물러난 이성이 제영의 가슴을 베어 물었다.

"흐읏⋯⋯!"

이성이 주는 모든 감각이 처음이었다. 생경한 찌릿함이 상상치 못했던 곳에서 올라왔다. 가슴이 저릿했다. 숨이 거칠어졌다.

자신의 입에서 나온 소리가 지나치게 야릇해서 제영은 새삼 놀랐다. 그저 남자와 여자가 몸을 섞는 행위, 제영이 알고 있는 섹스는 그뿐이었다. 이렇게까지 아찔한 감각을 알게 될 줄은 전혀 몰랐다.

그녀가 입술을 악물고 소리를 삼켰다. 이성이 손을 뻗어 제영의 입술을 쓰다듬었다. 잠시 물고 핥던 가슴을 입술에서는 놓아주었다.

숨을 삼키려고 벌어진 제영의 입술에 이성의 엄지가 물렸다. 제영이 도리질 쳤다. 이성이 다시금 제영의 가슴을 빨았다. 유두가 붉게 도드라지며 올라왔다.

"아으⋯⋯!"

다시금 신음을 삼키기 위해 입술을 깨물려던 제영이 멈칫했다. 입에 이성의 손이 물려 있었다. 피아니스트의 손가락이 중요한 걸 누구보다 잘 아는 제영이었다.

"아으, 흐, 으응, 으으응!"

차마 이성의 손가락을 깨물 수는 없었다. 신음이 연신 흘렀다. 이성이 제영의 가슴을 놓아주고는 뜨거운 숨을 삼켰다. 침으로 젖어 번들거리는 유두를 번갈아 손으로 비틀고 튕겼다.

제영의 허리가 들썩이는 것이 마음에 들었다. 제가 주는 감각이 싫지만은 않다는 증거였으니까.

"엄청, 예민하네?"

이성은 정신을 놓을 듯 그녀를 탐닉하는 데 빠져 있음에도 마치 아닌 것처럼 무던하게 말했다. 제영이 그제야 정신을 차리곤 눈을 흘기며 이성의 손을 처음으로 밀어냈다. 이성이 피식 웃으며 다시금 제영의 맨살을 손으로 쓸었다.

제영은 잘 조율한 건반처럼 건드리면 소리를 냈다. 그것도 퍽 듣기에 좋은 소리를 흘렸다. 늘 덤덤한 말투와 목소리는 딱딱하게 느껴질 정도였는데, 흘리는 신음은 콧소리가 섞여 새되었다. 높기도 해서 듣기에 달콤하게 귓가에 감겼다.

제영의 신음이 달았던 탓일까. 별다른 자극 없이도 이성의 페니스는 단단하게 발기했다. 이성의 페니스는 크고 굵었다. 그의 키에 맞추어 길이도 상당했다.

이성이 침대 시트를 뜯는 제영의 손을 가져와 제 페니스를 감쌌다. 체격에 비하자면 어릴 때 피아노를 했던 탓인지 제영의 손은 여자치고 작은 편이 아니었다. 그런데도 이성의 페니스를 한 손으로 다 감싸지 못했다.

"박제영. 지금, 후······. 네 손이 얼마나 뜨거운지 알고 있어?"

"훗!"

질문을 던져 놓고 답할 여유는 주지 않는다. 이성의 전희는 제영을 몰아붙이듯이 찾아오고, 또 찾아들었다. 그사이 제영의 손을 감싸고 있던 이성의 손이 물러갔다. 그렇지만 제영은 여전히 이성의 페니스를 손으로 감싸 쥐고 있었다. 본능처럼, 그대로 제영의 손이 이성의 페니스를 문질렀다.

몇 번 하지도 않았을 거다. 이성이 불쑥 올라오는 쾌감을 삼키며 눈을 질끈 감았다. 제영은 손으로 하는 것은 뭐든 잘하는 게 아닐까. 이성은 그런 생각을 했다. 그의 생각이 틀리지 않게, 그녀의 손은 금세 어떻게 해야 하는지를 배웠다. 이성의 페니스가 굵은 핏줄을 꽉 조일 때나 귀두를 감싸 쥘 때 유난히 꺼떡거리는 걸 금세 파악했다.

리드미컬하게 움직이는 손동작이 이성을 미치게 했다. 그가 낮게 뇌까렸다.

"씨발……."

어설프게 일어나 앉았던 제영의 몸이 이성으로 인해 다시금 거칠게 눕혀졌다. 앗, 작은 비명을 뱉기 무섭게 제영의 입술로 이성의 혀가 찾아들었다. 그가 물어뜯을 듯 거칠게 제영의 혀를 빨아들였다.

"홋……!"

입술을 아프게 깨물곤 그대로 아래로, 아래로. 목을 타고 물고 핥으며 내려온 이성의 입술이 제영의 가슴골을 핥았다. 깊이 빨아들였다.

빨아들인 자국을 따라서 검붉게 짙은 멍울이 졌다. 이성이 하하, 하고 미친 사람처럼 웃었다. 주체가 되지 않았다.

그의 손가락이 꽉 다물린 제영의 다리를 벌렸다. 본능적인 방어기제로 제영이 다리에 힘을 주었지만 속수무책이었다. 벌어진 다리 사이로 파고든 이성의 손이 제영의 음부를 쓰다듬었다. 여긴 또 더욱이나 생소한 위치였다.

제 손으로도 만질 일이 없던 곳에 섬세한 자극이 이어졌다. 건반을 누르듯 손가락 하나하나를 짚어 이성이 제영을 헤집었다. 대음순이 벌어지고 소음순이 갈라졌다. 비죽이 자리 잡은 클리토리스는 이미 잔뜩 붉었다.

"거기, 너무……. 아앙, 훗! 자극, 이……!"

"여기?"

이성이 놀리듯 말했다. 여자의 클리토리스가 얼마나 자극에 민감하고 섬세한지 이성은 아주 잘 알았다.

피아니시모.

이성이 닿을 듯 말 듯 약하게 중지로 제영의 클리토리스를 쓰다듬었다. 제영의 허리가 들썩였다.

"아응, 흐응, 앗……!"

스타카토.

톡톡톡 건들 때마다 제영이 고개를 내저으며 신음을 흘렸다. 그녀의 클리토리스도 더욱 붉어질 수 없다 싶게 충혈되었다. 이성이 제영의 클리토리스를 괴롭히던 손을 내려 그녀의 구멍 주변을 매만졌다.

축축했다.

"쉽게 젖는구나?"

제영이 고개를 내저었다. 그런 거 잘 모른다는 뜻이었다. 이성과 하는 지금 이 순간이 처음인데 잘 젖는지 아닌지 알 게 뭐란 말인가.

"원래…… 하읏!"

이성의 기다란 중지가 제영의 구멍을 헤집고 들어갔다. 제영의 안이 오물거리며 이성의 손가락을 씹었다. 몇 번 만지지도 않았는데, 제대로 쑤셔 보지도 못했는데.

"원래 그래? 너, 또 젖었어."

제영이 고개를 연신 저었지만, 이성은 제영의 안이 요동치는 것을 손끝으로 느끼느라 보지 못했다. 아니라는, 이성의 말을 부정하는 제영의 뜻은 그에게 닿지 못했다.

이성은 제가 주는 쾌락이 제영을 적셨다는 게 기뻤다. 반면에 이렇게 사랑스러운 제영의 몸을 누군가가 또 알고 있을지도 모른다는 사실에 괜히 속이 상했다. 그렇게 생각하는 이유조차도 모르면서.

유치하게 비틀린 속을 털어 내려 했지만 잘 안 되었다. 이성이 입술을 비죽였다. 사내새끼들의 쓸데없는 정복욕에 불이 붙었다. 미친놈. 이성이 제게 뇌까렸다.

서랍에 콘돔이 있던가. 그가 손을 더듬어 침대 옆 서랍을 뒤졌다. 고작 두 개 남은 것 중의 하나가 그의 손에 잡혔다.

이로 물어 껍질을 벗긴 콘돔이 이성의 페니스에 빡빡하게 감겼다. 시트를 붙잡고 숨을 고르던 제영의 손이 더듬거리며 제 위로 그림자를 만드는 이성의 가슴을 밀었다.

"싫어? 하지 마?"

제영이 머뭇거리다간 고개를 저었다. 물러서려던 이성을 다시 붙잡아, 결국 침대 위에 올린 건 자신이었다. 이제는 이성마저도 긴장이라도 한 듯 얕은 한숨을 내쉬었다. 그가 콘돔을 씌운 제 페니스를 그녀의 구멍 주변에 문질렀다.

이어서 허리를 잔뜩 수그려 제영의 입술 주변을 지분거렸다. 입술로 짧게 입을 맞추다간 다시 게걸스럽게 키스했다. 코끝을 가볍게 이로 물었다가 놓고 또 순수한 소년처럼 뺨에 쪽쪽대기도 했다.

제영은 정신이 혼미해졌다. 정신없이 그의 입술을 받아들이다간 동공 풀린 눈을 질끈 감았다.

이게 어떻게 돌아가는 거지?

이성이 생각하기에 전희는 부족했다. 그저 맛보듯 제가 제영의 가슴이며 음부, 구멍을 손과 입으로 탐하고 쑤셨을 따름이었다.

어쨌든 그녀와는 첫 섹스였다. 어떻게 시작됐든 매너 있게 그녀를 더 달구고 부드럽게 풀어 줘야 하는 것을 머리로는 알았다.

알았는데, 빨리 제영을 제대로 맛보고 싶은 욕망이 들끓어서 정신이 나가 버렸다. 더 참았다간 밖에다 싸지르고 시작할 것 같은데 그러기가 싫었다.

하여간 진심이 아니었던 첫 도발부터 여기까지 쓰레기 같기도 하지. 좋으냐고 묻는 말투만 다정했지, 이성은 제 욕망 채우기 급급했다. 알았다.

마지막으로 남은 제정신의 잔재를 끌어모아 이성이 물었다.

"한 번은, 내가 널 헤집어 놓은 죄가 있으니까 빚으로 달아도 괜찮아."

"그게, 훗, 무슨 뜻인데?"

"지금 끝까지 가지 않아도 공연이든 뭐든 한 번은 하겠다고."

이성이 제영을 향한 갈증으로 마른 목을 침을 삼켜 축였다. 이토록 목이 타고 있음에도 그녀를 향해, 다시금 정말 내키지 않는다면 하지 않아도 좋다는 뜻을 전했다. 시비를 거는 듯한 말투는 어쩔 수 없었다. 타고나 자라기를 그래서, 상냥한 것은 저와 거리가 있으니까.

제영은 곧장 답하지 않았다. 숨을 고르며 이성을 올려다보았다.

그녀가 이성의 페니스를 쥐고 있던 손을 들어 그의 목에 감았다. 제영의 입술이 이성의 목에 닿았다. 벌어진 입술 사이로 빼꼼하게 나온 혀가 짧지만 분명하게 목을 핥았다.

이성의 페니스가 자극에 확실히 반응하며 꺼떡거렸다. 그가 갑작스러운 자극에 훗, 하고 숨을 삼켰다.

자신만큼이나 이성도 제게서 얻는 자극에 반응하고 있음을 새삼 확인했다. 아이러니하게도, 이 우습기 짝이 없게 시작한 섹스의 전희가 제영은 나쁘지 않았다. 굳이 육체적인 것뿐 아니라 타인의 그 어떠한 접근도 그리 원치 않던 저였다.

그런데도 이성이 제게 건넨, 난생처음 겪어 본 이 감각들이 싫지만은 않았다. 단순히 기가 죽은 것처럼 물러난 이성을 향해 제가 던졌던 도발 때문에 억지를 부리듯 참는 것은 아니었다.

제영이 눈을 치켜떴다. 뭉근하게 몸을 달구던 열기가 오가던 사이에 날 선 시선이 어울리잖게 더해졌다. 제영은 다시금 한발 물러나려 하는 이성을 향한 저의 감정에 어떤 이름을 붙여야 할지 저도 아직은 잘 몰랐다. 하지만 이렇게 주춤거리는 이성이 마음에 들지 않음은 확실히 알았다.

이대로 이성이 제게서 물러나면, 제영은 자신이 했던 말을 지키기 위해서라도 그를 다시는 찾지 않을 터였다. 하지만 그렇게 놓치기에는 박제영의 안에서 윤이성이 가지는 의미가 컸다.

불행한 사고로 포기해야만 했던 많은 것들. 그중에서 가장 큰 의미를 지녔던 피아노. 그녀가 원하는 연주를 완성해 낸 윤이성의 손.

이성을 통해 원하는 연주를 만들었고, 대리해서 받았으니 그걸로 끝이라고 생각했다. 그래서 정점에 선 채 사라져 버린 이성을 굳이 찾지 않았었다. 하지만 그때보다 더 완벽해진, 아니 완벽이라는 말도 아쉬운 연주를 해내는 윤이성을 놓치기 싫어진 건.

이제 이유가 무엇이든 박제영 쪽이었다.

"고작 공연 한두 번에 내가 이러는 것 같아?"

제영의 손이 이성의 얼굴을 덧그리다간 턱을 부드럽게 쥐었다. 제영의 날카로운 목소리, 시선과는 상반되게 몹시도 부드러운 손길이었다.

"어떤 말로도 도망치지 마."

그새 쉬어 버린 목소리로 제영이 말했다. 이성이 허, 어쩔 수 없다는 듯이 헛숨을 내뱉었다. 그러곤 제영의 입술을 손으로 덧그리듯 매만졌다. 그 상태로 복잡한 생각을 하는 듯하더니, 곧 모든 생각을 다 날려 버린 시원한 표정으로 말했다.

"도망은 무슨, 아직 제대로 시작도 안 했는데."

박제영이 물러날 생각이 없는데, 세 번이나 제가 뒷걸음질 칠 생각은 그에게도 없었다. 더 참을 수가 없어졌다. 새파란 도발을 하는 박제영을, 앞뒤 다 떼고 그저 이 순간이나마 제 것으로 가지고 싶었다. 정복욕이 일었다. 내친김에 이성이 귀두 끝을 제영의 좁은 구멍에 정확히 맞추었다.

배우지 않아도 아는 것들이 있었다. 제영의 두 손이 이성의 어깨를 붙잡았다. 눈이 감기고 제영의 목이 뒤로 길게 꺾였다.

"아윽!"

이성이 제영의 좁은 문을 단숨에 꿰뚫었다. 굵고 단단한 그의 페니스가 저를 가르고 들어오는 느낌에 제영은 숨 쉬는 것조차 잊었다.

하반신 전체가 욱신거렸다. 화끈거렸다가, 얼얼하게 감각을 잃은 듯하다가.

아니, 감각을 잃지는 않았다. 이성의 어깨를 잡은 제영의 손에 잔뜩 힘이 들어갔다. 습관대로 짧게 자른 손톱이 애써 어깨를 긁었다. 이성이 얕은 한숨과 함께 제영의 목덜미며 입술, 온 얼굴에 자잘한 키스를 퍼부었다.

페니스가 잘릴 듯 뻐근했다. 제가 이럴 정도면 제영은 엄청나게 아플 것이다. 역시 더 몸을 풀어 주고 들어왔어야 했다. 때늦은 후회였다. 그는 이제라도 제영의 감각을 다른 쪽으로 돌려 보려고 애썼다.

"흐으, 흑, 아, 아직, 움직이지⋯⋯."

눈꼬리가 붉어진 채 가까스로 눈물을 참으며 제영이 말했다. 이성은 자세를 고치려 조금 허리를 들썩였을 따름이었다.

"많이, 아파?"

귓가에 소리 없이 조심스레 입을 맞추며 이성이 물었다. 제영은 간지러운 느낌에 몸을 움츠리다가도 통증에 흠칫흠칫 놀라며 굳었다. 생각지도 못했던 통증이 상상치도 못했던 곳에서 일었다.

여자의 첫 섹스가 아프다는 말은 들었지만, 이 정도라고는 생각지 못했다. 이성의 것이 유난히 커서 더욱 아픈 것이었지만 제영은 거기까지는 알지 못했다. 그가 처음이니까.

"아파⋯⋯."

참아 낸 눈물이 코를 적셨는지, 제영이 훌쩍이며 답했다. 이성이 제 어깨에 얹힌 제영의 손을 붙잡았다. 붙잡고는 소지부터 슬그머니 입을 맞췄다.

구부려지지 않고 제멋대로 날뛰는 제영의 소지와 약지에는 몇 번이나 이어졌던 수술의 흔적이 하얀 선으로 남았다.

신경을 살리지 못했다고 들었다. 감각도 죽었으리라. 그래도 뜨거운 숨은 느껴지는지 제영이 고개를 내저었다. 이성이 안타깝게 웃으며 중지로 넘어갔다.

제영이 바투 숨을 삼켰다. 이성이 제영의 중지를 아예 입 안에 머금었다. 쪼옥, 야하게 빠는 소리가 들렸다.

제영은 소리에 약했다. 손끝의 감각도, 방금 지나친 오른손 소지와 약지만 아니라면 누구보다 민감했다.

"으, 흐응…… 힉!"

야릇한 소리와 뜨거움, 질척한 감각. 그것이 제영의 긴장을 조금이나마 풀리게 했다. 조금씩, 이성의 페니스를 꽉 문 제영의 안쪽도 경직이 풀렸다.

제영은 숫제 흐느끼는 소리를 냈다. 검지, 엄지까지 이성은 놓치지 않고 꼼꼼하게 물고, 빨고, 핥았다.

그녀의 아래는 그의 페니스를 물고 있고, 그의 입술은 그녀의 손가락을 물고 있는 형국이었다. 이성이 제영의 엄지를 놓아주며 그녀의 손바닥에 깊은 한숨을 뱉었다.

숨은 뜨거웠다. 제영의 안에서 왈칵, 그의 숨만큼이나 뜨거운 물이 쏟아졌다.

"박제영."

"흐읏······."

"제영아."

"그만······. 히잇!"

"이제 움직여야 해."

제영이 고개를 절레절레 저었다. 묵직한 둔통으로 바뀐 느낌이, 이성이 움직이기 시작하면 다시 격통으로 돌아갈 것 같았다.

"그래야 끝나지. 응?"

녹다 만 설탕처럼 녹진하게 달고 바삭거리는 목소리였다. 감긴 눈꺼풀 안에서 눈을 이리저리 굴리며 고민하던 제영이 결국 느리게 고개를 끄덕였다.

이성은 마지막 인내심을 끌어모아 아주 느리게, 제영의 안에서 제 페니스를 뽑아내 귀두 끝만 걸쳤다. 그리고 그만큼이나 다시 천천히 박아 넣었다. 제영이 그를 거부하듯 입구를 꽉 죄었다.

"흐윽, 아파!"

"미안해. 내가 너무 커서 그래. 응?"

"싫어······."

"이제라도, 그만둬?"

꺾인 목, 얇은 살갗을 이성이 입술로 지분거렸다. 이성의 물음에 제영이 숨을 멈추었다. 또 감은 눈꺼풀 아래로 눈이 도르르 굴렀다. 고민할 때마다 제영은 늘 이렇게 눈을 굴렸다.

"······계속, 아파?"

"그럼 어떻게 섹스해."

"안 아파져?"

"천천히. 조금씩 안 아프게 돼."

이 아픔이.

"……디미누엔도."

디미누엔도. 디미누엔도.

점점 여리게.

제영이 자신을 달래듯 반복해 중얼거렸다. 숨을 바투 삼킨다. 이성이 제영의 흐트러진 머리칼을 쓸어 넘겨 주었다.

"그래, 디미누엔도."

어설프게 허공을 유영하던 제영의 오른손이 다시 이성의 어깨를 붙잡았다. 말로 답할 여유는 없었다. 이성도 굳이, 답을 듣지 않아도 제영의 뜻을 알았다.

그녀가 포기하고 싶지 않은 것은 자신의 연주임을 잘 알았다. 해서 지금 제영과 나누는 이 섹스가 마냥 달갑지 않으면서도.

또 반면에, 그녀가 이렇게 저의 연주에 매달리듯 안겨 오는 것이 기꺼웠다.

이성은 제영이 적응할 수 있을 때까지 제가 할 수 있는 선에선 최대한 천천히 움직였다. 통증은 여전했지만 감당할 수 있을 만큼 잦아들었다.

"윽, 흐읏, 으읏!"

그러면 귀신같이 이성이 속도를 올렸다. 똑, 딱, 똑, 딱. 어디에도 없는 메트로놈의 소리가 제영의 귀에만 울렸다. 그 메트로놈은 고장 난 게 틀림없었다.

살과 살이 부딪치는 소리가 점점 빨라진다. 제영의 귀에만 들리는 메트로놈도 점점 속도를 올렸다.

"으응, 아흣……!"

어느 순간부터 제영은 아픔을 덮는 열기를 느꼈다. 얼얼한 아래에서부터 열기가 타고 올라 몸을 덥혔다. 온도가 오른 몸은 어느 순간 아랫배에서부터 작은 설탕 조각이 돌아다니는 듯했다. 간지러움과 닮은 따끔함이 느껴졌다.

"흐응, 응, 으응!"

제영의 목소리에 비음이 섞였다. 이성이 입가에 웃음을 머금었다. 그가 피치를 올렸다. 허리가 사선 위쪽으로 조금씩 찍어 올리듯, 빠르게 움직였다.

제영의 다리가 바르르 떨렸다. 발끝이 움찔거리더니 발가락이 꽉 오므라들었다. 다리 끝까지 설탕 알갱이가 묻었나. 간질간질하고 따끔따끔했다.

정신을 차릴 수가 없었다. 자꾸만 혼이 빠질 것처럼 정신이 먼 곳으로 향했다. 이성의 어깨를 붙잡고 있던 손이 숫제 매달리듯 그의 목에 감겼다.

이성이 하하, 낮게 웃으면서 제영의 등 아래로 손을 넣었다. 작디작은 몸이 이성의 손에 쉽게 받쳐져 허공에 떠올랐다. 그녀의 가늘고 곧은 다리가 이성의 허리를 감았다.

"미치겠네."

낮게 뇌까린 이성이 제영의 안으로 거칠게 파고들었다. 어떤 말로도 그가 그녀에게 파고드는 속도의 빠름을 표현할 수가 없었다.

엇박이었다가, 정박이 되었다가, 잠시 한 템포 늦어졌다가, 다시 꿰뚫을 듯이 빨라졌다.

이제는 빨라지기만 하다가는 기어이.

"훗!"

"아으응!"

설탕 알갱이인 줄로만 알았던 그 달콤한 감각이, 사실은 짜릿한 전류였다. 일순 커진 감각들이 제영의 전신을 사로잡았다.

제영의 다리가, 팔이, 젖 먹던 힘까지 더해 이성의 몸에 휘감겼다.

이성이 콘돔 안에 정액을 쏟아 내는 것과 거의 동시에 제영의 안에서도 무언가 왈칵 쏟아졌다.

"으응……. 흐윽!"

거대한 쾌락이 알 수 없는 서글픔을 불러왔다. 피할 수 없는 폭풍 사이로 내던져졌다. 참던 눈물이 제영의 눈을 타고 펑펑 쏟아졌다.

일순 멈추었던 숨이 새되게 입술을 타고 흘렀다. 말캉했던 입술은 쾌락의 열기에 말라붙었다.

이성의 입술이 말라붙은 제영의 입술에도, 젖은 눈가에도 연신 달라붙었다. 제영이 귀찮다는 듯 눈을 꼭 감았다. 또 눈물 한 방울이 또르르 굴러떨어졌다.

혀를 내밀어 이성이 제영의 눈물을 핥아 삼켰다. 끙, 앓는 소리를 내며 제영이 고개를 저었다. 아직 이성의 손에 받쳐져 허공에 뜬 채였다. 등 아래가 허전한 느낌에 움찔 굳으며 제영이 이성의 목을 더욱 꽉 붙들었다.

이성이 흉통을 울리며 키득키득 웃었다. 제영의 눈물이 그쳤다.

그녀가 이성을 흘겨보았다. 이성이 제영을 조심스레 침대에 고이 눕혔다.

푹신한 바닥이 닿자 조금이나마 긴장이 풀렸다. 절정에 취해 잠시 잊고 있던 통증이 단숨에 온몸을 감쌌다.

"아…….."

"아파?"

"이제 빼 줘."

이성의 얼굴이 굳었다. 방금까지 제 아래에서 귀엽고 짠하게 흐느끼던 제영이 원래대로 덤덤한 모습을 찾았다. 섹스는 정말 꿈처럼 황홀했는데. 이 모든 상황이 꿈에서 깨어나듯 끝이 났다.

한 번 사정을 마치고도 여전히 발기가 풀리지 않은 페니스를, 이성이 제영의 안에서 조심스레 물렸다. 그것만으로도 자극이 가는지 제영이 몇 번이고 허리를 잘게 떨었다.

이성이 제영을 내려다보며 입술을 깨물었다. 제영은 이성의 얼굴을 살필 겨를도 없이 몸을 모로 돌려 누웠다. 이성과 나눈 정사는, 그가 제게 내어 준 감각들을 곱씹어 보자면 좋았다. 붕 뜬 것처럼 온몸이 나른했다가도 감전이라도 된 듯 짜릿함이 몰려왔던 방금까지의 감각들이 잔잔하게 아직 몸에 남았다.

제영이 감각들을 되새겨 보았다. 눈에 보이지도, 손에 잡히지도 않는 이 감각들을 소리로 표현하면 어떻게 펼쳐질까. 그녀는 저도 모르는 사이 그런 것들을 떠올리고 있었다.

문득 제영은 그런 제가 우스워져 피식 웃음을 터뜨렸다.

조심스레 제영을 살피던 이성도 제영의 실소를 보았다. 그저 별

것 아닌 웃음이었음에도 이성에게는 제영의 실소가 무언가 의미가 있을 것처럼 여겨졌다.

윤이성이라는 놈도 한 번 자 보고 나니 별것 아닌 남자네. 그런 생각을 하는 건 아닐까. 괜스레 그런 생각이 들었다. 제영이 아무렴 제 삶을 구원해 준 사람이라곤 해도 어리게만 여겼던 그였다.

연애 상대는커녕 여자로 인식한 적도 없었던 것 같은데. 그게 아니었나?

아직도 박제영을 어리고 되바라진 저의 스폰서로만 여기는 거라면, 지금 느끼는 이 감정은 뭘까.

마치, 자격지심 같기도 한…….

"씻어. 일 얘기를 나눌 타이밍은 아닌 것 같으니까, 데려다줄게."

느낀 감정이 곱지 않았던 만큼 이성의 목소리에 날이 섰다. 제영은 이성의 말을 제대로 듣지도 않는 양 도리어 이불을 가져다 몸에 덮고 웅크렸다. 까무룩 눈까지 감은 제영은 완전히 이성을 무시하고 잠이라도 들 태세였다.

제영의 입장으로는 그럴 수밖에 없었다. 이성과의 잠자리는 나쁘지 않은, 아니 좋은 쪽이었지만 당장에 몸은 온통 두들겨 맞은 것처럼 아프고 힘이 들어가지 않았다.

"조금만 이따가……."

그래서 제영은 겨우 한마디를 뱉었다. 집에 가서 푹 쉬고 싶었지만, 집까지 가는 것도 무리겠다 싶었다. 그리고 지금 누운 침대는 뭐. 조금 축축하긴 했지만 푹신하고 따뜻했다.

"야 박제영!"

결국 이성이 이불을 확 들추었다. 갑작스레 다시 저를 찾은 추위에 제영이 몸을 둥글게 말았다. 허리가 굽혀지며 절로 앓는 소리가 났다.

"추워⋯⋯."

"야, 너⋯⋯."

이성은 제영이 누운 자리를 보고 얼굴이 딱딱하게 굳었다. 흐린 핏자국이 점점이, 선 없는 오선지에 음표 머리처럼 남았다.

이성이 슬그머니 제영에게 다시 이불을 덮어 주었다. 웅크린 제영을 이불째 젖지 않은 가장자리로 옮겨 주기까지 했다.

그러곤 슬금슬금 제영의 근처에 쭈그려 앉았다. 이성이 제영의 눈치를 살폈다.

핏자국. 섹스 도중에도 언뜻 붉은 기가 비치는 걸 봤나 싶었지만 잘못 본 줄 알았다. 그보다는 제영의 몸이 주는, 제가 제영에게 주는 쾌락에 집중하느라 바빴다.

날이 섰던 목소리가 언제 그랬냐는 듯 금세 다정함을 입고 물었다. 슬그머니 미뤄 두었던 제영을 향한 죄책감 비슷한 감정이 이성을 다시금 덮쳤다.

"⋯⋯많이 아팠나?"

"어."

"미안."

"응."

"다음부터는 좀 살살⋯⋯ 할까?"

이성이 제가 말을 꺼내 놓고 제가 더 놀랐다. 기어이 또 제영의 눈치까지 살폈다. 이번 한 번만으로 끝낼 생각 말라고 엄포를 놓았던 건 제영이긴 했다. 하지만 제게도 그럴 생각이 있었냐면 아니었다.

제영을 제대로 안은 뒤에는 홀린 듯이 그녀를 탐하느라 깊이 생각할 겨를이 없었지만 관계를 지속할 생각을 확실히 하진 않았었는데.

제영이 눈을 감은 그대로 미간을 찌푸렸다. 제영은 답을 주지 않았지만, 이성은 그것이 긍정임을 알았다.

이성이 다시금 이불 아래 가려진 핏자국을 떠올렸다. 제영을 바라보면서도 사실은, 그 핏자국을 바라보고 있었다. 쉽게 옷을 벗는 제영을 보고 그는 아니라고 생각했지만, 사실은 처음이었으면서. 이유나 목적이 사랑이어서 맺은 관계도 아니었다. 그럼 마냥 좋지만은 않았을 텐데. 끝나고 나서는 이렇게 기력이 빠지기까지 했는데 저와 다시 관계할 생각을 하다니.

정말로? 왜?

세상을 살면서 의문을 가질지언정 그를 길게 끌고 나가는 성격이 아닌 이성이건만. 지금은 자꾸만 머릿속에서 줄줄이 질문이 이어졌다.

"박제영, 박제영, 박제영아……. 하, 진짜!"

이성이 앓는 소리를 내며 제 머리를 두 손으로 감쌌다. 그새 제영의 숨은 고르게 바뀌어 있었다. 그 옆에서 이성은 제영이 혹시라도 깰까, 조용히 제 머리를 쥐어뜯듯 부여잡았다.

곤히 잠든 제영의 얼굴을 이성이 따뜻하게 적신 수건으로 닦았다. 으응, 하고 제영이 소리라도 낼라치면 화들짝 놀라 멈췄다가,

또 조심스레 제영을 닦았다.

얼굴을 다 닦아 주고는 이불을 조심스레 걷어 내고 몸을 닦았다. 가슴께를 닦아 주는데 제가 남긴 흔적이 보였다.

이미 볼 장 다 봐 놓고, 이성은 괜히 부끄러워하며 혼자 얼굴을 붉혔다. 가슴골에 남은 검붉은 자국이 유난히 도드라져서 이성의 눈에 박혔다.

"아, 쓰레기 새끼……."

이성이 수건을 대야에 던져 버리고 두 손으로 제 얼굴을 감쌌다.

"씨발 진짜!"

"시끄러워……."

제영이 한마디 하며 몸을 뒤집었다. 이성은 눈을 동그랗게 뜨고 제영을 흘깃 보았다. 그대로 몸이 굳었다.

잠꼬대였는지, 제영은 그대로 몸을 뒤집고는 다시 고른 숨을 내쉬었다. 어찌나 곤했던지 숨소리가 고롱거렸다.

이성이 놀란 가슴을 진정시키며 한숨을 푹 내쉬었다. 그런 뒤 그가 던졌던 수건을 들고 물기를 짜내 제영의 몸을 다시 닦기 시작했다.

이제야 보인다. 제영의 몸 군데군데에 남은 흉터들이. 이성이 제영의 흉터를 조심스레 쓰다듬었다.

"야 꼬마."

"내 이름은 박제영이에요. 윤이성 씨를 후원할 사람이고요. 꼬마가 아니라."

"너 원래 이름 박제영 아니잖아. 너, 박…… 그래, 박희은 아니야?"

이성이 그녀와의 처음을 떠올렸다. 제영의 원래 이름, 박희은. 처음부터 엄청 딱딱하고, 건방졌던. 제가 일했던 카페에 찾아와 말했던 제영의 첫인상은 분명, 썩 좋지 않았다. 어린애에게 무관심하면 모를까 굳이 날을 세우진 않는 제가 절로 삐딱하게 굴 정도로.

"꼬맹이들 피아노 대회 싹 쓸고 다닌다는 개. 너 아니냐고."

"날 알아요? 그럼 얘기가 쉽겠네요. 내가 윤이성 씨를 후원할 거예요. 피아니스트로 성공시켜 줄 거예요."

어린애가 못 하는 말이 없었다. 그녀가 아무리 뛰어난 피아니스트라고 해도 고작 초등학생 꼬맹이였다. 어린애가 무슨 수로, 건방지기 짝이 없게 어른인 저를 후원씩이나 한다는 건지.

"왜?"

"날 안다면서요."

"아는데, 그거랑 이게 무슨 상관인데?"

어린 제영이 작은 가슴을 울리며 크게 한숨을 내쉬었다. 지금보다 날 티가 완연한 이성은 꼬맹이의 짓이 가당찮다는 듯 괜히 머리만 매만지며 딴청을 피웠다.

그런 이성의 눈앞으로 조막만 한 손이 내밀어졌다. 작은 손이 쫙 펴졌다가, 주먹을 쥐었다.

엄지부터 중지까지는 힘이 들어가서 멀쩡하게 오므라들었지만, 소지와 약지는 달랐다. 말을 듣지 않는 기색이 역력하게 저들만 어설프게 펴져서 바들바들 떨렸다.

"한 달 전에 기사 크게 났는데. 교통사고로 손이 망가졌어요. 피아니스트는 절대로 될 수 없고, 지금은 재활 훈련으로 단추 잠그

기, 젓가락질, 글씨 쓰기 같은 거나 하고 있고요."

책가방을 멜 나이의 어린아이가 하기에는 굉장히 무거운 말이었다. 오죽하면 철이라고는 당시의 제영보다도 들지 않았던 이성마저도 말문이 막혔다.

그러나 제영은 그때도 지금처럼 덤덤했다. 오히려 사고와 함께 감정까지 거세당한 게 아닐까 싶을 정도라 보는 사람을 더욱 아프고 민망하게 했다.

"엄마랑 아빠도 그 사고로 돌아가셨거든요."

"어, 그래. 어, 뭐. 유감이네……."

"그래서 나도 죽으려고 했어요."

"꼬맹이가 못 하는 말이 없네!"

"그건 그쪽이 상관할 바가 아니죠."

동정과 연민이 담긴 이성의 시선을 제영이 단칼에 잘라 냈다. 어린 게 참 또랑또랑 건방지기도 했다.

제영이 영업을 마친 카페의 빈자리를 차지하고 앉았다. 그러곤 메고 있던 가방을 벗어 안에서 계약서를 꺼냈다. 계약서가 이성에게 건네졌다.

"그 뒤로 할아버지가 제 걱정을 많이 하셨거든요."

"그래서?"

"저한테 윤이성 씨를 추천한 것도 할아버지예요. 한번, 내가 되고 싶었던 피아니스트로 키워 보라고."

이성의 손이 슬그머니 제 앞에 놓인 계약서를 붙잡았다. 당겨서 읽어 보니 어려운 법률 용어투성이였다.

쩝, 그가 입맛을 다셨다. 불쌍한 어린애를 데려다 두고 자기에게 사기를 치는 건 아닌가 하는 생각이 들었다. 어쩌면 자기가 처음 생각했던 대로 몸 관계가 엮인 스폰서가 박제영이라는 대역을 세운 걸 수도 있었다.

이성은 자리에 앉은 제영의 뒤에 곧게 서서 걱정스러운 얼굴로 그녀를 내려다보는 늙은이를 바라보았다. 저쪽이 그 할아버지인가.

"뭘 의심하는지는 알겠는데, 나는 이 아이 할아버지가 맞소. 그리고 자식도 잃은 마당에 하나 남은 손녀 가지고 사기 칠 생각은 추호도 없고."

이성이 피식 웃었다. 제영의 싹퉁머리 없는 말투가 어디서 왔나 했더니 제 할아버지란 사람이랑 판박이였다.

문득, 목에 가시가 걸린 것처럼 껄끄러워졌다. 어린 여자아이의 비참한 사연을 듣고도 의심을 지우지 못한 저의 양심이 아파서였다.

아무렴 상황을 모르고서였다지만, 제영을 마주하고 그녀의 사정을 알기 전, 후원 제안을 먼저 들었을 때 오해해 대뜸 뱉은 답이 또 미안하기도 했다.

'여태 그런 사모님들 많았는데, 아무리 내가 시궁창에 굴러도 몸 대 주고 돈 받는 취미는 없습니다.'라고 했던가.

얼마간의 미안함이랑, 양심. 그리고 더 내려갈 밑바닥이 있으면 또 어쩌랴 싶은 체념 같은 것을 더해 이성이 계약서에 서명했다.

물론 머리 아픈 말이 가득한 계약서는 제대로 읽어 보지조차 않았다.

정말로 뭐 어쩌냐 싶었다. 만일 이게 다 사기라서 사실은 이름도 모를 여자 앞에서 몸을 굴려야 한다고 해도. 그만큼의 잘못된 선택을 고작 한 번 더 인생에 더한 것에 불과했다.

이성은 그만큼 밑바닥이었다. 본인이 본인을 시궁창에서 구른다고 표현해도 아무렇지 않을 만큼.

그러나 결국 그의 선택은 잘못되지 않았다. 제영은 정말로 저를 하늘 꼭대기에 올려놓았다. 대한민국 최고의 피아니스트, 국민 스타.

"……내 인생 끝까지 책임져 줄 것처럼 왔으면, 그냥 도망가지 말고 계속 옆에 있었어야지."

이성이 슬그머니 웃으면서 제영의 볼을 쿡 찔렀다. 괜히 저의 죄책감을 제영에게 전가해 봤다. 진심으로는 지금도 미안함과 복잡한 감정이 섞여서 저도 제 속을 다 모르면서도 말이다. 엎드려 자고 있던 제영의 미간에 주름이 졌다.

"으응……. 하지 마."

곧바로 손을 뗐다. 혹시 제영이 깼나 싶어서 괜히 제영의 얼굴을 살피다가 그녀의 몸을 깔아뭉갤 뻔도 했다.

안도의 한숨을 내쉬며 이성이 다시 제영에게서 물러났다. 그녀의 등을 마저 닦았다. 어릴 적보다는 많이 자랐지만 여전히 작고 작았다.

"여전해 박제영."

저보다 훨씬 조그마한 것도, 싹퉁머리 없는 말투에 웬만해선 표정이 없는 것도. 그런 주제에 피아노와 음악이라면 물불 가리지 않는 점까지.

"그래 사람이 쉽게 바뀌겠어? 또라이는 평생 또라이지. 너나 나나."

손만 이불 안으로 넣어 마저 닦아 주려던 이성이 멈칫했다. 여긴 그냥 일어나서 씻으라고 하는 편이 나으려나.

"근데 남자 앞에서 아무렇지 않게 홀러덩 벗고, 도망가면 가만 안 둔다고 협박도 하고 말이야. 어? 뭘 이렇게 발라당 까졌어? 아직 쪼그만 게."

결국 수건과 대야를 치운 이성이 돌아와서는 제영의 머리칼이나 조심스레 귀 뒤로 넘겨 정리해 주었다.

"하긴 처음부터 뭣도 없던 내 스폰서 해 주겠다고 고작 열세 살짜리가 나선 것부터 너는 기질이 보였어. 또라이 기질."

이성이 한숨을 푹 쉬었다. 제영이 몸을 돌려 누웠다. 눈 감은 제영의 얼굴이 이성을 마주했다.

"그래도 그렇지."

대답이 돌아오지 않을 질문을 던졌다.

"암만 내가 쓰레기라고 그걸 재활용까지 불가능하게 만드냐? 어?"

손을 뻗어, 몇 번이고 키스했던 제영의 입술을 부드럽게 덧그렸다. 그건 싫지 않았는지 제영의 입가가 슬그머니 풀리며 입꼬리를 올렸다.

"옷부터 홀랑 벗는 발랑 까진 게 처음일 거라고 상상이나 했었겠냐고."

말랑한 입술을 아주 살짝, 손끝으로 눌렀다. 겉은 조금 말랐나 싶지만 여전히 말캉하게 눌렸다. 이성의 입가에도 제영과 닮은 미소가 어렸다.

"꼬맹이가 예쁘게도 컸네."

"으응……."

말캉하고 축축한 혀가 나와서 입술을 축였다. 여전히 이성의 손끝은 제영의 입술을 누르고 있었다.

제영의 혀가 이성의 손에 닿았다.

감전이라도 된 것처럼, 손끝에서 스파크가 튀었다. 이성이 화들짝 놀라 뒷걸음질 치다간 기어이 침대에서 굴러떨어졌다.

"악! ……쓰읍."

이성이 제 뒤통수를 붙잡고 바닥에서 굴렀다. 혹시라도 제영이 깰까, 소리 없는 요란이었다. 이성이 간신히 아픔을 누르고 고개만 침대 위로 디밀었다.

굴러떨어져 머리통이 깨질 듯 아플 때보다, 이성의 표정이 더 일그러졌다.

제영이 울고 있었다.

"엄마……."

이성의 시선이 잠든 채 울먹이는 제영에게 붙박여서 움직일 줄을 몰랐다.

어떤 슬픈 멜로디를 들어도 눈물 한 번을 보이지 않았던 이성이었다. 그러나 제영의 짧은 잠꼬대 한 번에 눈물을 흘렸다. 그녀의, 처음 드러난 여린 속내에 심장이 조이듯 아팠다.

박제영이 윤이성을 만들어 나갔던, 그 시간이 파노라마처럼 그의 머릿속을 훑고 지나갔다.

산과 강, 바다. 밤하늘과 새벽녘, 노을에 잠겨서 저의 연주를 듣던 박제영.

이성은 그 순간마다 제영의 눈동자가 어떻게 떨리고 어떻게 서글픔에 젖었는지를, 전부 기억하고 있었다. 제영은 한심하다는 표정을 짓고 저를 보면서도 그 눈동자에는 건반을 두드리는 제 손가락을 향한 동경과 질시를 담고 있었다.

더럽고 치사하다고 생각했다. 어른이 되기도 한참 멀었던 계집애가 사람을 이렇게나 몰아붙이고, 독설마저 뱉어 대는 꼴에 열이 올랐다.

그런데도 이성은 포기할 수 없었다. 잔뜩 화를 내도 겁 하나 먹지 않으면서, 그러면서도 제 손가락을 좇는 제영의 눈동자가 너무나 서글퍼서. 그 눈빛에 부채감을 느끼고 있다고 여겼다.

그러니까, 박제영 같은 꼬맹이도 살아가는데 어른인 제가 고작 어린애의 독설에 져서 물러나는 게 자존심이 상해서라고 생각했다.

그만큼 제영을 동정했다.

동정, 했다고 생각했다.

나는 정말로 박제영을 동정하기만 했어?

박제영이 원하는 연주를 드디어 완성했을 때. 콩쿠르를 앞두고 미친 듯이 연습하던 저를 뒤에서 바라보던 제영의 시선이 신경 쓰이기 시작했을 때.

뒤돌아보면 마주할 수 있는 그 눈동자가 깊게 가라앉아 여러 색의 감정을 품고 있는 것을 알아 버렸을 때. 그 눈동자를 이성은 아직도 선명하게 떠올릴 수 있었다.

윤이성은 그때 저의 감정이 동정이 아닌 동경이 되었다고 여겼다. 시궁창에서 저를 이끌어 준 제영을 향한 고마움이 깊어졌다고 생각했다. 저보다 한참 어린 아이에게 고마움이라는 감정을 느끼게 된 제가 우습다고 생각하면서도, 당연하다고 여기고 넘어갔었다.

하지만 어떤 마음이든, 제영이 제 곁에 쭉 있어 주리라 확신하고 있었다. 무슨 이유인 줄도 모르고 그게 당연하다고만 여겼다. 제영이 제게서 깔끔하게 멀어지고 사라진 뒤에는 그래서 화가 났었고.

제게 갚을 길 없는 고마움만 남기고 떠난, 저의 멘토였던 제영이 괘씸해서 다시 쫓아온 거라고만……

그렇게 생각했었다.

"혼자 가지 마……."

이성의 볼을 타고 눈물이 조용히 흘렀다. 어쩔 수 없이 마주해야 했던, 제영의 꾹 참아 누르던 괴로움과는 다른.

훤히 드러난 여린 속내와 외로움을 마주하는 건 처음이라서. 그녀의 감정에 동화되어 눈물을 주체할 수 없었다.

이성의 입술이 조용히, 제영의 뺨에 내려앉았다.

"이런 쓰레기라도 괜찮으면."

잠결에 다가온 제영의 손이 이성의 손끝에 닿았다. 이성이 제영의 손을, 꽉 붙들었다.

"네가 외롭지 않게 해 줄 수 있는데. 바보야."

이성이 제게 다시 질문을 던졌다. 넌 박제영을 그저 동정하고, 동경하고, 고맙기만 한지.

여전히 답을 알 수 없었다. 그저 뚜렷하고 맹목적인 하나의 결심만은 굳어졌다. 이렇게 깊이 잠들어서 저의 여린 내면을 꺼내고서야 외로운 눈물을 흘리는 제영을 외롭게 하고 싶지 않았다.

02. 내 피아니스트, 내 스폰서

주 5일을 강의로 꽉꽉 채운 제영은 몸뚱이의 꼴이야 어쨌든 오늘도 등교해야만 했다. 목요일. 하필이면 오전부터 전공 수업이 있는 날이라 늦거나 빠질 수도 없었다.

이성의 집에서 나와 곧장 학교로 왔다. 결과적으로, 어제 입은 옷을 그대로 입고 등교했다. 옷은 제영이 잠든 사이 이성이 빨아둔 터라 깨끗하고 보송했지만.

아무튼 남이 보기에는 어제와 같은 옷이었다.

"쟤가 이거지? wanted."

"어! 윤이성이 SNS에 올린 이게 쟤겠지!"

"그리고 뭐더라? 스폰서?"

"헐! 그게 진짜 쟤야? 저 아싸가?"

강의실에 앉기도 전부터 뒷담인지 앞담인지가 작렬했다. 근데 wanted는 또 뭐야. 아무래도 윤이성이 이곳 캠퍼스에서만 사고를 친 게 아니라, 제 SNS에도 뭐라고 글을 남겼던 모양이다. 윤이성은 제정신이 아니었다. 제영은 티 나지 않게 얕은 한숨을 내쉬고 듣지 못한 것처럼 무시했다.

어차피 어제 그 사달이 났고, 목격자도 많았던 이상 이미 예견된 상황이었다. 이럴 땐 어떤 반응이든 내놓는 것보다 무시가 답이었다.

어릴 때 이보다 더한 저급한 관심도 무수히 받아 봤다. 제영은 이런 상황에, 빌어먹게도 이골이 나 있었다.

"맨날 고만고만한 꼴로 다니고 그렇게 돈이 많아 보이지도 않던데 쟤 진짜 맞아?"

"맞아. 은별이가 방송부잖아. 바로 앞에서 봤대."

"헐. 학생회비도 자긴 축제 MT, OT 참여 안 한다고 안 내고 아끼던데?"

뒷자리의 숙덕거림에 하나둘씩 목소리가 늘었다. 물어뜯기 즐거운 가십이긴 하지.

제영은 여전히 들리는 말을 다 무시하는 채로 전공서를 펼쳤다. 『실용 음악 이론 Ⅱ』. 교수님은 언제 오시는 건지. 그럼 잠깐이라도 이 시끄러움이 그칠 텐데.

"우리 같은 평민한테는 티도 안 날 부자인가 보지."

"아 뭐래! 외제 차 끌고 다니는 평민도 있냐? 딴 사람은 몰라도 네가 그런 말 하면 안 되지!"

"우리 집도 스폰서는 못 해! 다이아 수저 입장에서 은수저나 동수저나 아니냐?"

저들끼리 깔깔 웃으면서 뒷담이 이어졌다. 곧 교수님이 들어오고 강의가 시작될 거였다. 이어폰이라도 껴서 저 헛소리들을 차단하면 좋을 텐데, 그럴 수가 없었다. 제영이 한숨을 얕게 내쉬며 펜이라도 미리 꺼내 손에 쥐었다. 전공서 옆에 펼친 노트에 의미 없는 선을 끼적거렸다.

그때, 학생 무리의 목소리가 조금 더 낮고 은근해졌다.

"야…… 근데 쟤 어제랑 옷 똑같은 거 맞지? 학교 어플에 올라온 목격담이랑 똑같잖아. 파란 티에 검은 청바지, 신발은 흰색 스니커즈. 목 뒤에 브랜드 로고 프린팅."

"맞는 것 같은데? 잠깐만……. 어, 진짜네. 맞네!"

"헐, 설마?"

"무슨 설마야! 찐이지! 스폰서면 원래 뭐 그렇고 그런 것도 하고……."

그렇고 그런 걸 하긴 했으니까 저게 틀린 말은 아닌데. 너희가 생각하는 거랑은 좀 다르거든. 이런 말을 뱉을 수 없는 상황이 퍽 답답했다.

"야 그리고, 여기 윤이성이 올린 사진 봐라. 돈에, 수갑에……. 이게 다른 건 몰라도 수갑에서 느낌이 팍 오지 않냐?"

"……야, 난 변태 같은 플레이는 좀 그렇다."

윤이성은 대체 무슨 사진이랑 어떤 글을 올린 건데. 제영이 잠깐이나마 확인해 봐야 하는 거 아닌가 싶은 생각을 했다.

하지만 생각을 고쳐먹었다. 윤이성이나, 제 등 뒤에서 떠들어 대는 사람들이나. 확인하고 말하고 변명한다고 들어 먹을 족속들인가?

역시 무시가 답이다.

"야 근데 윤이성이 좀 잘생기긴 했어도 나이가 좀 그렇지 않아?"

"윤이성 정도면 난 가능할 것 같은데?"

"가능은 무슨! 그런다고 윤이성이 너 같은 평민이랑 놀아 주냐?"

"저가 먼저 물어봐 놓고! 그리고 나 아까 변태는 싫다고……. 어, 야. 교수님 오신다."

전공 교수가 들어오고 나서야 강의실이 조용해졌다. 모여서 떠들어 대던 학생들도 자리를 찾아 앉았다.

그런데, 제영의 가슴속은 도통 시끄러움이 가라앉지 않았다. 출석을 부르던 교수가 제영의 이름을 부르면서, 그녀를 묘한 눈으로 바라보았다.

"……박제영?"

"네."

손을 들고 아무렇지 않게 대답한 제영이 곧바로 고개를 숙였다. 책을 보는데 눈에 제대로 들어오는 게 없었다.

짜증 났다.

'애들이나 교수나…….'

그날 강의는 엉망이었다. 교수는 강의 내내 제영에게 묘한 시선을 보냈다. 차라리 애들 말을 진짜라고 생각해서 똑같이 시기나 질시, 혹은 가십을 대하는 눈빛으로 봤다면 더 나았을 거다.

묘하게 끈적한 눈에서 사심이 느껴졌다. 성적인 거든, 뭐 다른 것이든.

학교고 졸업이고. 제영의 인내심이 지금보다 조금만 더 적었거나, 할아버지가 남긴 마지막 말만 아니었더라면 제영은 당장 강의실을 뛰쳐나갔을 것이다.

"제영아, 이 할아비는 네가 남들 하는 평범한 건 다 했으면 좋겠다."

대학을 졸업하고 직장도 다녀 보고. 연애도 하고 결혼을 하고. 뭐 그런 것들이 할아버지가 말한 평범한 것들일 테니까.

그 길을 걷는 게 제영에게는 무엇보다 가장 어렵다는 걸 할아버지가 제일 잘 알고 계셨다. 그래서 그런 말을 하고 눈을 감으셨을 거다.

제영은 강의 내내, 오직 할아버지 얼굴만 머릿속으로 덧그렸다. 고전 음악의 화성을 강의하는 교수의 말이야, 제영은 어릴 때 이미 다 깨우친 것이라 제대로 듣지 않아도 상관없었다.

문제는 이런 상황이 제영의 시간표를 채운 4교시까지 이어졌다는 거였다.

그러잖아도 어제 일 때문에 몸이 아프고 힘들었는데 정신까지 진력이 나 버렸다. 마지막 강의가 끝나고 빠져나가는 학생들이 한 번씩 제영을 흘겨보았다.

제영은 남들이야 저를 보든 말든, 바로 나갈 기운이 없어서 강의실 책상에 엎드렸다.

그런 제영을, 누가 뒤에서 불쑥 끌어안았다.

"헬로, 마이 스폰서."

강의실을 나서던 학생들의 발걸음이 언제부턴가 뚝 끊겼다 싶더니. 그럴 만한 사람이 강의실로 불쑥 들어와서였다.

다름 아닌 이성이었다. 제영이 이 꼴을 당하게 만든 원흉!

그가 내친김에 제영의 뺨에 입맞춤까지 했다.

"매니저 만나서 연주회 계약 잡고 활동 재개하겠다고 확정 땅땅! 하고 왔어. 나 잘했지?"

그러면서 이성이 제영에게 뭔가를 불쑥 내밀었다. 이성의 휴대전화였다. 제영에게는 썩 익숙하지 않은 SNS 화면을 띄운 채였다.

〈복귀〉

본업으로 돌아가야지.

필요한 걸 찾았으니까.

단추를 세 개는 풀어 헤친 러프한 차림의 윤이성이 자신의 집 거실 한가운데에 떡하니 놓여 있던 파지올리사의 그랜드 피아노에 앉은, 약간 흔들린 사진이 먼저 보였다.

그리고 아래에 쓰인 글은 딱 두 줄로 아주 짤막했다. 필요한 걸 찾았으니까 본업으로 돌아가겠단다. 제영이 화면으로 손가락을 뻗어 툭툭 밀어 올렸다. 화면이 죽 올라가며 아래에 윤이성의 팔로워들이 남긴 댓글이 보였다.

온통 '???' 천지였다. 제영이 천천히 댓글을 훑었다.

'본업이 뭔데요?'

'호빠질 해서 돈 버나?'

'얼굴은 오늘도 열일하네.'

'ㅁㅊ 파지올리 그랜드 피아노 ㄷㄷ 저거 ㅈㄴ 비싼 건데…….
오늘도 돈지랄 플렉스 제대로 보여 주시네.'

'그래서 직업이 뭐라는 거임? 피아니스트? 옛날에 TV에서 얼굴
은 본 것 같은데 연예인임? 드라마 찍나? 조연?ㅋㅋㅋ'

'전에 찾는다던 건 찾으셨나 보네용! 오빠 팔로 잘 안 받아 주시
는 거 아는데 맞팔 소통해요♥'

아주 간간이 그가 국제 콩쿠르의 가장 유명한 1등 없는 2등, 피
아니스트 윤이성임을 기억하는 사람들의 댓글도 보였다. 주르륵
읽다 보니 '더 보기'라고 쓰여 있고 댓글이 뚝 잘렸다. 그리고 그
아래로는 문제의 그 'wanted' 게시글이 보였다.

제영이 휴대 전화 화면과 이성을 번갈아 보았다. 멋도 모르고
윤이성은 실실 웃는 낯이었다.

그래, 넌 웃음이 나오겠지.

제영이 마지막으로 화면에 손가락을 크게 휘둘러 죽 올렸다. 그
아래로는 한참 지난 날짜들이 지나쳐 가며 온갖 명품과 난잡하고
화려한 파티 사진들 천지였다.

제영이 입술을 꽉 물었다. '잘했냐고? 그래. 참 잘했다, 이 새끼
야.' 하고 내질러 버리고 싶은 마음이 일었다. 하지만 지금 제영의
안에 찬 화가 어디 전부 이성의 몫이던가.

원흉은 윤이성이 맞아도, 일을 키운 것조차 그리고 하더라도, 지
금 제영이 느끼는 울분은 이성이 전부 감당할 건 아니었다. 제영

은 이런 구분은 참 잘 했다.

"당장 공연을 하겠다고? 매니저는 별말 안 하고?"

"3년 전에 잠수 탄 거야 그때 이미 위약금 파티 하면서 정리 끝났고, 매니저 형은 나 복귀한다고 하면, 당연히 환영해야지."

"위는 안 아파 보이시던?"

"아플 게 뭐야."

"앞으로 윤이성 씨 사고 막으려면 위장약이라도 좀 사 드려야겠네. 근데 갑자기 공연한다고 하면 공연장이 떡하니 잡히고?"

"복귀만 한다고 하면 자리 주겠다고 줄 선 곳이 열 군데는 된다는데. 형 말로는."

제영이 실소했다. 당장 윤이성이 직접 굴리는 SNS에서도 그가 피아니스트임을 잊은 사람이 이렇게나 많은데. 클래식계는 여전히 이성을 기억한다고 하더라도 대중이 잊은, 스타성이 흐려진 그를 받아 줄 곳이 정말로 그렇게나 줄을 섰을 리가 없었다.

"그래 공연장은 자리 주겠다고 줄 섰다고 치고. 협찬사, 후원사는? 연습이야 집 좋으시던데 집에서 하면 된다 해도 정작 중요한 것들이 바로 해결은 되세요?"

"이게 은근히 나를 무시하네."

"그럴 만한 증거가 될 걸 보여 줬잖아. 윤이성 씨가 방금 나한테."

제영이 불이 꺼진 이성의 휴대 전화 화면을 턱짓으로 가리켰다. 이성이 입꼬리를 비죽 올려 웃었다.

"와. 기껏 확인까지 시켜 줬는데도 이게……."

"공연을 할 거면 매니지부터 찾아가 보고 계약서라도 들고 왔어야지."

"성길 형, 그러니까 내 매니저 통해서 계약서는 이미 받았……. 나 여기서 계속 구구절절 해야 돼?"

"안 될 거 있어?"

"너, 나 못 믿는구나."

"3년이나 쉬었던 사람의 뭘 믿어, 내가?"

이성이 입술을 비죽 내밀고 불퉁한 표정을 지었다. 그가 손에 쥔 휴대 전화를 주머니에 찔러 넣고, 길쭉한 다리를 접어 앉았다. 이성의 턱이 제영의 강의실 책상에 얹어졌다. 그대로 이성이 고개를 삐딱하게 기울였다. 입술을 비죽 내밀어 '나 섭섭해요.' 티를 내는 꼴이 같잖았다.

"씨발, 내 연주 들었잖아. 들어 놓고 못 믿어?"

한번 성질이 왈칵 올라왔는데, 윤이성답지 않게 참는 게 보였다. 결국 제영이 피식, 웃음을 터뜨리고 말았다.

"사람 서운하게 해 놓고 웃음이 나냐?"

"잘."

"자알?"

"그래. 잘. 그래도 공연하겠다는 그쪽 의지는 믿을게. 그리고 공연장이 줄 섰다는 것까지도, 뭐……. 계약서는 실물 봐야 믿을 거고. 근데 공연 확정되면 시기는 늦어도 괜찮지만, 공연장은 작은 데 잡지 마. 어설프게 했다가는……."

제영의 손이 이성의 부드러운 금갈색 머리칼을 헤집었다. 다분히 친밀한 손길이었다. 이성은 저보다 한참이나 어린 제영의 손길에도 건방지다는 생각보다, 기분 좋다는 생각을 먼저 했다.

그가 입꼬리를 올려 헤죽 웃었다.

"사람들이 3년 동안 윤이성이 겁먹었다고 생각할 거 아냐."

"내가?"

이성이 입꼬리를 비틀어 웃었다.

"윤이성이 겁을 먹는다고? 피아노에?"

제영은 답하지 않았다. 이성도 언제 싸늘하게 웃었냐는 듯 부드럽게 풀어져선 제영의 손에 제 손을 얽고 장난을 걸었다.

주변에 몰려든 다른 사람들은 전부 눈에 들어오지도 않는 것처럼 굴었다. 둘 다. 마치 연인처럼, 혹은 사이좋은 친구처럼 대화를 나누고 있었다. 비록 대화 내용은 연인 같지도, 친구 같지도 않았지만 둘 사이가 격 없고 친해 보이는 것만큼은 확실했다.

인간이란 참 우스웠다. 학생들은 방금까지 수군거리며 저들과 다른 가치로 놓았던 제영을, 이번에는 저들과 같은 학교 '학생'으로 두었다. 인식의 변화는 빨랐다. 제 좋을 대로 흘렀다.

똑같은 학교에 다니고 같은 학생인 제영이 동경해 마지않을 수 없는 이성을 편하게 대했다. 그럼 같은 학생인 저도, 이성에게 조금은 쉽게 다가가도 괜찮을 것처럼 여겨졌다.

"저기…… 피아니스트 윤이성 씨 맞으시죠?"

제영과 속닥거리고 있던 이성이 용기 내 제게 말을 건넨 학생의 목소리에 대화를 뚝 멈추었다. 제영과 보내는 시간을 방해당한 기분이라 썩 좋진 않았다.

하지만, 어쨌든, 아무튼. 제영과 같은 강의를 듣는 학생이었다. 가장 가까이에서 있다가 코앞에서 말을 건넬 수 있을 정도면 뒤늦게 몰려든 타인은 아니리라.

이성은 어제 제가 저지른 사고를 떠올렸다. 그게 아마, 제영을 좀 곤란하게 했을 것 같은데.

이성이 상냥함을 가장한 목소리로 웃으며 답했다.

"보는 대로?"

"와! 저, 저랑 저희 엄마랑 다 윤이성 씨 팬이에요! 사, 사인 좀…… 부탁드려도 될까요……?"

이성은 데뷔 초창기 성질머리와 기타 등등을 숨기기 위해 웃기지도 않을 신비주의를 고수하느라 경호원과 관리인들에게 싸여 지냈고, 인정받은 뒤로는 사고뭉치 싸가지를 고수했다.

그런 그였다. 이렇게 가까운 곳에서 마주치고, 사인을 요청할 수 있을 만큼 만만한 인사는 아니었다. 그러니 기회가 있을 때 받고 싶겠지. 사인만 해도 얻어 내기 쉽지 않은 사람이 눈앞에 있으니까.

진짜 팬이든, 아니든.

이성이 다시금 친절한 얼굴로 되물었다.

"그쪽은 누구? 제영이 친구?"

"네! 저 쟤랑 같이 강의 듣는……."

학생이 일말의 양심도 없이 제영의 친구를 가장했다. 가만히 두고 보고 있던 제영이, 기어이 참지 못하고 비웃었다.

"쟤 내 친구 아닌데."

"아냐? 그럼 선배? 아니면 후배?"

이성이 재밌어 죽겠다는 얼굴로 되물었다. 물론 제영을 바라보고서였다. 제영이 이성과 사인을 요청한 학생, 그리고 아까 그 학생과 함께 저를 씹어 대던 다른 학생들을 하나씩 흘긋 보았다.

"나 학교에 친구 없어. 선배, 후배, 동기…… 그것도 틀린 말은 아닌데, 너무 상냥한 해석이고."

"없어?"

"없어."

"그럼 뭔데?"

본래도 중저음인 이성의 목소리가 한층 낮아졌다. 덕분에 분위기가 확 가라앉았다. 찬물이라도 끼얹은 듯했다.

선 채 얼어붙은 용기 넘치는 학생을 제영이 턱짓으로 가리켰다.

"이쪽은 나한테 맨날 고만고만한 거나 걸치고 다니는 애가 무슨 돈으로 스폰을 하냐고 했던 사람."

"……뭐?"

"저 뒤에 종이랑 펜 꺼낸 사람은 어제랑 오늘이랑 옷이 똑같은데 무슨 일이 있었냐고 궁금해하던데."

누구는 수저가 어쩌느니 했고, 또 누구는 스폰서라는 단어가 가진 더러움을 정의하기도 했다.

지적당한 이들의 얼굴이 새빨갛게 달아올랐다.

"쟤는 등에도 눈이 달렸나? 뭐같이 무섭네 진짜……."

제영의 지적을 피해 간 뒷담 무리의 누군가는 그 와중에도 옆에 선 친구의 귀에 속삭였다. 숫제 비아냥대는 꼴이었다.

빌어먹게도 제영은 귀가 너무나 좋았다. 그녀가 가진 선천적인 축복 중에서, 비참했던 그 사고가 **빼앗아** 간 건 고작 화목한 가족과 손가락뿐이라서.

"등에 눈이 달리진 않았는데, 내가 귀가 정말 좋아서."

제영의 말이 끝나기 무섭게 누구 하나가 딴청이라도 피우듯 시선을 돌렸다. 책상에 턱을 괴고 있던 이성이 자리에서 일어났다. 훤칠한 키 덕에 대부분을 내려다보게 된 이성의 얼굴에 딱딱한 무뚝뚝함이 앉았다.

"뭐냐 이거?"

"어제 그쪽이 저지른 일의 대가를 내가 받고 있던 상황?"

"아, 어제 그거."

이성이 읊조리며 느리게 목덜미를 주물렀다. 짧은 실소도 뱉었다.

"나랑 너랑 무슨 사이인지 뭐 내가 여기서 대국민 담화라도 해야 해?"

"해야지."

이성이 제영을 쏘아봤다. 제영은 당당하게 이성의 시선을 맞받아쳤다. 온전히 화를 전부 쏟아 낼 대상이 이성이 아닌 건 맞지만, 애초에 이런 상황에 놓이게 한 게 그였다.

제영의 눈빛에서 그 기색을 읽은 이성이 마지막 남은 실낱같은 인내심을 끄집어 올렸다. 제게 이딴 거나 수습하게 시키는 게 박제영만 아니었어도.

"하라면 못 할 거야 없지, 그래. 나랑 박제영 사이. 열세 살 박제영이 보호자 손 잡고 코 찔찔 흘리면서 나 후원해 주겠다고 한 거. 그거 여기 있는 놈들은 모를 거니까. 둘이서 어떻게 날 들들 볶아서 국제 콩쿠르 수상까지 가능하게 한 피아니스트로 만든 것도."

"내가 언제 코를 찔찔 흘렸다고?"

"스물두 살이 보기에 열세 살이 그럼 코나 찔찔 흘리는 애새끼지, 씨발."

제영을 봐서 그녀에게 향하는 짜증은 숨겼다. 숨긴 게 이 정도였다. 제영은 윤이성이 화를 낼 때 내더라도 정신머리는 온전하게 붙어 있는 것만도 다행으로 여기기로 했다. 제 원래 이름이나 둘 사이의 사연을 너무 솔직하게 발설하지 않은 것만 해도, 이성치곤 대단한 일이었다.

초창기의 아주 잠깐을 제하고는 피아니스트 활동 중에도 온갖 사고를 쳤던 윤이성이 아니던가.

"서른하나 보기에는 여기 학생들도 앞뒤 분간 못 하는 애새끼들이고."

이성이 긁히는 소리가 날 정도로 낮게 말했다. 그러면서 몰려든 사람들을 둘러보는 눈에 싸늘한 기색이 완연했다. 가까이만 있어도 살이 얼다 못해 트고 찢길 정도로 추웠다.

가까이에 있던 사람들이 어설프게 한 발짝을 물러났다. 이성에게 기가 질린 탓이었다. 상황 모르고 강의실 밖에까지 몰려 있던 사람들이 웅성거리며 밀려났다.

아직 끝이 아니었다. 이성의 목소리가 더욱 커졌다.

"우리가 함께했던 역사는 여기까지 하고."

그러면서 이성이 제영을 바라보며 활짝 웃었다. 방금까지 싸늘하게 얼어붙어 화내던 사람이 갑자기 웃으니 이건 숫제 미친놈의 꼴이었다. 제영이 고개를 내저었다.

"그럼 어제 일로 돌아가서. 너 옷 꼬라지가 어제랑 똑같은 게 뭐가 어쨌다고? 3년 만에 만나서 할 얘기가 많았던 게, 그래서 너한테 내 집 방 한 칸 내준 것도 내가……."

그가 사람들을 하나하나씩 노려보았다. 전부 제영이 콕 짚어 바라보며 들은 말을 돌려주었던 사람들이었다.

"하나하나 다 굽신거리면서 여기 애새끼들한테 일일이 해명해 줘야 하나?"

가까이에 선 사람들에게서는 숨소리, 침 삼키는 소리나 겨우 들렸다. 밖에서는 여전히 영문 모르고 웅성거리는 소리가 들렸다. 이성이 실소했다. 그가 제영을 억지로 붙잡아 세웠다. 제영이 붙잡힌 팔의 통증에 약하게 신음했다.

제영은 누군가 자신을 이렇게 붙잡고 억지하는 상황을 싫어했다. 만일 이성이 할 말 못 할 말 가리지 않았더라면 제영은 그의 손을 뿌리쳤을 거다.

하지만 이성은 제영이 숨기고자 하는 것들을 전부 숨겨 주었다. 정말로 퍽 기특했다. 비록 얼굴 꼬락서니는 아수라가 따로 없게 웃었다 화냈다 미친놈의 행색을 하고 있더라도 말이다.

물론, 그들이 상상했던 대로 제영과 이성이 밤을 보내긴 했다. 이성이 말한 길어진 대화란 몸과 몸의 대화였으니까 말이다. 하지만 이건 그들이 상상하는 돈이 얽힌 더러운 관계는 아니었다.

따지자면, 연주회라는 화대를 주고받긴 했지만…….

그건 이들이 알 바가 아니었다.

"또 뭐 남았어? 내가 왜 3년이나 잠적했는지? 그것도 여기서 해명해?"

제영이 고개를 저었다. 그거야말로 몰려든 뜨내기들이 알아야 할 필요가 없는 내용이었다. 하지만 아까까지만 해도 기특했던 윤이성이 이제는 제영의 말을 듣지 않았다.

얼굴만 활짝 만개해 웃는 채로, 그러고도 어딘가 나른한 색을 감추지 못하는 얼굴로 실실거리며 말했다.

"그건 하지 마? 싫은데 어떡하냐."

"윤이성."

"알려면 제대로 다 알아야지. 네가 나 뜨자마자 후원 계약 조건 채웠다고 튀어 버린 거 얘넨 모르지? 죽은 늙은이가 나 후원한 거나 겨우 알까 말까 한 애새끼들이 하긴 알긴 뭘 알겠어. 정작 날 키운 게 너라는 거."

"그만해."

"아직 말 다 안 끝났다니까. 할 만큼 해명하라며. 한다고."

"미친놈처럼 굴지 말고 이제 그만해!"

"나 미친 개새끼처럼 날뛰는 거 하루 이틀 봤나. 알면서 목줄 풀고 튄 건 너잖아. 뭣 같은 인생 살던 거 구해다 제 능력 찾아서 돈 방석에 앉혀 놨으면, 끝까지 길들여서 순하게 만들고 은혜 갚을 시간까지 주는 게 개새끼의 주인 된 도리 아니냐?"

이제는 숫제 저를 개로 칭하고 있는 이성의 작태에 제영이 입을 벌렸다. 제영의 팔목을 붙든 이성의 손아귀에 다시 힘이 들어갔다.

"사람은 돈만 있으면 사는지 모르겠는데. 나는 개새끼라, 그것

도 미친 개새끼라 나 관리해 줄 우리 스폰서 목줄 없으면 안 되
거든?"

제영의 미간이 왈칵 찌푸려 들었다. 이제야말로 다시금 힘이 들
어간 이성의 손을 치워 내려 했다. 당연히 실패했다. 이성은 지금
이성을 잃고 폭주 중이었다.

이성이 제영의 붙잡은 팔을 제 목에 가져다 댔다. 제영도 피아
노를 쳤던 만큼, 체격에 비해 손이 작지 않았다. 그 손이 이성의
목울대를 감쌌다.

"이제 다시 꽉 채웠으니까, 놓지 마. 안 그럼 다음에는 아주 물
고 늘어져서 미친놈 바이러스라도 옮겨 둘 거니까."

이성의 말에 다들 소리 없이 경악했다. 박제영이 윤이성의 목줄
이란다. 그 말을, 윤이성이 본인의 입으로 뱉었다.

그러잖아도 이성이 학교에 찾아와 사고를 치기 전에 SNS에 올
린 사진 때문에 별말이 다 오갔었다. 의미 없는 사진 속 수갑 하나
에, 저걸로 무슨 플레이를 했느니 어쨌느니⋯⋯. 거기에 오해가 하
나 더 더해졌다.

"목줄이래⋯⋯."

"수갑에 목줄⋯⋯."

"수갑을 그럼⋯⋯."

성적도, 행색도, 무엇 하나 눈에 띄지 않게 학교생활을 하던 제
영이 '그' 윤이성에게 수갑과 목줄을 채우는 이미지가 주변의 머릿
속에 박혔다.

모두의 경악이야 어쨌든 제영은 이제 이성 때문에 피곤해졌다.

그녀가 한숨과 함께 말했다.

"……제발 거기까지만 하자."

"이제 일 열심히 하겠다고, 예쁜 짓 했다고 칭찬 좀 들으러 왔다가 개소리만 짖고 가네?"

"그 입 좀 어떻게 해! 제발!"

제영이 기어이 이성의 손에서 빠져나가는 데 성공했다. 그녀가 이성을 덜렁 남겨 두고, 사람들이 몰려든 뒷문이 아닌 강의실 앞문으로 쑥 빠져나갔다.

분위기 탓인지, 아니면 그녀의 말마따나 친구랄 것은 하나도 없는 탓인지 제영의 뒤까지 쫓는 사람은 아무도 없었다.

멍하니 버려진 이성이 눈을 크게 뜨고 깜박였다. 분명히 좋은 분위기로 제영에게 칭찬 좀 듣고, 어제 정말로 하지 못했던 진짜 대화나 좀 하려고 왔는데.

이게 뭔 상황이야?

"야, 야! 박제영! 같이 가!"

이성이 뒤늦게 제영을 쫓아 나갔다.

멍청하게 굳어 있던 사람들은 이성이 시야에서 사라지고 나서야 움직였다. 바깥에서부터 번진 웅성거림이 점점 커졌다.

그들은 흩어지기 전에, 꼭 한 번씩 제영과 이성에게 눈총을 받았던 그 '무리'들을 흘겨보고 사라졌다. 그 쉽지 않은 윤이성이 나타난 자리를 엉망으로 만들었다는 책망이 섞인 눈빛이었다.

사실, 침묵으로 동의하던 대다수도 그들과 별반 다르지 않았음에도 그러했다.

* * *

홀쩍 먼저 달려 나간 제영을 이성은 제 길쭉한 다리로 금세 따라잡았다. 쫄랑쫄랑 쫓아오는 것 같더니 금세 어깨가 잡혔다.

그대로 캠퍼스 교정에 멈춰 섰다. 주변의 시선이 하나둘 따라붙는다. 하지만 이성의 기세 때문인지 아까처럼 달라붙어서 말을 거는 사람은 없었다.

제영이 얕은 한숨을 뱉었다.

"다행히 눈치는 있더라."

"너만 잘나서 내가 떴겠냐?"

"미친 개새끼라서 목줄 없으면 미쳐 날뛴다며."

이성이 제영을 노려보았다. 하여간 얄미워 죽겠는 꼬맹이였다. 어제 뜨거운 대화를 나눌 때만 하더라도 꼬맹이답게 귀엽더니.

다시 싹퉁머리 없고 못된 박제영으로 돌아왔다. 이성이 욱했다.

"지금은 찼잖아. 박제영 목줄. 근데 넌 편들어 줄 친구 하나 안 만들어서 저딴 소리를 처듣고 있냐?"

누구보다도, 제영의 앞에서는 정신 연령이 낮아지는 이성이 소리쳤다. 제영이 코웃음 쳤다.

"이게 누구 때문에 벌어진 일인지는 잊었니?"

"그건……!"

곧장 반박하려던 이성이 입을 닥쳤다. 입이 열 개라도 할 말이 없었다. 하긴, 아까 제영이 들었던 숱한 비겁하고 더러운 말들은 전부 제가 저지른 일의 후폭풍이었다.

이전에 제영이 친구가 있었든, 없었든 이성이 저지른 일이 아니라면 들을 일도 없었던 말이었다.

그런데 미안하다는 말은 곧 죽어도 나오질 않았다. 고개만 푹 숙인 이성이 혼자 구시렁거렸다. 제영은 무시하고 제 갈 길이나 갈까 하다가, 팔짱을 끼고 이성을 바라보았다.

아무리 고개를 숙이고 있어도, 키가 껑충해서 제영에게 입 모양이 다 보이는 건 알까. 퇴폐적이지만 수려한 얼굴이 구시렁거리는 게 우습기도 하고 귀엽기도 했다.

슬그머니 이성의 시선이 제영을 향했다. 눈이 마주쳤다.

이성은 언제 의기소침했냐는 듯 씩 웃었다.

"아무튼 이제 개처럼 열심히 일한다니까? 나 빨리 칭찬해."

제영이 고개를 모로 기울였다.

"개처럼이 아니라 소처럼이겠지……. 그리고 이미 공연이나 일에 대한 건 선불 받았잖아?"

"그건 첫 공연 잡는 비용이니까 별개지! 날로 처먹냐?"

"……지랄한다."

들을 만큼 들어 줬다고 생각한 제영이 한숨과 함께 말했다. 그러곤 등을 돌렸다. 오늘의 볼일은 끝이었다. 그래도 내심 이성이 등장해서 답답했던 속을 뚫어 줬다는 기분은 들었다. 비록 저의 이미지는 후원 대상에게 수갑에 목줄까지 채우는 변태가 된 듯하지만.

어쨌든 티끌만큼은 고맙기도 하다만, 칭찬은 글쎄.

제영이 또 이성만 놓고 성큼 걸었다. 가만히 서서 칭찬을 기다리고 있던 이성이 이를 악물었다.

어울리지도 않는데 욕설을 지껄이고 또 나만 버리고 가 버린다 이거지.

"열받네?"

이성이 중얼거리며 선글라스를 썼다. 마스크까지 챙길 정신은 없었다. 그가 긴 다리로 또 휘적휘적 걸어서, 제영을 붙잡았다.

울컥한 마음이 고스란히 담겨 이성의 손아귀에는 제법 힘이 들어갔다. 제영이 저도 모르게 비명을 내지를 정도였다.

이성이 제영의 비명에 멈칫하며 잡았던 손목을 놓았다. 제영이 입술을 깨물고 이성을 노려보며 아픈 손목을 주물렀다. 이성의 손이 흠칫거리며 제영의 손목으로 다가가려다 말았다.

"나 할 말 안 끝났거든?"

"네 할 말 끝나든 아니든 내 알 바 아냐! 그리고 이거 폭력이야! 알아? 활동 다시 한다며! 넌 얼굴값하는 놈이라서 얼굴 아는 사람도 많은데 이렇게 조심성 없게 행동할 거야? 그래 놓고 칭찬을 바라?"

제영의 목소리는 그 어느 때보다 싸늘했다. 하지만 이성은 제영의 싸늘한 목소리보다도, 제가 붙잡았던 그대로 손자국이 남은 제영의 손목이 더 신경 쓰였다.

너무 세게 붙잡았나. 치를 떨 정도로 내가 붙잡는 게 싫고, 아팠나.

분명 속으로는 그렇게 생각했으면서도, 이성의 입에서는 빈정거리는 말이 나왔다.

"알아보라고 해. 내가 언제는 뭐 좋은 이미지였냐?"

"야!"

주변을 의식해서 최대한 목소리를 줄이던 제영이었다. 그러나 막무가내에, 요지부동이기까지 한 이성의 미친 짓에 기어이 제영의 목소리도 커지고야 말았다.

이성은 아예 그런 제영을 들쳐 멨다. 제영이 이미 몰려든 사람들의 시선에 차마 소리는 못 지르고, 대신해서 그의 등짝만 퍽퍽 쳤다.

아프지도 않은지 이성은 꿋꿋하게, 제영을 제 차까지 메고 와서야 내려 주었다. 당연히 조수석에.

그리고 저는 운전석에 앉았다.

이미 사람들의 시선을 지독히도 많이 끌었다. 차마 내리지는 못하고, 제영이 이성에게 울화를 터뜨렸다.

"윤이성!"

"왜!"

"넌 어쩌려고 이렇게 막무가내로 살아?"

"내 인생 내가 사는데 박제영이 무슨 상관이야!"

"그 인생 바닥에 처박혀 있는 거 내가 끌어다 올려놨어! 그리고 내가 뭐 네 목줄이 어떻고 그 말은, 그쪽이 했지 내가 했니?"

이성이 제영의 말을 무시하고 시동을 걸었다. 차가 출발한다. 어제랑 닮은 상황이었다.

"차 멈춰!"

"싫어!"

"야!"

"사람을 시궁창에서 끌어다 여기까지 올려놨으면 끝까지 책임 좀 져 주면 안 되냐?"

차 안이 삽시간에 조용해졌다. 제영은 이성을 향하던 시선을 창밖으로 옮겼다. 신호에 걸려 차가 멈추기라도 하면 내려 버리리라.

그런 생각을 했다.

"너, 내 연주가 좋아서 나 스폰 한 거 아니야?"

제영은 여전히 묵묵부답이었다.

"내 피아노가 듣고 싶어서 나랑 잔 거 아니냐고."

"……그래."

"그럼 내가 피아노 아예 때려치우면. 그래도 돼?"

못 그럴 거면서. 제영은 그렇게 생각했다. 일부는 확신했다. 그와 닮은 피아노를 쳤던 자신부터가 손이 망가진 채로도, 피아노도 음악도 완전히 놓지 못했으니까.

하지만 100퍼센트 확신하지는 못했다. 윤이성은 박제영이 아니니까.

"잠자리 한 번에 공연 한 번. 어제 그쪽이 내건 조건이었고, 난 앞으로도 필요하면 할 생각 있어."

"어?"

얼빠진 이성의 되물음에 제영이 피식 웃었다. 입꼬리가 비틀려 올라간 비소가 아직 앳됨이 남은 얼굴에 지나치게 잘 어울렸다.

"성인 남녀가 잠 좀 자는 거 그게 뭐라고……."

이번엔 이성이 벌어진 입을 다물지 못했다. 지금 저게 박제영 입에서 나온 소리 맞아?

"그럼 된 거 아냐?"

"……뭐가 되는데?"

"윤이성, 너 아무리 또라이라도 약속은 확실히 지키잖아. 그러니까 필요할 때마다 나랑 그쪽이랑 자면 되는 거 아니냐고."

이성이 갑갑한 속내를 내리눌렀다. 이런 대화도 이런 관계를 원한 것도 아니었는데. 어디서부터 꼬였지?

"어떻게?"

"뭘 어떻게야? 필요한 타이밍에 내가 너랑 해 주면 되는 거 아니야? 여태 내가 한 말 제대로 듣기는 했니?"

"해 주면?"

'해 주면'이란다. 지랄이니 뭐니 하는 욕보다 그 말이 더욱 이성의 심장을 아프게 찔렀다.

난폭하게 차선을 바꾼 이성이 급브레이크를 밟았다. 거친 굉음을 내며 차가 멈추었다. 반동으로 머리를 박을 뻔한 제영의 이마에 참 상냥하게도 이성의 손이 닿았다.

제영이 이성의 손을 매정하게 쳐 냈다.

손등이 아팠다. 이성이 입술을 꽉 물었다. 마음과 손등 중 어디가 더 아픈지 모르겠다.

"말 진짜 뭣같이 예쁘게 하네."

비꼬는 말이었다. 그런데 어째 듣는 쪽이 미안하게 만드는 재주를 부렸다. 제영이 고개를 돌렸다. 눈에 들어온 이성의 표정이 그녀의 가슴을 따끔거리게 했다.

이걸 뭐라고 해야 하나. 죄책감?

제영이 머쓱한 기분에 애꿎은 휴대 전화만 보았다. 화면을 켰다가, 껐다가. 좁다 못해 없다시피 한 인간관계 덕에 확인할 연락도 없었다.

그러다 얼결에 통화 버튼이 눌렸다. 화면에 큼지막하게 뜬 '내 피아니스트'라는 단축 저장명이 낯설었다. 그 아래 뜬 번호는 낯익기도 하고, 낯설기도 하고.

어라?

벨 소리가 울린다.

"뭐, 무, 뭐 이게 갑자기 왜 울려?"

이성과 제영의 시선이 동시에 차량 내비게이션 화면에 꽂혔다.

[내 스폰서]

그 아래 친절하게 뜨는 번호는 제영의 것이었다. 제영이 뒤늦게 통화 종료 버튼을 눌렀다.

"풉!"

저도 모르게 웃음이 터졌다. 이성의 얼굴로 열이 확 몰렸다.

핸들 위로 이성이 얼굴을 묻었다.

"어제 저장했니?"

"그러게 번호는 왜 지우고 지랄이야!"

고개를 든 이성이 제영에게 소리쳤다. 하나도 안 무섭다. 제영이 여전히 웃음기를 문 얼굴로 이성을 보았다.

"잘했어."

"비꼬냐?"

"칭찬해 달라며. 비꼬는 거로 들려?"

이성이 입을 꾹 다물었다. 아니라곤 못 하겠다. 타이밍이 좀 그렇잖은가. 제영이 다시 피식 웃음을 터뜨렸다. 이성이 혼잣말을 구시렁거렸다. 좁은 차 안이라서 다 들렸다.

"계속 쳐웃는구먼, 뭘."

"싫어?"

"누가 싫대?"

"싫은 표정인데?"

"박제영이 자꾸 신경 슬슬 긁으면서 웃잖아."

"그런 거 아닌데?"

이성이 입을 꾹 다물었다. 가만히만 있으면 퍽 잘생기기는 했다. 어쩜 제가 책가방을 메고 다니던 시절이나 지금이나 이성은 얼굴 하나 변하지 않고 똑같았다.

어딘가 사람의 마음을 자극하는 퇴폐미 가득한 잘생긴 얼굴. 고생스러웠던 과거를 담아 자잘한 흉터는 많지만 길고 곧은 손가락. 너른 어깨, 길쭉한 다리.

슈트 팬츠에 셔츠만 입혀 두어도 그림이 되는 사람이었다. 예술하는 남자라고 써 둔 것처럼 예민하게 생겨선, 꼭 얼굴과 닮은 선율을 선보이는 것 같다가도 상상치 못한 힘을 보여 주기도 했다.

"진짜 바라던 칭찬 해 주는…… 아니 하는 거야. 나만 듣기 아까운 실력 빨리 다른 사람들한테 보여 주고 싶었어. 나도."

"그놈의 해 주고는 진짜…….."

"잘했어. 잘했어, 윤이성 씨."

제영이 금세 진지하게 변했다. 음악을 앞에 두고 언제나 제영은 진지했다. 웃음기를 거둔 얼굴, 크고 동그랗게 박힌 두 개의 눈동자가 반짝였다.

아직도 어리고, 그러면서도 어른이 된 제영의 얼굴. 이성은 저도 모르게 그녀의 얼굴을 쓰다듬을 뻔했다. 올라가려던 손을 애써 힘 줘 내렸다.

"완전히 엎드려 절받기네."

"싫어?"

"누가 싫대? 앞으로는 내가 먼저 옆구리 안 찔러도 재깍재깍 하 라고. 어릴 땐 시건방지게 말 안 해도 알아서 잘했다, 실력이 늘었 네 어쩌네 잘도 지껄이더니."

"제발 말 좀 곱게 해."

또 뚱하게 나왔던 이성의 입술이 그제야 제자리를 찾았다. 여전 히 얄밉기 짝이 없다. 그래도 그게 제영다워서 좋았다.

좋다고? 이성이 저도 모르게 떠올린 생각에 순간 흠칫 굳었다. 내 기분이나 중요하지 남의 기분이야 아랑곳하지 않고 살았던 그 였다. 평소의 저라면 상대가 누구든 핀잔을 주는 것에 이런 생각 을 하면서 넘어갈 리가 없었다.

제영과 밤을 나누고, 그녀의 여린 외로움을 보았던 그날부터 지 금까지. 이성은 제 자신에게 놀랄 일이 자꾸만 많이 생기는 것에 실소하고야 말았다. 저를 새롭게 느끼게 하는 게 전부 박제영이라 는 것까지.

진짜 큰일이네. 내가 널 이렇게 느끼는 이유를 몰라서.

이성은 정리되지 않는 제 감정을 저 깊은 곳으로 몰아내며, 제 영을 향해서는 새로운 시비를 걸었다. 몹시 뜬금포였으나 그게 윤 이성답기도 했다.

"야. 넌 근데 처음인 애가 어떻게 겁도 없이 사람을 도발하냐?"

"……그게 왜?"

"아니, 그렇잖아. 이건 뭐……. 나 완전 쓰레기 된 기분이잖아. 어떻게 책임질 거야?"

이성이 불퉁하게 말했다. 덧붙은 말은 조금 장난스럽기도 했다. 제영이 기어이 비웃음을 흘렸다.

"자자는 말은 누가 먼저 꺼냈는데?"

"내가."

"그 자자는 말에 조건을 건 건?"

"……나?"

"그럼 왜 나한테 책임을 물어?"

"그야!"

제영의 말에 반박하려던 이성이 멈칫했다. 그야 그만두려던 나를 도발해서 도망 못 가게 한 게 너 아니냔 말을 하려고 했다. 하지만 이런 말을 하면 그야말로 정말 분리수거도 안 되는 쓰레기가 되고야 말 거였다.

제영이 어깨를 으쓱였다. '뭐, 할 말 있으면 해 보지. 왜?' 하는 태도였다. 이성이 한숨을 푹 내쉬었다. 제영의 말이 딱히 틀린 말도 아닌지라 이성이 아까보다 더 수그러들었다.

"……아무리 나라도 여자들 첫 경험에 가지는 환상 정도는 채워 주는 매너가 있거든? 그런, 그런 식이 아니라."

"환, 뭐? 환상?"

"그래."

"난 그런 거 없어."

"없다고?"

"없어. 무슨 조선 시대 사람이야? 돌아가신 우리 할아버지도 그렇겐 생각 안 하겠다."

할아버지까지 들먹이는 제영 때문에 이성의 기가 다시 한 번 팍 꺾였다. 하필 바로 전에 제영의 할아버지를 죽은 늙은이 따위로 부르기까지 했다.

"아니, 그래도……."

"그리고 말은 똑바로 하자. 내가 처음이냐 아니냐가 중요해? 뭐 호텔 스위트룸에서 자기라도 했으면 그쪽이 쓰레기가 아니야?"

"그……."

"화대로 공연을 걸고 자자고 한 이상 윤이성 씨는 그냥 쓰레기야. 틀려?"

제영의 말이 다 맞았다. 처음부터 진짜 제영과 잘 의도는 없었지만, 제영을 긁으려고 꺼낸 말이 잠자리였던 것부터가 쓰레기 같았다. 새삼스레 깨닫는 사실이 꽤 아팠다. 타격이 컸다.

젊다고 부를 수 있는 시절을 스펙터클하게 보냈기에 꼬일 대로 꼬인 이성이라지만, 양심은 살아 있었다. 제영의 말이 틀렸다고 하지는 않을 정도의 일말의 양심.

"미안."

"그럼 이번엔 내가 엎드려 절받은 거니?"

"그 정도는 아니고!"

"그럼?"

"무식한 놈 깨우쳐 줬다고 쳐."

"참 나. 당당한 것 좀 봐."

이성이 능글맞다 싶을 정도로 씨익 입꼬리를 크게 당겨 웃었다.

"새삼스럽게, 원래 우리 그런 관계였잖아. 밑바닥 인생 구르던 미친개 데려다가 네가 가르쳐서 사람 만드는."

제영이 몹시 간단하게 고개를 끄덕였다. 산뜻하다는 말이 어울릴 정도였다. 이성이 제영의 웃음에 답하듯 마주 웃었다. 제영은 쓰레 기라는 말을 듣고도 속 좋게 웃고 있는 이성이 의아했다. 더군다나 저를 낮추는 화법까지 쓰는 윤이성이라? 이럴 인간이 아닌데.

제영의 생각대로 이성은 본래 이렇게 맞든 아니든 저 욕하는 소 리를 듣고도 웃을 사람이 아니었다. 양심은 갖췄지만 그야말로 있 다 싶은 수준이었다.

"그럼 용건 끝났니?"

"본론은 끝나지도 않았는데 무슨."

"또 뭐가 있는데 그래?"

반문하는 제영의 표정에 다소 피곤이 묻어났다. 이성은 짧게 대 화를 끝마치고 제영을 보내 줄 타이밍인가, 하는 생각을 했다. 이 성이 제영을 빤히 보았다. 멀쩡히 깨어 있는 제영에게선 외로움의 'ㅇ' 자도 찾아볼 수 없었다. 그런데 이상하게도, 그녀의 곁에 더 있고 싶었다.

"조건 바꿔."

"뭐?"

이게 대체 무슨 상황이지. 제영이 고개를 갸우뚱 기울였다.

"섹스 말고 키스."

"키스?"

"아니다, 데이트."

"데이트?"

"나랑 한 번 만날 때마다 공연 한 번. 그리고 키스는…… 그래. 앨범을 낼 때나 특별한 부탁이 있을 때가 좋겠다. 대신, 네가 나한테 먼저 하는 거야."

뻔뻔하기 이를 데 없는 발언이었다. 제영이 피식 웃음을 터뜨렸다. 잠자리가 데이트로 바뀐 거 말고는 달라진 게 없었다. 추가 조건이 붙기도 했다. 키스는 앨범이나 특별한 부탁이 필요할 때라니. 비교적 건전해지긴 했지만 조건부인 건 똑같았다.

섹스만 아니면 괜찮다고 생각하나. 아니, 윤이성의 눈에 일렁이는 감정은 그게 아닌데.

제영은 종종 감정을 거세당한 것처럼 표정 없이 덤덤하게 굴고, 타인과의 교류 따위도 관심 없는 것처럼 보였어도 실은 감정 변화에 민감한 사람이었다. 그런데 지금, 윤이성은 제게 조건부 섹스를 제안할 때보다 더 뜨겁고 일렁이는 눈빛을 하고 있었다. 그러면서 하는 말은 순 썸이라도 타자는 듯이 들렸다.

도통 이성의 꿍꿍이속을 알 수 없었다.

그녀가 한숨처럼 중얼거렸다.

"앨범은 평생 못 내겠네……."

이성이 입술을 삐죽이며 제영을 노려보았다.

어디 정말로, 평생 앨범을 못 내나 평평 내나 보자.

* * *

제영이 제 앞을 막고 선 커다란 대문을 바라보았다. 어째 벌써 속이 갑갑해졌다. 부자 동네, 거기서도 밀리지 않을 규모의 커다란 집.

누구의 말을 빌리자면 후원을 하는 것도 가능할 다이아 수저의 집이 바로 이런 덴가.

제영이 가만히 서서 지켜보다간 얇은 한숨과 함께 초인종을 눌렀다. 관리인이 금세 문을 열어 주었다. 집은 텅 비어 있었다. 도우미 아주머니도 집에 돌아가셨을 시간이니까 당연했다.

그런데 이 당연한 적막이 오늘따라 크게 와 닿았다. 고작 하루, 타인의 체온이 존재하는 공간에서 보냈던 탓인가.

제영이 거실 소파에 앉았다. 곧 자세가 무너지며 널브러졌다. 방금까지 요란 벅적할 정도로 소란스러웠던 게 다 거짓말 같았다.

제영의 속은 이 집을 고스란히 닮았다. 어린 시절부터 꽃피웠던 대단한 재능으로 자아는 비대해졌는데, 모든 것을 한순간에 빼앗기면서 전부 텅 비어 버렸다.

눈을 감았다. 지축을 울릴 정도로 커다란 박수갈채가 끝난 홀에 홀로 남은 것처럼. 그런 기분이 몰려들었다.

감은 눈 앞으로 빛이 명멸했다. 똑, 딱, 똑, 딱. 또 느리게 메트로놈 소리가 들렸다.

제영의 손가락이 메트로놈 소리에 맞추어 허공을 연주했다. 왼손 다섯 손가락, 오른손의 엄지 검지 중지.

매끄럽게 타고 올라가야 할 선율이 뚝 그쳤다.

약지와 소지는 제영의 마음처럼 움직이지 않았다. 맥이 끊겼다. 그녀가 눈을 떴다. 칼로 째고, 다시 이어 붙이고. 열세 살 소녀의 손을 징그럽게 채웠던 그득한 흉터는 그새 많이도 흐려졌다.

하얗게 남은 불거진 선들은 열셋의 박희은이 이제 스물둘의 박제영이 되었음을 알려 주었다.

"쓸데없이 넓어."

제영이 듣는 사람이 없는 말을 중얼거렸다. 정말로 집이 너무 넓었다. 모든 것이 그대로였다. 엄마와 아빠, 그리고 할아버지만 증발해 버렸다. 할머니는 살아 계시지만 사고로 아빠가 죽은 이후 사이가 예전 같지는 않으니까, 없어진 것이나 다름없다.

사람들과 행복은 사라졌는데 다른 모든 것이 이 집에서는 그대로였다. 제영이 치던 피아노도, 거실의 다인용 소파도, 부엌의 그릇이며 온 방의 가구들까지.

하나 바뀐 게 있다면 자라난 저의 키를 따라 별수 없이 바꿔야 했던 제 방의 침대뿐이었다.

적막이 이어졌다. 일어나서 씻고, 옷을 갈아입고 뭐라도 챙겨 먹고. 과제가 있었던가. 과제도 해야 했던 것 같은데.

머릿속에서 애써 공허를 몰아내던 제영의 귀에 벨 소리가 들려왔다. 제영이 휴대 전화를 꺼내 쥐고 전화를 받았다.

"여보세요."

-할미 연락에 답 하나도 없기에 바쁜 줄 알았더니, 전화는 또 받는구나.

전화를 건 사람은 제영의 할머니 고혜옥 여사였다. 그녀는 흔한 안부 인사 한 번 없이, 비아냥으로 대화를 시작했다.

입맛이 썼다. 하지만 할머니의 연락을 쭉 무시할 수도 없는 노릇이고, 이미 받은 이상 마음대로 끊어 버릴 수도 없었다.

"……계속 바빴어요."

－아무리 바빠도 그렇지, 가족 간에 연락도 하고 얼굴은 보고 살아야지? 아무리 내키지 않아도 말이다.

"다음엔 늦게라도 확인하면 바로 연락드릴게요. 무슨 일이세요?"

－몰라 묻는 건 아니지?

제영이 입을 꾹 다물었다. 수화기 너머의 할머니도 조용했다. 혜옥이 수화기 너머로도 다 들리도록 혀를 쯧쯧 찼다. 결국 입을 먼저 연 것도 혜옥이었다.

－진 여사님이 주선했던 남자랑 봤던 그날 말이다. 그렇게 예의 없게 갑자기 일어나 버리면 나나 여사님이 뭐가 되냔 말이야.

"죄송하게 되었습니다."

－이 할미가 입바른 사과를 원하는 거니?

"그럼 어떻게 할까요? 저는……."

아직 선이든 뭐든 남자를 만날 생각은 없다고 말하려던 제영의 말을 혜옥이 툭 끊었다. 이미 몇 번 들은 적 있는 제영의 레퍼토리를 들어 줄 생각이 없다는 의도가 선명했다.

－본가로 한번 오너라. 와서 말하게.

"그냥 지금 말씀하세요. 얼굴 보고 얘기한다고 뭐가 달라지나요?"

－꼭 이야기 때문이 아니라도! 가족 간에 얼굴은 보고 살아야지.

이 할미가 매번 하는 얘기인데 그새 또 잊었니?

제영의 할머니 고혜옥 여사는 제영이 본가를 불편하게 느끼는 걸 잘 알았다. 그저 돌아가신 할아버지가 살던 곳이라 본가일 뿐, 지금 그곳에 남은 제영의 직계라곤 혜옥이 유일했다. 제영은 그 집이 본가로 불리는 것부터가 불편했다.

부모를 일찍 여의고 할아버지가 제영을 맡기로 결심하기 전까지, 제영을 귀찮게 굴었던 오촌 당숙이 혜옥과 함께 본가에 살았다. 지금도 그리 편한 사이는 아니었다.

혜옥은 잘 알면서도 한 번씩 제영을 들볶았다. 꼭 연락이 없다, 본가에 들러라 다그치곤 했다. 가족이라는 이름으로 그들과 저를 함께 묶었다.

성인이 되었을 뿐 아직 어린 제영을 당숙 일가에게서 지켜 주면서도, 그들과 섞이기를 바랐다. 대체 그녀가 원하는 게 뭔지, 제영은 도통 알 수 없었다.

혜옥의 말대로 마음에 든 게 없어서 그럴지도 모르겠다.

"내일 학교 끝나고 잠깐 들를게요."

미우나 고우나 한참 어르신이셨다. 제영이 졌다는 듯이 내뱉었다. 그제야 혜옥이 만족했다.

-그래. 어른 말을 잘 들어야 좋은 사람이 되는 법이다. 그리고 아무리 집에 혼자라도 쉽게 외박하거나 그러진 말고.

제영이 억지로 한숨을 삼켰다. 역시 집에 오가는 걸 살피고 계셨다. 그럴 줄은 알았는데 확실히 깨닫게 되니 기분이 썩 좋진 않았다.

"……그럴게요."

-그래. 쉬어라.

제영이 인사를 남기기도 전에 전화가 뚝 끊겼다. 늘 그랬다. 눈에 넣어도 아프지 않을 아들과 똑 닮은 손녀가 마냥 예쁘지는 않을 것이었다. 혜옥의 아들을 잡아먹은 사고는 제영의 일에 가족들이 전부 동원되어 공항으로 가던 길에 벌어졌다. 다른 이유 또한 있지만, 제영 본인조차도 자신 때문에 부모님이 죽었다는 죄책감을 지니고 있었다. 아들을 잃은 혜옥이 유감이 없을 리가 없었다.

그러잖아도 썩 좋지만은 않던 제영의 기분이 조금 더 가라앉았다. 본래 감정의 낙폭이 큰 편은 아니지만 그래도 가라앉은 기분이 기껍지는 않았다.

멍하니 끊긴 전화를 들여다보고 있는데 이번에는 메신저 메시지가 날아왔다.

습관처럼 확인하지 않고 화면을 꺼 버리려던 제영이 마음을 고쳐먹었다. 알림 창에 뜬 이름 때문이었다.

[내 피아니스트]

제영이 저도 모르게 피식 웃었다.

"뭐야, 이 인간……."

그러고는 메신저 창을 켜서 메시지를 확인했다.

[내일 학교 언제 끝나냐?]

제영이 입술을 비죽 내밀었다. 내일 강의가 언제 마치더라. 생각하던 제영이 고개를 저었다. 내가 윤이성한테 이걸 왜 고해바쳐야 해?

[알아서 뭐 하게?]

퉁명스러운 대답에 곧장 답장이 날아왔다.

[데이트 신청.]

제영도 곧장 답장했다.

[내일 안 돼.]
[왜????]
[알 바야?]

금방 올 줄 알았던 답장이 없다. 제영이 화면을 끄려는데 잔뜩 성질나 씩씩거리는 곰돌이 이모티콘이 갑자기 툭 떠올랐다.

"뭐야, 안 어울리게……."

또, 제영이 피식 웃었다.

[할머니 뵈러 가.]
[그럼 주말은?]

귀찮게 굴고 있어.

방금까지 제가 웃음을 터뜨렸던 것도 싹 잊고 제영은 이성을 귀찮게 여겼다. 화면을 꺼 버린 제영이 소파에서 일어났다. 이제 기운 차리고 일어나 씻고 식사라도 할 참이었다.

전화벨이 울렸다.

"아⋯⋯."

제영이 인상을 확 썼다. 왔던 길을 돌아 다시 소파로 가선 대충 던져두었던 휴대 전화를 확인했다. 혹시라도 할머니일까 봐 무시할 수 없었다.

하지만 화면을 보니 또 '내 피아니스트'라고 떠 있다. 이것부터 바꿔 버려야지.

제영이 잠시 고민하다간 전화를 받았다.

-야! 왜 답을 하다 마냐고!

"귀 아파⋯⋯."

-어, 어? 아팠냐? 미안하다. 많이 아파?

"왜 또 안 어울리게 상냥한 척 호들갑이야?"

-아니 그게 아니고⋯⋯. 아니. 야, 주말에 시간 되냐고.

제영이 전화를 어깨에 걸쳤다. 그러곤 짐과 외투를 챙겨 들었다. 어째 쉽게 끊어 줄 것 같지는 않았다. 제영은 먼저 전화를 툭툭 끊지 않았다.

할머니가 제게 그러는 걸 싫어하는데, 같은 짓을 다른 사람에게 하기는 싫어서였다.

"과제."

-과제? 숙제?

"비슷해."

-오래 걸려?

"금방 끝나도 너랑 데이트같이 간질거리는 거 안 해."

이성이 전화기 너머로 구시렁거렸다.

-간질거리긴 무슨 저가 날 그렇게 생각은 하나. 아니 나랑 밥 먹고 커피 한 잔 마시는 게 그렇게 싫어 죽겠냐?

툴툴거리는 목소리인데 이상하게 서러워 죽겠다고 쳐다보는 강아지 한 마리를 앞에 앉혀 놓은 것 같았다. 낑낑대는 소리처럼 들렸단 뜻이다.

윤이성이 먼저 개새끼 소리를 입에 담아서 그런가. 새끼라기보단 미친개인데. 미친개라기보다는 그냥 미친놈에 더 가깝고.

여전히 강아지가 연상되는 건 목줄 타령 때문인가.

"싫⋯⋯."

싫지는 않다고 말하려던 제영이 말을 맺지 못하고 멈췄다. 여태 이성을 밀어냈던 저를 떠올려 보면 상대방은 충분히 싫어한다고 여기고도 남겠다, 싶었다.

다음 주 중으로 내야 하는 과제가 몇 개였지. 학기 시작하고 얼마 안 돼서 과제가 그렇게 많지는 않았다. 무엇보다 조별 과제는 없으니까 다행인가.

지정 화성으로 16마디 작곡해서 제출하는 게 하나, 또⋯⋯.

-왜 말을 하다 말아?

"아."

침묵이 지겨웠는지 이성이 한마디 했다. 제영이 그제야 정신을 차렸다.

"정말 밥 먹고 커피만 마시고 끝나?"

-어?

"세 시간, 맥시멈으로 네 시간까지는 낼 수 있어."

-진짜? 너 주말 돼서 말 바꾸지 마라. 어?

제영이 피식 웃었다. 저를 비웃는 줄 알았는지 이성이 전화 너머로 또 욕을 중얼거렸다.

"싫으면 말고."

-누가 싫대? 아무튼 너 약속 파투 내면⋯⋯.

이번에는 이성 쪽에서 말을 하다 만다. 전화에서 멀어진 목소리가 웅웅거리며 뭔가를 말한다. '알았어!' 하고 짜증 섞인 목소리가 들리나 싶더니.

-토요일 저녁 5시. 밥 먹고 커피 마시고!

"그냥 낮에 만나지?"

-야 나 가 봐야 해. 암튼 난 정했다! 끊어!

말이 끝나기 무섭게 또 누구랑 얘기하는 소리가 멀리서 들리더니, 툭 끊겼다.

제영이 인상을 찌푸리며 휴대 전화를 귀에서 뗐다. 정말 정신없게 몰아쳤다 싶었는데, 지나간 시간은 고작 3분이었다.

"참 나."

제영이 헛웃음 쳤다. 제 할 말만 하고 끊다니 뭐 이런 게 다 있나 싶었다.

그런데 좀 이상했다. 제 할 말만 하고 끊기로는 할머니도 윤이 성도 같았는데, 방금의 통화는 썩 기분이 나쁘지만은 않았다.

제영이 고개까지 절레절레 저었다. 갈아입을 옷을 챙겨 욕실로 들어가는 걸음이 퍽 가벼웠다.

샤워기를 트는데도 제영의 입가에 걸린 실소는 여전했다.

* * *

유성 매니지먼트 대표 사무실 앞이 전에 없게 시끌시끌했다.

"얼른 들어가자니까!"

"아 전화 끊었잖아."

이성이 제영과 통화하던 휴대 전화 화면을 보면서 신경질을 부렸다. 1초가 아쉬울 정도로 그녀와의 시간이 고팠다. 그걸 방해하는 매니저 성길이야 당연히 고깝게 보이지 않았고.

이성이 성길을 노려보았다.

"실실 웃지 말고, 들어가서 일단 '죄송합니다.'부터 해. 알았냐?"

"내가 죄송해야 해?"

성길이 눈을 꾹 감고 한숨을 삼켰다. 대신에 입 안의 살을 확 깨물었다. 건방지기 짝이 없는 놈이었던 게 하루 이틀 일이 아니건만 또 새롭게 열이 받았다.

그가 지난 3년을 떠올렸다. 애석하게도 성길은 이성이 국내 콩쿠르를 휩쓸던 그쯤부터 이성의 매니저로 일했다. 온갖 사건 사고의 최초 수습은 모두 그의 손을 통했다.

그는 돌아가신 헤븐 하모니 음악 재단의 박신환 재단장을 통해 이성의 과거를 꽤 상세히 알고 있었다. 그래서 성길은 이성의 각종 폭행 폭언 스캔들 따위를 전부 아픈 과거에서 온 상처 때문으로 여겼다. 그러니 별말 없이 이성의 미친 짓을 수습하고 여전히 이성의 곁에 남아 있던 거였다.

물론 이성이 국제 콩쿠르에서 수상할 무렵에는 그조차 이성이 그냥 날 때부터 사고를 몰고 다닐 놈으로 태어난 걸 깨달았다. 다만 그때는 몹쓸 정이라는 놈이 들었다.

그래도 이성이 피아니스트로 활동을 하면서 사고를 치는 건 차라리 나았다. 이성이 온갖 공연 계약이며 기타 등등을 전부 뒤로 하고 잠적했던 지난 3년은 정말이지 성길에게 지옥이었다.

박신환 재단장이 사망하기 얼마 전 이성은 허울뿐이라지만 지금 그들이 발을 디디고 있는 유성 매니지먼트와 계약을 맺었다. 그의 가장 크고 대표적인 후원가가 박신환이었다. 죽을 날을 받아 놓으니 끝까지 책임지려는 시늉은 한 셈이었다.

문제는 정작 재단장의 생각이야 어쨌든 이성이 잠적을 타 버렸다는 거다. 재단장이 사망한 이상 이성과 매니지먼트 사이에 연결 고리라고는 김성길, 그 하나였다. 이성이 매니저를 유지하고자 해서 수두룩하게 옮겨진 공연 계약과 일정을 포함해 성길을 함께 계약으로 묶은 것이었다.

그래 놓고 윤이성, 이 미친개는 잠적을 탔다. 공연이며 앨범 계약은 문제가 안 됐다. 딱 그 연락만 받아서 황당할 정도로 깔끔하게 위약금을 지불해 버렸으니까. 매니지먼트도 그래서 성길을 쪼아 댈지언정 이성에게 대놓고 따지지는 못했다.

이성은 몸값 비싼, 대한민국에서 현재 가장 잘나가며 가장 유명한 피아니스트였으니까. 그랬는데 3년이나 쉴 줄은 몰랐지. 이성과의 계약이 최우선이라 성길까지 3년을 일 없이 월급을 받아 챙기게 될지도 몰랐고.

윤이성이 그동안 뻔질나게 SNS로 제 근황을 알리며 회사와 자신의 복장을 뒤집을 줄도 몰랐다. 쉬면서도 사고를 몰고 다니는 새끼였다. 이 새끼는.

작년부터는 그 SNS 좀 잠잠하나 싶더니, 이번에 복귀하겠다는 놈이 직전에 또 한 건 터뜨렸지. 학교 내에서 시작된 소문이 밖으로까지 나돌며 커지는 걸 막느라 성길이 얼마나 진땀을 뺐던가.

바로 얼마 전을 떠올리자니 다시 열불이 터졌다. 아무리 생각해도 이해할 수가 없었다. SNS로 사람 속 긁어 댄 거야 원래 이성이 해 대던 짓이니 그러려니 싶었다. 그래도 그 밖에 큰 사고는 안 치니 차라리 다행이라고 여기기도 했었더랬다.

근데 이번에 예술 학교 찾아간 건 도무지 이해할 수 없었다. 거기서 뭐, 멀쩡하게 학교 잘 다니던 여학생을 손 묶고 목줄까지 채우는 변태 취향의 스폰서라고 했다나.

제가 묶으면 묶여 줄 위인인가? 멀쩡하고 조용하게 학교 다니던 여학생을 왜 그렇게 휘저어 둔 건데?

씩씩대며 사고를 수습하는 과정에서 성길이 알게 된 거라곤 제영이 이성의 진짜 후원가였던 박신환 재단장의 손녀라는 것뿐이었다.

박신환 생전에 대외적으로 이성과 관련한 일에 나선 건 박신환 본인이었다. 성길과 이성을 이어 준 것도 박신환이었으며, 재단장은 철저하게 실질적 후원가이자 이성의 멘토가 제영임을 숨겼다. 이성의 매니저로 직접 지목한 성길조차 모르게 말이다.

그러니 성길이 아는 바라곤 박신환의 손녀라 과거에 두어 번 마주쳤던 제영에게 이성이 기이한 집착 비슷한 것을 보인다는 것밖에 없었다. 물론 이성에게 대체 왜 그러냐고 묻기는 했으나, 당연히 이성은 답을 주지 않았다.

새삼 성길이 한숨을 푹 내쉬며 이마를 짚었다.

윤이성은 어차피 저 좋을 대로만 행동하고 말하는 놈이었다. 그 일 다시 꺼내서 물어봐야 입만 아프지.

"당연히 죄송할 일이지. 그럼 아니냐?"

"까라 그래. 내가 위약금을 안 냈어, 뭘 했어? 심지어 쉬었던 동안은 계약 중지 기간으로 두라고까지 했잖아? 그럼 뭐가 문제야?"

"그동안 떨어진 네 상품성은?"

성길의 말에 이성이 재수 없을 정도로 자신만만한 웃음을 지었다. 성길은 한 대 때리고 싶어 자꾸만 힘이 들어가는 손을 꽉 주먹 쥐었다.

"형은 보기나 해. 앞으로 내가 얼마나 더 잘나가는지."

"그런 얘기는 나한테 말고 저기 들어가서 해."

성길이 들어가지 않고 뭉개는 이성을 바라보며 이를 악물고 말했다. 그러고는 제가 직접 문을 열었다. 비서가 흘긋 저와 이성을 바라보는데 괜히 부끄러워 얼굴에 열이 올랐다.

"……어서 오세요."

업무를 보고 있었던 모양이다. 대표가 책상에 앉은 채로 웃으며 인사를 건넸다. 성길이 이성의 등을 살짝 떠밀었다.

"그새 대가리가 바뀌었네?"

"대가리…… 말 좀 곱게 해! 대표님, 대표님!"

성길이 속닥거렸다. 이성이 고개를 돌려 성길을 흘겨보았다. 대가리나 대표나, 하고 눈에 쓰여 있다.

그 꼴을 보면서 다시금 피식 웃은 '바뀐 대가리'가 그제야 자리에서 일어났다. 그가 다가와 이성에게 악수를 청했다.

"예. 바뀌었습니다. 유성 매니지먼트 이형찬 대표입니다."

형찬이 내민 손을 이성이 묘한 표정으로 내려다보았다. 그러더니 또 형찬의 얼굴을 똑바로 바라보았다.

"윤이성입니다."

이성이 형찬의 손을 붙잡았다. 악수라는 게 서로 공격 의사가 없음을, 무기를 들지 않은 빈손을 확인시키는 절차였던가.

그 뜻이 무색하게도 이성의 눈빛은 호전적이었다. 형찬은 그를 대수롭지 않게 웃어넘겼다.

"앉으시죠. 아, ……이미 앉으셨네요."

형찬이 실소하며 저도 이성의 맞은편에 앉았다. 테이블을 마주하고 앉은 그들의 사이로, 아까 밖에서 성길을 민망하게 했던 눈빛의 비서가 음료를 내려놓았다.

"김성길 매니저님이셨던가요. 매니저님도 편하게 앉으세요."

"아니 뭐, 전 괜찮습니다. 대표님."

형찬이 어깨를 으쓱였다. 편할 대로 하시란 뜻이다. 물 흐르듯

동작이 이어지더니 제 앞에 놓인 잔을 들었다.

향을 음미하고 차를 마시는 동작, 흐트러짐 없이 가지런하게 올린 머리, 적당히 핏 되는 한눈에 봐도 고급스러운 슈트.

손목에 찬 시계나 구두도 보나 마나 맞춤이었다. 이성은 눈앞의 형찬이 저와는 정말로 안 맞겠구나, 단번에 파악했다. 어디 드라마 속에나 존재하는 재벌 3세가 기어 나온 것처럼 생겼지 않은가.

밑바닥부터 기어 올라온 저와는 살아온 생이 다른 인간이었다. 그런 감이 왔다. 손끝의 움직임까지 고급스러움이 깃든 사내였다.

"쉴 만큼 쉬셨습니까?"

"쉰 건 아니고. 일이 좀 있었어서."

이성의 대답에 형찬이 실소했다.

"공연 대관처를 알아보고 있다고요?"

"그러고 있죠."

"회사에 먼저 연락하는 게 도리라는 생각은 안 했고요."

형찬이 웃는 낯으로 말했다. 얼굴만 웃고 있지, 말에 날이 잔뜩 벼려졌다. 이성이 형찬을 빤히 보았다.

"지금 보고하러 왔잖아?"

"야, 윤이성!"

"요."

성길이 속닥거리며 이성의 등을 쿡 찔렀다. 형찬은 못 본 척 시선을 내리깔아 주었다. 초면부터 이렇게 싫기도 쉽지 않은데. 이성이 고개를 모로 꺾었다.

방금 제영과 데이트 약속을 확정했을 때까지는 썩 괜찮은 기분이었는데. 성길이 전화를 빨리 끊으라고 방해하긴 했어도, 거기까지도 이해 범주 안이었고.

그런데 이형찬을, 소속사 대표를 마주하면서 기분을 버리다니 별일이었다. 이 남자가 제게 그리 좋은 인연은 아니겠다는 생각이 확 들었다. 그래서인가. 성길의 말이 아니라도 원래라면 좀 더 예의를 지켰을 이성이건만 오늘은 삐딱선을 탔다.

"선후가 바뀌긴 했지만, 우선 복귀 통보라도 하러 와 주셨으니 감사하다고 해야 할까요? 그래, 대관처를 알아보고 계시다. 이건 회사가 해야 할 일이지 피아니스트 본인에게 맡길 일이 아니니 이쪽에서 하겠습니다. 세트리스트나 다른 신경 쓸 거리도 많으실 텐데. 그런 것들은 다 정했습니까?"

형찬은 여전히 사람 좋게 웃고 있었다. 하지만 말에 서린 한기는 더욱 짙어졌다. 그래도 이성의 삐딱함은 요지부동이었다.

자신이 있어서였다. 자신의 실력에, 스타성에.

3년 동안 사람들이 저를 다 잊었을 거라고?

그럴 수 있다.

그동안에 자신의 실력이 퇴화했을 거라고?

그건 절대 아니다. 이미 그 예민한 박제영에게 보증받은 실력이었다.

"세트리스트? 아아. 정해서 그것도 '통보'해 드리죠. 그래야 우리 '대표'님도 회사도 일이라는 걸 할 테니까. 그런데 대관처 말고 뭐 다른 것도 많은데. 갑자기 대표가 바뀌었다네? 나 믿고 맡길 수 있나?"

"그보다 사측에서 3년이나 방탕하게 지냈던 피아니스트를 신뢰해도 좋을지를 먼저 알아야겠는데요. 그게 먼저 아닙니까?"

"신뢰?"

"우리가 믿고 투자할 수 있다는 확신이 있어야 하지 않겠습니까? 이미 한두 푼 손해 본 게 아닌데."

"손해는 내가 봤죠. 위약금 뭐 회사에서 나간 거 한 푼도 없는데. 거기다 대가……. 아니, 대표님 바뀌기 전이니까 손해를 같이 졌다 쳐도 그쪽, 대표님 손해도 아니고."

이성이 싱글싱글 웃으면서 답했다. 물론 형찬도 여전히 웃는 낯이었다. 그러나 분위기는 한없이 싸늘했다. 한 발 물러선 자리에서 지켜보고 있는 성길이 다 오싹할 정도였다.

"확신. 확신이라. 어떻게 확신을 드려야 하나. 우리 대표님 귀는 잘 뚫려 있나? 그럼 내가 연주라도 해 보여 드려야 하나?"

이성의 말이 끝나기 무섭게 형찬이 자리에서 일어났다. 그가 말끔한 얼굴로 웃었다.

"가능하면 보여 주시죠. 지금 확신하고 계신 만큼의 실력이 안 된다면, 공연이 아니라 계약 해지 위약금을 먼저 준비해야 할 겁니다."

만난 지 5분도 되지 않아서 제대로 도발당했다. 물론 시작은 이성이 먼저 하긴 했다. 그 건방진 태도로 말미암아.

이성은 여전히 자신이 넘쳤다. 그도 자리에서 잽싸게 일어났다. 누군가를 올려다보는 건 끔찍했다. 엇비슷한 키로 시선을 마주하는 것도 썩 내키진 않았지만, 올려다보는 것보단 나았다.

그나저나 똑바로 섰는데도 저와 시선이 똑바를 정도로 비슷한 키의 사내를 마주한 것도 꽤 오랜만이었다. 그래서 그런가. 그의 알파 메일에 가까운 어딘가가 자꾸만 이성의 신경을 긁었다.

"글쎄. 아쉬운 게 누구 쪽이 될지 한번 봅시다."

"그러죠. 이성 씨가 연주할 만한 피아노가 준비된 곳으로 갑시다."

형찬이 가볍게 고개를 끄덕이곤 먼저 걸음을 옮겼다. 성길이 돌아가는 꼴을 멍하니 보고 있다가 뒤늦게 이성을 붙잡았다.

"야. 너는 공손하게 굴라니까 뭐 하는 짓이냐?"

"뭐라는 거야. 그래서 공손하게 연주 들려드리러 가잖아?"

"이게 공손한 태도냐? 계약 해지까지 말이 오갔구먼!"

이성이 성길의 윽박을 가만히 들어 주다간 실소했다. 형찬이 계약을 해지하니 마니를 결정하는 건 일단 제 연주를 듣고 나서였다. 그리고 이성은 자신 있었다.

문제는 제가 쉬는 동안에 방치됐던 매니저 성길조차 저를 믿지 못하는 것이었다.

"형, 날 못 믿어?"

"네가 나한테 널 믿게 행동했냐?"

"형도 귓구멍은 뚫려 있지?"

"있으니까 네놈 헛소리 다 듣고 있지!"

이성이 열린 문 너머를 흘긋 보았다. 앞서가던 형찬이 이성을 잠시 기다리듯 하다간, 비서에게 안내를 맡기고 먼저 가는 것이 보였다.

이성의 고개가 다시 성길을 향했다.

"그럼 형도 뚫린 귓구멍으로 들어. 클래식 문외한이라도 들으면 모를 수가 없는 연주를 하는 게 나니까."

제 담당 연주자에게 저렇게나 신뢰가 없는 성길을 힐책하듯 이 성의 시선은 싸늘했다. 그러곤 이성이 긴 다리로 휘적휘적 걸어서 형찬을 따라잡았다. 비서의 안내는 필요도 없다는 식이었다.

성길이 한숨을 깊이 내쉬며 머리를 부여잡았다. 비서가 다가와 서 성길에게 피아노실로 향하는 길을 알려 주었다.

성길이 대강 듣고 고개를 끄덕였다.

"같이 가 인마!"

윤이성을 맡고 고생길이 아닌 적이 없었다.

* * *

형찬이 피아노에 앉아 숨을 고르는 이성을 가만히 바라보았다. 기댄 등으로 차음을 위해 설치한 스펀지의 푹신함이 느껴졌다.

이성은 연주를 시작하기까지 숨을 고르는 데 시간이 좀 걸리는 모양이었다. 불안해하는 낯은 아니었다. 그랬다면 처음부터 이런 자리를 마련하게 될 정도로 불손하게 굴지도 않았을 테지.

형찬은 이성의 연주를 기다리며 주변을 돌아보았다. 삼면이 차 음벽으로 막혀 있지만, 전체적으로 고급스러운 인테리어가 돋보이 는 이곳은 녹음실이었다.

유성 매니지먼트의 건물 어디든 그러했다. 기업의 모체인 유성 그룹이 대한민국의 최고를 표방하고, 그를 이루었다. 매니지먼트는 아직 최고에 오르지는 못했지만, 곧 도달할 것이었다. 대표가 유성 그룹의 직계인 이형찬으로 바뀌었으니까.

유성 매니지먼트는 지금껏 기본적으로 유성 예술 재단에서 후원하는 예술인들을 주로 관리했다. 종종 소규모 재단에서 힘써 키우는 예술인들의 관리까지 대리로 맡기도 했다.

말하자면, 돈이 되는 기업체는 아니라는 소리였다. 형찬은 그럼에도 불구, 유성 그룹의 다른 모든 것에는 관심이 없으니 이 '유성 매니지먼트' 하나만을 원했고, 가졌다.

다른 목적이 있어 택한 자리이나, 이유야 어쨌든 제 것이 되었다. 형찬은 유성 매니지먼트의 대표로 앉자마자 수익성이 충분히 보장되는, 계약 종료를 목전에 둔 연예인 몇과 바로 계약했다.

그렇다 한들, 집안의 사람들에게 형찬은 매니지먼트사를 받은 순간부터 욕심 없는 자로 통했다.

"너는 욕심이 있다면 있고, 없다면 없다 싶다. 참."

"나? 형 생각하는 것보다 내 욕심은 커."

"네가 유성 예술 재단 말고 진짜 어떤 것에도 관심이 없는 게 진심이면 난 반갑다. 널 지지해 주마."

그가 제 친형의 말을 떠올리며 피식 웃었다.

이형찬은 그의 생김과 행동의 품위에서 그린 듯 보여지는 그 이미지 그대로의 삶을 살았다. 태생부터 금 탯줄을 달고 태어났다. 고작 28세의 나이에 아직은 크게 돈 안 되는 기업체나마 대표 직함을 달고 있을 수 있는 이유였다.

그는 현 유성 그룹 총수의 직계 손주였다. 더해서 능력까지 갖췄다. 본인이 원한다면 그룹 승계 싸움에 뛰어들 조건이 충분했다. 그러니 그의 형은 그가 재단 하나만으로 물러나는 것에 기꺼워했다.

그가 진정으로 원하는 것이 무엇인지도 형은 잘 알고 있었다. 그를 돕겠다고 했다. 가만히 재단 안에서만 숨죽이고 있어 준다면.

그리고 저 빌어먹게 건방진 피아니스트 윤이성은, 형찬이 진정으로 가지고 싶은 것과 연관이 있었다. 박신환 전 재단장이 사망하던 때까지 헤븐 하모니 음악 재단의 후원을 받고 있었으니까. 그렇기에 사실 그는 윤이성의 연주가 어떻든 그와 당분간은 계약을 해지할 생각이 없었다.

물론 연주가 수준에 못 미친다면, 어차피 연결 고리조차 안 될 실낱같은 연관성뿐이니 못 버릴 것도 없었다. 저 정도의 싹수라면 회사에 손해를 끼칠 일을 터뜨리고도 남아 보였고. 전적도 이미 충분했고.

형찬의 시선이 이성의 손끝을 향했다.

건반 위에 올린 손이 드디어 첫 음을 눌렀다.

가녀린 고음이지만 힘이 느껴지는 강렬한 터치였다. 음이 모이고 모여서 하나의 선율을 만들었다. 이를테면 내리기 시작하는 빗방울. 툭, 툭 떨어지는 빗방울이 온 사방을 때리는 소리였다.

Mozart Piano concerto No. 20 in D minor, K 466. 1악장. 알레그로.

엇갈려 비산하듯, 그러나 하나로 이어지는 음들. 조화로운 듯 조화롭지 않은 음들이 그야말로 빠르게 이어졌다. 단번에 쌓이는 음은 듣는 이의 마음에 긴장을 만들었다.

그것이 한 번에 뚝 그쳤다가.

잠시 여우비처럼 선율에 빛이 비쳤다. 플루트가 채워 주어야 할 부분이 비어서인가, 이성의 손은 원음보다 더욱 강하게 건반을 찍어 눌렀다. 원음보다 빠르게, 그리고는 이어 느리게 진행했다.

다시 피아노의 독주 파트, 이번엔 처음처럼 작곡가의 뜻대로 연주했다.

빠르게, 빠르게. 손이 쉼 없이 움직였다. 곡조를 타고 올라가던 손은 마지막에 다다라서.

쿵.

하고 그쳤다.

마지막 음의 울림조차 사라진 뒤. 그리고 한동안은, 주체할 수 없이 몰려오는 감정의 폭풍과 함께 연주실이 무거운 침묵에 사로잡혔다.

이성의 손이 건반을 벗어났다. 그의 고개도 따라 높은 곳을 향했다. 느리게, 감았던 눈을 떴다. 천장에서부터 내리쬐는 조명에 눈이 부시기도 하련만, 그는 눈을 다시 감지 않았다.

수많은 말보다 확실한 어떤 자신감이 이성의 눈동자에 그득했다. 그 눈이 형찬을 향했다.

"쓸 만합니다."

안타깝게도.

형찬은 이성의 자존심을 어떻게든 좀 눌러 줄 수 있으면 좋겠다고 생각했다. 사무실에서의 태도를 봐서는 아예 계약을 해지할 정도로 엉망인 것도 나쁘지 않을 것이라고까지 생각했다.

물론 3년 전까지의 윤이성이 대단했음은 알고 있었다. 그러나 3년을 쉬었다. 개인적으로 손가락을 쉬지는 않았을 수도 있다 하나 제대로 된 공연을 준비하고 긴장하며 생활하는 프로들과 같을 수야 있을까.

　아니꼽게도 이성은 조금 퇴보한 정도로도, 그저 그대로인 실력으로도 충분히 값어치가 있는 대상이었다. 과거에도 지금도 윤이성에게 없는 거라면 예의라고 통칭하는 모든 것이었다. 그걸 형찬도 알고 있었다. 다만 직접 겪어 보니 예상 이상인지라 계약 해지까지 생각했건만.

　그렇게까지 건방질 수 있도록 만드는 실력이 어떤 건지 직접 귀로 들어 버렸다.

　'3년 전보다 실력이 늘었어? 단순한 기교나 완숙미 정도가 아니고…….'

　예술의 정수라고 할 법한 부분까지.

　'정수'라고 불러도 마지않을 감성의 성장이 형찬은 어쩐지 몹시 거슬렸다. 그래서 예술을 듣는 귀에 솔직한 그임에도 쓸 만하다는 말로 이성을 깎아내렸다.

　"쓸 만하다라……."

　이성이 피식 웃었다.

　"뭐 내가 먼저 선빵 치고 긁어 댄 게 있으니까, 그걸로 만족하죠."

　"알긴 아는군요. 인정할 줄 아예 모르는 천덕꾸러기는 아닌 걸 보니까, 이쪽도 계약 해지할 생각은 접어야겠고. 여기선 정말 제대로 한 방 먹었습니다."

형찬이 자신의 패배를 시원하게 인정했다. 어깨까지 으쓱였다. 그럴 수밖에 없도록 만드는 연주였다. 더불어 오래 꽁해 있는 건 형찬의 성격과 맞지 않기도 했다.

이성이 피식 웃었다. 초면부터 별로였던 이형찬에게 그나마 마음에 차는 부분이 하나는 생겼다. 조금이나마 순수한 마음으로 이제는 먼저 손을 내밀 생각도 들었다.

그래서 이성이 손을 내밀었다.

그는 원래 생각과 동시에 행동하는 남자였다. 깊이 고려하고 생각하는 건, 윤이성과 안 어울렸다.

"허."

형찬이 실소했다. 그러면서도 내민 이성의 손을 맞잡았다. 아까보다는 조금이나마 진심이 담긴 악수가 오갔다.

"잘해 봅시다. 나도 더 잠수 탈 일 없을 테니까."

"확실합니까?"

"아마도? 잃어버린 걸 찾았거든요. 내가."

"누가 계약 관계에 아마도 같이 모호한 말을 씁니까?"

이성이 입꼬리를 올려 웃었다. 악수를 마치고도 타이밍을 놓쳐 붙잡고 있던 손에서 힘을 빼고, 의자에서 일어났다.

"앞으로 계약 문제로는 회사 이미지 망칠 일 없게 하겠습니다. 이 정도 멘트면 만족하시려나?"

"예술 하는 사람 기질 정도로 넘어가죠."

이성이 고개를 끄덕였다. 이 꼴을 전부 팔짱 낀 채 보고 있던 성길이 한숨을 폭 내쉬었다. 그가 입을 크게 벌려 소리 없이 '공연, 공연!' 하고 아우성쳤다.

"아."

다행스럽게도 이성이 성길의 소리 없는 외침을 제대로 알아들었다.

"그럼 이제 공연 관련 조율 좀 제대로 해 봐도 됩니까?"

성길 때문이었지만, 형찬은 제 뒤에서 일어난 성길의 소리 없는 소란을 몰랐다. 그래서 이성의 태세 전환이 미친 듯이 빠른 것처럼 여겨졌다.

본래 이성의 이미지와 그다지 다르지도 않은 태도였는지라, 형찬은 그저 한숨과 함께 웃었다.

"······그러시죠."

"그럼 다시 사무실로?"

형찬이 고개를 끄덕였다. 성길은 대표님 앞에서 말을 또 반 토막 내 먹은 제 담당 예술가를 보며 이마를 짚었다. 3년 사이에 바뀐 새 대표님이 생각보다 너그러워서 다행이지, 싶었다.

사무실로 향하는 와중에도 형찬과 이성은 언제 서로 기 싸움을 하며 불꽃을 튀겼냐는 듯 비즈니스 관계로 돌아갔다.

이번엔 그 꼴을 보면서, 기어이 성길이 실소하고야 말았다.

* * *

금요일, 제영이 강의를 모두 마치는 시간은 4시 무렵이었다. 학교에서 혜옥이 머무는 본가까지 두 시간이 조금 안 걸렸다.

공교롭게도 저녁 식사 시간에 걸렸다. 본가 문을 열고 들어가자 혜옥이 좋아하는 된장조치를 끓이는 냄새가 확 풍겼다.

제영이 미세하게 미간을 찌푸렸다. 차라리 좀 더 늦게 오거나 아예 월요일 오전에 들렀다가 가는 편이 나았겠다. 그런 늦은 후회를 했다.

"딱 맞춰 왔구나. 식사 들면서 얘기 좀 하자."

아나나 달라. 제영이 들어오는 것을 본 혜옥이 인사도 받지 않고 말했다. 제영이 늦게나마 혜옥에게 꾸벅 고개를 숙여 인사했다.

혜옥은 제영의 인사를 보는 둥 마는 둥 했다.

"작은 새아가. 가서 아주머니한테 제영이 몫도 차리라고 해라."

"예. 어머님. 수저만 놓으면 돼요."

혜옥에게 살갑게 답한 정미가 제영을 보고도 살갑게 웃었다. 그녀가 팬히 다가와선 제영의 손까지 붙잡았다.

"우리 제영이 오랜만이네? 할머니 서운해하시는데 자주 좀 들르면 좀 좋아. 와서 같이 밥 들자."

제영이 말없이 정미의 손에 잡힌 손을 뺐다. 정미는 그런 제영을 보고 입술만 한 번 삐죽이고는, 마치 낯가림 심한 조카를 보듯 웃으며 물러났다.

모두가 식사 자리에 앉을 때까지 제영은 불편한 얼굴로 거실에 서 있었다. 그런 제영의 어깨를 누가 뒤에서 툭 쳤다.

"언니 뭐 하니? 울 엄마가 밥 먹으라잖아. 할머니도."

큰 눈을 동그랗게 뜨고 입술을 쭉 내민 얼굴이 제 엄마인 한정미를 많이 닮았다. 예쁘장하고 사람 좋고, 거기다 상냥하게까지 보이는 인상.

제윤이 마르고 길쭉한 다리로 종종 달려선 혜옥에게 매달렸다. 제영은 내키지 않는 걸음으로 느리게 식탁을 향해 가며 그 모습을 지켜보았다.

"할머니! 할머니랑 내가 좋아하는 된장찌개잖아? 아주머니, 저 좀 더 많이 주심 안 돼요?"

"아가씨 다이어트하신다고 저녁은 적게 드신다고 하셔서 적게 펐죠. 더 드려요?"

"아이 할머니 앞에서 그런 얘기를 하심 어떡해요? 저 쪼금만 더 먹을게요. 쪼금만!"

"제윤이는 뺄 데가 어디 있다고 다이어트 얘기를 꺼내? 그리고 제영이는 와서 안 앉을 거니?"

드라마에 나오는 화목한 가족 놀이를 하던 분위기가 혜옥의 마지막 마디에 살짝 균열이 갔다. 이래서 오기 싫었던 건데.

"앉았잖아요."

"수저도 들어라."

"잘 먹겠습니다!"

분위기를 무마하려는 듯 제윤이 평소보다 더욱 발랄하게 외쳤다. 혜옥의 옆에 딱 붙어 앉아서 하는 짓이 곰살맞았다. 혜옥이 별수 없다는 듯이 슬그머니 웃었다.

그러던 그녀의 시선이 제영을 향하자 세상 시름을 다 가진 것처럼 식었다.

"여사님이랑 자제분한테는 송구하다고 사과드렸니?"

"아뇨."

"그렇게 또 집안 명예에 먹칠해야겠니?"

집안 명예에 먹칠했다고 할 만큼 대단하게 잘못한 일이었나. 사과가 꼭 필요한 자리였나. 제영이 생각을 하다 말고 피식 웃었다.

혜옥의 차가운 시선이 제영에게 더욱 날을 세웠다. 하지만 제영은 아랑곳하지 않았다.

"또요? 제가 이미 집안 명예에 먹칠이라도 했던 적이 있다는 듯이 말씀하시네요?"

제영의 반문에 무어라 말하려던 혜옥이 입을 다물었다. 그녀의 시선이 제영의 불편한 오른손 약지와 소지에 꽂혔다.

죽은 아들의 얼굴이 떠오르면 제영이 죽일 듯이 밉다가도, 표정 없는 얼굴로 고개를 숙이고 가만히 앉아 차려진 밥상을 바라보기만 하는 제영을 보면 또, 가엾기도 했다.

결국 혜옥이 말을 돌렸다.

"제영이는 내년이면 벌써 졸업반이지?"

"예."

"조용히 잘 다니고 있고?"

"……그렇죠."

"내 듣기엔 아니던데."

먹던 밥이 얹히겠다. 제영이 숟가락을 놓았다. 제윤이 흥미를 숨기지 못하는 눈으로 혜옥과 제영을 번갈아 보았다. 정미나, 여태 조용히 앉아 있던 제윤의 아버지 박태욱도 내심 혜옥의 눈치를 살폈다.

평탄하게, 마치 안부를 묻듯이 말을 돌려주기에 무난한 대화가 오갈 줄 알았다. 잠깐이나마 제영은 그런 생각을 했었다. 우습지도 않은 생각이었다.

"뭘 들으셨는데요?"

"네가 후원하던 남자가 널 찾아와선 소란을 일으켰다며. 그러곤 네가 따라 나가선……."

혜옥의 눈이 제영을 아래위로 훑었다.

"다음 날 똑같은 옷을 입고 학교에 왔다고도 하던데."

혜옥이 말을 마치기 무섭게 제윤이 밥숟갈을 크게 떠서 입에 욱여넣었다. 누가 말을 시키지 못하도록 일부러 그러는 것이 뻔히 보였다.

상황이 대충 파악이 되었다. 제영이 입 안의 살을 씹으며 씁쓸한 웃음을 삼켰다.

신경 쓰고 있지 않아서 잠시 잊고 있었다. 그러고 보니 제윤이 올해 제가 다니는 대학에 입학했었다. 제윤이 혜옥에게 일러바친 모양이었다.

과도 다르고 학년도 다르니 까맣게 잊고 있었는데 이렇게 뒤통수를 맞나. 하긴, 교내에 있었더라면 모를 수 없을 만큼 윤이성이 학교를 뒤집어 놓긴 했다.

이성이 SNS에도 글을 올려 소문이 더 빠르게 학교 밖까지 돌 줄 알았는데 그건 어떻게 막았으려나. 혜옥의 태도를 봤을 때 정말 제윤에게 전해 들은 만큼만 알고 있는 듯했다.

만일 바깥까지 소문이 나돌았으면, 혜옥은 맞선 상대에게 사과하지 않은 일이 아니라 바로 그 일로 제영을 불러들였을 테니까.

"몸가짐을 바르게 해야지. 네 할아버지가 가시는 길에 너한테 부탁한 게 어디 대학교 졸업만 잘 하라는 거였니?"

"남들 하는 평범한 건 다 해 보라고 하셨죠."

"그래. 학교 마치면 결혼도 하고 애도 낳고, 남들처럼 사는 거. 그게 네 할아버지 유지셨잖니."

제영이 입을 꾹 다물었다. 혜옥이 못마땅하다는 얼굴로 제영을 보았다. 어쩜 고집이 제 아버지를 똑 빼닮은 손녀를 보자니 가슴이 답답했다. 너 너무 고생 말고 제영이 평범하게 키우면 안 되겠냐는 말에, 아들이 지었던 표정이랑 똑 닮았다.

"할아버지 말씀, 그 참뜻을 모르겠어? 이 할미는 네 할아버지 유지는 다 지켜 드리려고, 또 네게도 부족함 없이 살길을 마련해 주려고 이렇게 애쓰고 있잖니."

"어떻게 모르겠어요? 초등학교 졸업도 못 한 열세 살짜리 유일한 손녀가 부모 따라가겠다고 죽으려던 거. 그거 막아서 지켜 주신 할아버지 말씀인데. 그 뜻이 뭔지, 제가 어떻게 모르겠어요. 적어도 떠밀려서 선보고, 결혼하고, 집안에 도움 될 사람한테 죽어지내고."

제영이 눈을 똑바로 뜨고 혜옥을 바라보았다.

"그런 뜻은 아니셨겠죠. 할머니."

"박제영!"

참지 못하고 내뱉은 제영의 말에 혜옥이 그녀를 소리쳐 불렀다.

"너 그만큼 하고 싶은 대로 다 하게 됐으면! 할아버지가 곱게 살게 도왔으면! 너도 할아버지랑 이 할머니 뜻대로 가족을 위해서도 좀 살아야지! 네가 알긴 뭘 알아?"

"할머니 남편은 그런 분이셨어요?"

제영이 기어이 자리에서 일어났다. 혜옥이 입술을 꽉 물었다.

"내가 기억하는 우리 할아버지는 그런 사람 아니셨는데요."

"이 할미 말 아직 안 끝났어. 너 자리에 당장 앉아!"

"식사 잘 했습니다."

제영이 혜옥의 말을 무시하고는 허리를 깊이 숙여 인사했다. 어차피 하나 마나 제대로 받아 주지도 않는 인사가 아닌가. 혜옥이 받을 생각이 없어도 저는 상관없었다.

그대로 일어나 나가려는 제영을 현관 앞까지 쫓아 나와 붙잡은 건 여태 조용하던 태욱이었다.

"너 이게 무슨 버릇이냐? 그리고 본가에 온 지도 10분이 안 됐잖냐."

"밥맛 충분히 봤어요. 맛있던데요. 잘 먹었습니다. 이제 가도 되나요?"

"제영아."

"좀 놔주실래요? 되도록 따님 입단속도 좀 잘 시켜 주시고요. 미주알고주알 남의 일 일러바치는 거 옳은 일 아니잖아요?"

태욱은 여전히 제영의 손목을 붙잡고 있었다. 요즘 여러모로 수난이 많은 제 손목을 내려다보며 제영이 헛웃음을 터뜨렸다.

"놔둬라! 저리 천방지축으로 맘대로 하는 것도 딱 대학교 졸업까지만 봐주기로 내 마음먹었다!"

여전히 식탁에 앉아, 아무 일도 없었던 것처럼 금세 마음을 가다듬은 혜옥이 소리쳤다. 바로 옆에 앉아서 제윤은 여전히 눈만 굴리고 있었다.

제영과 눈이 마주치자 제윤이 눈을 흘겼다. 혜옥에게는 보이지 않게 고개를 돌리고, 입을 삐죽거렸다.

그로도 모자라 '누구보고 남이래? 진짜 웃겨. 저만 할머니 손녀야?' 하고, 혜옥에게는 들리지 않을 정도로 혼자 중얼거렸다. 제영을 똑바로 노려보면서였다.

제윤의 중얼거림은 제영에게 그대로 전해졌다.

그럼 아닌가. 엄밀히 따지면 혜옥의 친손녀는 제영 자신이 유일했다. 제윤이야 정확하게는 혜옥의 시조카인 박태욱의 딸이니까.

이렇게 보면 이제 태욱의 집에 더 가까운 이곳을 제영이 본가라고 부르는 것도 우스꽝스러운 일이었다. 할아버지가 남긴 가족을 쥐고 사는 할머니 혜옥의 뜻이니 별말은 않았지만.

제일 우스운 건 새삼 제게 다시 살갑게 구는 이유를 알 수 없는 정미나, 지금 제 손목을 붙잡고 있는 태욱이었지만.

"할머니가 졸업까지는 봐주신다네요. 들으셨죠? 그럼 이제 좀 놔주실래요. 종숙?"

"너……."

태욱의 얼굴이 새빨개졌다. 할 말이 많은 얼굴로 그가 입을 다물었다. 할 말이라면 제영도 많았다. 말을 섞어 봤자 피곤한 건 제

쪽이라서 입을 다물고 살 뿐이었다.

미워도 할아버지가 사랑했던 여자인 혜옥을 위해 참는 것도 있었다.

"종숙이 다 뭐냐. 그냥 아버지, 뭣하면 작은아버지라고 편히 부르라고 내 몇 번을 말했더냐?"

"우리 아빠 형제 아니시고, 작은할아버지 아들이시잖아요. 호칭 제대로 쓰는 게 뭐가 나쁜지 전 잘 모르겠네요."

"그래도……."

"저한테 살랑거리는 거 포기하신 줄 알았는데 아니셨어요?"

"박제영!"

현관의 소란이 마음에 들지 않았는지, 혜옥이 다시 한 번 소리쳤다.

"그만하래도! 태욱이 이리 와서 식사해라!"

"……예. 어머니."

그제야 태욱이 제영의 손목을 놔주었다. 제영이 시큰거리는 손목을 바들바들 떨리는 오른손으로 붙잡아 주물렀다.

태욱이 아주 물러서지는 않고 한마디를 더했다.

"근 시일 내에 다시 들러서, 적어도 할머니께는 사과드려라."

"알아서 해요."

제영이 가볍게 허리를 숙여 태욱에게도 빈 마음이나마 인사를 건넸다. 그러고는 돌아서 현관을 열고 나왔다.

고작 한 수저 뜬 밥이 제대로 얹힌 듯했다. 손목은 시큰거리고 가슴은 답답했다. 닫힌 문 너머로도 사람들의 말소리는 잘도 들렸다.

정미가 따라 나와 태욱을 도로 데리고 가면서 '제영이가 아픔이 많은 애잖아요.' 하고 사람 좋은 척을 하는 소리.

꼴같잖았다. 할아버지가 저를 지켜 주던 때부터 지금까지 그친 줄 알았던 친한 척, 착한 척을 왜 다시 시작하는지. 이제 무슨 꿍꿍이가 있어서 저러는지 감도 잡히지 않았다.

"짜증 나게……."

제영이 걸음을 서둘러 '본가'에서 멀어졌다. 정말 짜증 나는 집구석이었다. 차라리, 쓸데없이 넓어 사람을 멍하게 하는 집이 나았다.

엄마와 아빠, 할아버지의 빈자리를 느끼게 하는 외로운 공간이라도.

* * *

비가 내렸다. 얇은 옷 위로 조그만 점을 찍어 대던 빗줄기가 금세 굵어졌다. 택시를 타고 곧장 가려던 제영이 걸음을 돌려 지하철로 향했다.

하필 이런 날, 비가 왔다. 그러잖아도 기분이 좋지 않은데 말이다. 지하철을 타고 가면 집까지 꽤 돌아서 갔다. 세 번은 갈아타야 하기도 했다. 하지만 제영은 비 오는 날 차를 탈 수가 없었다. 트라우마였다.

한창 퇴근하는 사람들, 혹은 퇴근 후에 다시 불같은 주말을 시작하려는 사람들 사이에 뒤엉켰다. 대부분은 제영처럼 갑자기 쏟아지는 비에 불평을 내뱉었다.

아직은 채 다 식지 않은 초가을 날씨에 비가 내려 습도까지 높아졌다. 지하철 안쪽으로 부옇게 습기가 차서 차창이 흐려졌다. 비 오는 바깥의 풍경이 숨어 버렸다. 습도가 주는 불쾌감을 무시하면, 제영은 차라리 그게 좋았다.

거의 넝마가 될 즈음에야 집 근처 역에서 내릴 수 있었다. 그나마 다행이라 해야 할지, 도심에 가깝긴 하지만 사람들의 발길이 뜸한 동네였다. 차라면 몰라도 지하철로 오가는 사람은 적었다.

역을 나와 어림잡아 10분만 걸어도 집에 갈 수 있었다. 그러나 제영의 걸음은 지하철에서 내리자마자 천천히 느려져선 쉽게 속도가 붙지 않았다.

"그쳤을까⋯⋯."

아직 플랫폼 안의 공기가 습했다. 비가 그쳐도 한동안은 습한 걸 알면서도, 혹시라도 비가 그치지 않은 길을 걸어야 할까 봐.

하지만 마냥 이러고 있을 수는 없었다. 열 사람이, 스무 사람이. 이제 셀 수 없는 숫자의 사람들이 제영의 곁을 스치고 제 갈 길을 찾아갔다.

제영이 깊은 한숨과 함께 걸음을 옮겼다. 5번 출구, 집으로 가는 길에는 아직 비가 내리고 있었다.

"아직 오네."

제영이 손을 뻗었다. 빗줄기는 제영의 손바닥을 간지럼 태우듯 가볍게 내렸다. 우산 없이 집까지 걸어도 고작 겉옷을 조금 적시는 정도였다.

하지만 걸음을 떼기 싫었다. 빗물로 젖어서 한순간에 사람이든 차든 미끄러트릴 수 있을 그 길을······.

"박제영!"

제영 혼자만의 정적이 깨졌다. 며칠 사이 익숙해진 중저음의 허스키한 목소리. 윤이성이 제영의 이름을 불렀다.

"······뭐야? 네가 왜 여기 있어?"

비 오는 밤이었다. 아무래도 선글라스를 쓰고 있는 건 꼴이 우스워 보이긴 했을 거다. 멈춰 선 제영을 향해 까만 마스크에 모자까지 푹 눌러쓴 윤이성이 성큼 걸어왔다.

역 출구, 난간으로 비를 피하는 제영과 우산도 없이 비를 맞고 선 이성이 서로를 마주 보았다. 이성이 보슬보슬 잦아든 비처럼 뽀얗게 웃었다.

"할머니 잘 보고 왔나?"

이성이 마스크를 벗고는 입꼬리를 씩 올려 웃었다. 제영이 인상을 잔뜩 찌푸리고 그를 올려다보았다.

"왜 여기 있냐고."

"뭘 왜 있어. 너 보러 왔지."

"여길 네가 어떻게 알고······. 아."

제영이 뒤늦게 이성이 저를 이곳에 내려 준 적이 있음을 떠올렸다. 목요일에 학교에서 그 난리를 피우고 나서였던가.

"스토커야? 왜 멋대로 찾아와서 사람을 기다려?"

"어차피 내일 볼 거 하루 일찍 보러 왔다고 사람을 스토커 취급을 하냐?"

이성이 빗물이 묻어 물기 어린 손으로 제영의 볼을 쿡 찔렀다.

제영이 거칠게 이성의 손을 쳐 냈다. 손에 물기가 축축하게 묻어났다.

그러고 보니 차에서 내리는 걸 못 봤다. 설마.

"이 비를 다 맞고 기다렸어? 비가 이렇게 오는데 우산은 어디 두고? 컨디션 조절은 생각 안 해? 그리고 누가 보면 어쩌려고?"

"한 10분 전까지는 차 안에 있었어. 저기, 대 둔 거 보이지? 차 안에서 기다리려고 했는데 빗물 때문에 밖이 잘 안 보이잖아. 그리고 컨디션 조절은 네가 지랄 안 해도 알아서 잘 하고⋯⋯."

"그렇다고 멀쩡한 차 안을 놔두고 굳이 비를 맞으면서 기다려?"

제영의 물음에 당연한 걸 왜 묻느냐 얼굴로 이성이 제영을 내려다보았다.

"말했잖아. 놓칠까 봐."

차창에 빗물이 맺혀 흐려져서 보이지 않을까 싶어서. 혹시나 네 얼굴을 보지 못할까 싶어서.

이성은 굳이 길게 풀어 말하지 않았다. 그런 성격도 아니었다. 하지만 그의 나른한 듯, 도리어 산뜻하기까지 한 웃음에서 속내가 읽혔다.

제영이 헛웃음을 터뜨렸다.

"내가 택시나 버스라도 타고 왔으면? 멍청하게 그 생각은 안 했어?"

"그냥, 네가 버스나 택시는 안 탈 거라는 감이 오던데."

"감?"

웃기지도 않은 소리를 들어 얼빠진 표정으로 제영이 이성을 바라보았다. 이성이 어깨를 으쓱였다. 젖어서 색이 짙어진, 이성의 밝은 갈색 고수머리에서 물방울이 톡 톡 떨어졌다.

"너 정말 제정신이 아니구나."

"예술가는 원래 좀 어딘가 미쳐 있고 그런 게 매력 아냐? 비 오는데 날궂이 좀 했다고 쳐."

제영의 비아냥을 이성이 싱겁게 받아쳤다.

"헛소리 말고 네 집으로 가서 자빠져 잠이나 자! 약속은 내일이 었어."

"싫어. 오늘부터 보고 싶어졌어."

"야!"

이성이 제영의 손을 붙잡았다. 아까 종숙인 태욱이 잡았던 것과는 달리 힘을 뺀 조심스러운 손길이었다. 일전의 만남에서 제영의 손목을 거칠게 쥐었다가, 제영의 손목에 남았던 저의 손자국을 이성은 신경 쓰고 있었다. 거기에 제영이 했던 쓴소리까지 더해서.

"사람들이 다 쳐다보는데?"

이성이 고개를 모로 기울이며 말했다. 심지어 입꼬리를 올려 얄밉게 웃기까지 했다. 이렇게 사람이 많이 오가는 곳에서 계속 언성을 높이며 말을 섞을 거냐는 물음이었다.

그의 말대로, 지하철역을 나가는 사람들이 우산을 펼치며 한 번씩 제영과 이성을 흘긋 쳐다보고 지나갔다.

조금 멀리 떨어져 서서 수군거리는 사람들도 있었다. '윤이성 닮지 않았어?' 하는 목소리가 조금 크게 삐죽 들렸다. 제영이 입술을 물었다.

"난 괜찮은데, 너도 괜찮을까?"

숫제 놀리는 목소리로 이성이 제영의 속을 긁었다. 손까지 잡았으니 속뜻이야 뻔했다. 제영이 빗속으로 끌려 나왔다.

이성이 큰 손을 펼쳐 제영의 머리 위를 막아 주었다. 그래 봤자 비가 가려지지도 않을 텐데.

이성이 제영을 조수석에 태웠다. 그러곤 문을 닫아 주려던 때였다. 제영이 황급히 이성의 손을 덥석 붙잡았다.

"왜?"

"이거 타고, 운전할 거야?"

"그럼 이대로 차 안에서 날밤이라도 새우겠냐?"

이성의 핀잔에 제영이 입술을 깨물었다.

"……나, 차 못 타."

"여태 잘 타 놓고 무슨 지랄이야? 수 쓰냐? 야, 멀리 안 가. 잠깐 차 한 잔만 마시고 갈 거야."

"그게 아니라……."

제영이 말꼬리를 늘였다. 이성이 눈썹을 이상한 모양으로 일그러뜨리고 제영의 얼굴을 살폈다. 거짓말하는 표정은 아니었다.

비에 젖은 건 저인데, 어째 안색은 제영이 파리했다. 하얗게 질린 얼굴로 입술을 깨물며, 제영이 어렵게 말을 꺼냈다.

"비 오는 날, 차를……."

이성이 제영의 입을 막았다. 커다란 손이 거의 턱을 다 감싸 쥐듯 했다. 더 듣지 않아도 알 듯했다. 이제까지 눈치채지 못하고 있었던 게 어이가 없을 정도였다.

제영이 사고로 부모님과 손가락의 신경을 잃었던 날은 비가 왔다.

여태 제영을 알면서 비 오는 날은 그녀를 거의 만나지 못했던 이유를, 이성은 오늘에야 새삼 깨달았다. 멍청하기 짝이 없었다. 여태까지 자신이 그렇게 박제영에게 관심이 없었던가?

어쩐지 오늘의 제영이 버스도 택시도 타지 않을 것 같다고 내심 확신하고 있었으면서, 그 확신의 이유를 이제야 알다니. 박제영은 비가 오는 날만큼은 지긋지긋한 레슨조차 미루고 두문불출하다시피 했었는데.

"거기까지. 더 말 안 해도 돼."

이성이 바지 주머니에서 휴대 전화를 꺼내더니 어디론가 전화를 걸었다.

"어, 형. 난데. 여기가 어디냐면……."

이성이 상대방에게 위치를 알려 주었다. 그러면서 제영의 입을 막고 있던 손을 내려 괜히 제영의 손을 깍지 껴 잡았다.

"뭘 왜야. 와서 차 좀 빼 달라고. 어. 뭐? 아니 그럴 이유가 있어."

제영이 손을 빼려다가 이성에게 괜히 꽉 붙들렸다. 눈을 갸름하게 뜨고 흘겨보니 이성이 모르는 척 씩 웃었다.

"이제 복귀도 할 건데, 피아니스트 윤이성이 불법 주차로 차 끌려갔다고 매너 똥이라고 욕먹으면 참 배부르고 좋겠다? 그렇지? 그걸로 복귀 알리면 참 재밌겠어. 안 그러려면 형이 도와줘야겠다. 그렇지?"

"누구랑 통화해? 뭐 하는 건데?"

참지 못하고 제영이 물었다. 이성은 가만히 있으라며 제영의 입술에 검지를 가져다 댔다.

"내가 못 옮기니까 그렇지. 열쇠? 형 보조 키 있잖아. 아무튼 난할 말 다 했다? 끊는다."

이성이 통화 종료 버튼을 상큼하게도 눌렀다. 그사이 잠시 가늘어지나 했던 빗줄기가 다시 거세졌다.

"뭐냐고."

"매니저 형한테 차 빼 달라고. 너 집 여기서 안 멀지? 나 신세좀 지자. 어?"

"뭐라는 거야, 미쳤어? 너 타고 집에 가."

"아 완전히 푹 젖어서 이대로 못 가. 잠깐만, 차 한 잔만 얻어먹자. 응?"

"아깐 타고 가려고 했잖아."

"너 비 오는 날 차 못 탄다며. 그럼 나도 못 타. 이제 됐냐? 집가까운 거 맞지?"

이성이 제영의 말을 깡그리 무시하곤 그녀를 조수석에서 다시끌어냈다.

"야! 비 맞잖아!"

"좀 맞으면 어떠냐? 어차피 네 집에서 씻으면 될걸."

이성은 막무가내였다. 처음에는 욱하고 짜증이 올라왔던 제영도기어이 휘말리고야 말 정도였다.

이성이 길도 모르고 일단 냅다 달렸다. 손이 붙들린 제영도 덩

달아 걸음이 빨라졌다.

비를 맞아서 옷이 점점 무거워지는데, 이상하게 같은 속도로 마음이 조금씩 가벼워졌다.

비가 오는 날인데 그랬다.

이성이 보지 않는 사이, 제영의 입가에 설핏 미소가 고였다.

* * *

결국 이성을 집에 들이고 말았다. 그뿐인가, 욕실까지 내줬다. 이 상황이 우스워 제영이 픽 웃음을 터뜨렸다.

비는 생각보다 오래 이어질 참인지 아직도 천지 사방을 툭툭 두드려 댔다. 본래 제영은 이런 날, 빗소리를 듣지 않기 위해서라도 무언가를 틀어 두었다. 클래식 LP든 TV의 아무 채널이든.

하지만 오늘 제영의 귀가 빗소리를 듣지 않도록 덮어 주는 것은 그 둘 중 무엇도 아니었다.

쏴아아, 내리꽂히던 샤워기 소리가 그쳤다. 퉁탕거리던 시끄러운 소리도.

문이 열리고 쾅 닫힌다. 조심성이 없는 사람이 만드는 소리였다.

"야 이거 너무 노친네 옷인데?"

"할아버지가 입던 옷이니까."

등 뒤로 들려오는 툴툴거림에 제영이 고개도 돌리지 않고 심드렁하게 답했다. 이성이 어정거리며 걸어서 제영의 맞은편에 앉았다.

"음⋯⋯. 흡, 크흡!"

"웃든지 참든지 둘 중에 하나만 해라. 하나만."

이성이 툴툴거릴 만했다. 꼴이 우습긴 했다. 할아버지가 운동하실 때 입던 고무줄 운동복 바지에 어르신들 특유의 현란한 티셔츠를 입은 장신의 미남이다.

"젊은, 푸흡! 젊은이 옷으로 줘?"

"있으면 진작 줬어야지!"

"아니, 근데 내 옷은 너한테 맞는 게 치마 아니면⋯⋯."

제영이 저도 모르게 이성이 치마를 걸친 꼴을 상상했다. 그녀가 두 손으로 제 입을 막았다. 귀까지 새빨개질 정도로 웃음이 터져 나왔다.

끅끅거리는 소리에 이성이 제영을 노려보았다. 제영이 숫제 허리까지 굽혀 가며 웃었다.

"야!"

"아. 끝났어. 다 웃었어."

"차라리 시원하게 웃든지! 씨발 진짜!"

"차라리 가운을 줄까?"

이성이 잠시 고민하더니 곧 고개를 저었다.

"끈만 풀리면 노출행인데, 불안해서 안 돼."

"내가 아니라 그쪽이 입는 건데."

"그러니까 안 된다고."

이성이 괜스레 야릇하게 웃었다. 그러곤 맞은편의 제영을 향해 가까이 다가가며 허리를 숙였다. 목 늘어난 현란한 티셔츠 사이로 탄탄하고 매끈한 날가슴이 드러났다.

제영이 팔짱을 끼고 고개를 모로 기울이며 그런 이성을 바라보았다.

"섹시한 알몸의 피아니스트랑……."

"윤이성 씨. 지금 본인 꼴이 어떤지 고새 까먹었어?"

"아. 시발."

이성이 급히 정숙한 자세를 되찾았다. 제영이 여전히 팔짱을 낀 채로 그런 이성을 바라보았다. 늘 조용하던 집에 사람 하나가 찾아왔다고 정신없이 소란스러웠다.

썩 나쁘진 않았다.

"마실 거나 줘."

"커피?"

"뭐든 상관없으니까, 기왕이면 뜨겁게."

찬 음료가 아니라 뜨거운 음료라면 단번에 비울 수가 없었다. 그러니까 천천히 호호 불어 가면서 식혀 먹고. 그만큼 제영과 함께인 이 공간에서 오래 버티리라.

이성의 심보가 고스란히 읽혔다. 그 뜻에 따라 줄 제영이 아니다. 제영은 이성의 주문과 정반대로 얼음을 그득히 채운 컵을 두 개 들고 왔다.

"와."

"뭐?"

"너무한다, 진짜."

제영이 이성의 힐난을 무시하곤 시원한 커피를 한 모금 삼켰다.

습도가 높은 날이라 원두의 고소한 향이 평소보다 진하게 코끝을 맴돈다.

어울리는 평인지는 모르겠지만 산뜻했다. 크게 난 창문을 내리는 비가 톡톡 두드리는 소리는 여전히 제영을 곤두서게 했지만.

들리는 소리는 빗소리만이 아니었다. 내가 아닌 타인이 움직이는 소리, 숨소리. 그런 것들이 섞여서 평범한 소음이 되었다.

"어차피 옷이 말라야 갈 거잖아."

산뜻하게 던져진 제영의 한마디에 입술을 비죽 내밀고 있던 이성의 얼굴에 웃음꽃이 피었다. 어깨를 으쓱한 그가 그제야 눈앞에 놓인 커피를 들고 마셨다.

"맛있네. 리필도 되나?"

"여기가 카페야? 조용히 있다가 가라."

제영이 알림 소리에 소파에서 일어나 세탁실을 살폈다. 세탁을 마친 이성의 옷을 꺼내 곧바로 건조기를 작동했다.

"30분 남았어."

"저 매정한 거."

"세탁실 위치 봤지? 알아서 입고 얼른 가라."

제영이 마지막으로 다시금 단단히 축객령을 내렸다. 그러곤 뭐라 대거리를 해 오려는 이성을 무시하고 제 방이 있는 2층으로 올라갔다. 벌써 8시가 넘었다. 오늘 갑자기 이성을 보게 됐다지만 원래의 약속은 내일이었다.

내일 까먹을 시간을 생각하면 오늘부터 과제를 해 두어야 했다. 제영의 머릿속에서 금세 이성의 존재가 치워졌다.

열여섯 마디에 담을 수 있는 곡조. 구성에 반드시 들어가야 하는 화성. 수많은 경우의 멜로디가 제영의 머릿속을 금세 들어 채웠다.

고요한 가운데 은은하게 들려오는 빗소리는 어느새 메트로놈의 박자 소리처럼 느껴졌다. 제영이 모르는 새 그녀의 발이 톡톡 바닥을 두드리며 박자를 맞추었다.

그녀의 왼손이 건반을 두드리듯 책상을 두드렸다. 거기에 맞추어 잔잔한 허밍도 다물린 입술을 대신해 코끝으로 새어 나왔다.

닫힌 방문 너머에는 이성이 서 있었다. 제영이 뭘 하고 있나, 살펴려다간 잔잔한 허밍에 걸음을 붙잡혔다. 그가 방문 너머로 귀를 기울였다.

나무 문을 넘어 퍼지는 작디작은 허밍, 그와 같은 박자로 책상을 두드리는 손끝. 손끝에서 나오는 박자는 분명히 조금씩 잦아들며 엇박을 만들어 내는 빗소리를 닮았다.

한동안 이어지던, 여러 버전으로 들려오던 제영의 허밍이 그쳤다. 완전히 똑같은 진행이었던 적은 한 번도 없었다.

마지막으로 들려온 것. 역시 그게 제일 좋았다. 이성이 고개를 까닥이며 다시 계단을 내려갔다.

바로 보이는 피아노. 잘 관리된 듯 먼지 하나 앉지 않았지만, 분명히 사람의 손길을 받은 지는 오래되었으리라.

이성이 건반 뚜껑을 열었다. 건반 몇 개를 조심스럽게 눌러 보았다. 조율도 완벽했다.

그의 시선이 안타까움을 비롯한 다양한 감정을 담고 제영의 방이 있는 쪽을 향했다.

* * *

피아노.

익숙한 피아노 소리가 들렸다. 오선지에 음표를 그려 넣던 제영의 손이 멈추었다. 그녀가 제 오른손을 내려다보았다.

늘 그렇듯 약지와 소지는 말을 듣지 않고 달달 떨리는 채였다. 열셋, 거의 모든 것을 앗아 간 사고 후 한동안은 미친 듯이 피아노를 쳤다. 죽어 버린 부모님, 그리고 망가진 손가락의 신경을 받아들일 수가 없어서.

그러나 윤이성이라는 남자를 만난 후로는, 저 피아노가 울린 적은 단 한 번도 없었다.

멜로디는 익숙하고도 낯설었다. 머릿속에서 오선지로 옮겨진 음표들을 고스란히 건반이 밟아 가고 있었다.

제영이 방을 나왔다. 계단의 절반을 내려오면 거실의 한쪽을 차지한 피아노가 보였다. 거기에 윤이성이 앉아 있었다.

다섯, 여섯, 일곱. 그리고 여덟 번째 마디가 이성의 손가락을 타고 피아노 소리로 변해 너른 집을 채웠다.

제영이 난간에 기대 눈을 감았다. 방 안에서보다 크게, 울림 좋게 들려오는 피아노 소리가 좋았다.

열넷, 열다섯, 열여섯.

정확히 열여섯 마디의 멜로디가 끝났다. 제영이 오선지에 새긴 마무리와 다르게 마지막 음의 울림이 길고 가녀렸다.

형식에서는 벗어났으나 대신에 잔잔하게 곱씹을 여운이 생겼다. 그 여운을 즐기며 제영이 눈을 떴다.

이성의 연주가 다시 이어졌다. 아까와 같은 화성으로, 분명히 같은 주제를 연주하고 있었지만, 훨씬 리드미컬해졌다.

우울함이 걷혔다. 내리던 비도 어느새 그쳤다.

여전히 건반에 손을 올린 채, 이성이 고개를 돌렸다. 제영과 눈이 마주쳤다. 그가 장난스럽게 입꼬리를 올려 씩 웃었다.

"작곡에도 소질이 있었네."

"배우는 중이니까."

이성이 어깨를 으쓱 들어 올렸다.

"……그쪽이야말로 그 애드리브 연주는 뭐야?"

제영이 머뭇거리다 물었다. 이성은 제영이 물은 의도를 잘못 파악했다. 그가 물기가 말라 부스스한 머리칼을 손으로 쓸어 넘겼다. 멋쩍은 얼굴을 하고는 괜히 캄캄한 창밖을 바라보았다.

"너 만나기 전에 내가 하던 짓? 원래 나란 놈은 클래식 이딴 거랑 안 어울리니까."

예상과는 전혀 다른 답변이 흘러나왔다. 제영이 인상을 찌푸렸다. 그녀가 계단을 걸어 내려와 이성의 앞에 섰다.

조금 부자연스럽게, 피아노를 짚는 제영의 손끝이 달달 떨렸다. 창밖을 향하던 이성의 눈길이 슬그머니 제영의 떨리는 손에 머물렀다.

저 손을 잡아 주고 싶다.

"잘하길래 물어본 거야."

"……어?"

"잘했다고. 듣기 좋았어."

언제 의기소침했냐는 듯 이성의 표정이 확 펴졌다. 그가 제영을 덥석 끌어안았다. 불시에 방어도 못 하고 안겨 이성의 품에 갇힌 제영이 뒤늦게 몸을 뒤척였다. 요지부동이었다.

"야!"

피아니스트의 팔 힘을 쉽게 보면 안 된다고는 하지만 이성은 평균보다도 월등히 힘이 좋은 편이었다. 원래 막노동도 했었고 체격도 상당하니까, 몸집이 작은 제영이 이길 도리는 없었다.

"왜."

"놔라."

"싫은데? 야, 너 이제 가을인데 무슨 에어컨을 이렇게 빵빵하게 돌리냐? 근데 너 안으니까 따끈따끈하니 좋네."

"내가 손난로니?"

"애드리브 좋았다며. 잘 들었다며. 5초만 더. 응?"

제영이 결국 포기하고 몸에 힘을 뺐다. 폭 좁은 피아노 의자에 어설프게 걸터앉은 게 불편해서, 기어이 이성에게 폭 안겨 들듯 자세를 고칠 수밖에 없었다.

그녀가 뚱한 표정으로 있다간, 기어이 픽 웃음을 터뜨렸다. 이성이 슬그머니 팔에서 힘을 풀었다.

"키스해도 되냐?"

그가 물었다. 제영이 고개를 들어 이성을 올려다보았다. 눈이 깜빡였다. 길고 풍성한 속눈썹이 자꾸 애먼 생각을 하게 했다. 드러나는 눈동자는 무슨 생각을 담았는지 궁금하게 만드는데.

"앨범 내시게?"

"앨범 조건은 박제영이 먼저 원해서 하는 키스고."

"섹스 아니었어?"

이성이 황당한 소리를 다 들었다는 듯 얼굴을 구겼다.

"이건 무슨 개소리야? 그때 바꿨잖아! 그리고 키스, 아니 키스가 섹스로……. 아니……."

"그랬나?"

"그랬어! 그리고 넌 뭔 계집애가 옷도 훌러덩 벗더니 섹스가 어쩌고, 야 너 진짜 큰일 난다?"

"큰일은 내가 아니라 네가 낼 것 같은데. 아냐? 잡아먹을 것처럼 쳐다봤잖아. 방금."

지레 찔린 이성이 왈칵 내질렀다.

"내가 짐승이냐! 그냥 키스해도 되냐고 정중하게 물어보기밖에 더 했어?"

"지랄이다."

제영이 이성의 품에서 벗어났다. 차라리 비웃기라도 하든가 무표정한 얼굴로 저런다. 이성의 자존심에 상처가 났다. 억울해 죽겠는 건 그래도 좋다는 거다.

이성이 입술을 삐죽거리면서 허공에 주먹질했다. 행동에서 속마음이 고스란히 읽혔다. 차마 거친 말을 다 뱉지 못하고 속으로 삼키면서 억울함이라도 분출하는 거지, 저거.

제영이 피식 웃었다.

"자자고 할 때는 그렇게 당당하더니, 키스하자고 하는 건 정중하게 물어봐? 개가 웃겠다."

제영의 말에 이성이 씩 웃었다.

"미친개는 나고. 왈왈!"

이성의 너스레에 기어이 제영도 웃음이 터졌다. 실소에 가까운 피식, 한 번이었지만 이성은 기회를 놓치지 않았다.

"그 웃음은 해도 된다는 허락?"

"허락까진 아닌데."

"사람 놀리냐?"

놀리는 건가? 제영이 고개를 갸웃하며 돌아섰다. 이성의 뒤로 새카맣게 물든 창밖이 보였다. 현란한 무늬의 티셔츠에 운동복을 입고도, 그 앞에 선 이성은 잘생겼다.

사연 있는 양아치 같게도 보였다.

스물두 살의 윤이성은 정말 사연 있는 양아치 그 자체였다. 거기서 얼굴이 어쩜 하나도 변하질 않았을까. 박제영은 이렇게나 변했는데.

"옷 다 말랐어. 집에나 가."

"싫어."

"야."

"나 차도 매니저가 빼 갔어! 어떻게 가!"

제영이 팔짱을 끼고 이성을 아래위로 훑었다. 이건 양심을 어디다 팔아먹었을까, 잠시 고민했다.

"너 아까, 차 빼 가라고 한 거. 이럴 거 알고 일부러 그런 거지?"

이성이 익살맞게 웃었다. 그러고는 성큼 제영에게로 다가갔다. 제영이 얕은 한숨을 내쉬었다. 이렇게 제 앞에서 키스니 섹스니 하는 것들이나 졸라 대는 천방지축 양아치라도.

세상 사람들이 아는 윤이성은 갑자기 나타난 불세출의 천재 피아니스트였다. 아니, 지금은 SNS 스타였던가. 아무튼 키 크고, 몸 좋고, 잘생겨서 쉽게 사람들 눈을 사로잡는 건 여전했다. 학교에서도 그랬고, 학교야 특수한 상황이라지만 아까 지하철역 앞에서도 누군가는 이성을 알아보지 않았던가.

그런 사람에게 차마 대중교통으로 집에 가라고는 못 하겠고.

"택시 불러 줘?"

"야 박제영. 진짜……!"

"진짜 뭐?"

"너 진짜 너무하다."

이성이 입술을 삐죽거리며 세탁실로 걸었다. 그 와중에 걸치고 있던 티셔츠가 어지간히 마음에 안 들었던 모양인지 훌러덩 벗어 버리기까지 했다. 아무리 지난밤 아래위로 다 벗은 것까지 봤다지만 이렇게 조심성이 없을까.

제영이 이성을 흘겼다. 그랬더니 또 옷을 주섬주섬 입으려다가, 내키지 않는지 바닥에 집어 던졌다. 입은 비죽 나와서는.

그게 어째 귀를 축 늘어뜨린 개처럼 보였다고 하면 실례일까. 제영이 저를 지나쳐 가려는 이성의 팔을 붙잡았다.

그저 살짝 감싸 쥐는 것에 불과한 거였는데도 이성은 발이 땅에 붙은 것처럼 멈췄다.

갑자기 왜 이런 마음이 들었는지 모르겠는데, 제영은 이성이 이 넓은 집에 남아 있는 것도 나쁘지 않을 것 같았다.

선택권을 줘 볼까.

"자고 갈래?"

"진짜?"

"아니면, 키스하고 집에 갈래."

제영의 말이 끝나기 무섭게 이성의 눈빛이 위험하게 변했다. 장난스러운 양아치, 집적대는 별 볼 일 없는 옆집 오빠 같던 사람이 금세 위험한 남자가 됐다.

"아, 씨발……."

그가 낮게 뇌까렸다. 거칠게 으르렁거리는 짐승처럼 지나치게 낮고 허스키했다. 제영이 고개를 모로 틀어 이성을 바라보았다.

저도 모르게 침을 삼켰다.

이성의 번뇌는 짧았다. 그가 허리를 깊이 숙였다. 제영의 입술에 그의 입술이 겹쳤다. 거칠게 파고드는 솜씨가 수준급이어서인가, 제영이 저도 모르게 눈을 감았다.

이성의 팔이 제영의 등을 감쌌다. 입은 숫제 사람을 잡아먹을 것처럼 거칠게 달려들면서 손은 상냥하기 짝이 없었다.

"하으……."

잠시 떨어진 입술 사이로 숨을 들이켜며 제영이 얕은 비음을 흘렸다. 이성이 금세 입술을 다시 포개고는 만족스럽게 웃었다.

제영도 속으로는 웃었을지도 모르겠다.

들을 만한 연주, 그리고 외로움과 슬픔을 잊게 한 값으로 키스 한 번.

나쁘지 않았다.

* * *

〈씨발〉

뭣 같은 비.

위험하기나 하고 말이야.

fore***

3시간 전 ♡132

3월만 해도 비 오는 거 좋아서 플렉스한다고 했잖아요ㅠㅠ 혹시 사고 나셨어요? 갑자기 비 오는 날 교통사고 확률 올라간다는 사진은 왜 올리셨지ㅠㅠ 아시는 분???

03. 첫 데이트

어두운 시어터 룸 안에 빠르고 웅장한 피아노 음이 가득 울렸다. 소리의 진원을 따라가면 화면 안의 어린 소녀를 발견하게 되고야 만다.

고작 열하나, 혹은 열둘. 그쯤 되었을까? 앳되다는 말도 부족하리만치 어리고 작은 꼬맹이가 어른보다 더 진지한 표정을 짓곤 건반을 강렬하게 내리누르고 있었다.

F.Chopin Polonaise in Ab Major, Op.53 〈영웅〉.

웅장하고 풍부하게 퍼지던 낮은음이 잘게 쪼개져 일군의 걸음처럼 멜로디 위를 걷는다. 위기를 맞은 듯 파열음을 닮은 화음의 뒤로.

어린 소녀는 건반을 내려다보던 시선을 올려 허공을 바라보았다. 찰나였다. 소녀는 무엇을 보았을까. 잠시 서정적인 부분이 지나고, 다시 웅상해지고, 발랄하게 튀었다가 다시 행진. 또 행진.

소녀를 보고 있던 형찬의 혼은 어느덧 화면 안의 경연장 객석으로 스며들었다. 곡이 끝나 그녀에게 박수갈채를 보낼 수 있길 간절히 바랐다. 아니, 곡이 끝나고 남을 연주의 여운을 떠올리며 벌써 안타까움을 느꼈다.

하나 언제고 끝은 찾아오기 마련이었다. 소녀가 연주하는 곡 또한 마찬가지였다. 아주 짧은 적막 뒤로, 사람들의 하염없는 박수갈채가 이어졌다.

화면 밖의 형찬도 당장에 일어나서 박수를 보내고 싶었다. 시어터 룸을 찾아온 불청객만 아니었더라면.

"언제 왔어?"

"방금? 넌 근데 이거 매일 봐도 안 지겹나?"

"형은 이게 지겨워?"

형찬이 피식 웃으며 제 옆자리에 앉는 친형 의찬의 어깨를 툭 쳤다. 의찬이 입꼬리를 쭉 내려뜨렸다. 같은 배에서 나온 동생인데 도무지 이해할 수 없다는 표정이었다.

"뭐, 나야 네가 괜히 질려서 마음 바꾸지 않아 주면야 좋지."

형찬이 고개를 숙이고 웃었다. 사실 소녀의 마지막 연주 기록, 클리블랜드 국제 청소년 콩쿠르의 최종 경연곡의 여운을 즐기고 싶었다. 들어온 이가 친형인 의찬이 아니었더라면 날 선 소리를 뱉었을지도 모르겠다.

"아직도 날 견제해?"

"진짜 견제가 뭔지 보여 줘?"

"됐습니다. 정말 관심 없어. 무슨 왕정 시대도 아니고, 복잡하게 승계 서열이 어떻고 누가 재능이 있는지 없는지, 내 사람이 누구고 누구는 적이고."

형찬이 고개를 내저었다.

"어휴……."

내친김에 한숨까지 내쉬었다. 그런 형찬을 의찬이 부럽다는 얼굴로 바라보았다.

이형찬, 그리고 이의찬.

이 둘은 현 유성 그룹 회장의 직계 손자였다. 유성 그룹이라면 대한민국 굴지의 재벌가로, 문어발식 족벌 경영의 틀을 만들었다고 해도 과언이 아닐 기업이었다.

그런 만큼, 차기 회장의 자리를 노리는 자들은 많았다. 당장은 형찬과 의찬의 아버지가 직접 회장직을 놓고 그 형제들과 싸우고 있었다. 결국 누구의 아버지가 회장이 되느냐에 따라 다음 대의 회장이 가까워지느냐, 영영 먼 일이 되느냐가 결정되는 것이나 다름없었다.

대중들에게 화목한 모습을 보이는 이들의 실제는 치열했다. 물론, 그 치열함에서 한발 벗어난 이들도 분명 있기는 했다.

애초에 능력이 안 되어서, 제 부모에게 도움은커녕 손해를 입히기 바빠서 내쳐진 자들이 우선 그랬다. 또 하나, 별종이라고 불리는 경우. 형찬이 여기에 속했다.

형찬은 남을 띄워 줄 말은 덮어 놓기 바쁜 유성 그룹의 사람들 사이에서도 흠잡힐 데가 없는 이였다. 오히려 형인 의찬보다도 낫지 않으냔 말이 종종 오갈 정도였다. 덕분에 몇 년 전까지만 해도 형찬과 의찬의 사이는 살얼음판을 걷는 듯했다.

그러다 돌연 형찬이 자신은 유성 그룹의 최고 자리에 관심이 없다는 뜻을 밝혀 왔다. 다만 예술가를 후원하며 엔터 사업에도 곁다리를 걸치고 있는 유성 예술 재단과 유성 매니지먼트에는 욕심을 냈다.

재단도 매니지먼트도 유성의 이름만 달고 있을 뿐, 이미지 관리를 위해 유지하고 있을 따름인 곳이었다. 겨우 그 둘을 위해 모든 것을 아우르는 총수의 길을 포기한다고 하면 내주지 못할 것이 없는.

형찬은 원하는 것을 손에 쥐었다. 또한, 적어도 형제의 집안에서만큼은 형찬이 유일한 평화 지대였다. 그가 아버지를 지지한다는 의견까지 놓은 것은 아니었기에, 친척들의 눈이야 여전히 날카롭게 그를 향해 날을 벼리고 있지만.

"어떻게 보면 네가 부럽단 말이지."

"뭐가?"

"욕심이 없는 거? 그래서 가지고 싶은 걸 일찌감치 손에 쥔 거?"

의찬의 말에 형찬이 모호한 얼굴로 웃었다. 그의 시선이 이미 끝나 멈춰 버린 콩쿠르 영상 화면을 향했다. 의찬이 그런 제 동생을 보며 얕은 한숨을 뱉고는 어깨를 두드려 주었다.

"아. 아직 완벽히는 아니지."

의찬도 형찬과 같이 화면을 바라보았다. 어리고 작고, 심지 굳게 입을 꼭 다문 똘똘하게 생긴 꼬마 아이.

"이름을 바꿨댔나?"

"응."

"바꾼 이름이 뭔지는 안다고?"

형찬이 고개를 끄덕였다. 부르기도 아까운 이름이 그의 입을 타고 흘러나왔다.

"박제영."

형찬은 어렵게 꺼낸 이름이건만, 그를 듣는 의찬의 태도는 지나치게 가벼웠다.

"아, 그래. 박제영. 유성 모직 박태욱 홍보이사 조카라며."

"정확히는 오촌 조카. 박 이사 큰아버지 손녀니까."

"뭐 그런 복잡한 것까지 내가 알 필요는 없고. 어쨌든 가까이 지내는 친척은 맞는 거 아냐. 그러니까 그……."

기억이 잘 나지 않는지 잠시 머뭇거리는 의찬을 대신해 형찬이 답했다.

"윤이성?"

"그래, 윤이성. 그 피아니스트도 박 이사가 소개해서 네 회사랑 계약했던 거 아냐."

"뭐, 얼추 그럴 거야. 정확히는 박희은 피아니스트 조부 재단 후원 받다가, 박 이사 소개로 우리랑 계약했지."

의찬이 형찬의 옆자리에서 일어났다. 곧 형찬이 어린 제영의 기록을 하나 더 틀고 감상할 테다. 저는 클래식과는 도통 거리가 멀었다. 오죽하면 사람들이 이름은 다 안다는 윤이성의 이름도 머뭇거리다 떠올렸을까.

"그럼 차라리 맞선이라도 주선해 달라고 얘기를 해. 이렇게 야밤마다 혼자서 컴컴하게 청승 떨지 말고."

형찬이 인상을 찌푸렸다.

"아직 학생이야."

"뭘. 이제 한 스물서넛 됐지 않냐? 너 이 형이 언제 형수 만나서 결혼했는지 까먹었어?"

의찬은 일찍이 자리 잡고 굳히기 위해 스물하나에 아내를 만나 연애하고 졸업과 동시에 결혼했다. 당시 아내의 나이는 스물셋이었다.

제영이 스물둘이니 겨우 한 살 어렸다. 의찬의 입장에서 형찬이 이해가 될 리 만무했다.

"형은 목적이 있었고."

"너는 뭐. 사랑은 목적이 아니고?"

의찬이 생각하기에 형찬답지 않은 태도였다. 다른 것에서는 저를 위협할 정도로 똑 부러지더니 제영과 관련해서는 이렇게 어린애 같아서야.

"너, 그렇게 어영부영하다가 다른 놈이랑 사귀고 사고라도 치면 너는 영영 그 여자 못 가지는 거야."

"형!"

의찬의 가벼운 말에 기어이 형찬이 소리를 질렀다. 의찬은 신경 쓰지 않는 듯 그저 웃어넘겼다.

"내가 말이 과하긴 했는데, 틀린 말은 아니다?"

동생이 마음에 담은 여자를 엉덩이 가벼운 사람으로 만들어 놓곤 의찬은 참 뻔뻔하게도 굴었다. 그 말에 담긴 형찬을 걱정하는 마음만큼은 진심이었기에, 그는 그저 의찬을 노려보는 것으로 그쳤다.

그때 시어터 룸에 손님이 하나 더 찾아왔다.

"여보. 은성이 자요. 언제 가."

"아, 지금 나가요."

찾아온 이는 의찬의 아내였다. 목적이 있어 결혼한 것치고는 다정다감하고 사이좋은 부부였다. 형찬이 자리에서 불쑥 일어나 인사를 건넸다.

"가시게요?"

"은성이가 잠이 들긴 했는데, 제집이 아니면 금세 깨서요."

"얼른 가 보셔야겠네요. 형도……."

"나 일어날 참이었다? 방금 일어난 거 봤지?"

의찬이 너스레를 떨면서 제 아내와 형찬을 번갈아 보고 씩 웃었다. 내친김에 배웅하려는 형찬을 의찬과 그의 아내가 말렸다. 어차피 애가 잠들어서 조용히 갈 생각이었다며.

"조심히 들어가세요."

"도련님도 얼른 마무리하고 주무세요. 늦었네요."

"예."

조용한 걸음으로 의찬이 아내와 사라졌다. 이제야 다시 혼자가 되었다. 정확히는 화면으로 마주할 수 있는 제영과 자신, 둘이 되었다.

이제 제영의 연주에 다시 집중할 수 있게 되었건만 형찬은 도통 다음 영상을 재생할 생각을 못 했다.

"……다른 놈이랑 사귀고 사고라도 치면 너는 영영 그 여자 못 가지는 거야."

의찬의 말이 머릿속을 맴돌았다. 그가 피식 웃으며 감은 눈을 손으로 쓸었다.

제 앞에서 서늘하게 쏘아붙이던 그 얼굴이, 이름 모를 남자의 앞에서 화사하게 웃는 얼굴이 잘 상상되지 않았다.

하지만 어리고 서늘하던 얼굴이 곧, 아직은 앳됨이 남은 어른의 얼굴로 바뀌고. 그 얼굴에 희미한 미소가 맴도는 장면이 흐릿하게 그려졌다.

형찬이 입술을 깨물었다.

* * *

눈을 뜨기도 전에 코끝에 식욕을 당기는 좋은 냄새가 풍겼다. 제영이 눈을 비비며 일어났다.

"아주머니 벌써 오셨나……."

침대에서 발을 꺼내 땅을 디디던 제영이 멈칫했다. 어제가 금요일, 할머니를 뵙고 왔으니 확실히 금요일이었다. 그럼 오늘이 토요일.

주말에는 안 오시는데.

혼자 살면서 제영이 넓은 집을 다 관리할 수 없어서 가사 도우미를 썼다. 사실 부모님과 함께 살 때도, 할아버지와 살 때도 아주머니는 썼었다.

그러나 언제고 주말에는 부르지 않았다. 어릴 때는 가족들과만 시간을 보내는 것도 중요해서. 이후에는 주말이면 집에 처박혀 있는데 아주머니와 마주치면 서먹할 것 같아서.

그런데 지금, 분명히 코끝을 자극하는 이 냄새는 음식 냄새였다. 달고, 맵고, 구수하고, 시원하고.

제영이 겨우 떠진 눈을 끔벅이며 부엌으로 갔다. 있어선 안 될 사람이 앞치마까지 두르고 신나게 국자를 젓고 있었다.

"너 왜, 아……."

왜 안 가냐고 물으려던 제영이 멈칫했다. 어젯밤, 늦은 밤의 키스 후 제영은 이성을 모질게 내쫓지 못했다. 가라고도 못 하고, 그렇다고 편히 자라고도 못 해서. 소파에 대충 이불을 던져 주는 그녀를 보고 이성이 배를 잡고 웃었었다.

기어이 뭉개다 자고 가는 데 성공한 게 기쁘기도 했겠지. 간밤을 떠올린 제영이 기어이 입술을 뚱하게 내밀었다.

"일어났냐? 사람이 칼 같아서 일찍 일어나는 줄 알았더니 늦잠도 자고."

이성이 국을 떠서 국그릇에 담고 식탁으로 옮겼다. 반찬은 이미 차려져 있고, 국까지 놓으니 밥만 있으면 한 상 차림이었다.

"좀 사람답네."

"날 밝았으면 빨리 꺼지지, 아침부터 시비야……."

"상까지 차려 놓고 다소곳이 기다렸는데 말하는 것 봐라?"

"누가 차려 달랬나."

"잠투정은 그만하고 앉기나 해."

마침 밥이 다 됐다. 밥솥에서 경쾌한 알림이 울렸다. 이성이 국그릇과 세트인 밥공기에 밥도 퍼서 제영의 자리에 하나, 제 자리에도 하나 놓았다.

제영이 떨떠름한 얼굴로 자리에 앉았다. 간밤에 과제를 한다고 머리를 많이 써서 그러나, 아니면 스트레스를 받아서 그러나. 그도 아니면 저녁을 먹다 말아서 그런가. 무지하게 출출한데 눈앞에 차려진 밥상이 있으니 거절하고 돌아서기 어려웠다.

"내가 애야? 잠투정하게."

"나보단 애지."

그래도 마냥 곱게 앉기는 좀 그래서, 괜히 투덜거려 봤더니 좋은 소리 못 들었다. 이성은 신경도 안 쓴다는 듯이 가뿐하게 제영의 투정을 물리치고는, 먼저 제가 차린 밥을 한 숟갈 떴다.

"밥 잘 됐다. 먹어 봐."

제영도 숟가락을 들었다. 밥보다는 국물로 먼저 시작하는 스타일이라서, 습관적으로 국물을 먼저 떠서 입에 머금었다.

집에 있는 줄도 몰랐던 북어포가 들어간 국은 저도 모르게 웃음이 날 정도로 시원했다. 내친김에 밥도 반 숟갈 떠서 입에 넣으니 정말 실소가 터졌다.

"……밥 잘하네?"

"매력을 느끼냐?"

"잘 나가다가 왜 또 헛소리야."

"왜? 밥 잘하고 가정적인 남자 괜찮지 않아?"

반찬은 익숙한 맛이었다. 아주머니가 준비해 두신 걸 꺼내기만

한 모양이었다. 나물을 입에 넣고 씹던 제영이 덩달아 이성의 말도 씹었다.

밥을 또 한 숟갈 뜨고 반찬을 고르려는데 이성의 젓가락이 쓱 다가와 제영의 숟가락 위에 장조림을 놓는다.

제영이 이성을 삐딱한 눈으로 보았다.

"작작 해."

"뭘?"

"좋아하는 티 좀 그만 내라고."

이성이 답은 않고 밥을 크게 한 숟갈 퍼서 입에 욱여넣었다. 볼이 터질 것처럼 크게 부풀어 올랐다. 그대로 꼭꼭 씹어 봐야 그게 쉽게 넘어가나. 제영이 한숨을 내쉬며 물을 따라 건넸다.

컥컥거리면서 가슴을 치다 물을 받아 마신 이성의 얼굴이 그제야 좀 살 것 같아졌다. 안색은 여전히 벌겋다. 목이 막혀서인지 다른 이유인지.

제영의 입에서 나온 말에 지레 놀랐다. 좋아하는 티 그만 내라고?

지금껏 마음이 내키는 대로 했을 따름이었다. 맞선을 봤다는 제영을 쫓아온 것부터. 제영의 눈물을 보고는 더는 외롭지 않게 하겠다고 마음먹고, 그녀의 주변을 맴돈 것까지.

그런데 이 행동들이 제영에게 좋아하는 것처럼 보였을 거라곤 상상도 못 했다.

아니, 그 말에 당장 아니라고 답하지 못하는 제게 더 놀랐다. 아니라고 답할 수가 없었다.

저도 모르는 사이, 제 마음은 제영을 향하고 있었다. 그러니까 제영의 말은 틀리지 않았다. 그걸 제영의 입을 통해 듣고야 알았다. 이성이 허탈하게 웃었다. 그러곤 곧, 평소의 제 모습을 되찾았다.

"티, 많이 났냐?"

"응."

"난 잘 모르겠는데."

"섹스부터 졸라 대던 사람이 할 말은 아닌 것 같은데."

제영이 대수롭잖게 말했다. 제영은 아무렇지 않아 보이는데 이성의 얼굴만 괜히 다시 새빨개졌다. 그가 열을 식히려는 듯 연신 물을 들이켰다.

"아니 그거는! 그건 내가 너 열받으라고 그냥 지른 말이라니까……."

물 두 잔을 비우고야 나온 말이 겨우 이거다. 제영이 피식 웃음을 터뜨렸다.

"활동 다시 시작하는 조건이 자는 거였던 게?"

"……어."

"과정이야 어쨌든, 결국 잤잖아? 그것도……."

제영이 말을 하다 말고 손가락을 꼽았다. 그날 밤 이성이 제영의 안에 머물렀던 시간을 곱씹는 듯했다. 이성이 얼굴을 새빨갛게 붉혔다.

"근데 내가 처음이라는 거 알고 나서는 데이트로 바뀌었고."

"그냥 겸사겸사 얼굴 자주 보자고……."

본인의 변명이 굉장히 초라한 걸 아는지 이성은 끝까지 당당하게 말하지 못했다. 제영은 아직 끝나지 않았다는 듯 이성을 똑바로 보면서 말을 이었다.

"일 열심히 하겠다고, 약속 지켜서 공연 잡겠다고 전화로 통보해도 되는 걸 굳이 학교까지 쫓아와서 얼굴 보고 말하고."

"그야⋯⋯."

"아, 오늘 저녁에 보기로 했는데 어제저녁에 굳이 집도 모르면서 역 근처로 찾으러 온 것도. 내가 못 보고 지나칠까 봐 밖에 나와 그 비를 맞으면서. 우산도 안 쓰고 말이야."

"⋯⋯이제 끝났나?"

제영이 곰곰이 생각하다가 고개를 끄덕였다. 그제야 이성의 얼굴에서 열기가 조금 물러갔다. 부엌이 갑자기 조용해졌다. 식기에 수저가 부딪치며 달그락거리는 소리만 울렸다.

"아."

"왜! 또 뭐! 또 왜!"

"내가 비 오는 날 차 못 탄다고 하니까 매니저 불러서 차 보내 버린 것도."

"알았으니까 그만하면 안 되냐?"

"쪽이라도 팔려?"

이성이 머리칼을 쥐고 잔뜩 헝클었다. 그래도 감정이 주체가 안되는지 한숨까지 푹푹 내쉬었다. 차마 제영에게 화를 낼 수는 없는 노릇이라.

"책가방 메고 다니던 코흘리개 때 처음 봤던 아홉 살이나 어린 애를 내가 좋아한다는데! 그걸 본인 입으로 들었는데! 내가 쪽팔리지, 안 쪽팔리겠나?"

"코는 안 흘렸다니까."

"지금 그게 중요하냐?"

제영이 피식 웃었다. 벌써 밥공기가 반이나 비었다. 제영이 흘긋 이성의 공기를 보았다. 몇 숟갈이나 떴나 싶었다.

"밥이나 먹어."

"근데, 생각해 보니까 너한테 마음 있는 것 자체가 쪽팔리진 않 네. 나 진짜 너 좋아하나 봐."

저게 밥 먹으면서 할 고백인가. 제영이 수저를 내려놓았다. 먹을 만큼 먹기도 했지만, 그보다 이성의 마음이 생각보다 무거웠다. 마 음의 배가 불러 왔다.

이성은 제 마음을 깨닫고 내친김에 고백까지 하고 나니 속이 후 련했다. 그게 그의 얼굴에 전부 드러났다. 제영의 속은 알지도 못 하고. 그녀로서는 얄미울 정도였다.

"⋯⋯얼른 먹고 가기나 해."

"아 왜 쫓아내기가 바빠? 내가 그렇게 싫어?"

"싫으면 어제⋯⋯."

쫓아냈을 것이다. 그런데 말을 하다 말고 그친 이유는 어젯밤의 키스가 떠올라서였다. 제가 만든 음이지만 이성이 덧붙인 부분까 지, 감미로운 음색이 끌고 온 분위기에 취해 버렸다.

싫지 않았다는 게 제영의 어딘가를 자꾸만 쿡쿡 찔러 댔다. 부 끄러운 건 아닌데, 어쩌면 그 비슷한⋯⋯.

"쫓아냈을 거야."

제영의 말에 이성의 얼굴이 금세 풀렸다. 배시시 웃음까지 살살

쳐 가면서 이성이 빽대 보았다.

"그럼 설거지만 하고 갈게. 어?"

"담가만 두면 도우미 아주머니가 와서 하셔. 그러니까 제발 밥 빨리 먹고 꺼져라. 어?"

"아 진짜 저 못된 거!"

이성의 툴툴거림을 뒤로하고 제영이 부엌을 벗어났다. 거실 통유리 창밖으로 쨍한 아침 볕이 쏟아졌다. 어젯밤 비가 와서 나쁜 것들을 모두 걷어 간 모양인지, 하늘도 유난히 파랗게 물들었다.

그러고 보니 어제는 비가 왔는데. 하늘도 마음도 뻥 뚫린 것처럼 비와 우울이 쏟아져서 오늘 아침도 엉망으로 시작할 것만 같았다. 분명 그랬는데 윤이성 덕분에 우울할 새가 하나 없었다.

비 오는 날 차를 못 탄다는 말에 단숨에 차를 포기한 이성의 존재가 우산이 되었고, 그의 키스가 할머니가 주었던 우울을 밀어냈다.

제영이 피식 웃었다. 이성의 구시렁거림을 배경 음악 삼은 그녀의 걸음이 제법 가벼웠다.

"오늘은 날 맑으니까 차 탈 수 있어."

"뭐?"

"그러니까 빨리 먹고 빨리 꺼져서 옷 갈아입고, 차 끌고 와."

"……어?"

계단에 선 제영이 난간을 붙잡고 뒤돌았다. 자리에서 벌떡 일어난 이성이 성큼 걸어와 거실 복판에 섰다.

"데이트하게."

그 말에 이성의 얼굴에도 말간 해가 떴다.

날 좋은 하루의 시작이었다.

* * *

"……그럼 신지율 씨 광고 계약은 이렇게 맞추는 것으로 조율 끝내도록 하죠."

"예. 대표님."

태욱이 형찬의 말에 깍듯하게 답했다. 형찬이 조율이 오가느라 지저분해진 서류를 한 장 태욱의 앞으로 밀어 놓았다. 태욱을 마주한 형찬이 어색한 얼굴로 웃었다.

"그렇게 깍듯하게 대하실 필요 없습니다. 계약서상 저희 쪽이 을인데요."

"허허허. 계약서상이야 그렇죠. 그래도 어디 이사가 대표님 앞에서 건방을 떨겠습니까? 저는 이 대표님께서 직접 나오실 줄 몰랐습니다."

"유성 모직이 훨씬 큰 기업체인데요. 신지율 배우는 신인인데도 이렇게 브랜드 캠페인 모델로 기용해 주셨잖습니까. 그러니 저희도 성의를 보여야죠."

형찬이 여전히 웃는 낯으로 말했다. 태욱이 이렇게까지 굽신거리는 이유야 뻔했다. 제가 유성 그룹 회장의 핏줄이니까 그러는 것이리라.

평소라면 빤히 보이는 태도에 마냥 웃음으로만 답할 형찬이 아니었다. 하지만 오늘 그는 단순히 신지율 배우의 계약 건만으로 나온 것이 아니었다. 원하는 것이 있어 자신이 완벽한 갑은 아닌지라.

"계열사끼리 돕기도 하고 그러는 것이죠. 예."

"계열사라…… 뭐 그렇죠."

"대표님, 식사는 어떻게……?"

"아. 주말에 불쑥 일정 잡고 찾아왔는데 식사 대접은 제가 해야죠."

"아이고, 아닙니다. 여기까지 오셨는데 제가 대접해야죠."

형찬이 태욱의 말에 고개를 저었다. 적어도 오늘 식사는 제가 사는 게 맞았다. 아쉬운 게 있어서 태욱을 찾아왔으니 말이다.

간밤, 내내 형 의찬의 말이 걸렸다. 다른 놈이랑 사고라도 치면 영영 제영을 가지지 못하게 되리라는 말. 제영에게 굉장히 무례한 말이었다. 지금도 그렇게 생각했다.

하지만 사고는 둘째 치고라도 누군가 다른 남자를 만날 확률은 몹시 높았다. 제영은 이제 스물둘, 딱 연애와 새로운 만남에 설렐 나이였으니까.

그러니 마음이 급해졌다. 당장 제영을 어떻게 하겠다는 게 아니라, 그녀의 옆에 자신의 자리를 만들고 싶었다. 무려 열여섯 살 때부터 지녀 온 목표가 아니었던가.

하지만 갑작스레 제영의 앞에 나타날 수는 없으니…….

"사실, 제가 좀 부탁드리고 싶은 게 있어서 고집부려 찾아왔습니다. 그러니 오늘 식사는 제가 사겠습니다. 그렇게 해 주시죠."

"부탁…… 이라시면?"

"이게 참, 말 꺼내기가 좀 부끄러운데……."

형찬이 멋쩍은 얼굴로 목을 쓸었다. 태욱은 감히 회장의 손주인 형찬이 도대체 제게 부탁할 일이 뭔지 의아한 낯이었다. 사실 부탁이 무엇인지는 그리 중요하지 않았다.

그것이 어떤 것이든 제가 들어줄 수 있는 선이라면 반드시 들어줄 생각이었다. 그렇게, 회장의 직계에게 빚을 만들어 둘 수 있다면 어떻게든 쓰임이 있을 테니.

태욱보다 한참 젊은 형찬이라지만, 그는 평생 치열하게 다투는 사업가들 사이에서 자랐다. 태욱과 같은 눈으로 저를 보는 사람들 또한 숱하게 만났다.

사소한 부탁 하나라도 들어주고 빚을 달아, 그걸 인연으로 삼으려는 사람들.

형찬은 박태욱 이사가 어떤 사람인지 정확히는 모르지만, 적어도 제가 여태 만나 왔던 그들과 그리 다르지 않으리란 건 직감했다.

차라리 나았다. 적어도 오늘 그가 건넬 부탁을 태욱 선에서 거절하지는 않을 테니까.

"그래도 식사 자리에서 괜히 불편하게 하느니 미리 말씀드리겠습니다. 이사님께 어릴 때 피아니스트를 꿈꾸던 오촌 조카가 한 분 계시죠?"

"아……. 제영, 아니 희은이 얘기라면 그 친구는 이제 피아노를 못 칠 텐데요. 희은이를 기억하실 정도면 그, 사고도…… 아시죠?"

"압니다. 안타깝고, 조카분께 굉장히 비극적인 일이었죠."

태욱이 다분히 극적인 표정으로 고개를 끄덕였다. 오촌 조카의 일인데 저렇게까지 공감할 일이려나. 형찬은 문득 든 생각에 고개를 살짝 기울였다.

곧 태욱이, 여전히 그 서글픔을 억지로 짜낸 것처럼 묘하게 엉성하고 극적인 표정 그대로 물었다.

"그럼 소속으로 삼으실 생각은 아니실 텐데, 희은이는 왜 물으시는지……?"

"제가 조카분 연주를 듣고 반했습니다."

"반하셨다고요?"

"아, 어릴 때 들은 뒤부터 피아니스트 박희은 씨의 연주에 흠뻑 빠져들었습니다. 지금은 연주야 못 하시겠지만, 그래도 어떻게 지내시는지 궁금하기도 하고……."

태욱이 알기로 형찬은 말을 흐리거나 머뭇대는 성격이 절대 아니었다. 유성의 오너 일가 중에서도 가장 칼 같은 사람이 바로 눈앞의 형찬이라는 게 모두의 평이었다. 웃는 낯으로도 아닌 건 아닌 대쪽인지라 사람을 난도질하는 재주가 있다던가.

그런 사람이 이렇게 말을 흐리고, 가만히 보니 목덜미며 뺨이 은근하게 붉어질 정도면.

"자리를 한번 만들어 드릴까요?"

태욱이 형찬이 차마 하지 못한 말을 대신 꺼냈다. 형찬은 웃지 않으면 자못 날카로운 분위기도 풍기는 얼굴로 겸연쩍게 웃었다.

태욱의 머릿속이 바삐 돌아갔다. 이거야 원. 말이 좋아서 요새 어떻게 지내는지 궁금한 거지, 이건 숫제 이성으로서 관심이 있다는 태도가 아닌가.

한 번도 개인적인 만남을 가지지도 않은 채 저렇게 수줍어할 정도로 푹 빠질 수 있다니, 형찬이 젊긴 많이 젊었다. 하긴 태욱의 나이에 비하자면 어리다는 말이 어울릴 정도였다.

"그냥 가볍게요. 조카분께 부담을 드릴 생각은 없습니다."

"부담이라니요. 그 녀석, 그때 사고로 양친 다 잃고 저희 큰아버지께서 데려와 키우긴 했지만 제 손도 많이 탔습니다. 저나 제 가족이랑도 얼마나 우애가 깊은데요?"

"그래도 어른들 말에 갑자기 만나러 나오는 자리가 부담될 수도 있겠죠. 그래도 가능하면 부탁드리겠습니다."

태욱이 당연한 소리를 한다는 듯이 눈을 크게 뜨고 고개를 끄덕였다. 말이 좋아 한번 보고 싶다는 거지 이건 분명히 이성적 관심을 관심으로만 끝내지 않겠다는 뜻이었다.

제영이 형찬과 잘되면 제게 떨어지는 것이 아주 많았다. 안 되도 되게 하고, 형찬이 부탁한 자리에 무슨 수를 써서라도 제영을 끌어다 앉혀야 할 판이었다.

어차피 혜옥도 제영에게 어울리는 짝을 찾아 주려 혈안이 아니던가. 집안에 어울릴 만한 사람을 몇이나 찾아 두고 얼마 전엔 결과는 안 좋았지만, 기어이 선까지 보였다.

그때 놓치고 혜옥이 노발대발했던 남자보다 형찬이 훨씬 좋은 상대가 아닌가. 제가 크게 나서지 않아도, 혜옥에게 언질만 주어도 이건 분명 성사되고도 남을 만남이었다.

태욱이 슬그머니 웃었다.

잘되면, 혹시 결혼까지 성공하기라도 한다면 자신도 유성 그룹에 좀 더 밀접하게 한 발 걸치게 되지 않겠는가. 그뿐이랴, 혜옥이 재단장 대리를 맡는 중인 박제영의 것인 재단도 어쩌면 자신의 밑으로 떨어질지도 몰랐다.

제영의 남편이 유성 그룹의 재단을 맡고 있는데, 굳이 제영이 자기 재단을 운영할 필요가 없으니까. 중매가 잘 되면 옷이 한 벌이라는데, 유성 오너 일가 사람이 옷 한 벌로 끝낼까. 제영을 유성으로 편입시키면서 재단쯤은 욕심내면 떼어 주고도 남지.

이렇게 태욱의 안에서 제영과 형찬의 결혼은 기정사실이 되어 가고 있었다. 안 되어도, 정말로 되게 할 생각이었다.

무슨 수를 써서라도.

"제가 감히 대표님을 평가해서야 되겠습니까만, 그래도 이렇게 인물 좋고 인품 좋으신 대표님이랑 그냥 한번 만나는 자리를 거절하려고요."

"하하하, 좋게 봐 주시니 이거 어째야 할지 모르겠네요."

형찬은 태욱의 시커먼 속내를 적나라하게 들여다보면서도 속 좋게 웃었다. 어쨌든 지금 당장은 제영과 저를 이어 줄 수 있는 연이라곤 태욱 하나였다.

"그럼 일어나시죠. 근처에 괜찮은 한정식집이……."

이야기를 대충 마무리 지은 형찬이 먼저 자리에서 일어났다. 태욱도 형찬을 따라 일어났다. 문을 열고 나가니 비서가 조금 곤란한 얼굴로 태욱을 바라보았다.

무슨 일이라도 있나 싶어 태욱이 비서를 마주 보며 미간에 주름을 잡았다. 비서가 곤란해한 이유는 다름 아닌, 태욱의 딸 제윤이었다.

"아빠! 요 근처 왔다가 아빠 생각나서 밥 사 달라고 들렀는데 손님 계시다고 해서……."

"어, 어……. 제윤이 왔냐."

태욱이 딸 제윤의 급작스러운 방문에 얼떨떨하게 답했다. 눈은 형찬을 보고 있었다. 제윤이 의아한 얼굴로 태욱을 바라보다가, 이내 형찬을 보았다. 훤칠하게 잘생긴 형찬과 눈을 마주하곤 제윤의 뺨이 분홍빛으로 물들었다.

여기는 아빠 태욱의 사무실이었다. 대기업 유성의 계열사 유성 모직, 그것도 이사인 태욱의 사무실까지 찾아올 수 있는 남자.

어쩐지 아빠가 쩔쩔매면서 대하는 걸 보니 하청 업체 직원은 아닌 듯했다. 잘생기고, 집안도 당연히 좋을 듯하고.

"아……. 중요한 손님이셨나 봐요……. 죄송합니다."

제윤은 언제 발랄하게 촐싹댔냐는 듯이 몸가짐을 바로잡았다. 태욱이 어색하게 웃으며 손부채를 부쳤다. 제윤이 형찬의 얼굴을 연신 곁눈질하다간, 뒤늦게 참한 얼굴로 형찬에게 허리 숙여 인사했다.

"안녕하세요. 아빠, 아니 박태욱 이사님 딸 박제윤이라고 합니다."

인사를 마친 제윤이 형찬의 답인사를 기다렸다. 형찬이 이걸 어째야 하나 싶어 어색하게 웃었다.

"이형찬입니다."

형찬은 이름만 간결하게 밝혔다. 제윤이 또 꾸벅, 형찬에게 인사하곤 태욱을 흘긋 바라보았다. 정확히 누구시냐고 눈으로 묻는 제윤에게 태욱이 고개를 저어 보였다.

"제 부족한 딸이 약속도 없이 이렇게……. 원래 이렇게 경우가 없는 애는 아닙니다만……."

"너무 그러지 마세요. 다른 것도 아니고 아버지와 점심을 함께하겠다고 찾아온 딸이 폐가 되겠습니까?"

"허허, 이거 참……."

"어차피 제가 드린 식사 제안도 갑작스러운 것이었는데요. 다음에 정식으로 날짜를 잡아서 대접하겠습니다."

형찬이 어수선하던 분위기를 한 번에 정리해 버렸다. 말이 좋아 계약서상의 갑이지, 사실은 유성 그룹의 핏줄 앞에서 을밖에 되지 않는 태욱이었다. 그냥 지금 당장 얻어먹겠다는 소리는 목구멍 밖으로 꺼낼 수조차 없었다.

그가 씁쓸한 얼굴로 고개를 끄덕였다.

"빈말이라도 감사하지요. 그럼 부탁하신 일, 정해지면 연락드리겠습니다."

"신경 써 주셔서 감사합니다. 그럼 다음에 뵙겠습니다."

형찬이 가볍게 고개를 숙여 인사하고 성큼성큼 걸어서 태욱의 사무실을 빠져나갔다. 제윤의 시선은 끝까지 형찬의 뒤를 좇다가, 그가 시야에서 사라지고 나서야 태욱을 향했다.

"아빠, 누구야?"

"그냥, 거래처 대표님."

"그냥 거래처 대표님은 아닌 것 같던데?"

"뭐가?"

"아빠 엄청 쩔쩔맸잖아."

제윤이 그렇게 말하면서, 얄밉지 않게 태욱의 팔에 팔짱을 꼈다. 태욱이 괜스레 비서의 눈치를 살폈다. 제윤이 이렇게 점심 무렵 찾아온 게 처음은 아니었는데도 말이다.

"너는, 이제 다 커서 말만 한 처녀가 아빠 직장에 연락도 없이 불쑥 찾아와서는."

"주말이잖아! 어제 박제영 그 계집애가 그러고 가서 할머니랑 엄마 심기도 별로야. 그 집에 어떻게 있냐? 아빠 출근한 김에 아빠 랑 먹으려고 나왔지!"

"어이구, 철 좀 들자."

"아빤 평소엔 좋아해 놓고 오늘만 그런다? 왜? 진짜 저 사람 뭐 대단한 사람이야?"

태욱이 괜히 헛기침했다. 제윤의 눈에 의심의 눈초리가 덧씌워 졌다.

"뭔데?"

태욱이 한숨을 가볍게 내쉬더니, 제윤의 머리에 괜히 꿀밤 한 대를 먹였다.

"아빠한테 내릴 수도 있는 동아줄."

"저 사람이? 그렇게 대단해? 아 진짜 뭔데!"

태욱이 괜히 뜸을 들였다. 제윤과 함께 엘리베이터에 타서야 입을 열었는데, 그마저도 누가 들을세라 목소리를 죽였다.

"유성 회장 손자야. 여기까지만 알아."

* * *

가을 오후의 햇살이 기분 좋게 몸에 감겼다. 제영이 창밖을 바라보면서 가만히 눈을 깜박였다.

"이 시간부터 영화 보기는 좀 그렇지?"

"볕이 좋네."

"어? 영화는 좀 그렇냐고."

"약속 시간은 저녁인데 일찍 찾아온 것부터 그렇다고는 생각 안해?"

이성이 제영에게 눈을 흘겼다. 원래 약속은 저녁부터이긴 했다. 뭣하면 기다리게 하든가. 기다리게 하기는 좀 그렇다고 일찍 나왔으면 장단을 맞춰 주든가.

이도 저도 아닌 제영이 얄미웠다.

"전방 주시 안 하니?"

"무사고 10년이거든."

"무사고는 무슨. 협연했던 시향 악단 콘서트마스터 차 갖다 박았던 건 기억 안 나?"

"야 그거는……!"

"그래 고의적 사고는 사고로 안 치면 뭐 그렇다고 볼 수도 있겠네."

"그……."

그 일은 이성이 국제 콩쿠르 수상 후 해외 공연을 다니다가 본격적으로 한국 활동을 시작한 지 얼마 안 되었을 때였다. 시향 악단과의 협연은 이성의 한국 활동 두 번째 스케줄이었다.

당시 악단의 바이올린 악장, 그러니까 콘서트마스터였던 남자는 이성에게 불만이 많은 듯 사사건건 시비를 걸어 댔다. 별다른 내력 없이 갑자기 콩쿠르 우승 후에 반짝 스타가 된 이성이 클래식계의 물을 흐린다는 것이 그의 생각이었다.

웃는 낯으로 티켓을 팔아 줄 이성에게 겉으로는 사근사근했던 지휘자의 부추김도 한몫했을 거다. 처음에는 참아 넘기나 싶었던 이성이었다. 그런 시비야 가난하다 못해, 쥔 게 없던 때에 겪던 더러움에 비할 바가 아니었다.

그렇게 대충 잘 넘어가나 싶었던 때, 이성은 공연 날짜 하루를 앞두고 기어이 콘서트마스터가 올라탄 차를 제 차로 들이받았다.

"그건 그 새끼가 먼저 시비를 걸어 대서!"

"먼저 시비를 걸어 대도 잘 참다가 왜 그랬는데? 진짜 일부러 옷에 음료수 쏟은 게 거지 같아서 그랬어?"

"그……."

이성이 당시의 기억을 회고했다. 왜 그랬더라. 한국 와서라도 얌전히 굴겠다고 어린 박제영 지랄에 몇 번이나 약속했었는데.

"박 재단장은 어디서 저딴 걸 주웠나 몰라? 아 그래, 실력은 좋더라만 영 딴따라 같아서……."

"소문 몰라요? 재단장 손녀가 그렇게 되고 왜, 얼마 안 돼서부터 데려와 키웠다던데. 손녀 대신이라는 말도 있었잖아요."

"아, 그 얘기? 그거야 잘 알지. 박희은 그거, 그것도 한 싸가지 했잖아. 5년 전이었나, 그것도 소년 소녀 콩쿠르 1등 상 먹고 오케스트라 협연 했었잖아."

"그랬어요? 하긴 뭘 워낙 많이 하고 돌아다녔어야지. 어린 천재라고 엄청나게 띄워 줬었잖아요."

"내가 그때 그 박희은인가랑 같이 협연했었는데, 제가 먼저 인사 한 번 제대로 하는 걸 못 봤잖아. 어린 게 싸가지가 없어."

"그래요? 그 사람 좋은 재단장 손녀인데?"

"그러게 말이야. 가만 보면 재단장은 참 싸가지 콜렉터야. 그 박희은이도 그렇고, 지금 윤이성이도 그렇고. 어디서 이상한 거 줍는 재주가 있으셔."

인상을 구기던 이성이 이유를 기억해 냈다. 저한테만 뭐라고 하는 거면 모를까 엮어서 온갖 말을 지껄여 대던 콘서트마스터와 그 외 떨거지들.

"윤이성은 그렇다 치고 재단장님 손녀는 왜요? 어쨌든 멀쩡하게 자기 아들이 낳은 자식이잖아. 주워 온 건 아니잖아요?"

"박희은을 주워 오진 않았지. 근데 재단장님 며느리가 부모도 모르는 고아였잖아. 주워 온 거나 마찬가지지 뭐야. 거 사모님은 그렇게 반대를 했는데 재단장님이 OK 해서 결혼하고 박희은이 낳은 거라며."

"아……. 그래도 박희은이가 그 엄마한테 손재주를 받은 거라죠?"

"그렇기는 해. 하여간 재단장님도 취향 특이해."

"실력만 보고 인성이나 배경은 안 보시나?"

"뭐 그런가 보지!"

듣다 듣다 못 들어 주겠다 싶었다. 제 욕이야 그렇다 치고 이미 이름까지 바꾼 박제영까지 끌어와서 씹어 대는 꼴이 같잖았다. 제영의 엄마가 이렇다 저렇다 하면서 뒤이어지는 더러운 말까지 듣자니 이거 계속 참아야 하나 싶었던 것 같다.

결국 이성은 그놈의 차 뒤를 갖다 박았고, 콘서트마스터는 협연에 참여하지 못했다. 허리를 크게 다쳐서 그 뒤로도 한동안 병원 신세를 져야 했다.

이성은 욕을 푸지게 처먹고 인성 논란이 났으나, 그렇다고 그를 부르는 이들이 적어지지는 않았다. 그는 많은 공연을 하고 인터뷰를 하고, 종종 방송 출연에 브랜드 모델까지 해 먹었다.

그러면서 느꼈다. 굳이 참아야 하나? 그렇게 개차반 윤이성의 고삐가 풀렸었다. 어쨌든 제영에게 그때 왜 그랬는지 말하기는 좀 그랬다.

"그래 씨발, 음료수가 끈적거려서 뭣 같았다. 아주!"

제영이 고개를 돌렸다. 말은 잘 듣지. 앞을 똑바로 보고 운전하고 있는 이성을 보며 그녀가 피식 웃었다. 구시렁거리면서도 착실히 운전하고 있는 이성의 얼굴에 간밤의 진지한 얼굴이 겹쳤다.

키스하기 위해 저를 향해 내리깔리던 얼굴. 속눈썹이 만들던 그림자. 높은 콧대가 제 코와 부딪치다가 엇갈리면서…….

제영이 고개를 저었다.

"그래서 영화 볼 거냐고."

"좀 그렇다니까?"

"아 뭐 하자고! 너 하고 싶은 거라도 말을 좀 해라. 이렇게 협조 안 할래?"

"그럼 다시 집에 내려 주고 저녁때 만나든가."

"아니 나는, 그런 뜻이 아니잖아!"

"그럼 어쩔 건데. 당장은 우리 어디 가고 있는데. 난 모르겠으니까 약속 제안하신 윤이성 씨가 결정해야지."

"몰라!"

이번에는 제영이 인상을 썼다.

"모른다고?"

직접 눈을 마주치지 않아도 제영의 날카로운 시선이 쏘는 듯이 아프게 느껴졌다. 이성이 불퉁한 얼굴로 제영을 흘겨봤다.

"뭘 알아야 내가 취향에 맞게 너랑 갈 곳을 정하든 말든 할 거 아냐!"

"그냥 대충······."

"내가 너에 대해 아는 게 이름, 나이, 피아니스트였던 거, 피아노에 대해 괴팍한 거, 또 네 사고 때문에 내가 후원을 받게 된 거 말고 뭐가 있겠냐?"

"······그런 주제에 좋아하게 됐다고 말하는 것도 대단하다."

"뭐 다 알아야 좋아하나?"

이성이 금세 또 표정을 바꾸었다. 퇴폐미 있는 얼굴 위로 떠오른 나른한 미소에 어쩐지 장난기가 그득했다. 장난기라기보다는 순수한 아이의 호기심을 닮기도 했다.

"아무튼 네가 뭘 좋아하는지 알아야 코스를 정하지. 너 영화 좋아해? 먹는 건 뭐가 좋아? 언젠가 유원지 간다고 하면 갈 거야? 놀이 기구 타는 건 좋아하나?"

갑작스레 쏟아진 이성의 질문에 제영이 다시금 왈칵 인상을 구겼다. 그러곤 그의 질문은 죄 모르쇠로 일관한 채 말했다.

"……그럼 당장은 목적지도 없이 무작정 달리고 있는 거란 뜻이네?"

"그래도 오늘 만남의 콘셉트는 방금 잡았어."

제영이 고개를 갸웃거렸다. 팔짱까지 낀 모습이 영 긍정적인 태도는 아니었다.

"콘셉트?"

이성은 제영의 뻐딱한 태도에도 아랑곳하지 않고 가볍게 고개를 끄덕였다.

"알아 가기."

"……뭐?"

"내가 모르는 박제영을 좀 알려 주라. 방금처럼 다 씹어 먹지 말고, 좀."

이성이 사람을 홀리는 얼굴로 웃었다. 제영이 실소했다. 생각이 어떻게 저기로 튈 수 있는지. 예술 하는 놈들은 하나같이 어딘가 좀 망가진 데가 있다고들 한다지만.

이성이야 딱 봐도 그 망가진 부분이 보인다고 생각했다. 이성이 제영을 모르는 이상으로 제영은 이성을 잘 모르지만, 그래도 그가 과거 어려운 삶을 살아 냈다는 것은 알았다.

그래서, 그 때문인지 그는 대놓고 봐도 비틀린 데가 있었다. 고집, 이라기보다는 쓸데없는 자존심이 세고 제멋대로에 사고뭉치.

대중들이야 묘한 매력이 있는 외모에 실력까지 더해져서인지 이성을 캐릭터 특이한 스타 정도로 받아들였다. 왜 있잖은가, 평범하지 않은 천재 캐릭터나 스타들의 괴짜 같은 면모 같은 것.

하지만 업계인들 사이에서는 좀 달랐다. 스타성과 실력만 믿고 매니지먼트의 말도 듣지 않고 날뛰던 미친놈. 말릴 수 있는 건 첫 후원자인 제영 정도. 업계에서는 어린 제영을 위해 겉으로는 할아버지가 대신 나섰지만 말이다.

그러다 보니 자연스레 업계에서 그의 별명은 이성 없는 피아니스트, 이성 없는 윤이성, 줄여서 노이성, 또라이, 미친개⋯⋯. 별명 한번 요란하고 찬란한 윤이성이었다.

그 이성 없는 남자가 제영을 알고 싶다고 말했다. 그래서 생각도 없이 나선 데이트의 콘셉트를 방금에서야 '알아 가기'로 잡았단다.

"알아 가기⋯⋯."

제영이 중얼거렸다. 운전에 집중하나 싶던 이성의 눈이 또 흘긋 제영을 향했다. 눈치 보는 게 뻔한 동작에, 제영은 말로 하기도 입이 아파 손만 뻗었다.

뻗어서 이성의 고개를 툭 밀었다.

"그래, 전방 주시."

이성이 이죽거리고는 다시금 운전에 집중했다. 콘셉트는 잡았다고 하지만 아직 차에 탄 그들의 목적지는 정해지지 않았다.

이번에는 제영이 이성을 바라보았다. 꽂히는 제영의 시선이 간지러운지 삐죽거리며 나와 있던 이성의 입술이 쏙 들어갔다. 볼우물이 패면서 슬그머니 실리려는 미소. 그 입꼬리가 올라가는 게 어째 얄밉다.

또. 또 입술.

제영은 이성의 입술로 향하던 제 시선을 바로잡았다. 그러면서 문득 생각났다.

이성은 생각보다 저를 아주 많이 알고 있었다. 그냥, 그 몇 개안 되는 이성이 가진 정보가 제영의 대부분이었다. 할아버지의 유지로 그저 남들처럼 사는 중인 그녀에게는 이성이 정보로 원하는 어떤 것들, 이를테면 호불호 같은 것이 없었다.

"나 말고."

"……말고?"

"나 말고, 너 알아보기 하자."

"뭐?"

한 번에 이해하지 못한 이성이 인상을 구겼다. 슬그머니 차의 속도가 줄었다. 이성이 차를 골목으로 꺾어 들어가선, 세웠다.

"오늘은 나 말고 윤이성을 알아보자고."

"뭐야, 그게!"

원하는 것을 얻지 못한 이성이 대뜸 소리부터 질렀다. 그러던 그가 뭔가를 깨달은 것처럼 번뜩 표정을 바꾸었다. 환하게 웃는 얼굴이었다.

"그거, 박제영이 나한테 관심이 좀 있다는 뜻?"

제영이 빠르고 단호하게 답했다.

"아니."

"……그럼 알아서 뭐 하게?"

"그래서, 싫어?"

제영이 차가 멈춘 김에 내리기라도 하겠다는 듯이 안전벨트를 풀고 가방을 고쳐 쥐었다. 이성이 제영의 손목을 붙잡았다.

그가 일부러 크게 한숨을 내쉬었다.

"아니, 안 싫어."

제영은 이성의 과한 행동이 일부러인 것을 알고는, 저보다 아홉 살이나 많은 그가 문득 귀엽게 느껴져 웃었다.

이성이 제영을 따라 웃더니 곧 눈꼬리를 축 내려뜨렸다.

"먼저 좋아하면 지는 거라더니."

"……참 나."

제영이 머쓱하게 고개를 돌렸다. 또, 또. 그놈의 입술에 시선이 쏠린 게 문제였다.

"박제영이 하자는 건 다 좋아. 싫어도 좋아."

이성의 말이 끝나기 무섭게, 이번에는 제영이 입술을 삐죽거렸다. 이성은 활짝, 아주 크게 웃었다.

* * *

박제영이 윤이성에 대해 알아보는 시간.

이성은 잠시 고민하더니 말없이 차를 출발시켰다. 사실 그와 그녀는 서로를 잘 알지 못한다고 생각한 것과는 달리 족히 7년, 만으로 따져도 6년이라는 시간을 함께 보냈다. 제영이 이성을 진짜 피아니스트를 만들기 위해 할애한 시간.

윤이성이 박제영이 원하는 이상에 도달해, 스타 피아니스트가 되기까지의 시간.

그와 그녀의 사이는 단순히 스폰서와 후원받는 자로 정의할 수 없었다. 이성이 제영에게 받은 것들은 단순한 금전적 도움만이 아니었다.

거의 매일을 같이 연습했다. 학교를 마치고 찾아온 꼬마가 팔짱을 끼고 건방진 자세로 그의 연주를 들었다. 사소한 틀린 점이라도 발견하면 날카롭게 지적했다.

그러면 이성은 자존심이 상해 잔뜩 얼굴을 구기며 밤새워 같은 곡을 또 연습하고, 연습했다. 그렇게 완성된 기계적일 정도로 완벽한 연주를 보여 주면 제영은 다시금 감성을 지적했다.

"악보대로 연주하는 건 기계도 해요. 그럼 피아니스트가 왜 있는데? 작곡가가 곡을 써내면서 원한 감성, 그려 낸 풍경, 그걸 왜 몰라요? 거기에 자신의 감성까지 동화시켜서 보여 줘야죠."

"내가 테크니컬을 원했으면 윤이성 씨, 당신 후원 안 했어요."

날카롭게 말하는 제영에게 이성이 직접 달려들지 않은 이유는 하나였다. 그녀는 이성을 지적할 때마다 마치 제 실수를 자각한 것처럼 아픈 눈빛을 했다.

그리고, 타건하는 이성의 손가락을 볼 때는 먹먹하게 잠겨 들었다.

제 일인 양 무슨 짓을 해서라도 이성을 피아니스트로 만들어 나갔다. 그런 어린 소녀를 앞에 두고, 아무렴 제멋대로인 이성이라도 다른 이에게 그러듯 멋대로 굴 수가 없었다.

그렇게 6년.

피아니스트가 된 이성만큼은 제영도 아주 잘 알았다. 피아니스트가 될 수 없어져서 텅 비어 버린 제영을 이성이 얼마만큼은 아는 것처럼.

그렇지만 그 전, 이성의 과거를 제영은 할아버지에게 전해 들은 이야기만큼만 알았다.

15세 때 밥을 얻어먹으러 교회에 갔다가, 피아노 반주에 반해서 어깨너머로 배웠다더라. 하지만 피아노로 돈을 벌 수는 없는 사정이라 막일도 했다더라. 고등학생 때는 피아노 학원에서 일하면서 콩쿠르를 준비해 본 적도 있지만 돈 문제로 잘 안 됐다더라.

제영의 안에서 단편적인 이야기들로만 이루어진 이성의 과거.

그곳에 오늘, 제영이 첫발을 디뎠다.

"여긴 어디야?"

"음. 내 첫 직장?"

제영의 물음에 이성이 잠시 고민하더니 답했다. 차에서 내린 제영이 눈앞의 건물을 올려다보았다. 도심 외곽에 세워진 5층짜리 빌라였다.

"여기서, 뭘 했는데?"

"여기서 뭘 한 게 아니라, 이걸 짓는 데 내 손을 보탠 거지."

빌라는 한눈에 봐도 세월의 흔적을 머금었다. 모조석으로 마감

된 외장에는 바람과 물이 만든 자국들이 종종 보였다. 생활감 있게 이불을 널어놓은 집도 있었다.

그늘진 벽을 따라서는 담쟁이덩굴이 제멋대로 자라 타고 올라가 동글동글한 무늬를 만들었다. 제영이 그리로 다가가 괜히 벽을 한번 쓸어 보았다.

"얼마나 전인 거야?"

"내가 열여덟 살 때였으니까⋯⋯. 한 13년?"

이성이 제영의 뒤로 훌쩍 다가갔다. 그러고는 그녀의 어깨 너머로 제 손을 떡하니 들이밀었다. 제영이 흠칫 놀라 목을 움츠리며 그를 돌아보았다.

"나 말고 여기 손 봐 봐."

"손은 왜?"

이성이 약지 둘째 마디를 가로지르는 길게 찢어진 상처를 짚어 보여 주었다. 하얗고 가늘게 부푼 상처는 다쳤을 때만 해도 제법 심각했을 것처럼 보였다.

제영이 저도 모르게 저의 오른쪽 손을 움츠리며 아픈 표정을 지었다.

"이게 여기 짓다가 생긴 상처야. 자른 철근을 옮기는데 야, 나는 그게 딱 깔끔하게 안 잘린 줄 모르고 옮기다가 확 찢어졌거든?"

"윽."

"다행히 병원비야 뭐 사무소에서 내 주기는 했는데, 욕을 욕을 아주 바가지로 먹었지. 어린 게 힘 좀 쓰겠다 싶어서 일 시켜 줬더니 돈이나 쓰게 만든다고. 어? 세상에 어린 마음에 얼마나 서럽던지."

"뭐 그런 사람들이 다 있어? 사람이 다쳤는데. 손가락을 못 쓰게 될지도 모르는데!"

다른 것도 아니고 손가락의 상처였다. 피아니스트에게 손가락이 얼마나 중요한지 누구보다 잘 아는 게 제영이었다. 그녀가 흥분한 것도 당연한 일이었다. 그녀 자신부터가 피아노를 포기할 수밖에 없었던 이유가 다름 아닌 손가락의 신경을 다쳤기 때문이니까.

"지금 멀쩡하잖아."

"그래도! 너 열다섯 살부터 피아노를 좋아했다고 했잖아! 그럼 손을 조심했어야지!"

"어차피 피아노로 내가 뭘 할 수 있는 처지도 아니었잖아, 그땐. 당장 먹고살 돈도 없는데 고작 피아노 하나 못 치게 된다고 걱정하는 건 사치였지."

제영이 입을 꾹 다물었다. 무언가 고집스러운 얼굴이 뭐라도 쏘아 댈 것처럼 보였다. 이성이 제영을 말끔한 눈으로 빤히 보았다. 하지만 결국 제영은 한마디도 하지 않았다.

하지 못했다.

가난함에서 오는 불행에 대해서 그녀는 하나도 제대로 알지 못했다. 적어도 그에 대해서는 입을 대지 않아야 한다는 생각을 한 것이었다.

이성은 말없이 그저 제영의 머리를 쓰다듬었다. 제영이 이성의 손을 거칠게 쳐 냈다가, 다시금 제 손으로 붙잡았다.

제일 큰 상처가 약지의 찢어진 부분일 따름이지, 제영과 다른 이유로 이성의 손에는 상처가 많았다.

길고 곧게 뻗어 시원하게 생긴 손은 분명 피아니스트를 하라고 하늘이 내리기라도 한 듯한데. 다른 피아니스트들처럼 하얗고 매끈하지는 못했다. 제영처럼 처절함을 담고 있었다.

박제영의 손처럼.

"배, 안 고프냐?"

이성이 분위기를 바꿀 참으로 물었다. 제영이 갑자기 무슨 헛소리냐는 눈으로 이성을 올려다보았다.

"널 만나기 전의 윤이성이 뭘 먹었는지는 안 궁금해?"

이성이 아직 제 손을 붙잡고 있는 제영의 손을 반대로 꽉 감싸 쥐었다. 제영이 눈에 힘을 주고 그와 저의 손을 내려다보았다.

미약한 힘으로나마 제영이 이성의 손을 치워 보려 애썼다. 이성은 아랑곳하지 않고 제영의 손에 제 손을 아예 깍지 껴 잡았다.

이번엔 제영이 이성의 얼굴을 흘겼다. 그녀가 체념한 얼굴로 턱짓했다.

"걸을 거지?"

"가까우니까."

이성이 붙잡은 제영의 손을 앞뒤로 가볍게 흔들었다. 손등에 바람이 갈라지며 닿았다. 간질간질한 기분에 제영이 저도 모르게 이성의 손을 꽉 잡았다.

이성이 픽 웃음을 터뜨리더니 불어온 바람에 날린 제영의 머리칼을 정리해 귀 뒤로 꽂아 주었다. 제영이 어깨를 으쓱했다.

"저기 봐. 저 건물도 내가 나른 벽돌이 천 장은 들어갔을 거다."

"저기선 안 다쳤어?"

"저거 지을 때는 나도 짬이 좀 붙었지. 장갑 두 장씩 끼고 옷도 긴 것만 입고."

"다행이네."

"저쪽에 연두색 건물 보여?"

"응."

"저기는 내가 창문 3분의 1은 끼웠을걸? 시발 얼마나 빡빡하게 만들어 놨는지 손이 아파서……."

이성은 제영과 걸으면서 막일할 때의 제 무용담을 늘어놓았다. 시답잖은 이야기였지만 그저 걷는 것보다는 나았다. 이성의 말에 따르면 제가 일조했다는 건물이 제법 많았다.

"아예 이 동네를 만들었다고 하지, 왜?"

제영이 툭 뱉은 말에 이성이 눈을 크게 떴다.

"거의 그랬지! 왜 아니겠냐."

"참 나."

"이 동네 사람들은 모르겠지만, 이게 대스타 윤이성이 만든 동네나 다름없지. 이성 마을! 네이밍 괜찮네."

"별……. 그래서 밥집은 어딘데?"

제영의 말이 끝나기 무섭게 이성이 우뚝 섰다. 빨강 파랑 노랑. 세 가지 천연색에 눈이 현란해야겠지만 색이 바래 조금은 탁해진 파라솔이 꽂힌 동그란 플라스틱 테이블.

테이블 두 개가 옹기종기 모인 뒤로 파라솔만큼이나 나이를 먹은 작은 편의점이 하나 보였다. 이성이 그곳을 손으로 가리켰다.

"여기."

"······여기? 편의점?"

"일단 들어와 봐."

이성이 제영을 잡아끌었다. 작은 새가 달린 낡은 벨이 탁하게 울렸다. 문 열리고 손님 들어오는 소리에도 직원은 고개도 올리지 않은 채 '어서 오세요.' 성의 없는 인사를 했다.

"이야, 좋아졌네."

무슨 과거를 회상하는 아저씨처럼 말하는 이성을 제영이 이상한 눈으로 쳐다보았다.

그녀도 이윽고 편의점을 둘러보았다. 세 평 정도 될까 싶은 좁은 편의점은 외관만큼이나 내부도 낡은 느낌이 언뜻 감돌았다.

매대 위에 놓인 과자며, 생필품, 냉장 코너의 도시락이나 음료 따위는 제영도 익히 아는 요즘 것들이었다. 하지만 매장의 분위기는 제영이 아는 프랜차이즈 편의점들과는 좀 달랐다.

그러고 보니 들어올 때 봤던 간판도 좀 낯설었었지.

익숙하지 않은 공간을 침범한 게 제영을 조금 움츠러들게 했다. 어느덧 제영의 손을 꽉 쥐고 있던 이성도 그녀와 떨어졌다.

냉장 코너에 딱 붙어 선 이성이 나름 신중한 얼굴로 무언가를 진지하게 골랐다. 제영이 그 옆으로 따라가 섰다.

"······삼각 김밥?"

"제육볶음이 잘 나가나? 얘가 기본이네. 여기에 떡갈비 붙은 거랑 비빔밥 붙은 거랑 있는데······."

심오하게 고민하는 이성의 표정이 어째 우스꽝스러웠다. 제영이 팔짱을 끼고 이성을 바라보았다. 이성이 혼자 고민하다가 말고 제영을 휙 돌아보았다.

"떡갈비랑 비빔밥이랑 뭐가 더 맛있을까?"

"너 지금 그걸 가지고 이렇게 진지하게 고민하는 거야?"

"지금 수중에 1,200원밖에 없는데 삼각 김밥은 하나에 700원 이라고 쳐 봐. 근데 묶음 상품은 할인으로 딱 1,200원에 팔아."

"그래서?"

"그럼 한 끼는 제육으로 고정이고 나머지 한 끼가 떡갈비냐, 비빔밥이냐를 놓고 고민하는 거잖아."

"……그런데?"

"지금 이거만큼 세상 진지한 고민이 있겠냐?"

적어도 이성의 표정만큼은 그 말마따나 세상 진지했다. 제영은 이성의 양손에 각각 하나씩 들린 삼각 김밥 세트를 제대로 보지도 않고, 대충 하나 집었다.

"비빔밥. 좋은 초이스네."

이성은 두말없이 나머지 하나를 다시 냉장 코너에 내려놓았다. 그러곤 매대에서 조그마한 라면 하나를 더 들고 제영이 대충 고른 삼각 김밥과 함께 계산했다.

계산하면서도 점원은 돈을 내미는 이성의 손이나 흘긋 보고 말았다. 아마도 이성을 알아보지는 못한 듯했다. 제영이 고개를 갸우뚱했다.

이성이 제영을 끌고 와 편의점 바깥의 파라솔 테이블에 앉혔다.

"……여기서 먹어?"

"그럼 어디서 먹어?"

"이게 밥이고?"

이성이 말은 않고 제영을 빤히 쳐다보았다.

"역시 데이트라고 해 놓고 이렇게 먹는 건 아무리 생각해도 좀 그렇지?"

"아니, 아니. 내 말은 그게 아니라……."

제영이 답답함을 어찌지 못하고 한숨을 내쉬었다. 그러곤 이성과 손을 잡고 걸어왔던 길을 돌아보았다. 조금 낡긴 했지만 멀쩡한 건물들이 줄줄이 늘어선 길.

사람 사는 동네에 사람의 손때가 묻은 편의점.

"부모님 죽고 할머니랑 열일곱 살까지 같이 살았어."

제영의 속을 읽은 것처럼 이성이 담담하게 말하기 시작했다.

"근데 내가 열여섯에 할머니는 아파서 이미 쓰러지셨어. 거기에다가 갑자기 여기 재개발이 들어간 거지. 나 살던 동네거든. 그래서 오갈 데가 없어진 거야."

이성은 계속 말을 이으면서, 삼각 김밥의 포장을 까서 제영의 손에 하나 쥐어 주었다. 그리고 뜨거운 물을 부어 둔 라면도 덮고 있던 뚜껑을 열고 면을 살살 저어 풀었다.

"근데 아픈 할머니랑 나랑 갈 데가 어디 있겠나? 당장 우리 살던 판잣집 밀리는 목전까지 버티고 버티다가, 집주인이 보증금에다가 저 보상받은 거 100만 원인가 더 떼 주니까 딱 150이더라고. 그걸로 사정사정해서 고시원 6개월 잡고, 할머니는 입원하시고. 뭐."

"힘들었겠네."

"그러고 나니까 수중에 남는 돈으로 먹을 게 이거더라고. 그때는 삼각 김밥이 500원인가? 이렇게 묶은 거 사면 그땐 1,000원에 우유 작은 거 한 팩을 서비스로 줬었거든."

제영이 말없이 고개를 끄덕였다. 이성이 젓가락으로 라면을 떠서 제영에게 먹였다. 제영이 머뭇거리다가 받아먹었다.

"점심에 이거랑 우유 하나, 저녁에 남은 거 하나. 그거 먹고 이만큼 컸으면 나도 참 대단하지 않나?"

"……그래. 대단하네."

제영이 진심을 담아 말했다. 평균보다 훌쩍 큰 이성의 키를 만든 게 거의 8할은 이 한 주먹도 안 되는 삼각 김밥일 테니 대단하긴 했다.

"아마 잘 먹었으면 2미터까지는 컸을 것 같지 않나?"

이성이 가라앉은 분위기를 끌어 올릴 요량으로 괜히 너스레를 떨었다. 제영이 기어이 피식 웃음을 터뜨렸다.

하늘이 어슴푸레하게 어두워졌다. 바람도, 공기도. 어쩌면 오늘 예쁜 노을이 질 듯한 기분이 들었다.

제영이 삼각 김밥을 깨물었다. 파삭, 김 부서지는 소리가 쓸데없이 경쾌했다. 입 속이 맵고, 달았다.

* * *

"나 지금 후회 중이야."

"뭘?"

"너무 필터 없이 보여 준 것 같아서."

이성이 제영의 눈치를 살피면서 말했다.

"……이게 무슨 데이트야."

"나쁘지 않았는데."

"진짜?"

핸들을 붙잡고 있던 이성이 불쑥 고개를 돌려 제영을 바라보았다. 제영이 인상을 구겼다.

"전방 주시."

"신호받잖아! 아무튼 진짜 괜찮았어?"

"나쁘진 않았다고 했는데."

"그거나 이거나."

"그래, 그거나 이거나라고 치고. 그 눈빛은 뭔데?"

제영이 피곤하다는 얼굴로 물었다. 이성은 어딘가 좀 음흉하다 싶은 얼굴로 웃었다. 꿍꿍이속이 보였다.

"신호."

"나도 봤거든? 아 아무튼, 그럼 난 최선을 다해서 날 보여 준 거다?"

제영이 잠시 머뭇거렸다. 다시 운전에 집중하겠다고 앞을 보고 있는 이성을 빤히 바라보았다. 몇 마디 말로 전해 들어 어렴풋이 알던 이성의 과거를 보았다.

그의 안에 들어찬, 그를 움직이게 하는 자존심이 어떻게 만들어졌는지 알아 버렸다. 저를 무시하는 것, 저를 마음대로 휘두르는 것. 그걸 왜 윤이성이 싫어하는지, 이제 좀 알 것 같았다.

살고 싶은 대로 살지 못했다. 그럴 여유가 과거의 이성에게는 없었다. 제영과는 다른 이유였지만, 그랬다.

반대로 제영은, 아주 다른 이유지만 지금 제가 살고 싶은 대로 살지 못했다.

제영은 어쩌면 자신이 이성의 피아노에 끌린 건 그의 결핍을 알아보아서가 아닐까 하고 생각했다. 자신 또한 인생에서 가장 중요한 것들을 잃어서, 처음부터 그걸 가지지 못했던 이성을 알아본 건 아닐까 싶어졌다.

생각이 많아졌다. 제영이 고개를 저었다.

"아니야?"

제영의 고갯짓을 오해한 이성이 화들짝 놀라며 물었다.

"어쨌든 내가 몰랐던 윤이성을 알게 된 건 맞아."

삼각 김밥을 먹고 그가 다녔던 학교, 처음 피아노를 만났다는 교회도 다녀왔다. 그 뒤로는 아르바이트했던 카페에도 갔다. 거기선 이성을 알아볼 수도 있을 듯해 들어가 보지는 못하고, 그냥 창 안쪽으로 다른 이가 연주하는 피아노를 지켜보기만 했다.

나름 알찼다. 데이트 같았냐고 하면 그건 또 모를 일이지만.

"점수로 따지면?"

"음. 75점."

"……박제영 이거 하여간."

"잘 줬잖아."

"그래. 네 지랄 같은 성격에 50점이 넘었으면 잘 줬다."

이성이 제영에게 피아노를 배우던 때를 회상하며 인상을 일그러뜨렸다. 제영이 피식 웃었다. 인상을 쓴 이성의 얼굴로 흐릿하게 주홍빛을 담은 노을이 쏟아졌다.

"점수 잘 받았으니까 보너스 없어?"

돌연 표정을 바꾼 이성이 말했다. 모르는 사이 그의 얼굴을 감상하고 있던 제영이 흠칫 놀랐다. 이번에는 그녀가 인상을 구겼다.

"80점도 못 넘은 게."

"70점만 넘어도 잘하긴 했다던 꼬맹이가."

"그땐 그만큼 윤이성이 엉망이었고."

"어른 됐다고 그때보다 더 심보만 고약해져서 아주⋯⋯."

"야."

제영의 부름에 이성이 키득거렸다.

"보너스 없어?"

"⋯⋯넌 하루라도 스킨십 없으면 죽니?"

이성이 제영의 말에 눈을 동그랗게 떴다. 그가 흘긋 제영을 보았다. 때마침 또 신호가 걸렸다.

이성의 표정에서 제영은 제가 뭔가 잘못 짚었다는 걸 느꼈다.

"내가 뭐라고 했다고 스킨십을 들먹여? 나 아직 키스해 달라고 안 했다?"

"그럼 내가 보너스로 너한테 주고 말고 할 게 뭐가! ⋯⋯뭐가 있는데?"

"오. 진짜 그걸로 생각한 모양이네."

제영을 놀리는 이성의 얼굴이 짓궂었다. 제영이 그의 어깨를 주먹 쥔 손으로 아프게 쳤다.

"악!"

"날 놀릴 생각 하지 말고 네 태도를 생각해."

"그런다고 때리냐?"

"누가 먼저 놀렸는데."

"내가 먼저 놀렸어? 저가 먼저 잘못 짚은 거지."

제영이 노려보는 서슬에 이성이 입을 다물었다. 신호가 바뀌었다. 차가 출발하는 것에 맞추어 차 안이 다시 조용해졌다.

"……여기 내 집 가는 방향 아니잖아?"

"내 집 가는 방향도 아니지."

"뭔데?"

"뭐긴 뭐야. 보너스 받을 거라니까."

"준다고 안 했거든?"

"좀 줘라. 사람이 좀 넉넉한 마음으로 살아야지."

"별……. 그래서 원하는 게 뭔데?"

이성이 흠, 하고 콧바람을 불었다.

"오늘 나는 나를 까발려서 다 보여 줬으니까."

제영은 그 뒤에 올 말을 알 것 같았다.

"나한테 박제영도, 적어도 하나는 보여 줘."

제영은 답하지 않았다. 침묵은 긍정이랬다. 적어도 제영의 성격에 싫었다면 강한 거절만으로 끝나진 않았을 거다.

이성은 제영의 침묵마저 즐기며 액셀을 밟았다. 하늘의 색이 점점 예쁘게 물들고 있었다. 이 색이 바래고 어두워지기 전에 목적지에 도착하고 싶었다.

차는 바닷가에 도착해서야 멈췄다. 제영에게도 익숙한 곳이었다. 그녀의 안색이 조금 어두워졌다.

"내려."

이성은 제영의 얼굴을 못 본 척 말했다. 먼저 차에서 내린 이성이 제영을 에스코트했다.

여전히 굳은 얼굴로 내린 제영이 이성의 손에 이끌려 걸었다. 이 바다가 어딘지 알았다. 목적지는 이 바다를 창에 담은 별장일 터였다.

바다를 등진, 할아버지의 별장.

* * *

이성에게 이끌려 제영이 별장 안으로 들어갔다. 할아버지가 돌아가신 이후로 한참을 찾지 않은 곳이었다. 무려 3년이나 비워 두었던 곳이건만 바로 어제까지도 사람의 손길을 탄 듯, 별장은 깔끔하게 정돈되어 있었고 온기도 제법 돌았다.

제영이 이성을 흘긋 바라보았다. 별장을 깨끗하게 관리한 범인은 아마도 윤이성일 테다. 별장은 혜옥이 모르는 할아버지와, 그녀와, 이성만 아는 공간이었다. 그런데 제영 본인이 관리하지 않았다면 범인은 이성뿐이겠지. 제영이 씁쓸하게 웃었다.

창문을 통해 포말이 부서지는 해안이 보였다. 노을 진 하늘과 그 아래 검푸른 보랏빛으로 몰려와 하얗게 부서지는 바다, 그리고 바다를 담은 프레임처럼 크고 높은 창. 그를 등지고 선 피아노.

서글프리만치 잘 어울리는 광경이었다.

"여기서 나의 뭘 보고 싶은데?"

제영과 이성, 둘이 함께였던 과거가 담긴 풍경이었다. 하늘보다 좀 더 이르게 보랏빛으로 물든 바다의 파도 소리는 가을의 바람을 맞아 몹시 컸다. 철썩이는 물소리가 싸늘한 제영의 목소리와 뒤엉 켰다.

제영이 이성의 손을 뿌리쳤다. 이성은 아랑곳하지 않고 웃으며 제영의 손을 다시 그러쥐었다. 그녀의 왼손을 저의 오른손으로 잡 고 끌어 올렸다.

"박제영의 연주."

"충분히 들었잖아."

"박희은 거 말고, 박제영의 연주를 말하는 건데."

제영이 입술을 꽉 깨물었다. 다시금, 더없이 거칠게 이성의 손을 뿌리쳤다. 제영의 손이 파들파들 떨렸다. 감정을 주체하지 못하는 손으로 주먹을 쥐었다. 바싹 깎은 손톱이 하얗게 질린 채 손바닥 안으로 말려 들어갔다.

이성이 제영의 주먹 쥔 손을 내려다봤다. 더는 건반에 손대지 않으면서도 습관처럼 짧게, 가지런하게 깎은 손톱을 알았다. 손을 붙잡으면 날카로운 손톱이 아니라 그 아래의 동글하고 단단한 듯 말캉한 손끝이 닿는 걸 알아 버렸다.

"난 이제 피아노를 안 쳐."

"본능처럼 치던 연주를 어떻게 잊어?"

"10년이 다 되어 가! 건반을 누르지 않은 게!"

제영이 고통에 찬 비명처럼 소리쳤다.

귀찮고, 짜증 나고, 성가시고.

그런 반사적인 반응이 아닌 진심을 담은 분노가 섞인 외침이었다. 어쩌면 제대로 들은 제영의 첫 진심일 거다. 이성은 제영이 이런 반응을 보일 것도 알았고, 연주해 달라는 말이 그녀의 역린일 것도 알았다.

알지만 듣고 싶었다.

"그래도 칠 수 있잖아."

"칠 생각 없어."

"이 손은 멀쩡하잖아."

이성이 돌아서서 가 버리려는 제영을 막으면서 그녀의 왼손을 꽉 붙잡았다. 제영이 이성을 노려보았다. 당장이라도 죽이고 싶은 것처럼 싸늘한 시선이었다.

그러나 눈동자가 잘게 떨리고 있었다. 사실은 누구보다 피아노를 치고 싶고, 누구보다 아름다운 연주를 하고 싶고.

누구보다 휘몰아치는 감정을 가장 알리고 싶은 건.

"오른손은 내가 쳐. 그러니까 이 멀쩡한 손으로 들려줘."

"……그게 어떻게 '내' 연주야?"

"나를 박제영이 만들었잖아. 내 왼손도, 오른손도. 내가 피아노에 감정을 싣는 법, 테크닉, 다 박제영한테서 왔잖아."

"그럼 너 혼자 신나게 연주하고 들어. 그럼 되겠네. 왜 날 비참하게 만들어?"

"너도 치고 싶잖아."

이성의 손이 제영의 손끝을 매만졌다. 동글동글하고 말캉하게 눌리는 손끝. 타건하면 맑은 소리를 만들어 낼 그곳을.

"네가 뭔데."

네가 뭔데 내 생각을 함부로 판단하고, 재단해서 무례하게 굴어.

끝까지 말하지 않아도 제영의 생각은 선명하게 이성에게 전해졌다. 마치 귀에 꽂혀 들리듯 날카롭게 말이다.

이 억지가 제영에게 얼마나 큰 상처가 될지 안다. 알면서도 이성은 도저히 포기하고 싶지 않았다. 박제영의 유일한, 절대 누구도 듣지 못할 연주를 윤이성은 알고 싶었다.

그녀의 거실에 놓인, 이제는 칠 사람도 없는 피아노가 얼마나 섬세하게 조율되어 있는지도 알아 버렸으니까.

작곡 과제를 하는 제영의 손이 타건하듯 책상을 두드리던 걸 들었다. 그렇게 제영에게 피아니스트의 영혼이 남아 있음을, 그 순간을 알아 버렸으니까. 습관처럼 행해진 이후에 제 손을 보던 제영의 눈빛은, 보지 않고도 알 수 있을 정도였으니까.

이성은 더 입을 열어 조르지 않았다. 제영이 크게 숨을 들이켰다. 가슴이 펴지며 고개가 꼿꼿하게 섰다. 꽉 깨물고 있던 입술 사이로 폐부를 돌아 나온 숨이 느리게 흘러나왔다.

제영의 눈이 차분하게 가라앉았다. 하늘의 붉은빛이 차츰 깊어지다가, 이윽고 바다의 푸른빛을 끌어와 보랏빛으로 물들었다. 이성은 그런 하늘을 담은 창가를 등지고 있었다. 입으로는 건방지게 명령이라도 하듯 연주하라더니, 눈으로는 애원하고 구걸이라도 하듯 제영을 보고 있었다.

"······비창."

제영이 피아노 앞에 앉았다. 이성에게 제 감성을 고스란히 흡수할 수 있게 만든 곳이었다. 그러기 위해 바다가 보이도록 별장까지 개조했다. 할아버지가 놀란 듯 눈썹을 올리고 저를 바라보던 시선이 새삼 떠올랐다. 과연 그걸로 깨닫게 되겠냐고 제게 넌지시 묻던 따뜻한 목소리마저 들려왔다.

물론, 한 번에 윤이성은 박제영의 원하는 바를 다 깨달아 흡수하지 못했다. 그때와 겹쳐 지금의 박제영이 웃었다. '직접 바다에 들어가야 들려요?' 날카롭게 묻던 말에 정말로 바다에 뛰어들던 윤이성의 미친 짓도 새삼 떠올랐다.

제영이, 그 모든 기억과 추억을 담아 무겁게 건반을 눌렀다. 별장은 물론 피아노까지도 오래 공들여 관리한 느낌이 났다. 예상과 달리 잘 조율된 소리가 들렸다. 다만 어쩔 수 없이 소금기 머금은 곳에서 지내 조금은 둔탁한 소리가 섞이었더라도.

"비창 2악장."

제영이 왼손으로 더듬더듬, 본래는 오른손이 연주해야 할 곡의 시작부를 몇 개 눌렀다. 이성은 입을 열어 대답하는 대신 그녀가 앉은 자리의 오른편에 자리를 잡았다.

제영이 턱짓했다. 본래 한 사람의 두 손이 쳐야 할 곡을 나누어 치려거든 주제부인 오른손의 멜로디가 먼저 나오는 것이 옳았다.

이성이 차분하게 첫 음을 울렸다.

하나, 둘, 세 번째 마디. 그때부터 제영의 왼손이 박자를 맞추어 이성의 연주를 뒷받침하기 시작했다.

떠나간 시간을 회고하듯, 혹은 자신의 삶을 담담하게 이야기하듯 소리는 그렇게 흘렀다.

분명 창문으로 가로막혀 있건만, 그들의 연주에는 자연의 소리가 겹쳤다. 파도가 부서지는 소리, 모래가 쓸리는 소리. 바람이 바닷가 침엽수의 바늘 같은 잎을 간질이고 떠나는 소리가 섞여 들었다.

담담하게, 혹은 슬프게 저의 이야기를 늘어놓던 사내의 손가락이 돌연 비통한 심정을 토로하기 시작했다. 제영은 그를 따라서 저의 슬픔, 거칠게 휘몰아치는 마음 안의 것들을 강하게 손끝으로 눌러 냈다.

잠시간의 텀.

멈춘 피아노 소리 사이로 파도에 쓸려 내려가길 바라는 한숨이 엉켰다.

다시 처음과 같은 음으로. 그러나 시작할 때와는 달리 마냥 담담하고 은은하게 퍼져 나가지만은 않았다. 바다와 하늘의 장엄한 풍광 사이에서 저의 주장을 확실하게 펼쳤다.

끝내 선율로 펼쳐진 이야기의 끝은 담담함에 숨어 바람처럼 흩어지는 한숨이었다.

제영의 왼손과 이성의 오른손이 동시에 건반을 떠나 허공을 짚었다.

"잘 들었어."

이성이 제영을 바라보며 말했다. 그녀의 눈가가 촉촉하게 젖어 있는 것을 보지 않아도 알았다. 제영의 손가락이 먼저 눈물을 흘리고 있었으므로.

"네 이야기."

이성이 말을 끝맺기가 무섭게, 제영의 눈에서 눈물방울이 흘러 떨어졌다. 숨 쉬는 것도 잊고 오감을 멈춘 채 흘리는 눈물이었다.

이성이 제영을 끌어안았다. 제영은 거절하지 않고 그의 품에 얼굴을 묻었다.

이성의 가슴이 젖어 들었다.

노을이 전부 가라앉은 하늘에는 하나둘씩 별이 떠올랐다. 제영은 여전히, 저 반짝이는 별들 중 하나였다. 창연하게 빛났다.

윤이성은, 제게 안겨 빛나는 제영을 알고 싶었을 따름이었다. 제가 어렴풋이 짐작하던 그 반짝임을, 제영이 다시금 떠올려 주길 바랐다.

비록 그 빛이 날카로워 아프더라도. 저 또한 제영의 빛을 받아 반짝였으므로.

그리고 두 사람은, 연주 뒤 서로 한마디도 나누지 않았다. 연주의 여운이 길었다. 말이 없어도 피아니스트와 피아니스트는 많은 말을 나누었다.

추억과 바다의 짠 내음으로 낡은 피아노 한 대로. 아주 많은 이야기를.

* * *

〈어려워〉

하여간 존나 어렵네.

바람은 좋다. 감기 조심.

ify***

30분 전 ♡323

별장에서 보는 밤바다!! No_Rational 님 소유 별장인가요? 혹시 펜션이면 분위기 좋아 보이는데 저희 가족들도 즐길 수 있도록 공유 바랍니다^^! DM도 좋고 그냥 답변도 좋아요~ㅋㅋㅋ

and***

28분 전

@ify 님 답변받으시면 저도 공유 좀ㅋㅋㅋ

sff***

20분 전

여기도 피아노가 보이네용. 검색해 보니까 윤이성이란 이름으로 피아니스트라고 뜨던데 피아노 치시나요?

kk3***

17분 전

와 이번엔 스타인웨이네. 전에 올린 사진에 있는 것보다는 덜 비싸도 이것도 값 좀 나가는 모델인데……．

04. 네 스폰서

그 연주 후로 달리 바뀐 건 없었다. 그저 오랜만에 연주했을 따름이었다. 다만.

"엣취!"

"자네, 감기 걸렸나?"

"아, 네."

"감기 조심하게. 간절기 아닌가."

나란히 감기에 걸려 버렸다. 연주를 마치고 별이 더욱 반짝이는 늦은 밤까지 바닷가를 거닐었으니, 어쩌면 당연한 일이었다. 덕분에 일요일에는 열까지 올라서 실컷 잠만 자다가 새벽에 일어나서 남은 과제를 해야 했다.

와중에 메신저로 감기 걸렸느니 어쩌니, 이성이 징징거리는 것
마저 들어야 했다. 제영이 '나도 걸렸으니까 좀 닥쳐.' 하고 답을
하기 전까지 내내 휴대 전화가 징징 울려 댔었다.

그러더니 오늘은 등교하는데, 집 문 앞에 약국 봉지가 걸려 있
었다. 쪽지도 하나.

약은 먹었냐?

아니 두 개.

박제영이 그런 걸 잘 챙길 리가 없지.

제영이 다시금 떠오른 이성의 쪽지에 괜히 픽 웃음을 터뜨렸다.
제영이 제출한 작곡 과제를 확인하던 교수가 의아한 표정으로 그
녀를 바라보았다.

"아, 죄송합니다."

"아니야. 낙엽 굴러가는 것만 봐도 웃음이 나는 청춘 아닌가."

제영이 어색하게 입꼬리를 올려 웃었다. 진짜 낙엽만 굴러도 까
르르 웃는다는 사춘기 시절을 정작 제영은 무표정으로 보냈는데.

사람 좋은 교수는 그저 껄껄 웃으면서 제멋대로 상상의 나래라
도 펼치는지 신이 났다. 그래도 사람이 나쁘지는 않아 제영이 나
름대로 믿고 따르는 교수였다.

"자네는 클래식 화성에 아주 익숙한 느낌이야. 반면에 요새 젊

은 친구들이 자주 쓰는 트렌디한 진행이나 편곡에는 좀 낯설어하는 경향이 보여."

"아……. 좀 더 다양하게 들어 보고 공부하겠습니다."

"이번 과제도 그렇고, 자네가 고전적인 부분에 강한 걸 나쁘다고 하는 게 아니야. 나는 좋게 보고 있네. 어떻게 보면 기본이 탄탄한 것 아닌가."

교수가 다시금 사람 좋게 웃었다. 고작 학부생의 과제용 작곡이었다. 그걸 하나하나 불러서 앉혀 놓고 장단점을 짚어 주며 끌어 주는 교수였다.

제영이 교수의 명패를 다시금 살폈다.

김무진 교수.

40대 중반의 교수로서는 젊은 나이로, 프로 작곡가로 여전히 활발하게 활동하고 있는 사람이었다.

김 교수가 제영에게 과제를 다시 돌려주었다. 제영이 공손하게 두 손으로 과제물을 받았다.

"꼭 하라는 건 아니고, 음……. 자네 시간이 나면 거기 두 군데 체크한 곳은 요새 발라드 느낌으로 한번 편곡을 해 보면 좋겠어. 아, 물론 이번 과제는 점수가 아주 좋아. 고전 화성으로 곡 쓰기 과제였으니까 물론 주제에 맞게 쓴 곡은 그만큼 점수를 잘 줘야겠지?"

"감사합니다. 그리고, 곡은 혹시 수정하면 다시 보여 드려도 될까요?"

"난 언제나 환영일세."

제영이 김 교수에게 꾸벅 고개 숙여 인사했다. 김 교수의 교수실에서 나온 제영의 표정이 썩 나쁘지 않았다.

제영은 돌려받은 과제를 바로 가방에 넣지 않고 확인했다. 김 교수가 체크한 두 군데를 확인한 제영이 다시 피식 웃음을 터뜨렸다.

이성이 제멋대로 연주하면서, 두 번째 연주에서 변주한 부분이 딱 걸려 있었다. 곧장 이성의 연주가 제영의 머릿속에 펼쳐졌다.

제영이 과제를 뒤늦게 가방에 넣으면서 고개를 저었다. 이렇게 계속 머릿속에 곱씹다가, 교수의 말대로 편곡을 해 보는 게 아니라 이성의 애드리브 연주를 베끼게 생겼다.

"하여튼……. 도움이 안 돼."

말과는 다르게 제영의 얼굴에는 여전히 희미한 미소가 감돌았다. 가까스로 머릿속에서 이성의 연주를 지워 낸 제영이 문득 느껴지는 시선에 주위를 둘러보았다.

이성이 두 번째로 학교를 방문한 뒤부터였던가. 이렇게 타인의 시선이 꽂히는 게. 이성이 다시 찾아왔던 그날 이후 제게 들려올 정도로 뒷말을 하는 사람은 없었다. 하지만 시선만큼은 이렇게 따라붙었다.

제영이 얕게 한숨을 내쉬었다. 사람들이 쓸데없는 데 관심이 너무 많다고 생각했다.

"박제영!"

그 와중에 용기 있게 저를 부르는 사람까지 생겼다. 이 시선을 뚫고 다가오는 이는 친구는 아니었다. 제영은 친구가 없으니까.

그런데 목소리가 어딘가 익숙하다. 누군지 알 것 같았지만 제영은 굳이 뒤돌아 확인하지 않았다. 반가운 목소리는 아니어서.

목소리의 주인공이 기어이 쫓아와 제영의 팔짱을 꼈다. 이렇게 살가운 행동을 할 사람이 아닐 텐데.

"뭐야. 왜 부르는데 무시해?"

"······박제윤."

제영이 제윤의 팔을 뿌리쳤다. 제윤이 뿌리쳐진 팔을 보더니 입술을 삐죽였다. 그러다 제영을 흘겨보고는 다시 그녀의 팔을 붙잡았다.

"너 갑자기 왜 친한 척이야?"

"친한 척이 아니라, 우리 친척이잖아?"

"입학하고 한 학기가 넘도록 알은척도 안 하다가 갑자기?"

제윤이 배시시 웃었다. 귀엽고 동글동글한 얼굴에 쭉 빠진 긴 팔다리. 수줍은 척 웃는 얼굴이 퍽 사랑스럽긴 했다.

하지만 그 속에 든 생각이며 인성까지 사랑스럽지는 않지. 제윤은 분명 무슨 꿍꿍이속이 있을 거였다. 제영이 그녀를 빤히 쳐다보았다.

제윤은 제영이 그러거나 말거나 지나가며 마주친 제 친구와 인사를 나누기 바빴다. 제윤의 친구들이 눈을 동그랗게 뜨고 '뭐야? 뭔데?' 하고 제영을 흘깃거렸다.

방금까지 친구들에게 방싯방싯 웃어 가며 예쁘게 인사하던 제윤이 금세 정색했다. 무표정한 얼굴로 제영을 바라보았다. 그러면서도 제영의 팔짱을 꽉 꼈다.

"친구 하나도 없이 꼴같잖게 시선 끌고 다니는 게 불쌍해서."

"빤히 보이는 거짓말이네."

"하긴. 넌 내가 널 불쌍하게 여긴다는 게 웃기지? 아직도 자기가 제일 잘난 줄 아니까."

말로는 칼이라도 주고받듯 푹푹 쑤셔 대면서도 제윤은 팔짱을 풀지 않았다. 제영이 얕게 한숨을 내쉬었다. 그럭저럭 괜찮던 기분이 확 가라앉았다.

"확실히 해. 대체 뭔데. 할머니가 나 붙잡아 두라고 시키시던?"

"정답!"

"본가로 알아서 내 발로 갈 테니까, 이 손 좀 풀어. 불쾌하게."

제윤이 그제야 팔을 풀었다. 저도 불쾌했다는 듯 인상을 잔뜩 찌푸리면서. 하지만 언제 그랬냐는 듯 또 금세 밝게 웃었다.

무슨 가면이라도 휙휙 바꿔 쓰듯 순식간에도 표정이 변했다.

"정확히는 반만. 나도 너한테 할 말이 좀 있어서."

"해. 그럼."

제윤이 잠시 뜸을 들였다. 괜히 주변까지 살폈다. 제윤의 답지 않은 행동에 제영이 인상을 찌푸렸다.

"뭔데?"

"무조건 싫다고 해."

"뭐?"

"무조건 안 한다고. 싫다고 해. 차라리 나보고 하라고 해."

앞도 뒤도 잘라먹고 본론만 내뱉는 제윤의 말은 도무지 무슨 뜻인지 알아들을 수가 없었다. 제영의 얼굴이 더욱 일그러졌다.

"그게 대체 무슨 소린데?"

"그냥 그렇게만 알아. 어차피 알게 될 거⋯⋯."

제윤이 위아래로 제영을 훑었다. 준명품 브랜드에 이름만 들어도 알 만한 가방을 메고 신경 써서 화장을 한 저와는 달랐다.

되는대로 걸친 것처럼 레깅스에 긴 티, 카디건을 입고 천 가방을 멘 박제영. 그럼에도 자세가 곧고 당당해서 그런지, 아니면 타고난 아우라가 있어서인지 후줄근하고 만만한 상은 아니었다.

'아무리 그래도 앤 이제 하자품이지.'

제윤의 시선이 마지막에 머무른 건 제영의 오른손이었다. 약지와 소지가 어설프게 펴진 손끝. 제영은 뭐가 그리 당당한지 숨기지도 않았다.

그렇게 당당해서일까. 제영과 같은 과 학생들은 제영의 손가락이 늘 애매하게 펴져 있는 이유를 장애라고는 생각지도 못했다.

그래서 생긴 게 어울리지도 않는 공주병이라는 별명이었다. 거기까지 떠올린 제윤이 입꼬리를 올려 싸늘하게 웃었다.

"앞뒤 자르지 말고 좀 알아듣게 확실히 얘기해."

"어차피 곧 알게 될 거라니까?"

제윤이 어깨를 으쓱였다. 내친김에 아예 제영에게서 시선까지 거두었다. 그러더니 학교 정문을 바라보면서 손을 높이 들어 흔들었다.

"아빠! 여기야!"

오후 햇살을 받으면서 해사하게 손을 흔드는 모습이, 지금의 장면만 보면 딱 청춘 영화 속 한 장면이었다.

· 예쁘장한 얼굴에 사랑스럽고 화사한 애티튜드.

누가 알까. 저 안에 징글징글한 열등감이 숨어 있다는 것을. 저를 놓고 태욱의 차로 달려가는 제윤을 보는 제영의 눈이 복잡했다. 어릴 땐 안쓰럽고 귀여운 맛이라도 좀 있었던 것 같은데.

"제영이도 데려와야지 왜 혼자 달려와."

"딸이 아빠 보고 싶어서 그랬지! 아빠 조수석에 그거 뭐야? 에 그타르트네? 나 이거 좋아하는 거 알고 사 왔어?"

"할머니도 좋아하시잖냐."

"그럼 내 거는!"

"같이 먹으면 되지 뭘."

태욱이 내린 창문으로 팔을 뻗어 제윤의 허리를 툭툭 토닥였다. 제윤이 입술을 비죽 내밀고 귀엽게 투정을 부리다간 조수석에 올랐다.

태욱이 제영을 바라보며 말했다.

"제영이도 타라. 할머님이 보자셔."

제영이 내키지 않는 얼굴로 꾸벅, 고개 숙여 인사하곤 태욱의 차에 올랐다. 혜옥의 이름을 대는 데야, 별수 없었다.

미우나 고우나 할아버지가 사랑한 여인이었다.

* * *

이성이 유성 매니지먼트 본사를 찾아왔다. 형찬의 호출이 있어서였다.

한낮의 햇살에 미간을 찌푸리며 건물로 들어서는 그의 모습은 오늘도 썩 수려했다. 다만 햇빛 때문만은 아닌 살벌한 표정 탓인지 그에게 쉽게 다가가는 이는 없었다. 흘긋대며 보내는 시선조차 조심스러웠다.

단순히 이성의 표정 때문만은 아닐 것이었다. 이성의 때와 장소, 상대를 가리지 않는 지랄은 업계, 그중에서도 유성 매니지먼트 직원들에게는 더군다나 유명했으므로.

이성이 길쭉한 다리로 걸어 도착한 곳은 당연히 형찬의 사무실이었다.

"왔습니까? 앉아요. 마실 건 뭐로 하겠습니까?"

"대관처며 뭐며 다 알아서 해 준답시고 나대 놓고 공연 빨리 잡아 달라고 하는 내 말은 다 씹더니, 뭐 나보고 방송을 출연하라고?"

자리에서 느긋하게 일어난 형찬이 다소 난감한 얼굴로 웃으며 어깨를 으쓱였다. 난감하다고는 하나 여유가 가득한 표정이었다.

"어떤 것부터 대답할까요?"

"공연 얘기부터."

형찬이 이성의 맞은편에 앉았다. 이미 건방지게 소파에 몸을 푹 기댄 이성을 뒤에서 매니저인 성길이 전전긍긍하는 시선으로 보고 있었다.

"그래요, 공연……. 이성 씨가 제안한 세트리스트부터 짚어 봅시다. 베토벤을 주제로 리사이틀을 하겠다고요?"

"안 될 이유라도?"

"3년을 쉬었잖습니까? 거기다 마지막 곡이……."

"비창."

형찬의 비서가 음료를 들고 나왔다. 달리 주문이 없었던 터라 형찬의 것은 늘 마시는 차였고 이성의 것은 무난한 아이스커피였다.

이성이 잔을 들어 단숨에 커피를 비웠다. 한낮에는 긴소매를 입으면 덥긴 했지만 저렇게 찬 음료를 단숨에 비울 정도는 아니었다.

말을 반 토막 내 먹고, 커피를 단숨에 들이켤 정도로 속이 답답하고 열불이 터진다는 뜻이겠지. 형찬이 피식 웃었다.

"단독 콘서트? 좋죠. 비창? 사람들의 귀에 익은 곡이라 뭐, 나쁘지는 않습니다. 윤이성 씨는 대중적으로 사랑을 받던 피아니스트였으니까 그만큼 팬층 또한 다양했죠. 지금도 사람들이 윤이성 씨의 얼굴이나 이름을 모르지는 않으니, 기존에 클래식에 관심이 없던 관객도 충분히 끌 수는 있을 테고."

"문제없네. 근데 왜?"

듣다못해 성길이 뒤에서 이성의 어깨를 손으로 꾹 눌렀다. 이성이 잔뜩 인상을 구기고 딱 한 어절을 붙였다.

"요."

"긍정적인 측면만 바라보면 그렇겠지만 실제 현실이 그렇게 녹록하리라고 생각하면 안 되지 않겠습니까?"

"객석은 텅텅 비고 윤이성 예전 같지 않다는 기사라도 뜰 거라 그건가?"

형찬이 고개를 끄덕여 긍정했다. 이성이 훅 숨을 뱉어 앞머리를 날렸다. 길쭉한 손가락 끝으로 피곤한 낯을 한 눈가를 문질렀다.

"내 연주를 듣고도 그딴 소리를 하네."

"난 들었지만, 관객이 되어 줄 사람들은 아니죠. 그들이 아는 윤이성은 지금 SNS로 사치와 향락이나 즐기는 날백수 아닙니까."

빌어먹기 짝이 없게도 형찬의 말에 수긍해 버렸다. 실력이야 보여 주면 그만이지만 그것도 보여 줄 사람이 많을 때나 가능한 일이었다. 소수에게 자신이 더 잘나졌음을 피력해 봐야 뭐 하겠는가.

3년은 긴 시간이었다. 공백이 길었던 만큼 적어도 '피아니스트 윤이성'에 대한 사람들의 관심이 떨어졌으리란 건 명백한, 그리고 객관적인 사실이었다. 매니지먼트를 운영하는 대표씩이나 되는 형찬이 괜히 꺼낸 말도 아닐 거다. 그도 나름대로 조사라는 걸 하고 그에 기반해서 꺼낸 말일 터.

제영의 학교를 찾았을 때도 그랬다. 명색이 예술 학교에 찾아간 것이었지만 그에게 앞으로의 복귀 전망이나 공연에 대해 묻는 사람은 없었다. 더러는 그를 몰라 SNS나 들먹이는 놈들도 있었고.

아무리 윤이성이 제멋대로 사는 클래식계의 망나니라도 앞자리에 3이 붙은 지 두 해째인 어른이었다. 그 정도 생각할 머리는 있었다.

"더구나 베토벤은 당신 레퍼토리에 자주 등장하던 작곡가도 아니었잖습니까. 그나마 당신을 피아니스트로 기억하는 사람들조차 글쎄요. 보러 올까요?"

"그러니까 사람들 관심을 끌게 방송에 출연해라? 네 연주를 기억하는 사람도, 믿는 사람도 없을 테니 주유소 앞 풍선 인형처럼 호객이라도 하라는 거 아니야, 지금."

"잘 아네요. 그리고 세트리스트도 바꿉시다. 원래 본인 레퍼토리 있잖아요. 과거에 주력했던 섬세한 곡을 칠 자신이 없어서, 새로운 스타일을 가져왔다는 소리를 듣기라도 한다면 그 뒤의 일은 어떻게 하실 겁니까?"

구구절절 맞는 말이었다. 이성이 제 실력에 자신이 있은들, 들어 줄 사람이 없다면 애초에 알릴 수 없었다.

거기다가 청중의 평가는 늘 프로에게 박정한 데가 있었다. 뛰어난 점을 칭송하면서도 부족한 곳을 찾아 뜯는 것을 제 업으로 삼은 자들도 적지 않았다.

이성은 형찬이 하는 말을 이해했다. 하지만 납득하고 넘기고 싶지는 않았다. 저는 자신이 있었다. 분명 헐뜯는 이는 나오리라. 그럼 보여 주면 된다. 과거에 잘하던 것도 더 뛰어나게 잘할 수 있고, 새로운 곡들도 충분히 소화할 수 있음을.

하지만 우선 들어 줄 사람들, 그 관심을 만들어 객석을 채우는 게 먼저였다. 그리고 자신의 실력은 단 1그램도 줄지 않았음 또한 알려야 했다. 그게 선행이었다.

그래서 필요한 게 방송이라는 것도 알긴 했다.

하지만.

"근데 왜 하필, 잡아 온 방송 건이 이따위입니까? 나보고 연애 놀음이라도 하라는 건가?"

"뭘 잘못 보신 것 같은데. 연애라뇨? 초반 얘기라면 경연이고, 전체적으로는 협주 프로젝트 프로그램 예능 포맷일 텐데요?"

"여자 설레는 연주 해서 심박 수 따위나 재는 게?"

"그거 나름대로 프로듀서가 이성 씨 유리하라고 넣은 포맷입니다. 다시 한 번 말하자면 예선만이고. 그 뒤까지는 제대로 보지도 않고 왔습니까?"

이성의 말도 맞았고, 형찬의 말도 맞았다.

형찬이 이성에게 제안한 프로그램은 '두근두근 심포니'라는 제목의 프로젝트 예능이었다. 대중적이지 않은 클래식에 대중의 흥미를 유발해 마냥 어렵기만 한 클래식의 이미지를 벗어 보자는 취지로 꾸려졌다.

전체적으로는 경연으로 우열을 가린 스타성 있는 젊은 음악가들에 연예인 패널을 더해 두 개의 관현악단을 꾸리고 게릴라 형식으로 몇 회의 경연을 하기로 되어 있었다.

아마도 정식으로 편성되어 꽤 장기적으로 갈 프로젝트인 듯했다. 이번 클래식 편인 '두근두근 심포니'가 일종의 파일럿인지라, 이게 성공하면 뒤로는 국악이나 전통 미술 등의 다른 예술 방면에서도 비슷한 포맷으로 프로그램을 진행할 예정이라고 했다.

그러니까, 결국 형찬의 말대로 경연과 협주가 주 포맷은 맞았다.

다만 이성의 말대로 초반의 경연이라는 것이, 로맨스로 장난질을 칠 가능성이 충분한 형식을 띠고 있었다. 팀을 나누는 방법이 좀 그러했다.

연주자가 연주하면 이성 패널들의 심박 수를 재서, 심박 수가 높은 쪽은 '두근두근' 팀으로 꾸렸다. 낮은 쪽은 '심정지' 팀이라나. 그리고 두근두근 팀과 심정지 팀이 심박 수로 자신들을 심사했던 연예인 패널들을 반대로 심사해 팀원으로 뽑기로 되어 있었다.

"제대로 안 봤다라."

이성은 이 모든 내용을 제대로 읽고 왔다. 그가 산간벽지에 갇혀 사는 사람도 아니고, TV도 가끔 틀어 두면 보기는 했다. 예능 출연? 해 본 적 있었다.

제가 괜히 클래식 피아니스트로는 드물게 대중적인 인기를 끈 스타가 된 게 아니었다. 제영은 이용할 수 있는 모든 것을 이용해서 저를 띄웠다. 거기에 외모나 캐릭터, 방송의 힘이 없었다면 거짓말이다.

사실 이성이 지금껏 유지하고 개소리와 쓸데없는 사진을 찍찍 올려 대는 SNS조차 처음에는 제영이 이성에게 먼저 제안했다.

기왕에 미친놈이 된 거, 아예 여기저기서 친근하게 다가오는 이미지라도 만들라고. 그래서 제영이 볼 줄 알고 지난 3년간 시도 때도 없이 글을 올려 댔건만 망할 박제영은 한 번을 연락조차 안 했지.

이성이 잠시 인상을 구겼다.

어쨌든 이성은 여러모로 사람들의 관심을 끌고 먹고살았던 만큼, 그들을 잘 알았다. 방송도, 사람들의 반응까지도.

방송에서 이 초반 예선을 어떻게 편집하고 내보낼지 눈에 선했다. 유난히 심박 수가 높은 심사 패널과 연주가를 엮어서 자막으로도 장난질을 칠 게 분명했다.

"읽어 봤으니까 지랄하러 왔다는 생각은 안 하시고?"

"좋은 취지의 프로그램입니다만."

"취지만큼은 좋은 걸 누가 모르나."

"윤이성이라는 피아니스트를, 그 피아니스트가 얼마나 더 대단한 연주를 하게 되었는지를 홍보하기에도 적격인 프로그램이고요."

이성이 피식 웃었다. 형찬은 무슨 문제가 되냐는 듯 어깨를 으쓱였다.

"이성 씨 실력, 인정합니다만. 과거에도 실력만으로 스타가 된 건 아니잖습니까?"

말이 끝나기가 무섭게 이성이 사람이라도 죽일 듯한 눈으로 형찬을 노려보았다. 자존심에 불씨를 댕겼다. 틀린 말이 아닌데, 사람을 열받게 하는 재주가 있었다.

"날 피아니스트로 만든 건 내 손가락이지만, 날 스타로 만든 건 내 얼굴이랑 이미지긴 하죠."

"그렇게 비약하실 것까지는 없습니다."

"왜요? 누구는 나보고 몸 팔고 웃음 팔아서 스타가 됐다고 하던데."

"실력이 안 돼서 악평으로 돈 버는 평론가 말에도 일희일비하는 타입이었습니까?"

이성이 고개를 치켜들고 팔짱을 꼈다. 시건방진 태도였다. 한창 때라면 모를까 3년이나 쉬어 놓고 일 벌이는 마당에 참 당당하기도 했다.

조용히 서 있던 성길이 고개를 숙이고 인상을 구겼다. 그가 손가락으로 이성의 등을 꾹 찔렀다.

이성은 성길의 애타는 신호를 깡그리 무시한 채 태도를 고수했다.

"그런 악평가도 이성 씨가 클래식 피아니스트의 대중적 관심을 끌어냈다는 것에서는 찬사를 보냈습니다."

먼저 분위기를 풀기 위해 노력한 건 형찬이었다. 그러거나 말거나, 이성은 여전했다. 형찬이 얕은 한숨을 내뱉었다. 반쯤 포기한 기색이었다.

"평론가의 반응을 두려워하는 건 내가 아니라 대표님……. 아닙니까? 잠깐의 무너짐이 겁나서 이딴 방송이나 잡아 올 정도로."

이성의 여전한 날 선 반응에 형찬이 입술을 꾹 다물었다. 윤이성은 여기서 더 몰아친다고 제 말을 들을 사람도 아니긴 했다.

"방송 출연은 강권까지는 안 하겠습니다. 이 프로가 싫은 거면, 다른 건을 잡아 보죠. 대신……."

이성이 형찬의 말을 끊고 들어왔다.

"합니다."

"……하겠다고요?"

"그래요. 한다고. 내가 안 한다고 하면 대신 첫 공연, 협상의 여지도 없이 내 멋대로 할 수 없게 만들 거 아냐?"

이성의 말대로였다. 형찬은 이성이 이 프로그램 출연을 고사하면, 그의 말대로 첫 공연을 제가 짜 놓은 대로 따르게 할 생각이었다. 형찬이 수긍하며 고개를 끄덕였다.

"그러니까 한다고. 기깔나는 결과 가져다주고 닥치게 해서, 앞으로 쭉. 내 마음대로 하게."

형찬과 이성이 팽팽하게 시선을 대치했다. 누구도 먼저 상대의 눈을 피할 생각 따위는 없어 보였다.

그러나 내내 이러고 있을 수는 없었다. 좀 더 이성적인 형찬이 먼저 고개를 꺾어 시선을 돌리곤, 웃었다. 패배 선언은 아니었다.

이성이 입술을 비틀어 웃었다.

"만족할 만한 성과가 나오면 고려해 보죠."

첫인상부터 마음에 들지 않더니. 형찬과 이성이 서로 같은 생각을 했다. 그 꼴을 지켜보는 성길의 속만 타들어 갔다.

형찬이 갑자기 이성에게 뭘 어쩌지야 않겠지만, 어쨌든 계약으로 묶인 관계였다. 아무튼 대표, 그것도 재벌 3세인 형찬에게 나쁘게 보여서 좋을 건 없을 텐데.

오늘만 사는 것처럼 구는 건 이성인데 늘 속을 끓이는 건 애꿎은 성길이었다.

"나중 가서 말 바꾸지나 맙시다."

"그런 사람 아닙니다."

"어련하시겠어. 아 진짜, 예전처럼 확 들이받을 수도 없고."

마지막까지 빈정거리며 이성이 자리에서 일어났다. 볼일 끝났으니 더 볼 필요 없었다. 성길이 이성의 말에서 과거의 사건을 떠올리며 눈을 질끈 감았다. 대체 자신의 고통은 언제 끝나려나. 윤이성이 죽거나 제가 죽어야 끝나려나.

인사도 없이 돌아서는 이성의 뒤통수에 대고 형찬이 문득 떠올랐다는 듯 말했다.

"아. 컨디션 조절 잘 하세요."

"……뭐요?"

형찬이 턱짓으로 이성을 가리키며 제 목을 붙잡았다.

"목소리 잠겼던데. 내가 만족할 만한 성과를 못 내 놓고 컨디션 탓하면 안 되지 않겠습니까."

정말 하나부터 열까지 마음에 안 드는 새끼네.

이성이 입술을 곱씹으며 내심 생각했다. 제 할 말을 마친 형찬은 어느새 책상에 앉아 서류에 집중했다.

그러면서도 이성이 사무실을 나가는 소리에 귀를 곤두세우고 있었다.

하나부터 열까지 마음에 안 들기로는, 형찬도 피차 같은 마음이었다.

* * *

제영이 혜옥을 마주하고 앉았다. 혜옥의 옆에는 태욱도 앉아 있었다. 제윤도 슬그머니 제 아버지 태욱의 옆에 앉아 있으려다가 혜옥의 눈치에 쫓겨 방에서 나갔다.

태욱이 사 온 에그타르트에 혜옥의 취향인 홍차. 혜옥은 말없이 차만 음미하며 제영에게 조용한 압박을 주었다.

제영의 앞에 놓인 차가 식을 즈음에야 혜옥이 입을 열었다.

"기침을 하는구나. 감기라도 걸렸니?"

"예."

"그날?"

혜옥이 말한 그날이란 지난 금요일일 터였다. 제영이 가는 길에 비가 왔으니 그렇게 추측하는 것도 이상할 일은 아니었다.

제영에게는 불쾌한 기억으로 남을 뻔했던 날이다. 하지만 금요일을 떠올리니 그날로부터 이어진 이성과의 데이트가 떠올랐다.

제영이 저도 모르게 피식 웃었다.

"아뇨."

"뭐 네가 그렇다니……."

혜옥은 제영의 말을 믿지 않는 눈치였다. 제영은 혜옥이 어떻게 생각하든 내버려 둘 생각이었다. 고작 몇 마디 나누지도 않았는데 벌써 지쳤다.

단순히 혜옥을 마주해서는 아니었다. 그냥 이 집, 본가라고는 불리지만 이제는 사실상 종숙인 태욱의 집에 있는 것만으로도 피곤했다.

"무슨 일로 부르셨어요?"

"이 할미한테 용건만 간단히 하라는 거니?"

"그런 뜻은 아니었는데요."

제영이 덤덤한 얼굴로 어깨를 으쓱였다. 그러고 나서야 처음으로 머금은 홍차는 향만 좋았지 텁텁했다. 칼칼한 목을 긁고 넘어가는 느낌이 썩 좋지는 않았다.

"네 할아버지가 널 너무 오냐오냐 키웠어. 저번에 그 사달을 내고 가 놓고선 어째 이 할미며 작은아버지에게 사과 한마디가 없어."

"할머니께서도 종숙께서도 지난 일의 사과를 원하시는 거면 저는 드릴 말씀이 없네요. 일어나겠습니다."

제영이 메마른 입술을 혀로 축이며 자리에서 일어났다. 그런 제영의 손을 태욱이 덥석 잡았다.

"앉아라."

"그래. 이 할미 말 아직 안 끝났다. 앉아."

제영이 자리에 앉으며 태욱의 손을 거칠게 쳐 냈다. 친척이라도 태욱이 제영에게는 거리감이 가까운 사람은 아니었다. 이렇게 제 손을 함부로 붙잡고 끌어 앉히고 하는 게 불쾌했다.

이럴 때는 안 그러려고 해도 문득 그런 생각을 하게 되었다. 할 아버지나, 부모님이 살아 계셨더라도 이 사람이 나한테 이런 행동을 할 수 있었을까.

"네가 단도직입적으로 말하길 바라니, 내 그렇게 해 주마."

혜옥의 입에서 나온 말에 제영은 어째 불안해졌다.

"사람을 하나 만나 봐라."

불안감이 현실이 되었다. 제영이 할머니의 면전인 것도 잊고 얼굴을 굳혔다. 입술까지 꽉 깨물었다. 사실, 아까 제윤의 말에서 어렴풋이 혜옥의 용건을 읽어 내긴 했다. 하지만 정말로 이리 빠르게 다음 선 자리를 가져오셨을 줄이야.

"또 선 자리에 절 세우시려고요?"

"이번엔 선처럼 거창한 건 아니지만, 글쎄. 거창한 사이가 되면 좋긴 하겠구나."

"누구한테 좋은 건데요?"

제영의 반문에 이번에는 혜옥이 인상을 구겼다. 가만히 듣고 있던 태욱이 입을 열었다.

"당연히 제영이 너한테 좋지. 만나기 어려운 분이시다. 이 작은 아버지 다니는 유성 그룹 알지? 그 유성 그룹의······."

"종숙 다니시는 기업의 사람이면 제가 아니라 종숙에게 좋은 거겠죠."

제영이 싸늘하게 반박했다. 혜옥이 제영의 말이 못마땅해 기어이 호통을 쳤다.

"박제영!"

"가족한테 좋은 일이라면 할머니가 원하시는 거니까 또 할머니한테 좋은 거고요."

"너 말하는 버르장머리가 대체……!"

"고정하세요. 연세 생각하셔야죠."

혜옥이 흥분하니 도리어 제영은 차분해졌다. 본래의 평정심을 찾은 제영은 이제 아주 여유롭게 웃기까지 했다.

제영의 웃음은 언제 나타났었냐는 듯 금세 사라졌다. 하지만 제영의 기분이 마냥 나쁜 것으로는 안 보였는지 태욱이 굳이 한마디를 보탰다.

"네가 뭘 오해하는 모양인데, 할머니께서나 내가 잘되었으면 좋겠다 바라는 것뿐이다. 그분이 그냥 너를 좋게 보셔서 나를 통해 한번 보자고 한 것뿐이셔."

도리어 태욱의 두루뭉술한 설명이 더 큰 오해를 불러왔다. 혜옥이야 전후 사정을 다 전해 들었으니 태욱이 옳게 설명을 했구나 하고 고개를 끄덕였다.

하지만 제영은, 태욱이 소개하려는 사람이 누군지 몰랐다. 왜 저를 보자고 하는지는 더욱이나 몰랐다.

제영의 머릿속에서 불쾌한 그림이 그려졌다. 태욱이 '그분'이라고 조심스럽게 부르는 사람이었다. 그리고 자신은 어릴 때라면 모를까 지금은 평범한, 손에 약한 장애까지 지닌 여자였다.

태욱이 조심스럽게 대할 대기업의 그분께서 아무것도 아닌 저를 왜 만나고 싶어 할까.

"종숙, 저한테 원조 교제라도 시킬 생각이세요?"

"원조 교제라니! 내가 너한테 못 할 짓이라도 시킨다는 거냐?"

"선은 아닌데 만나야 할 사람은 있고, 할머니나 종숙 말씀으로 보자면 남자고. 아무것도 아닌 저를 그분이라는 사람이 알고 좋게 봤다는 게 그런 의도가 아니고서야 말이 돼요?"

제영이 하나씩 짚어 따졌다. 그러다간 그게 아니라는 생각이 불현듯 들었다. 이미 한 번 있었던 선 자리는 관심조차 보이지 않던 제윤이, 이번에는 그 자리를 제게 양보하라는 식으로 말했었다.

제게 좋은 제안은 아닐지라도, 객관적으로 부정하거나 불결하지는 않은 자리일 거였다. 어쩌면 누군가는 탐낼 만한 자리.

"무조건 안 한다고. 싫다고 해. 차라리 나보고 하라고 해."

확실했다. 제윤은 자기가 나가야 할 자리를 탐내고 있었다. 그러지 않고서야 나올 수 없는 말이었다. 그리고 제윤은 오늘 태욱과 혜옥이 제게 전할 용건도 제대로 다 알고 있었다.

진짜 원조 교제나 그 비슷한 자리였다면 아무리 제윤이라도 제가 대신 나가겠다는 말은 하지 않았을 거다. 제윤이 제게 열등감을 가지고 있지만 그 정도로 막장은 아니었으니까.

이제는 평범한 학생에 불과한 제게 대체 어떻게 그런 자리가……

"설마 그 사람한테 제가 박희은이라고 밝히셨어요?"

제영의 목소리에 단단히 날이 섰다. 혜옥은 슬그머니 고개를 돌렸고 태욱은 도리어 당당한 얼굴이 됐다.

"먼저 알고 계셨다."

"안 나가요."

"제영아. 그냥 좋았던 추억이라고 생각하고 만나라도 보라니까?"

"안 간다고요. 전 이제 박희은이 아니라 박제영이고, 대단한 피아노를 치는 피아니스트가 아니라 그냥 평범한 대학생이에요."

제영이 단호하게 말했다. 그러곤 더 들을 것도 없다는 듯이 일어났다. 다시금 태욱이 제영의 손을 붙들려 했지만, 이번에는 제영이 손을 붙잡히지 않았다.

"더 붙들지 마세요. 제윤이가 그 자리 탐내는 것 같던데, 제윤이라도 데려다 앉혀 놓으시든가요."

그런 제영을 붙잡은 건 혜옥의 한마디 말이었다.

"너 왜 그렇게 민감하게 구는 거니?"

"예?"

"혹시 달리 만나는 남자라도 있어?"

만나는 남자, 라는 말에 제영은 저도 모르게 이성을 떠올렸다.

"……무슨 황당한 소리세요?"

"그게 아니라면, 이 할미나 작은아버지가 당장 만나서 결혼이라도 하라고 내미는 것도 아닌데 만나는 것만으로도 이렇게 파르르 떠니 그렇지."

"전에도 말씀드렸잖아요. 저 이제 고작 스물두 살이에요. 결혼이 아니라 어른들 소개로 남자 만날 나이조차 못 된다고요."

"넌 네가 정말 평범한 스물두 살이라고 생각하니?"

제영이 입을 꾹 다물었다. 평범하지 않은 스물두 살은 또 뭔데. 부모 없고 창창한 앞날이 망가졌으면 평범하지 않은 스물두 살인가.

혜옥이 말하는 평범한 스물두 살이 아니라는 건 아마 다른 뜻일 거다. 하지만 제영이 조용히 품고 있는 흉터는 그 말을 달리 들리게 했다.

제영이 깊게 숨을 내쉬며 눈을 감았다. 마음을 진정시켰다. 살아도 사는 게 아닌 것처럼 감정을 죽이고 지냈던 게 엊그제 같은데. 요즘은 자꾸 이상하게도 마음에 풍랑이 몰아쳤다.

"아니면요?"

"지금은 내가 운영하고 있지만, 할아버지가 운영하시던 예술가 후원 재단은 네 거다. 네 가진 재산도 만만찮지. 너는 고작 피아노를 못 치게 됐다고 널 아주 보통의 여자로 여기는 것 같은데 그렇지가 않아."

"재단에 관심 없어요. 만만찮은 재산이야 부모님이 남겨 주신 거고, 허투루 쓰지도 않았고요."

"그 재산을 만든 건 네 할아버지랑 우리 집안 전부의 도움 덕분이었어! 네가 조실부모하고도 그리 곱게 자란 게 전부 집안의 도움이라는 거야!"

나왔다. 혜옥의 레퍼토리.

"그래서요? 그래서요, 할머니? 그렇게 도움을 받았으니 저도 집

안에 도움 될 일을 하라는 말씀이세요?"

"널 도와준 어른들 말도 좀 듣고 그러란 얘기다. 어디 너 잘못되라고 이러는 거겠어?"

"다 같이 잘되면 더 좋은 거고요?"

"그럼 아니야?"

제영이 실소했다. 가방을 쥔 손에 꽉 힘을 주었다.

"못 나가요."

"박제영!"

"만나는 남자가 있냐고 물으셨죠?"

제영의 반문에 태욱과 혜옥이 동시에 얼어붙었다. 혜옥이 눈을 가름하게 뜨고 제영을 아래서 위로 훑었다.

눈빛이 의미하는 바가 너무 명확했다. 어디서 몸을 함부로 굴리고 다니는 건 아닌지, 집안에 폐를 끼치려고 쉽게 구는 건 아닌지를 의심하는 거다.

"사귀는 남자는 없어요. 그런데 키스하고 자고, 저 좋다는 남자는 있네요."

"너!"

내친김에 시원하게 뱉어 버렸다. 제영이 말을 끝내기 무섭게 혜옥이 몸을 일으켜 제영의 뺨을 내리쳤다.

"어머님! 괜찮으세요?"

제영이 화끈거리는 뺨을 감쌌다. 얼얼한 느낌과 함께 뜨겁게 열이 올라왔다. 나이도 있으신 분이 힘이 참 좋았다.

차라리 이렇게 한 대 맞고 나니 속은 시원했다.

"어디서 몸을 함부로 굴리고 다녀! 네 아비가 널 어떻게 키웠는데! 네 할아버지는!"

"곱게 잘 키워 주셨죠. 이 남자나 절 제대로 알지도 못하는 남자나 저 좋다고 한번 만나 보자고 할 정도로요."

제영의 말에 혜옥이 세상이라도 무너진 얼굴을 하고는 주저앉았다. 태욱이 연신 어머님 해 가면서 혜옥을 부축해 제대로 앉혔다.

"몸을 함부로 굴리고 다녀도 손톱만 한 도덕 관념은 있거든요. 그래서 죄송하지만, 종숙이 말씀하시는 그분은 못 만나겠네요."

"제영아. 너 잠시 이 작은아버지랑 따로 얘기 좀 하자."

"아뇨. 가 보겠습니다."

제영이 대충 고개를 숙여 인사하고 혜옥의 방에서 나왔다. 문을 열자마자 화들짝 놀라 눈을 동그랗게 뜬 제윤이 보였다.

제영이 제윤을 한 번 흘긋 보고는 귀찮다는 얼굴로 지나쳤다. 집을 나서려는데 부엌에서 태욱의 아내인 정미까지 목을 길게 빼들고 제영을 살폈다.

내친김에 나와서 붙잡으려는 걸 제윤이 다급하게 손을 내저으며 말렸다. 제가 대신 붙잡겠다는 거다.

신발을 신고 야무지게 나서는 제영의 뒤로 슬리퍼만 급하게 꿰어 신은 제윤이 따라붙었다. 마당을 가로지르는데 제윤이 제영의 어깨를 꽉 붙들었다.

"너 만나는 남자 있었어?"

제영이 제 어깨를 붙잡은 제윤의 손부터 치워 냈다. 도대체 이 집안 사람들은 쉽게도 사람을 붙잡고 만져 댔다. 제영의 얼굴에 짜증이 가득했다.

"엿들었어?"

"아니, 큰 소리가 나기에……. 들려서."

"아까 네가 한 말을 내가 전하나 안 하나 궁금해서 들었겠지."

제윤이 민망하다는 듯 얼굴을 붉혔다간, 곧 당당한 체하며 팔짱을 꼈다. 그런 제윤을 제영이 피식 웃으며 쏘아보았다.

"그래. 좀 들었다! 근데 뭐? 어차피 아빠가 전해 주실 거 내가 좀 먼저 듣는다고 큰일 나냐?"

"네 아버지가 내가 한 말까지 다 전하진 않으실 텐데."

"야!"

"귀 아파. 소리 지르지 마. 네가 한 말 그대로 너라도 내보내라고 말했어. 들었을 거 아냐. 용건 끝났니?"

제영이 제윤에게 등을 돌렸다. 제윤이 다급하게 이젠 아예 그녀의 앞을 막고 섰다.

"안 끝났어! 너 남자 만나냐니까?"

"들었잖아. 사귀는 남자는 없다고. 그리고 그게 너랑 무슨 상관인데?"

"잤다며!"

제윤이 눈을 반짝이면서 말했다. 이건 사람을 앞에 두고 사람이 아니라 가십지 취급이었다. 제영이 헛숨을 내뱉었다.

"내가 남자랑 잔 것도 동네방네 소문내고 다니려고?"

"아니? 누가 그렇대? 그리고 네가 뭐라고 내가 소문을 내고 다니냐? 어차피 학교에서는 너한테 관심 한 톨 있는 애들도 없어! 그냥 내가 궁금하니까 그렇지.”

“하아…….”

“아! 그러고 보니까 너 그때 그 남자야? 잤다는 거? 맞지? 그렇지?”

“제발 나한테 관심 좀 꺼.”

제윤이 제영의 말에 눈을 흘겼다. 아래위로 둘러보는 시선이 혜옥을 닮았다. 어쩜 혜옥과는 피 하나 안 섞인 제윤이 제영보다 더 혜옥을 닮았다.

제영이 피식 웃었다. 제윤의 어깨를 치고 지나쳐 나가는 걸음이 빨랐다.

“웃겨. 누가 저한테 관심을 가진다고.”

제윤이 들으라는 듯이 소리 높여 말했다.

“아직도 제가 주니어 콩쿠르 쓸고 다니던 피아니스트인 줄 아나. 그게 몇 년 전 일인데!”

제영이 입술을 꾹 깨물고 제윤의 말을 무시하려 애썼다.

“돈이나 좀 가진 장애인 주제에. 웃겨 진짜!”

제윤이 돌아 집으로 들어가는 걸음 소리가 거칠게 들렸다. 기어이 대문 앞에서 발을 멈추고 만 제영이 고개를 푹 숙이고 웃었다.

이곳만 오면 대체가, 좋은 기분으로 가는 일이 없었다.

* * *

[나 방송 한다.]

[야, 나 방송 한다고 방송.]

[박제영.]

[씹냐?]

[나한테 관심이 이렇게 없어?]

[야.]

[무슨 일 있어?]

메시지를 몇 개나 보내도 제영이 대답이 없었다. 아예 확인도 하지 않는지 대화 창의 숫자도 사라지지 않았다. 이성이 입술을 매만지며 휴대 전화 속 메신저 화면만 내려다보았다.

"진짜 무슨 일 있나⋯⋯."

문득 걱정이 솟구쳤다. 감기에 걸린 게 심해져서 아파서 쓰러졌나? 아니면 가뜩이나 컨디션이 나쁜 제영에게 그 빌어먹을 학교의 학생이란 놈들이 또 지랄을 떨었나? 그래서 스트레스라도 확 받아서 무슨 일이라도 쳤나?

짚이는 게 너무 많았다. 불안한 생각이 꼬리에 꼬리를 물고 불어났다. 이성이 다급하게 소파에서 일어났다.

"어휴 진짜 박제영!"

제영의 집까지 찾아갈 심산으로 자동차 열쇠까지 챙겼다. 그리고 잰걸음으로 현관 앞에 선 이성이 문을 열자.

"⋯⋯박제영?"

메시지를 깡그리 씹어 이성을 걱정시켰던 바로 그 박제영이 서 있었다.

"야 너 메시지 보낸 건 죄 씹고 지금 여기서 뭐 하냐? 사람 걱정 시키는 방법도 가지가지다 진짜!"

"연주해 줘."

"……뭐?"

"아무거나 연주 좀 해 달라고. 네 연주 듣고 싶어서 왔어."

제영이 이성을 올려다보면서 말했다. 아무 일 없다는 듯 차분한 목소리였다. 연락은 죄 무시하고 사람을 걱정시키더니, 갑자기 나타나서 한다는 말이 연주를 해 달란다.

이성이 욱해서 뭐라고 한 소리 하려다가 멈췄다. 제영의 눈빛은 하나도 차분하지 않았다. 덤덤한 얼굴에 숨은 눈동자의 흔들림이 그제야 보였다.

"너, 무슨 일 있었어?"

"윤이성까지 나한테 이것저것 캐묻지는 말았으면 좋겠는데."

"있었구나."

"아. 네 연주가 비싸다고 그랬나."

제영이 까치발을 들고 이성의 뺨에 입 맞췄다. 이성의 눈이 단숨에 동그랗게 커졌다.

"이걸로 돼?"

"어? 어……. 어어. 돼. 아니, 그 하려면 기왕에 입술에다가, 아니. 아니다. 돼. 충분해. 어, 그래. 되니까 일단 들어와!"

제영이 열린 문 너머로 들어갔다. 그런데 이성은 여전히 현관문만 붙잡고 섰다. 그러다간 기어이 풀썩 주저앉았다.

'쟨 도대체 누굴 죽이려고 저러냐.'

주저앉은 이성의 얼굴이 온통 새빨갰다. 거실 피아노 의자에 대충 앉은 제영이 이성을 채근했다.

"왜 안 들어와?"

"어, 어! 가!"

이성이 제 뺨을 두 손으로 철썩 쳤다. 쉽게 돌아오지 않는 정신을 다잡자는 뜻이었지만, 제영이 먼저 다가와 뺨에 입을 맞춘 충격은 아직 가시지 않았다.

기어이 심호흡까지 하며 이성이 애써 멀쩡한 척을 하고 거실로 갔다. 피아노 앞에 앉은 제영을 보자 그제야 조금 차분해졌다.

"뭐가 듣고 싶어?"

"아무거나."

"⋯⋯진짜 아무거나?"

"응."

쟤가 지금 뭔가를 생각하고 할 겨를도 없구나.

이성이 판단한 지금의 제영은 그랬다. 그가 제영의 옆으로 가서 자리를 잡고 앉았다.

뭘 쳐 줘야 좋을까.

이성이 오른손을 가볍게 건반 위에 올렸다. 건반을 누르는 손가락이 지독하게 성의 없었다. 그의 얼굴엔 언제 얼빠진 적이 있었냐는 듯 익살스럽기까지 한 표정이 깃들었다.

도 도 솔 솔 라 라 솔.

파 파 미 미 레 레 도.

피아노를 모르는 사람도 칠 수 있는 간단한 동요였다. 〈작은 별〉.

제영이 인상을 구겼다.

"뭐야."

"뭐긴 뭐야. 아무거나 괜찮다며. 작은 별도 나름대로 모차르트가 작곡한……"

"그러니까 제대로 치라고."

제영의 핀잔에 이성이 입술을 내밀며 고개를 끄덕였다. 제영이 먼저 입술을 부딪쳐 오기까지 했는데 아무리 장난이었더라도 성의가 없긴 했다.

다시금 이성이 건반을 눌렀다. 여전히 〈작은 별〉. 하지만 작은 별 하나의 반짝임이 이성의 두 손에서 통통거리며 펼쳐졌다.

옅은 울림이 흐려졌다간 다시금 반짝이는 별처럼 튀어 올랐다. 작은 별 하나가 둘, 셋, 넷.

별 하나가 실개천의 흐름이 되어 오후의 햇살 사이를 유영했다.

Mozart 12 Variations on "Ah vous dirai-je, Maman".

열두 개의 변주는 오래도록 이어질 예정인지라, 제영은 쓸쓸하다 못해 소태 같았던 기억을 잊고 눈을 감았다. 그녀의 고개가 자연스레 이성의 어깨로 떨어졌다.

건반의 낮은 자리와 높은 자리를 오갈 때마다 흔들리는 어깨를 따라 제영의 고개도 가볍게 같이 흔들렸다.

네 번째 변주를 앞두고 잦아드는 소리 사이로 제영의 허밍이 섞이기 시작했다. 다시금 힘을 얻어 실개천에서 은하수까지. 제영의 허밍은 이어지는 연주를 부드럽게 감싸는 듯했다.

메이저에서 마이너로 변하는 부분에서 잠시 서글퍼지는가 싶었던 연주는 다시금 메이저로 돌아와서.

웅장하게 퍼져 나가며 빠르게, 빠르게 저의 빛을 자랑하며 반짝이다가는 마지막 빛을 내 비추었다.

"제대로 치셨다."

연주를 마치자마자 퉁명스럽게 뱉는 이성의 말에 제영이 픽 웃었다. 그녀가 이성의 등을 가볍게 퉁퉁 두드려 주었다.

"제대로 들었어."

신기한 일이다. 정말로 이성의 연주를 듣고 나니 한결 마음이 가벼워졌다. 복잡한 생각과 불편한 마음이 다 가시진 않았지만, 저 구석 어딘가로 물러났다.

"제대로 들은 것 같네. 우중충하던 꼬락서니가 좀 봐 줄 만해진 거 보니까."

이성이 제영의 이마에 제 이마를 맞대듯 콩 부딪치며 말했다. 제영이 이성을 흘겼다. 이성의 높은 콧대 덕에 그의 코끝과 제영의 코끝이 맞닿았다.

그대로 턱을 조금만 꺾어서 더 가까이 다가가면, 이성은 제영의 입술을 훔칠 수 있었다. 당장에라도 더 다가가고 싶은 마음이 불쑥 솟았다.

"나 좋아한다며."

먼저 물러나 주기라도 하지. 이성이 속으로 애꿎은 제영의 탓을 했다. 이마를 맞댄 그대로 입술을 오물거리며 말하는 제영 덕분에 이성의 실낱같은 자제력이 끊기기 직전이었다.

"……어."

"윤이성은 좋아하는 사람한테도 말을 그따위로 해?"

"어?"

물어보긴 했지만, 달리 답을 바라지는 않았다. 제영이 이성이 원하는 대로 먼저 물러나 주었다. 이성이 고개를 돌리고 몰래 한숨을 내쉬었다.

"날 정말로 좋아해?"

제영이 다시금 물었다. 이성의 답은 단호했다.

"정말로 좋아해."

그리고 제영을 바라보았다. 그녀의 눈빛은 저를 향하지 않았다. 어딘가 먼 곳을 보는 그 시선에서, 이성은 느꼈다. 이건 단순히 박제영이 윤이성의 마음을 의심해서 묻는 게 아니라는 걸.

"왜. 누가 또 너 좋대?"

"내가 아니라, 아마 내 연주가."

뭔가 있긴 있었네.

제영이 갑작스레 저의 집 앞으로 찾아오고, 숨기지 못한 분과 슬픔을 담은 눈을 했던 데는 이유가 있었던 모양이다.

이성은 궁금했다. 궁금하지만, 물을 수는 없었다. 제영은 처음부터 제게 무언가를 캐묻지 말라고 경고했다. 본래의 윤이성이라면 경고 따위 아랑곳하지 않고 제멋대로 굴었을 테지만 제영에게는 그럴 수 없었다.

좋아하니까.

"넌 내가 왜 좋아?"

제영이 다시금 물었다. 물어보고 싶은 게 많은 건 이성이건만 그에게는 기회가 없었다. 지금은 다만 제영의 물음에 섞인 투정을 들어 주어야 할 따름이었다.

"나의 뭐가 좋아?"

명확히 물음의 형태를 띠고 있었지만, 답을 원하는 것처럼은 안 들렸다. 제영은 텅 빈 목소리로 말하고 있었다. 이성은 괜히 목덜미를 긁적였다.

제영이 우스갯소리를 덧붙였다.

"이것도 대단하신 윤이성 씨한테 들으려면 대가가 필요해?"

"그냥."

"그냥 대답할 거야?"

"아니 그냥 좋다고."

"그냥?"

제영의 미간에 주름이 졌다. 그냥이라는 답이 그녀에게 가볍게 닿았던 탓이다. 늘 가볍고 제멋대로인 이성다웠다. 하지만 그렇다고, 마음에 차는 답이었다는 건 아니다.

이성이 먼저 일어났다. 그러고는 괜히 이유 없이 피아노를 가운데 두고 거실을 빙빙 돌았다.

"이유가 없던데? 그냥 어느 순간 깨달아서 보니까 내가 널 좋아하더라. 어, 음. 뭐 처음엔 이유도 찾아보려고 했거든? 뭐, 네가 거지같이 살던 나를 시궁창에서 꺼내 줘서라든가 뭐 그런 거 있잖아."

"구원자 같은 거?"

"씨발 닭살 돋게! 무슨 그딴 호칭을 본인한테 붙여."

제영이 입술을 깨물고 이성을 노려보았다. 당장에라도 달려들어 한 대 칠 기세라, 이성이 괜히 두 손을 들어서 항복하는 제스처를 취했다.

"계속해 봐."

"그냥. 진짜 그냥. 네가 하는 게 다 싫으면서 좋던데."

"그건 또 무슨 소리야."

"알 바냐. 나도 내 마음을 모르겠는데."

이성이 씩 웃었다. 장난기 가득 어린 미소에 결국 제영도 웃음을 터뜨렸다. 뭘 어쩌자고 물어봤을까. 잘 모르겠다. 아아. 옅은 소리를 내면서 제영이 두 손에 얼굴을 묻었다.

제영이 별 이유 없이 제게 물은 걸 그녀만큼이나 잘 아는 이성이었다.

"물이나 마셔야겠다."

제영에게 혼자 생각할 시간이 필요해 보였다. 말로 하지 않아도 읽히는 것들이 생겼다. 그녀와 지난 주말 함께 나누었던 연주 때문일까.

괜스레 목마른 탓을 하며 이성이 부엌으로 갔다. 주머니에 손을 꽂아 넣는데 차 열쇠가 달그락거리며 손톱에 부딪혔다.

이성이 고개를 빼꼼하게 빼고 제영에게 물었다.

"야 불청객, 너도 손님인데 마실 것 좀 줘?"

가방에서 휴대 전화를 꺼내 보던 제영이 이성을 바라보았다. 그녀가 이성에게 답했다. 동문서답이었다.

"너 방송 나가?"

이성이 갑자기 튀어나온 제영의 물음에 애꿎은 물만 한 모금 마셨다.

"……응."

제영의 표정이 묘해졌다. 휴대 전화 화면과 이성을 번갈아 바라보던 제영이 한숨을 내쉬었다.

* * *

이성은 어쩐지 죄인처럼 앉아서 구구절절 그간의 상황을 고하게 됐다. 제영은 팔짱을 끼고 앉아서 들었다.

"뭐, 그렇게 됐어."

"정말 가지가지……."

제영이 한숨을 푹 내쉬며 핀잔을 놓았다. 이성이 언제 쪼그라져 있었냐는 듯 허리를 곧게 펴고 앉았다.

"뭐. 왜. 뭐가 가지가진데? 너도 내 얼굴 써먹었잖아."

"그럼 써먹을 수 있는 걸 굳이 묵혀?"

"근데 뭐."

"그래도 가려 가면서 내보냈어. 대중 매체 오래 나오는 게 클래식 피아니스트한테 그렇게 좋진 않은 거 알잖아."

이성이 어깨를 으쓱였다.

"내가 먼저 한다고 했나."

"애초에 멋대로 하겠다고 고집부리고 부딪치느라 거절도 제대로 못 한 거 아냐. 원래 드뷔시 쇼팽이랑 놀던 인간이 무슨 고집으로 갑자기 베토벤은 베토벤이야?"

"베토벤이 어때서?"

제영이 입술을 꽉 물었다. 이성은 여전히 당당했다.

"너 그거, 비창 때문이잖아. 공연에 사심 섞지 마."

제영의 생각에, 이성이 굳이 공연의 마지막 곡을 〈비창〉으로 잡은 건 분명 저번에 별장에서 함께 한 연주 때문이었다. 누구보다 날카롭고 섬세한 스타일의 연주를 하는 이성이었다.

그가 가진 그 기질을 끌어낸 건 다름 아닌 제영이었다. 그날의 연주에서 윤이성이 무엇을 느꼈을지, 제영은 제법 명확하게 알았다.

분명 대단한 연주를 보여 줄 것이었다. 하지만 이성의 이야기에서 들은, 그 매니지먼트의 '새로운 대표'라는 자의 우려는 텅 빈 객석 따위를 제하면 제영도 똑같이 했다.

마지막 곡만 〈비창〉으로 잡아도 생뚱맞을 판에, 아예 그 곡을 살리자고 세트리스트 전체 테마를 베토벤으로 잡다니.

윤이성의 고집과 또라이 기질도 어지간했다.

"지금 내가 제일 잘 표현할 수 있는 곡을 연주하겠다는데 그게 나쁘냐?"

"그 덕에 이미지 소모 과하게 돼서 내가 만든 윤이성을 망치게 생겼으니까."

이성이 슬그머니 웃으면서 허리를 숙였다. 본래 앉아도 껑충하게 제영보다 눈높이가 높은 이성이 지금만큼은 제영을 올려다보았다.

그가 음흉하게 웃었다.

"내가 다른 여자 꼬시는 게 싫은 건 아니고?"

세상 황당한 소리를 다 들었다. 제영이 인상을 확 구겼다.

괜히 농담을 건넸던 이성만 머쓱해졌다. 이성은 아무 말도 안한 것처럼 고개를 돌리고 딴청을 피웠다.

"헛소리할래?"

"헛소리라고? 내 연주에 섹시하다, 반했다 후기 남기는 리스너들 얼마나 많았었는데!"

"윤이성이 누구를 꼬시든 말든 그게 나랑 무슨 상관이냐고."

이성이 제영의 단호한 대답에 입술을 삐죽였다. 저만 제영을 좋아하고, 그녀는 아닌 걸 잘 알았다. 하지만 이렇게 굳이 확인 사살을 시켜 줘야 할 일이냔 말이다.

제영이 얕게 한숨을 내쉬었다. 팔짱을 낀 채 팔꿈치를 손끝으로 톡톡 두드려 가면서 고민했다.

할아버지의 도움이 컸지만, 결국 지금의 윤이성을 만들어 낸 건 제영 자신의 노력이 컸다. 잘 따라와 준 이성의 노력을 폄하하겠다는 게 아니라, 사실이 그랬다.

인정하려 들지 않겠지만 제영은 이성에게 어느 정도는 소유욕을 갖고 있었다. 자신이 만들어 낸 윤이성이라는 스타 피아니스트에 대해서.

제영이 손을 내밀었다.

"뭐? 왜?"

"줘."

"그러니까 뭘?"

"휴대 전화 달라고."

"왜?"

"직접 들어 보게."

이성이 휴대 전화를 꺼냈다. 친절하게, 제게 그 호랑 말코 같은 방송을 연결한 이형찬의 사무실 직통 번호까지 띄웠다.

다만 그대로 휴대 전화를 허공으로 높이 올렸다.

"뭐야?"

"이거 주는 건 어렵지 않은데……. 네가 무슨 자격으로?"

제영이 앉은 자리에서 일어났다. 이성의 키가 큰들 앉아서 뻗은 손에 일어난 제영의 손이 닿지 않을 정도는 아니었다.

곧 제영이 이성의 휴대 전화를 손에 넣었다. 그녀가 막힘없이 통화 연결 버튼을 눌렀다.

"네 스폰서."

이성이 저도 모르게 입꼬리를 씩 올려 웃었다. 얼마 전까지만 해도 계약 종료다, 나는 이제 네 스폰서가 아니다, 하고 딱 자르던 제영이었는데. 다시 그녀가 인정했다. 박제영과 윤이성 사이에는 연결 고리가 있다고.

내 스폰서. 그렇게 제영의 번호를 저장해 두었던 이성이었다. 새삼스러운 기분이 들었다. 더구나 박력 있는 제영의 대답에 괜히 가슴까지 설렜다.

* * *

형찬은 '두근두근 심포니'에 이성의 출연을 확정하면서 바빠졌다. 3년이나 두문불출이었던 스타 피아니스트를 끌어냈으니 방송의 화제성이야 이미 떼 놓은 당상이나 다름없었다.

이걸 이용할 생각이었다. 제영에게 다가가기 위해 유성 매니지먼트와 재단을 물려받은 형찬이었으나, 그의 사업가 기질은 여태처럼 수익성 없이 굴러가는 사업체를 그대로 둘 수 없게 했다.

해서 그는 재단은 재단대로 유성 그룹의 이미지를 위한 사업을 확장하고, 매니지먼트는 반대로 수익을 향상할 방향을 꾀하고 있었다.

매니지먼트 사업에서 돈이 되는 건 결국 연예계 사업이었다. 형찬은, 지금까지는 구색만 갖추었던 유성 매니지먼트의 연예 사업 쪽을 제대로 키워 볼 생각이었다. 그 처음은 신인 배우와 예능인의 발굴이었다.

이성을 무기로 유성 매니지먼트에 소속된 신인을 두엇 끼워 넣기로 약속했다. 누굴 보냈을 때 가장 효과가 좋을지 고르는 과정이었다.

최종적으로 후보를 골라 올린 서류가 형찬의 책상 위에 어지럽게 널려 있었다. 고심하는 형찬의 집중을 깨트린 건 별안간 노크하고 들어온 비서였다.

"저, 대표님. 전화가 왔는데 받아 보시겠습니까?"

"전화? 급한 거 아니면 비서실에서 알아서 커트하라고 전해 두었습니다만."

"그게, 일단 윤이성 피아니스트의 번호로 온 전화라서요."

"윤이성 씨의 번호로 온 전화라."

전화 건 사람이 당사자는 아니라는 뜻이다.

"누구라고 하죠?"

"본인을 윤이성 피아니스트의 후원자라고 밝히셨습니다."

형찬이 의아한 낯을 했다. 그가 알기로 이성의 후원은 그가 국제 콩쿠르에서 우승하고 이름을 알리기 시작한 이후 대부분 종료되었다.

마지막 후원도 3년 전 끝난 것으로 알고 있었다. 마지막 후원자, 박희은의 조부가 그때 사망하며 후원이 잠정 중단되었으니까.

그럼 새로운 후원자가 생겼다는 얘긴가. 매니지먼트도 있는 데다 후원이 필요할 정도로 영세한 예술인도 아닌데, 굳이? 형찬의 얼굴이 더욱 싸늘하게 굳어졌다. 어쩌면 후원이 아니라, 뭔가 다른…….

그래, 사람들이 말하는 '스폰서' 같은 것일지도 몰랐다. 제멋대로에 날 티가 나는 이성을 떠올려 보면 과하게 나간 의심만은 아니리라.

일단 전화를 받아 보면 알게 되겠지.

"연결해 주세요."

형찬이 수화기를 들었다. 곧장 자신을 윤이성의 후원자라고 칭하는 사람의 목소리가 들려왔다.

여자였다. 그리고 생각보다 몹시 젊은 목소리였다.

-윤이성 피아니스트에게 출연을 강권했다는 방송 때문에 전화 드렸어요.

"실례지만 민감한 일에 입 대기 전에 본인을 명확히 밝히는 게 먼저 아닙니까?"

-비서분께 밝혔던 그대로, 윤이성 피아니스트의 후원자입니다.

"그의 후원 계약은 전부 종료된 것으로 아는데요."

형찬이 차분하게 짚어 말했다. 수화기 너머로 한숨과 짧은 침묵이 이어졌다. 형찬은 예의상 잠시 기다려 주었다. 상대방의 답이 딱히 궁금하지 않았지만.

기다려도 답은 들리지 않았다. 상대방이 전화기를 멀리했는지 웅웅대며 저들끼리 무언가 얘기를 나누는 듯한 소리가 들렸다.

형찬이 손끝으로 미간을 짚었다. 윤이성과 친밀감이 있지 않고서야 저런 느낌으로 대화를 할까. 이렇게까지 사사건건 관여를 하고.

불쾌해졌다. 그러잖아도 바쁜데.

"하실 말씀 없으면 끊겠습니다."

-아뇨. 끊지 마세요. 윤이성 씨, 박신환 전 재단장님과 했던 후원 계약은 완전히 종료되지 않았습니다.

예상치 못했던 상대방의 발언에 형찬이 굳었다. 우선 상대방의 말부터 잘못되었다. 유성 매니지먼트와 윤이성을 이어 주었던 그의 첫 번째이자 마지막까지 연을 이어 왔던 후원은 분명히 박신환 전 재단장의 사망 이후 종료되었다.

형찬은 바로 그 윤이성, 그리고 헤븐 하모니와의 실낱같은 연결고리 때문에 유성 매니지먼트를 제 몫으로 받았다. 그런 만큼 회사를 받으면서 이성에 관한 건 전부, 이미 확인을 마쳤다.

"박신환…… 전 재단장님이라면 헤븐 하모니 음악 재단의 박신환 재단장님 말입니까?"

　-네.

"재단장님 사망 이후, 삼일장을 마치자마자 회사로 후원 계약이
종료되었음을 그쪽 변호사가 직접 밝혔는데요."

　-금전적인 후원은 종료된 게 맞지만, 후원가와 후원 대상자 서
로가 원하는 한에서 조언을 주고받는 정도는 가능하다는 단서가
붙었었죠. 그런 만큼 저는 윤이성 씨의 행보에 입을 댈 자격이 있
는 거고요.

"그야……."

　-회사 넘겨받으시고, 계약서 제대로 안 보셨나 봐요?

　젊기보다 어린 것에 가까운 목소리가 차분하게 잘도 따져 왔다.
형찬이 저도 모르게 실소했다. 계약이니 비즈니스니 하는 것들로
제게 싸움이라도 걸어오는 태도였다.

　형찬이 눈을 감고 미간을 손끝으로 주물렀다. 피곤했다. 게다가
어째 어딘가 모르게 익숙한 말투인데. 마치 꼭, 들어 본 적이 있는
것처럼.

"계약 당사자께서는 이미 사망하신 상황인데, 대리인이 갑자기
나서서 계약을 들먹이다니 조금 당황스럽군요."

　-대표님. 대표님 맞으시죠? 이형찬 대표님.

"말씀하시죠."

　-대표님께서 윤이성 피아니스트에게 강권한 방송 포맷이야말로
당황스러워요.

　방금까지 또박또박 어른스러운 태도로 말하던 상대의 목소리에

이제야 어린 기색이 실렸다. 조금 흥분한 것 같기도 했다.

평소의 형찬이라면 짜증부터 올라올 일인데 지금은 조금 달랐다. 덜컥 짜증이 나긴 했는데, 또 막상 전화를 끊자니 대체 무슨 말을 늘어놓을지가 궁금했다.

"그 점에 관해서는 당사자인 윤이성 씨와 충분히 대화를 나누었고, 본인인 윤이성 씨가 직접 출연을 결정하셨습니다."

-공연 세트리스트를 빌미로 방송 출연을 할 수밖에 없도록 하신 건 아니고요?

"대리인분 말씀을 듣자면 제가 윤이성 씨를 제대로 매니지먼트하는 게 아니라, 제 입맛대로 데리고 노는……. 예컨대 무슨 노예상이라도 되는 것 같네요."

-그런 감상적인 말씀을 나누려고 연락드린 건 아니에요.

"뭐, 그러시겠죠."

공연 세트리스트 문제까지 미주알고주알 나불거렸나. 윤이성 씨. 전화 너머의 어린 여자가 여기까지 알고 있는 걸 듣자니 또 울컥 화가 솟았다.

"그래서 감상적이지 않은, 하고 싶은 말이 뭡니까?"

-마치 어린애 투정 받아 주시듯 하시는데, 도리어 대표님 그 태도가 간단하게 용건만 전할 생각이었던 절 돌아오게 했다는 건 아셔야 될 듯하네요.

"그럼 그 간단한 용건만, 윤이성 씨에게 조언을 할 자격이 있다는 분께 들어는 보죠."

-윤이성 피아니스트가 활동 재개한다고 해서 객석이 빌 걸 걱정

하셨다고요. 거기에는 크게 공감할 수 없습니다. 그건 윤이성의 가치를 완벽히 알지 못하기 때문에 할 수 있는 말이죠. 다만 윤이성 씨가 정한 세트리스트가 평론가들에게 먹잇감이 될 수도 있다는 점에서는 저도 동의해요.

다시 차분한 목소리. 이 와중에 여자의 목소리가 듣기 좋다는 생각이 들었다. 형찬은 제가 그런 생각을 했다는 것에 놀라 순간 피식했다.

-대표님께서는 아까부터 절 철모르는 애 취급 하고 계시지만, 나름대로 클래식에는 저도 조예가 있습니다.

"아뇨, 그런 의도는 아니었습니다. 말해 보라고 하고 다른 데 한눈판 것도 아니고요. 계속하시죠."

얕은 한숨이 먼저 들렸다. 이상하게 끌리는 음색이었다. 윤이성 피아니스트, 그리고 박신환 전 재단장이 관련된 사람이라서 그런가. 문득 제영의 피아노가 떠올랐다.

-지금 대표님이 윤이성 씨에게 가져다준 이 프로그램, 아무리 봐도 3년 공백에 더해 더 큰 이미지 손실이나 시킬 겁니다.

"아. 역시 그 용건이었군요."

잠깐 찾아왔던 상대방을 향한 호감은 금세 흩어졌다. 결국 빙빙 돌려 말했을 뿐이었다. 윤이성이 말을 어떻게 전했을지는 모르겠지만, 젊고 어린 애인 겸 후원자 대리인에게 얼마나 징징댔을지는 상상이 갔다.

너를 두고 어떻게 다른 여자를 꾀어내는 피아노를 치냐, 뭐 그 따위의 시답잖은 이야기를 했겠지.

그 남자의 피아노는 어린 제영, 박희은의 피아노를 지독하게 닮았는데 사람은 어찌나 가벼운지.

"미안할 일인지는 모르겠습니다만, 이미 출연 확정을 끝냈습니다. 윤이성 씨 본인의 확답을 듣고 벌써 제작사와 출연 계약도 마쳤고요."

-뭔가 오해하시는 듯한데, 출연 계약 확정이야 저도 알고 있습니다. 그걸 물러 달라고는 할 생각도 없고요.

"그럼 대체 원하는 게 뭡니까?"

형찬이 인상을 일그러뜨렸다. 이도 아니고 저도 아닌 통화가 길어졌다. 오늘 중으로 이성과 함께 '두근두근 심포니'에 출연을 제안할 신인 리스트를 보내야 했다.

-계속 같은 말씀 드리고 있었어요. 단도직입적으로 말씀드려요? 윤이성 피아니스트의 이미지 소모가 심할 걸 우려하고 있다고요.

"그래서요?"

-연주 외에 다른 신변잡기나 사설, 사연 팔이 같은 건 없어야 할 겁니다. 윤이성 피아니스트, 여태 방송 출연 한 번도 안 해 본 건 아니지만 필요 이상의 노출은 단 한 번도 없었던 사람이에요. 박신환 전 재단장님께서 방침을 그렇게 정하셨었고, 저도 그 방침을 이어 갈 참이니까요. 애초에 윤이성 피아니스트를 다른 곳이 아닌 유성 매니지먼트에 소속하도록 한 것도, 이러한 지침을 여태 지켜 주셨기 때문이에요. 대표가 바뀌었다고 기본을 어기는 건……

"그 정도는 본사에서도 생각하고 있습니다."

-어련하시겠어요. 좋은 홍보용 방송 잡아다 주셨는데.

누가 들어도 아직 어린 목소리가, 퍽 당당하게도 비꼬았다. 집안이 그만큼 대단한가 싶었다. 형찬도 집안이라면 적어도 대한민국 내에선 밀리지 않는데 말이다.

생에 다시 들을 리 없을 듯한 말을 들었다. 그의 머릿속에서 잊지 못할 소녀의 한마디가 맴돌았다.

"어련하시겠어. 다 가지고 태어난 집안 아드님께서. 세상을 다 쥐고 흔들 수 있을 것 같죠?"

그래. 들려오는 목소리가 불쾌하면서도 흥미를 끌었던 이유가 여기에 있었던 모양이다. 사춘기 시절의 형찬에게 각인되었던 바로 그날을 떠올리게 해서.

별것도 아닌 이유였다. 그가 다시금 실소했다. 그러거나 말거나 전화 너머 윤이성의 새 스폰서, 아니 박신환 후원가의 대리인은 여전히 당당했다.

-얼마나 잘, 매니지먼트를 해 주시는지 지켜보겠습니다. 용건 끝났어요.

그리고, 곧바로 뚝 하고 전화 끊기는 소리가 들렸다.

"끊었어?"

호감이 갔다가, 불쾌했다가. 또 어디까지 하나 들어 보던 목소리가 멀어졌다.

형찬이 황당한 얼굴로 전화가 끊어진 수화기를 내려다보았다.

"뭐야? 이 여자."

* * *

　전화를 끊은 제영이 짜증 가득한 눈으로 이성을 노려보았다. 이성은 조금 놀란 눈으로 제영을 보고 있었다. 솔직히 제영이 보기에 조금 얼빠진 얼굴처럼 보였다.

　"너 진짜 사회생활 잘하는 사람처럼 말한다."

　"사회생활 잘하는 사람이 뭔데?"

　"뭐, 되게 전문적이라고. 네 할아버지처럼."

　"할아버지가 대리해 주시긴 하셨지만, 예전부터 결정은 대부분 내가 직접 했어. 그쪽에 대한 거."

　이성이 대단하다는 얼굴로 고개를 끄덕였다. 내친김에 손뼉까지 쳤다.

　"어련하시겠어요."

　"뭐?"

　"아홉 살이나 많은 남자를 이 잡듯이 잡았던 여잔데."

　그러고는 하는 말이, 제영이 전화로 비아냥거리던 말을 그대로 따라 한 것이었다. 제영이 단번에 눈을 희게 뜨고는 이성을 노려보았다.

　"죽을래?"

　"아니! 죽으면 너 못 좋아하잖아."

　장난스러운 태도였다. 더 화를 내야 할 타이밍인데 제풀에 힘이 빠져 버렸다. 결국 제영이 피식 웃고는 말았다. 저를 좋다고 하는 이성의 말을 듣자니 이상하게도 그렇게 되었다.

좋다는 사람 얼굴에 침은 못 뱉는 건가.

"근데, 바뀐 게 없잖아."

"뭐가?"

"네가 통화를 하긴 했어. 대표 새끼랑. 근데 나는 여전히 두근두근인지 지랄 염병인지 하는 방송에 출연을 해야 해."

"그래서?"

"바뀐 게 뭐야?"

제영이 손에 든 이성의 휴대 전화로 그의 가슴을 쿡 찔렀다. 얼결에 휴대 전화를 돌려받은 이성이 괜히 끙끙대며 엄살을 부렸다.

"비공식적이든 공식적이든 내가 네 스폰서가 됐잖아. 다시."

"아. 그냥 하는 말 아니었어?"

"대표씩이나 되는 사람 앞에서 빈말하겠니?"

이성이 좋아 죽겠다는 듯 입꼬리를 올려 씩 웃었다. 그러고는 덥석 제영을 끌어안았다.

"새삼 예뻐 죽겠네!"

"아 좀!"

"내 앞에서만 인정해도 좋아 죽을 일인데 아예 공언하셨어? 예뻐 죽겠네! 이거 진짜!"

"놓으라고 좀!"

이성이 제영의 말을 깡그리 무시하고 도리어 그녀를 더욱 꽉 끌어안았다. 발버둥 치던 제영이 포기하듯 몸에 힘을 풀었다.

"그리고 너한테만 말하면 무슨 소용이야."

"어?"

"그쪽에 널 함부로 휘두르지는 못하게 할 거라고 선전 포고 해야 해서 꺼낸 말인데."

이성이 고개를 끄덕였다. 이유야 어쨌든 제게 나쁠 게 없는 통화였다. 그저 지금은 끌어안은 제영이 몹시 사랑스러워서, 이 사랑스러움에만 집중하고 싶었다.

"좀 놔!"

제영은 아닌 모양이었다.

"오늘만 좀 안고 있으면 안 돼? 연주도 해 줬잖아!"

"그건 선불로 받았잖아!"

"그럼 이것도 다른 곡 선불로 해!"

제영이 고개를 들어 이성을 똑바로 바라보았다. 제영의 눈이 번뜩이는 게 어째 불안했다. 이성이 괜스레 긴장하며 침을 꿀꺽 삼켰다.

"진짜 다음 연주 선불로 해?"

"어……."

"난 안 아쉬워. 해?"

제영의 박력에 밀렸다. 이성이 슬그머니 손을 풀었다. 제영은 안겨 있는 동안 뻐근했던 팔부터 슬슬 돌려 풀었다.

그녀가 자리에서 일어섰다. 가방까지 챙기는 걸 보면 이만 돌아가려는 듯했다. 이성이 덥석 제영의 손을 잡으려다가 말았다.

보이는 손목이 너무 가늘었다. 분명 3년 만에 처음, 다시 만났던 날에는 아무렇지 않게 붙잡았던 듯한데.

"볼일 끝났지? 그럼 간다."

"어디 가는데? 가지 마라. 그러지 말고 나랑 놀아 주면 안 돼?"

손을 붙잡을 수는 없으니 애꿎은 옷자락만 쥐었다. 티셔츠 자락을 붙잡힌 제영이 이성을 돌아봤다.

무슨 애 같은 시늉이지.

제영이 고개를 모로 기울였다.

"네가 뭐라고 같이 놀아 줘?"

"음…….."

무작정 꺼낸 말이라 마땅한 대답이 떠오르지 않았다. 끙끙대는 이성을 보고 제영이 그의 손을 치워 냈다.

이성이 이번엔 슬그머니 제영을 안았다. 제영이 치워 내려는 것을 무시하고 조금 힘을 주어 끌어안기까지 했다.

"왜 이래? 징그럽게!"

"……내가 징그러워?"

"지금 이러는 게 징그럽다고!"

"너 손목 붙잡고 억지로 멈춰 세우고 이런 건 싫어하니까."

이성의 답에 또박또박 대꾸하던 제영이 입을 꾹 닫았다. 단언컨대 제영의 주변에서 가장 남의 불편을 신경 쓰지 않을 사람이 이성이었다. 그렇게 생각했다. 심지어 이성이 저에게 마음이 있다고 여기면서도, 그가 저를 배려하는 모습은 상상치도 못했다.

늘 제멋대로 밀고 들어오고, 들이박고, 저 원하는 대로만 오고, 가고.

그런 사람이 박제영이 아는 윤이성이었다. 그런 그가, 제영이 싫어하는 것이 무엇인지를 알고는 배려했다. 배려의 방법이 조금 틀려 먹기는 했지만.

저도 모르게 제영의 뺨이 조금 상기되었다. 그녀가 제 몸을 감싼 이성의 팔을 풀어냈다. 어색한 얼굴로 이성이 제영에게서 물러났다. 다시 옷깃이라도 잡을 참에, 제영이 입을 열었다.

"좋아하는 티 좀 그만 내라니까."

툴툴거리는 듯해도 제영치곤 말투가 한없이 부드러웠다. 거기다 대상이 윤이성인데도 말이다. 이성은 본능적으로 눈치가 발달한 타입이었다. 고로 제영의 기분이 썩 나쁘지 않음을 곧장 알아봤다.

"좋아하는데 티를 안 내면 멍청이지. 난 그런 짓 안 해. 아무튼! 같이 놀자니까?"

"이봐요, 윤이성 씨."

"그러지 말고 상냥하게 불러 줘라. 윤이성 씨가 뭐냐? 내 피아니스트……. 뭐 그런 말도 있는데."

"하…….."

헛숨을 내쉬면서도 기어이 제영은 웃음을 터뜨리고야 말았다. 짧은 웃음이었지만 분명 비꼬듯 나온 기분 나쁜 웃음은 아니었다.

이 정도는 괜찮지 않을까?

제영이 먼저 이성의 손을 깍지 껴 잡았다. 그래 놓고서는 표정만 엄하게 굳히곤 이성을 흘겨보았다.

"뭐 하고 놀 건데? 마음에 안 들기만 해."

이성이 대답 대신 익살맞게 씩 웃었다. 어울리잖게 개구쟁이 같은 미소였다.

"타."

놀자더니 집에서 놀자는 뜻은 아니었던지, 이성은 대뜸 제영을 차에 태웠다. 어디 뭘 어쩌나 보자는 태도로 제영은 얌전히 이성을 따랐다.

도로를 따라 달린 차가 멈춘 곳은 백화점 앞이었다. 이성이 듣고 있던 클래식 음악을 멈추고 차 키를 발레파킹 도우미에게 맡겼다. 차에 놓인 선글라스를 쓰고 먼저 내린 이성이 도우미를 제지하고 제영이 탄 보조석 문을 직접 열었다.

"뭐야? 안 어울리게."

"안 어울려?"

"윤……. 그쪽이랑 여자 에스코트하는 거랑 어울려?"

제영이 이성의 이름을 부르려다 주변을 살피곤 얼버무리며 말했다. 이름은 얼버무리면서도 제 할 말은 꼭 다 한다.

이성이 어깨를 으쓱였다. 내친김에 씩 웃으면서 제영에게 손까지 내밀었다. 이성의 곧게 뻗은 길쭉한 다리와 슬림하지만 탄탄한 허리는 앞태도 뒤태도 완벽한 남자의 몸이었다.

눈을 가려도 오뚝하게 솟은 콧대와 날렵한 턱 선 아래 자리 잡은 묘하게 색기 도는 입술이 완벽하게 삼박자로 어우러졌다.

순간 이성의 입꼬리가 씩 올라가며 시원하고 매력적인 미소를 그렸다.

"정말 안 어울려?"

제영이 순간 말을 잊고 멈칫했다. 겉모습만 보면 이성은 현대적으로 재해석한 백마 탄 왕자님, 그 자체였다. 아니, 차가 검은색이니까 흑마 탄 왕자님이라고 해야 하나.

밝은 갈색의 머리칼이 햇볕을 받아 반짝이는 것까지 완벽한 왕자님의 모습이라지만.

"네 속 알맹이를 아는 내 입에서 어울린다는 소리가 나올 것 같아?"

제영이 이성의 내민 손을 무시하고 몸을 비켜 차에서 내렸다. 민망해진 손을 가져와 괜히 비비면서 이성이 입을 꾹 다물었다.

그러나 언제 민망해했냐는 듯 곧장 제영에게 따라붙는다.

"어디로 가서 뭘 하고 노나 싶어서 군말 없이 따라오긴 했는데."

"했는데?"

"웬 백화점이야? 평범한 데이트 놀이라도 하자고?"

"비슷한데."

이성이 제영의 손을 깍지 껴 잡았다. 맞물려 잡히는 손에서 온기가 느껴져 제영이 제 손을 흘긋 바라보았다. 가만두면 제대로 펴지지도 오므라들지도 않아 어색한 약지와 소지가 그의 손가락에 감싸져 제 자리를 찾은 것처럼 안정적으로 보였다.

손을 뺄까, 생각했던 제영이 그냥 말았다. 오는 길부터 뭘 하든 우선은 장단을 맞춰 줄 마음이었으니까.

"비슷?"

"선물 사 주기, 혹은 은혜 갚으러 박씨 물고 온 제비."

"무슨 헛소리……!"

제영의 얼굴이 묘하게 일그러졌다. 어째 마음에 안 드는 단어들의 조합인데. 제영이 다시금 손을 빼려는 걸, 이성이 꽉 잡아 저지했다. 그대로 길쭉한 다리로 성큼성큼 걷는 이성을 따라 제영도 빠르게 걸음을 옮겼다.

제영을 여성복 코너로 끌고 온 이성이 손가락으로 저쪽부터 제 앞까지를 가리켰다. 그들이 들어올 때 인사를 건네며 시선을 주고 있던 점원이 곧장 따라붙었다.

"방금 훑은 거 다 보여 줘 봐요."

"애인분 옷 보러 오셨나 봐요. 고객님 사이즈가 어떻게 되실까요?"

"음……."

제영이 점원을 제지하고 나섰다.

"애인 아니고요, 됐습니다."

"아 왜! 그럼 애인 아니고 스…… 읍!"

아무 곳에서나 함부로 스폰서가 어떻고 하는 말을 꺼내려는 이성의 입을 제영이 다급하게 막고는 눈까지 부라렸다.

이성이 제 입을 막은 손을 떼 내고는 말했다.

"왜! 나 이런 거 해 보고 싶었단 말이야."

"너 좋다는 다른 여자한테 해, 그럼."

"너하고 하고 싶다고."

"내가 받아 줘야 해? 옷 갈아입히기 놀이라도 하러 왔어?"

"나 좋다는 여자도 없어!"

퍽도 없겠다. 지금 당장 매장에 들어서면서도 이성을 알아본 사람이 절반, 그저 얼굴에 홀려서 쳐다보는 사람이 절반이었다.

제영이 인상을 썼다.

"내가 알 바야?"

"좀 알아줘라!"

"야."

두 사람의 싸움을 본의 아니게 지켜보게 된 점원의 얼굴이 딱딱하게 굳어 어색한 미소만 띠었다. 제영이 먼저 흘긋 점원의 표정을 살폈다.

이성이 그런 제영을 대뜸 아래서부터 위로 훑더니 말했다.

"그럼 제일 작은 사이즈로 아까 고른 거 다 달라고 할까?"

"야 너는……! 손으로 여기서부터 여기까지, 짚은 게 고른 거야? 그리고 내가 돈이 없어? 네가 뭔데 내 옷을 산다 만다야? 이게 은혜 갚는 거야?"

속사포처럼 작은 목소리로 쏘아 댄 제영에게 이성이 하나씩 차분하게 반박했다.

"너한테 다 잘 어울릴 것 같아서, 내 눈썰미가 좋아서 다 달라고 한 거니까 고르긴 고른 거지. 그리고 네가 돈이 있든 없든 그런 게 문제가 아니라 내가 사 주고 싶어서 사 주겠다는 거고. 내가 뭔지는……."

스폰서의 '스' 자라도 다시 꺼냈다간 처죽일 기세로 제영이 이성을 노려보았다. 이성이 해맑게 웃으면서 선글라스를 살짝 내리고 제영을 또렷하게 마주 보았다.

"네가 제일 잘 알잖아."

그러곤 허리를 숙여 제영의 귓가에 속삭였다.

"너 좋아서 미치려는 남자."

말싸움은 말이 통하는 상대와 해야 하는 거다. 제영은 지금의 이성에게 어떠한 논리도 제대로 통하지 않을 것을 깨달았다.

숫제 어린아이가 떼라도 부리듯 구는 이성을 두고 무엇을 얘기하랴. 말해 봐야 입만 아프고 주변 사람까지 피곤하게 만들지.

제영이 깊이 한숨을 내쉬면서 점원에게 말했다.

"……입어 볼게요. 55 사이즈로 보여 주세요."

"바로 준비해 드리겠습니다."

점원은 여태까지 제영과 이성이 벌인 말싸움은 듣지도 않았다는 태도로 곧장 상냥하게 말하고는 물러갔다. 그러곤 곧 제영이 말한 사이즈에 맞는 옷을 아예 옷걸이에 쭉 걸어서 준비하고는 다른 점원과 함께 돌아왔다.

"왼쪽부터 하나씩 입어 보시겠어요?"

"죄송한데 이거, 이거, 이거……. 아예 난색 계열은 다 빼 주세요."

"아, 네. 고객님께서 이미지는 사랑스러우셔도 피부 톤이 쿨하셔서 아무래도 따뜻한 계열 색은 좀 안 어울리실 수 있겠네요."

따라온 점원이 제영이 짚은 옷 외에도 따뜻해 보이는 파스텔 톤의 의상을 전부 걸러 냈다. 절반 정도 줄었다.

"그럼 이것부터……."

고급 매장인지라 준비된 소파에 이성이 몹시 자연스럽게 자리를 잡고 앉았다. 점원과 함께 제영이 탈의실로 향했다.

의상을 다시 창고로 돌려놓고 온 점원이 이성의 옆에 자리 잡고 섰다. 흘긋흘긋, 자꾸만 시선을 사로잡는 이성의 얼굴을 점원이 흘 긋거렸다.

처음엔 일반인치고는 너무 잘생겨서, 키에 프로포션까지 완벽한 몸이 눈길을 끌어서 보기 시작했다. 그런데 막상 보다 보니 어째 드러난 코와 입이 그리는 이미지가 몹시 낯이 익었다.

점원이 혹시 피아니스트 윤이성 씨냐고 물으려는 찰나에, 제영이 탈의실에서 나왔다.

"연보라색이 소화하기 힘든 색인데도 고객님께는 잘 받으시네요."

원피스를 입은 제영을 이성에게 소개하듯 보이며 점원이 말했다. 이성이 그 말에 수긍하듯 가볍게 고개를 끄덕였다.

"내가 치마나 이런 나풀거리는 스타일 안 입는 거 알면서 굳이 여기로 끌고 와서 입혀 보기까지 하는 이유가 뭐야?"

이성이나 점원의 만족스러운 표정과는 달리 제영은 불만이 가득한 얼굴이었다. 제영은 피아노를 그만둔 이후로는 치마나 원피스를 잘 입지 않았다. 어릴 때야 할아버지나 다른 어른들의 권유로 가끔씩 타이즈를 신고 치마를 입는 일이 있었지만, 할아버지가 돌아가신 이후로는 단 한 번도 입은 적이 없었다.

맨다리에 스치는 긴 천의 감촉은 콩쿠르나 연주회를 위해 무대 뒤에서 대기하던 때의 기분을 떠올리게 했다. 이게 가장 큰 이유였다.

남들이 굳이 치마를 입지 않는 이유를 물으면 사고 때문에 몸에 남은 흉터를 핑계 댔다. 제영의 착의를 도우면서 흉터를 확인한 점원이 조용히 소매나 길이가 짧은 옷을 몇 벌 더 뺐다.

"입은 게 보고 싶어서 그렇지. 다른 이유가 있겠냐? 잘 어울리는데 왜."

"별로 안 좋아해."

"그래도 잘 어울리는데?"

이성이 아쉽다는 투를 가득 담아서 말했다. 그의 말대로였다. 원피스는 제영에게 아주 잘 어울렸다.

평소의 제영은 무난한 티셔츠나 체크 셔츠에 바지를 입은 모습만 주로 보였다. 그도 무난하게 잘 어울렸지만, 허리선을 잘 잡아주는 원피스가 제영에게는 더 잘 어울렸다. 마치 맞춤옷인 양.

전체적으로 디테일이 과하지 않은 연보라 단색의 원피스는 특이하게도 벌룬 소매의 위쪽에 트임이 있었다. 작은 리본으로 묶인 트임이 귀여우면서도 사랑스러웠다. 그게 제영에게 가장 잘 어울렸다. 가녀린 손목이 그녀가 움직일 때마다 드러났다 숨었다 하는 게 사랑스러울 줄이야.

"……그래. 사 주겠단 사람이 그렇다는데."

제영이 기어이 한숨을 뱉으며 말했다. 이성이 입술을 비틀어 올리며 웃었다. 저 다음에 나올 말을 알 것도 같다. 그래도 몇 년을 붙어 있었는데, 척하면 착이지.

"사 줘도 안 입으면 그만이라는 생각, 하고 있지?"

이성의 말이 정답이긴 했던 모양이다. 제영이 이성을 흘겨보았다. 이성은 아랑곳하지 않고 다음을 외쳤다.

"나랑 데이트할 때 한 번씩만 입어 줘. 다음 것도 입어 보자."

"야, 너 진짜……."

"다음!"

제영이 다시금 이성을 힘주어 노려보고는 탈의실로 향했다. 점원이 빠르게 다음 옷을 들고 뒤따랐다. 이성이 이제는 아예 다리까지 꼬고 앉았다. 저를 유심히 살피는 점원을 슬쩍 바라본 이성이 피식 웃으면서 말했다.

"이거, 생각보다 되게 재밌네요."

점원이 어색하게 웃으며 이성에게 맞장구치듯 고개를 끄덕였다. 그 뒤로도 한 시간은 족히 매장에 머물렀다. 제영이 수십 벌의 옷을 갈아입다가 지쳐 손가락으로 좋고 싫음을 표현해 고르게 될 때까지.

그렇게 고른 옷이 정말 많았다. 두 사람의 양손으로도 다 들기도, 차에 싣기도 어려울 정도였다.

그러니 결제해야 할 가격도 만만치 않으리라. 제영이 편하고 캐주얼한 옷만 입고 다니는 것 같아도, 그녀의 집안은 어릴 때부터 풍족하지 않았던 적이 없었다. 그런 만큼 제영은 브랜드의 가격대를 대충은 꿰고 있었다.

내심, 이성이 직접 골라 준 옷이며 제가 골라 더한 것까지 이 산더미 같은 옷을 전부 결제할 수는 없겠지, 하는 생각을 했다.

"결제 도와드리겠습니다. 다 해서……."

하지만 제영의 생각보다 이성은 강했다. 그가 카드를 내밀며 점원의 말을 잘랐다.

"일시불이요."

"네? 아! 카드 받았습니다, 고객님."

점원이 고개를 갸웃거리다가 이성의 카드를 받았다. 검은색 카드는 한눈에 봐도 고급스러웠다. 점원은 이성의 카드가 아무에게

나 쉽게 발급해 주는 카드가 아님을 금세 알아보았다.

그러지 않았더라면 카드 한도부터 물어봤을 거다. 제영의 불만에 상의에 바지까지 해서 매장을 거의 쓸어 담다시피 구매했다. 그만큼 금액이 컸다.

"3년 넘게 백수였는데 그럴 돈이 있으셨어?"

"논다고 돈 안 들어오는 직업은 아니다 보니."

제영의 날 선 비꼼에 이성이 생글생글 웃으면서 대답했다. 제법 우쭐하는 것처럼도 보였다. 결제를 마치기 위해 서명을 하려던 이성의 손을 제영이 막았다.

"미련하게 진짜 다 사려고?"

"다 예뻤잖아."

"입어 보지도 않고 고른 게 반이 넘거든? 입어 본 것도 정말 다 사고 싶지도 않았고."

이성이 저를 붙든 제영의 팔을 치웠다.

"나는 다 사고 싶은데?"

이성이 서명을 끝냈다. 결제가 끝나 버렸다. 하지만 제영이 환불을 요구할 수도 있었다. 점원이 난처한 얼굴로 두 사람을 주시했다.

"윤이성 너 진짜……!"

야, 너 하고 부르면서 이성의 이름을 숨기던 제영이 기어이 그의 이름을 불러 버렸다. 이성이 선글라스를 벗으면서 눈을 동그랗게 떴다.

"누가 누구 옷 사 주는지 동네방네 소문 다 내고 다니려고? 난 좋지."

뻔뻔하게 제 할 말을 끝낸 이성을 보고 제영이 말을 잊었다. 제영이 애꿎은 제 아랫입술만 이로 꽉 물어 괴롭혔다.

"아."

그러다 순간 제영이 덤덤하게 뭔가 깨달은 듯 소리 냈다. 왜인지 모를 불안함에 이성이 슬그머니 고개를 기울이며 제영을 내려다보았다.

제영은 이성의 시선을 무시하고 점원을 바라보았다.

"여기 남성복 매장은 어디가 괜찮죠?"

"야. 너 뭐 하려고……!"

"남성복 매장은, 혹시 애인…… 분께서 입으실 건가요?"

"애인 아닙니다."

제영이 단호하게 관계를 부정했다. 틀린 말은 아니라지만 적잖이 섭섭했던지라, 이성이 괜히 '꼭 그렇게 칼같이 말해야 속이 시원하냐. 정 없게 진짜, 저 싸가지…….' 하고 중얼거렸다.

"아하하……. 남성복은 대부분 6층에 입점하고 있습니다, 고객님. 올라가 보시고 스타일에 따라서 매장 직접 방문해 보시길 추천합니다. 저희 브랜드 남성복 매장은 여기서 나가셔서 곧바로 두 블록 옆에 있습니다."

"감사합니다."

원하는 답을 들은 제영이 고개를 까닥 숙여 인사했다. 구매한 옷은 전부 배송받기로 정리까지 마쳤다.

"남성복 매장은 가서 뭐, 어쩌려고?"

"나도 돈 있어."

"……있는데?"

"너도 곧 촬영 들어갈 거 아냐?"

제영의 물음에 이성이 고개를 끄덕였다. 제영이 이성의 어깨를 짚어 그의 허리를 숙이게 했다. 기어이 이성의 고개를 제 눈높이까지 끌어 내려 시선을 맞춘 제영이 속삭이듯 말했다.

"스폰서답게 나도 너한테 돈 좀 써 보게."

제영의 말이 끝나기 무섭게 이성이 실소를 터뜨렸다. 이건 또 무슨 상황이야. 박제영 하여튼 지고는 못 사는 성격이지. 똑같이 해 주겠다는 속내가 고스란히 보였다.

이성이 졌다는 듯 고개를 끄덕였다. 이번에는 제영이 이성의 손을 붙잡고 남성복 매장으로 향했다.

이성처럼 솟아나는 돈은 아니라도, 제영도 돈이라면 제법 있었다. 적어도 이성이 다시는 같은 짓 못 하도록 본때를 보여 줄 돈이.

* * *

⟨.⟩
여태 썼던 돈 중에 제일 기분 좋았네.

for***
10분 전 ♡723
어? L사면 여자 옷이 훨씬 잘 나가는 브랜드인데? 누구 선물을 이렇게 사셨어요?

and***

8분 전 ♡331

영수증 사진에 total 봐 ㄷㄷㄷㄷ 1,000만 원이 넘네 역시 통크시네요.;;

uk_***

방금 전

L 매장에 여자랑 같이 왔다는 목격담 있던데. @No_Rational 진짜 연애하심?

05. 삼자, 혹은 사자대면

'두근두근 심포니'의 첫 촬영 날이 밝았다. 썩 내키는 마음으로 출연을 결정하진 않았지만, 오늘 이성의 표정은 그런대로 밝았다.

"이성 씨, 사전 회의 때랑 머리가 다르네?"

"지저분한 꼴로 나오면 가만 안 둔다는 분이 계셨어서."

이성이 메이크업을 받기 위해 의자에 앉으며 말했다. 이성에게 알은체를 하며 다가온 PD가 괜히 이성의 어깨를 가볍게 터치했다.

이성이 피식 웃으며 PD를 곁눈질했다가, 거울 너머의 저를 보고 다시금 표정을 풀었다.

거울 너머, 오늘의 윤이성은 머리끝부터 발끝까지 제영의 손길이 닿아 있었다. 처음엔 이성이 했던 대로 '여기서부터 저기까지'

를 하려던 제영이 노선을 틀었던 탓이다.

"머리가 3년이 아니라 5년은 놀았던 백수 같잖아."

"얼마 전에 한 거거든?"

"지저분해. 이따위로 내가 만들어 놓은 이미지 망치지 마라."

살벌한 말과 함께 결국 두 사람이 먼저 들른 곳은 헤어 숍이었다. 이성의 자연스러운 곱슬머리는 그대로 살리고, 머리 색은 도리어 조금 더 밝게 뺐다. 그리고 지저분하다고 제영이 진절머리를 쳤던 머리는 뒤를 시원스럽게 쳐서 정리했다.

앞에서 보면 전보다 더 부드럽고 편한 스타일이지만 뒤에서 보면 깔끔하고 댄디한 느낌으로 머리 스타일이 바뀌었다.

그러고 나서야 다시 남성복 매장으로 돌아갔다. 연주회에서 입어도 될 정도로 단정하고 맵시 있는 정장부터 캐주얼한 룩까지 열댓 벌은 샀다. 그걸로 만족을 못 했는지, 거기에 보태 제영은 벨트에다가 신발, 넥타이에다가 피어스까지 전부 골라 결제했다.

"첫날은 이렇게 입어."

"스타일리스트 있어."

"……그래서 안 입겠다고? 환불하라고?"

"아니 내 말은……."

"해? 네 거 내 거 전부?"

좋아하는 사람이 지는 거라고, 살벌하게 말하는 제영을 앞에 두고 이성이 거부할 수 있었을 리가 없었다. 즐거운 마음으로 이성이 졌다. 제영에게 본의 아니게 큰돈을 쓰게 만든 건 상정 밖이라 조금 찜찜했지만, 그래도 제영이 직접 골라 준 것들이 싫지는 않았다.

오히려 좋았으면 좋았지.

"의상도 괜찮네요? 배색 셔츠에 딱 붙는 바지……. 우리 이런 게 협찬이 들어왔던가?"

PD가 이성의 담당으로 삼은 스타일리스트를 보고 물었다. 스타일리스트가 고개를 저었다. 대답은 이성의 입에서 나왔다.

"제 옷인데요."

"이성 씨 센스가 좋네요. 그런데 다른 연주가들이랑 놓고 봤을 때 너무 가볍지 않을까?"

PD의 말대로, 사실은 이성이 아닌 제영의 센스는 좋았다. 너무 캐주얼하지 않은 선에서 입은 이성의 의상은 그에게 꼭 맞게 어울렸다. 검은색 바탕에 크림색의 배색이 있는 루즈한 셔츠도, 약간 붉은 광택이 도나 싶은 핏 되는 바지에 무겁지 않은 소가죽 워커까지.

화룡점정은 이성의 피어스였다. 귓불에 붙은 블랙 오팔의 심플한 피어스는 은하수 같기도, 밤바다 같기도 한 오묘한 색으로 은은하게 빛났다.

다만 이성과 함께 프로그램에 출연하는 다른 연주가들의 의상에 비해서는 이미지가 너무 젊었다. PD는 이성이 나쁜 의미로 혼자 튀게 되지 않을까 그걸 걱정했다.

"내가 늙은이도 아니고, 고딩 양아치처럼 입은 것도 아닌데 뭘 걱정하세요."

"하하……."

이성의 직설적인 발언에 PD가 어색하게 웃었다.

"막말로 비렁뱅이처럼 입어도 연주만 잘하면 됐지. 오늘 스타일

링에 이렇다 저렇다 하시면 제가 어디로 튈지 저도 모릅니다?"

이성의 말에 PD가 답도 하지 않고 여전한 떫게 웃는 얼굴 그대로 물러났다. PD도 이성의 성격이야 잘 알고 있었다. 프로그램에 출연시킬 생각이었는데 이성의 전적을 알아보지 않았을 리가 없었다. 더군다나 알아보지 않아도 이성의 제멋대로 기질은 사람들이 알 만큼 알았다.

"첫날은 아까 산 옷 중에 이거, 이거, 이거로 입어. 피어스도 굳이 할 거면……. 이거로 하고."

"매일매일 박제영이 내 옷 골라 주면 좋겠다."

"……자꾸 개 짖는 소리 할래?"

제영과 티격태격했던 얼마 전을 떠올리며 이성이 피식 웃었다. 예민한 데가 있는 이데아 속의 예술가, 그 모습을 그대로 빚으면 아마도 이성이 될 테다. 그런 이성의 미소를 거울 너머로 본 스타일리스트가 저도 모르게 뺨을 붉혔다.

"의상은 지금 그대로 가신다고요? 그럼 바로 헤어랑 메이크업 들어가도 되죠?"

스타일리스트의 옆에 서 있던 메이크업 아티스트의 말에 이성이 가볍게 고개를 까닥였다. 메이크업 아티스트가 이성의 구레나룻에 핀을 꽂았다. 자주색 핀이 제 주장을 강력하게 하고 있는데도 이성은 잘생겼다.

"눈 감으실게요."

메이크업 아티스트의 말에 이성이 곧장 눈을 감았다. 베이스를 깔지 않아도 매끈한 피부가 연예인도 아닌 남자의 것이라니 우습지도 않지. 여러 의미를 담아 절로 나오는 한숨을 삼키며 메이크업 아티스트가 이성의 얼굴에 스펀지를 두드렸다.

메이크업을 받느라 이성이 계속 눈을 감고 있는 사이, 조용한 편에 가까웠던 이성의 대기실이 별안간 소란스러워졌다. 문이 열리는 소리가 들리고, 누군가 들어오면서 작게 수다를 떨어 대는 소리가 들리다……

"안녕하세요!"

웬 풋풋한 인사가 들려왔다. 이성이 느리게 눈을 떴다. 그가 거울 너머로 문을 열고 들어온 목소리의 주인을 확인했다.

"누구……?"

방송국 대기실이었다. 관계자가 아니면 함부로 들어올 수 없을 텐데 누구의 언급도 없이 나타난 여자애. 긴 생머리에 막 눈을 뜬 강아지처럼 귀여운 상에 일반인이라기에는 관리받은 태가 났다. 하지만 연예인이라기엔 글쎄, 대기실 안의 누구도 그녀를 알아보지 못했다.

"NBK 연기자 연습생 박제윤입니다! 요번에 같이 방송 출연하게 되어서 인사드리러 왔어요!"

외모만큼이나 재간 넘치고 사랑스럽게 말하며 제윤이 꾸벅 인사했다. 이성은 모르지만, 제영의 친척 동생인 바로 그 박제윤이었다.

이성이 대충 고개를 끄덕여 주고 눈을 감았다. 원래 이성이 타인에게 썩 관심을 내 주는 타입은 아니었다. 같은 방송에 출연한다고 인사하러 온 사람에게라고 다르지 않았다.

"제가 윤이성 씨 팬이라 윤이성 씨 대기실을 제일 먼저 왔습니다!"

싹싹하기도 하지. 제윤은 이성의 무시하는 듯한 행동에도 굴하지 않고 발랄하게 말했다. 동글동글한 생김새에 보는 사람까지 웃게 만드는 밝은 태도였다. 그런데 어째 이성은 제윤에게서 어딘가 모난 느낌을 받았다.

"……그 말 다른 대기실에서도 똑같이 하고 온 건 아니고?"

차라리 아예 무시했어도 됐을 텐데 이렇게 날 선 말이 나온 것도 그 이유에서였다. 순간 당황한 제윤이 얼굴을 굳혔다.

그러나 언제 그랬냐는 듯 굳었던 제윤의 얼굴에 다시금 웃음기가 돌아왔다. 그녀가 괜히 볼을 부풀리며 섭섭한 표정을 지었다.

"어우, 다 확인해 보셔도 되는데요! 저는 당당하거든요! 잘 부탁드린다고 인사를 하러 왔는데 거짓말했다가 걸리면 큰일이죠!"

그러곤 넉살 좋게 받아쳤다. 이성은 여전히 눈을 감은 채였고, 대기실을 채운 다른 사람들은 픽 웃음을 터뜨렸다. 이성이 다시 제게 메이크업을 시작한 메이크업 아티스트의 손을 조심스레 치웠다.

그가 의자에 앉은 그대로 몸을 휙 돌렸다. 처음으로 거울이 아니라 직접 제윤을 본 이성이 그녀를 빤히 쳐다보았다.

제윤의 뺨이 아까의 스타일리스트처럼 붉게 달아올랐다. 색조를 입히지 않아서 어딘가 사람보다는 조각 같은 느낌의 이성이 슬그머니 입꼬리까지 올려 웃었다. 이성은 따지자면 퇴폐적인 데가 있는 미남이었다. 그런 남자가 딱 어울리는 표정으로 웃으니 파급력이 컸다.

"용건 끝났지? 가."

표정과 어울리잖는 말을 하고는 이성이 다시 의자와 함께 몸을 돌려 앉았다. 제윤이 멍한 표정으로 이성의 뒤통수를 쳐다보았다.

제윤이 푹 고개를 숙였다. 머리칼이 쏟아져 그늘진 사이로 그녀가 입술을 비틀어 올려 웃었다. 아예 입술까지 깨물었다.

이성의 성질머리야 그의 인지도만큼이나 널리 퍼져 있는지라 제윤도 이미 잘 알고는 있었다. 다만 그래도 저처럼 사랑스럽고 어린, 예쁘장한 여자한테까지 그럴 줄은 몰랐다.

저도 어릴 때면 모를까 머리가 굵어지고 나서는 이렇게까지 무시당하는 게 처음이었다. 방송 때문에 만난 게 아니었으면 난장판이라도 쳤을 텐데.

"어…… . 갈 때 가더라도 사인 한 장만 해 주시면 안 될까요?"

"뭐?"

금세 가라앉은 감정을 정리해 낸 제윤이 뻔뻔하게 사인을 요청했다. 앞으로 제윤의 입에서 무슨 말이 나오든, 귀찮아서라도 무시하려던 이성의 입에서 반문이 튀어나왔다.

"하…… ."

한숨 비슷한 것을 내쉰 이성이 결국엔 자리에서 일어났다. 그리고 제윤의 앞으로 가서 섰다. 또래라서 그런가, 제영과 제윤을 괜히 머릿속으로 가늠하게 됐다.

박제영보다 3, 4센티 정도 더 큰가.

"종이 줘 봐."

사인이고 뭐고 돌려보내려던 이성이 마음을 고쳐먹었다. 제영이 골라 준 것들을 머리끝부터 발끝까지 둘러쓰고 즐거운 기분을 굳이 짜증으로 망치고 싶지 않아졌다.

그리고 하나 더.

제윤의 이름이 제영의 것과 마치 형제처럼 비슷한 데가 있어서. 더 툴툴거리기도 뭐해졌다. 다만 꿈에도 생각 못 했다. 제윤과 제영이 진짜 혈연일 거라고는. 둘은 그만큼이나 달랐다.

제윤에게 사인을 해 주며 이성이 제영을 떠올렸다. 그래서 박제영은 지금 뭘 하고 있으려나. 첫 방송 촬영은 꼭 보러 와 달라고 했는데.

사인을 마치고 제윤을 내보낸 이성이 제영을 떠올리며 휴대 전화를 손에 쥐었다. 꺼진 화면을 엄지로 매만지던 그가 이내 화면을 켰다. 반대편 손으로는 귀에 착용한 검은 피어스를 매만지면서였다.

자주 쓰는 카메라 어플 아이콘을 터치한 그가 사용하지 않은 색조 제품을 정리하는 메이크업 아티스트에게 손짓했다.

"나, 여기 사진 하나만 찍어 줄래요? 귀에 이거, 피어스만 잘 보이게."

* * *

〈SEA〉
그날의 바람
그날의 하늘

별을 쏟아 놓은 그날의 밤바다

세상에서 가장 마음에 드는 선물

B_i***

10분 전 ♡338

피어스 존! 예! 진짜 밤바다처럼 반짝거려요ㅠㅜㅠㅜㅠㅜ 하늘 같기도 하고???>< NR 님한테 진짜 잘 어울리겠어요 휴 근데 요즘은 왜 얼굴은 안 올려 주세요??

N.b***

15분 전 ♡221

#피어스 #No_Rational플렉스정보 #정보봇 ///사진 피어스 S사 한정 Universe 시리즈 No.8 "Milky Way"///85만 4천 원///국내 풀린 수량은 품절ㅠㅜ///No.3 "Persei"가 착샷 비슷하다고 함!

afk***

3분 전 ♡137

잠만 머리통 뒤로 보이는 저 배경 꼭 방송국 대기실 같은데? 복귀 어쩌고 이런 내용도 전에 올라왔던 것 같고. 윤이성 방송으로 복귀하나? ㄷㄷㄷ

* * *

제영이 민트색 원피스를 손에 들고 한숨을 내쉬었다. 밑단과 소매 쪽에만 꽃 프린팅이 들어간 원피스는 그저 손에 들고만 있어도 예뻤다.

이성이 제영의 옷을 사 줄 때, 입혀 놓고 제일 좋아했던 옷이기도 했다. 얇은 시폰 천이 감기는 게 연주복 드레스와는 느낌이 확연히 달라서 제영으로서도 거부감이 덜한 옷이기도 했다.

"하아……."

다만, 할아버지가 돌아가시고 바지만 입은 세월이 너무 길었다. 익숙하지 않은 원피스를 입으려니 개중 마음이 덜 불편한 옷을 골라 놓고도 선뜻 갈아입지를 못했다.

"첫 촬영은 보러 올 거지?"

"내가? 왜?"

"나 감시 안 해도 되겠어?"

"……감시?"

"내가 이상한 짓 해서 박제영이 공들여 만들어 둔 이미지 깎아 먹진 않는지 감시해야지! 안 하려고 그랬냐?"

백화점에서 집에 돌아오는 길 나누었던 대화를 떠올리며 제영이 미간을 확 구겼다. 그리고 다시 원피스를 내려다보았다.

"기왕이면 오늘 산 옷 입고 와라. 나도 박제영이 말한 대로 사 준 옷 입고 촬영할 테니까."

"아서라. 누가 간대?"

"진짜 안 올 거야?"

제영의 회상 속 이성이 괜히 처량한 눈을 하고는 그녀를 바라보았다. 보고 있자니 괜히 목 주변이 간질거려서 고개를 돌렸더랬다.

"평일 그 시간이면 나 강의 있어, 멍청아. 가긴 뭘 가. 애야? 혼자 알아서 못 하고 천방지축으로 날뛰게?"

그리고 이렇게 말했었다.

정말로 갈 생각은 없었다. 저보다 아홉 살이나 많은 남자를 정말로 촬영장까지 쫓아다니며 챙겨야겠는가.

그래, 정말로 안 가려고 했다. 평일이고, 강의가 있고. 그래서 제영은 정오가 가까운 이 시간에 원래라면 학교에 있어야 했었으니 말이다.

"휴강, 휴강……. 윤이성 사고 칠 것 같으니까 정말로 가 보라는 듯이 김 교수님이 안 하던 휴강을 다 하시고."

제영이 결의라도 하듯 입술을 꾹 다물었다. 깊은 한숨을 내쉬며 입고 있던 옷을 벗고, 원피스로 갈아입었다. 그러곤 옷을 갈아입느라 헝클어진 머리칼을 거울을 보면서 정리해 다시 묶었다.

거울 너머의 제 모습이 괜히 낯설었다. 이성에게 옷 입은 모습을 보여 주면서도, 정작 제영은 탈의실 거울조차 제대로 보지 않았다. 점원의 접객 멘트 섞인 설명도 흘리듯 들었다.

쨍하지 않아서 마치 막 밝아진 가을의 새벽하늘 같은 색의 톤 다운된 민트색 원피스. 무릎 반 뼘 아래서 살랑거리는 치마 끝이며 부드럽게 살랑거리는 소맷단이 낯설었다. 그렇지만 제게 썩 잘 어울리는 것 같았다.

사고가 남긴 흉터가 딱 가려지는 길이도 마음에 들었다. 너무 길지도 짧지도 않았다. 곰곰이 떠올려 보니, 그날 산 옷들이 전부 아예 발목까지 오는 길이가 아니라면 대부분 길이감이 이쯤이었다.

이성이 처음 매장에 들어가서 장난스레 손끝으로 매장 전체를 훑었을 때와 달리 실제로 옷을 입고 나와 보인 뒤에 고른 옷의 하의 기장은 다 비슷했다.

이 원피스는 그중 이성이 가장 마음에 들어 했고, 제영 본인도 고른 옷 중 가장 낫다고 생각했던 것이었다. 윤이성 안목이 나쁘지 않았다. 꼼꼼히 다시 봐도 제게 잘 어울렸다.

다만 뒤로 편하게 하나로 내려 묶은 머리는 어울리지 않았다. 제영이 머뭇거리다간 묶은 머리를 풀었다. 등 한가운데까지 오는 제법 긴 기장의 머리칼이 제영의 어깨를 덮듯 앞으로 쏟아졌다.

"입술이 창백하네……."

화장대에 놓인 립스틱에 머뭇거리며 제영의 손이 다가갔다. 그러다간 제영이 돌연 팽하니 돌아섰다.

"누구한테 예쁘게 보이겠다고 굳이 화장까지 해."

누구 들으라는 건지도 모를 혼잣말을 중얼거린 제영이 한숨을 푹 내쉬었다. 그러곤 가방을 챙겨 나왔다. 촬영장이 제영의 집과 그리 멀지는 않았다.

이성에게 가려 현관을 나서는데, 대문 앞에 웬 새카만 세단이 서 있었다. 번호판까지 외진 않았지만 낯익은 차였다.

"학교 일찍 마쳤대서 혹시 하고 와 봤는데, 아직 집에 있었네."

운전석 창문이 내려가고 보인 얼굴은, 제영의 종숙인 태욱이었다.

잠시 생기 비슷한 것이 어렸던 제영의 눈이 까맣게 죽었다. 제 마음에 뜬 빛을 보여 줄 필요가 없는 사람이었다.

뒷좌석의 문도 내려가더니 혜옥의 얼굴까지 보였다. 제영이 무표정한 얼굴로 고개를 꾸벅 숙여 인사했다.

"안녕하세요."

"어딜 나가는 길이냐?"

"약속이 있어서요."

"그렇게 차려입고?"

두 번째 물음에는 답하지 않았다. 다만 제영의 미간에 저도 모르게 주름이 잡혔다. 뭘 입고 어떻게 하고 다니든 무슨 상관이라고, 굳이 비꼬듯이 '차려입고' 가냐고 묻는 태욱이 마음에 들지 않았다.

틀린 말은 아니었다. 자의로는 거의 10년 만에 입은 치마였으니까.

이번에는 혜옥이 말을 보탰다.

"제 아비가 고운 얼굴 물려줬는데 후줄근하게 입은 것보다야 낫지. 일단 타라."

"갈 데가 있어서 오늘은 힘들겠네요."

"타."

"중요한 약속이라서요."

"그래 봐야 네가 학생인데 중요하면 얼마나 중요할 것이라고, 미루면 충분히 미룰 수 있어. 평생 함께할 혈연을 위한 시간보다 중하려고? 제영이 네가 아무리 왈가닥이라도, 그 정도 판단할 머리는 있는 아이 아니냐."

사람이 나이를 먹으면 아집이 생긴다. 그럴 수밖에 없다. 혜옥의 아집은 가족이었다. 제 핏줄, 저와 가족이라는 이름으로 엮인 사람들이 잘되는 것. 그 밖에 다른 것들은 그녀에게 중요하지 않았다.

제영은 혜옥을 이해하고 싶지 않았다. 혜옥이 제 할머니기에 앞서 할아버지가 사랑한 여인이고, 아버지를 낳아 주신 어머니이지 않았더라면 그저 무시했을 것이다.

제영이 휴대 전화를 들어 시간을 확인했다. 11시 50분. 혜옥이나 태욱과의 대화는 아무리 길어도 보통 두세 시간을 넘기지 않았다. 그럼 3시쯤. 휴강이 없었다면 그쯤 학교에서 돌아왔을 것이다.

그녀가 저도 모르게 흐리게 웃었다. 결국 휴강은 핑계였고 저도 이성이 걱정되어서 가 볼 생각이 있었단 것을 깨달아서였다.

다시금 얼굴에서 웃음기를 지운 제영이 말했다.

"길게는 시간 못 내요."

"가 보면 알겠지."

혜옥이 운전기사도 아니고 태욱을 데리고 왔다면, 어차피 제영이 싫다고 해도 어떻게든 끌고 갈 생각이었을 거다. 혜옥의 사고는 참 특이해서, 타인이 그러는 건 나쁜 짓임을 알아도 '가족끼리는' 괜찮다고 생각하니까.

제영이 태욱의 차에 탔다. 혜옥의 생각보다는 얌전하게 제영이 움직여 준 탓에, 그녀가 만족스럽게 웃으며 태욱에게 출발을 청했다.

혜옥을 봐서 올 게 아니었다. 딱 잘라 거절하고 도망치듯 달려서라도 차라리 이성을 보러 가야 했다. 지금 호텔 카페에 앉은 제영은 두 시간 전의 제 행동을 그렇게 뼈저리게 후회했다.

이곳으로 오는 사이 그들은 제영을 데리고 뷰티 살롱부터 들렀다. 정신없이 휘몰아쳐서 제영의 민낯에 그리 다르지도 않은 무언가를 여러 번 덧바르고 칠했다. 묶고 있다가 그냥 푼 머리에도 몇 번이고 빗질과 세팅을 했다.

다른 듯 다르지 않게, 모든 것이 끝난 뒤 거울 너머의 박제영은 평범한 대학생 같았던 티를 싹 벗었다. 나이보다 조금 성숙해 보이지만 풋풋한 느낌이 죽지는 않게, 입은 원피스와도 훨씬 잘 어울리는 모습으로 변모했다.

살롱에 가자마자 제영은 깨달았다. 오늘 이 자리에 저를 왜 데리고 왔는지. 이미 한 번 겪었던 상황이었다.

맞선.

살롱에서부터 난장판을 치고 돌아 나오고 싶었다. 그럴 수도 있었다. 이성과는 다르지만 제영도 타인의 시선을 신경 쓰지 않는 점에서는 매한가지인 데가 있었다.

하지만 제영은 당장이라도 모든 걸 뿌리치고 가고 싶은 걸 꿋꿋하게 참았다. 이제라도 혜옥의 뜻에 순종하기로 한 건 아니었다. 혜옥이 정한 자리에 나서기 전에 치는 사고는 혜옥에게 아무런 타격이 없을 걸 알아서였다.

"너한테 큰 기대는 없으니 뭘 대단히 잘 보이게 행동하라거나 그런 걸 부탁하지는 않으마."

"애초에 이런 자리를 안 만드시면 될 텐데요."

"저번보다 더 귀한 자리야. 네 작은아버지 직장과도 연관이 있는 사람이다. 그러니 네가 적어도 폐는 끼치지 않아야 할 게다."

"할머니."

"좋은 관계까지 이어지면 좋겠지만 내 이 나이에도 염치가 없지는 않으니, 거기까지 바라진 않으마."

분명히 한 번씩 말이 오간 대화건만 서로 겉돌았다. 평행선을 달리는 듯했다. 혜옥은 제 할 말만 하기 바빴다.

"다만 예의는 차려. 네가 학교 마치면 제대로 소개받고 다닐 테니 연습이라고 생각해도 좋고."

"……기대라도 안 하신다니 다행이네요."

제영은 어차피 혜옥에게 말이 통하지는 않으리란 걸 알고 있었다. 그러니 살롱에서부터 난리를 치고 제 갈 길을 가느니 여기까지 오는 길을 택했다. 이대로 혜옥이 원하는 결과까지 도달하지만 않으면 된다. 제영이 그렇게 제 마음을 다잡았다.

혜옥은 제가 졸업만 하면 어떻게든 선 자리에 내돌릴 생각이 가득해 보였지만, 제영은 그때까지만 단호하게 버티다 내친김에 외국으로 나갈 생각까지 했다.

상대가 나오는 그 짧은 사이에.

"죄송합니다. 오래 기다리셨습니까?"

잠시 혜옥과 제영만 두고 바깥으로 나갔던 태욱이 제영의 상대를 데리고 함께 들어왔다. 훤칠한 키에 다감한 얼굴이지만 자세히 보면 칼 하나 들어가지 않을 것처럼 단단한 부분이 느껴지는 남자. 제영이 느낀 형찬의 첫인상이었다.

그리고, 어딘가 목소리가 익숙했다.

"평일이라 일이 많을 텐데 이렇게 시간을 내 준 것만도 고맙지요."

호의적인 혜옥의 답사에 형찬이 이미 얼굴에 띠고 있던 미소를 더욱 짙은 웃음으로 바꾸었다. 적어도 혜옥에게는 완전히 점수를 땄다.

형찬이 다시금 허리를 깊이 숙여 나이가 지긋한 혜옥에게 예를 다한 다음 곧장 제영을 바라보았다. 살롱에서 꾸미고 다듬은 제영의 얼굴은 형찬이 수도 없이 보았던 콩쿠르와 공연 영상에서의 그 모습 그대로였다.

아니, 그대로라고 하면 미안할 말이다. 어릴 때의 모습을 그대로 담고, 훨씬 예쁘게 자랐다.

제 눈앞에 제영이 있다는 사실이 그를 떨리게 했다. 분홍빛 입술과 두 뺨, 살짝 올라간 새침한 눈매.

"제영아, 대표님께 인사드려야지."

눈이 마주쳤음에도 말없이 앉아만 있는 제영의 어깨를 짚으며 태욱이 은근하게 말했다. 제영이 일어나서 고개를 까딱 숙였다.

"박제영입니다."

"이름, 바뀌었군요."

이미 알고 있던 사실이면서 형찬이 새삼 물었다. 꾸준히 제영의 행보를 조사해 왔다고 밝힐 수는 없으니 당연한 선택이었다. 형찬은 사실 제영에 대해 제법 많은 걸 알고 있었다.

제영의 조부가 꼭꼭 숨겨 둔 부분과, 제영의 다 자란 지금의 얼굴을 빼고는 거의 전부였다. 최근 그를 성가시게 하는 이성의 진짜 후원자가 제영이라는 부분은 혹여라도 제영에게 나중에 화가 될까, 그녀의 조부가 엄히 숨겨 조사를 해도 나오지 않아 몰랐다.

제영의 다 자란 모습을 먼저 보지 않은 건 형찬의 의지였다. 그녀를 직접 만나기 전에, 먼저 혹여라도 환상을 깰 일을 만들지 않기 위해서였다.

"예. 바꿨습니다. 저는 이제 피아니스트가 아니라서, 피아니스트였던 박희은이라는 이름은 저한테 무거워서요."

아직 자리에 함께 있는 혜옥과 태욱을 의식하며 제영이 나름대로 최선의 예의를 차려 말했다. 그러나 그마저도 목소리는 딱딱하기 그지없어서, 그들의 마음에 차지 않았다. 태욱의 시선이 대번에 날카로워졌다.

그러나 형찬이 함께 있는 마당에 제영에게 한 소리 하며 분위기를 망칠 수는 없었다. 태욱은 대신에 분위기를 바꾸는 것을 택했다. 그가 형찬에게 자리를 권하며 저도 앉았다.

"흠, 흠. 자세한 얘기는 앉아서 우선 주문이라도 좀 하고 나누는 게 낫지 않겠습니까?"

"그게 좋겠네요."

형찬이 웃으며 답하고 직원을 호출하려 할 때, 혜옥이 나서서 말렸다. 형찬이 의외라는 얼굴로 혜옥을 바라보았다.

"젊은이들끼리 좋은 얘기 나누는데 어른들이 있어야 방해만 되지요."

"예?"

"아범아, 우리는 자리를 비키는 게 좋겠다."

이번에는 제영도 형찬과 똑같은 표정이 돼서는 혜옥을 바라봤다. 첫 맞선에서 했던 짓도 있으니, 이번에는 정말로 끝까지 자리를 지키실 줄 알았는데.

더군다나 태욱의 직장까지 걸려 있으니 더욱이나 조심하실 줄 알았다. 제영이 도무지 혜옥의 속을 알 수 없어서 저도 모르게 미간을 찌푸렸다. 혜옥은 낯 두껍게도 상냥한 조모의 얼굴을 하고는 제영의 손을 꼭 붙잡았다.

혜옥의 손끝이 유난히 차가웠다.

"우리 제영이가 아직 학교도 졸업 못 한 풋내기인데, 어른들이 나서서 괜히 분위기를 무겁게 만들어야 좋을 게 뭐 있겠니."

그러고는 제영의 손을 토닥거리기까지 했다. 제영이 삐져나오려는 한숨을 삼켰다. 혜옥은 제영을 빤히 보며 웃다가, 이번에는 형찬을 바라보았다. 분명 말은 태욱에게 했으면서 말이다.

형찬은 곧장 혜옥의 속내를 알아챘다. 그녀는 제영의 상대로 저를 낙점하고 있었다. 숨기지 못할 정도로 호감을 보였다. 물론 초면인 혜옥의 호감을 끌어낸 것은 비단 이형찬이라는 사람 자체가 아니라, 자신이 가진 배경 덕이 클 것이었다.

상대방에게 평가를 당하는 처지, 그마저 배경의 도움이 큰 상황이 마냥 좋지는 않았지만, 그게 제영의 조모라면 또 좀 달랐다.

나는 네가 마음에 든다. 이번 만남으로 끝이 아니다. 이번에 잘 안 되더라도 몇 번이라도 도울 테니, 차라리 제영을 직접 홀려 봐라. 네가 이 아이에게 호감이 있는 것을 다 알고 있다. 혜옥의 웃음에 담긴 속뜻이 이러했다.

집안의 큰 어른 포지션이 혜옥이라고 알고 있었다. 그런 자가 저를 믿고 제영의 마음을 돌리는 걸 맡기겠다고 대놓고 표를 내고 있었다.

시작이 썩 나쁘지만은 않았다.

"어머니……."

반면 태욱은 혜옥의 속을 전부 파악하지는 못했다. 제영을 소개하는 상대가 형찬, 제가 다니는 기업의 3세인지라 그의 입장으로는 자리를 지키며 천방지축인 제영을 제어해도 불안이 가시지 않을 판이었다.

혜옥이 단호하게 입술을 일자로 다물고 고개를 저었다. 형찬이 나서서 혜옥의 뜻에 맞장구를 쳤다.

"박 이사님. 제가 못 미더우실 수는 있겠지만, 설마 희은 씨의 팬이었던 제가 애먼 짓은 안 하리라고 믿고 얘기할 시간을 좀 주셨으면 합니다."

"제가, 제가 설마 대표님을……."

태욱이 말을 하다 얼버무렸다. 형찬의 앞에서 제영이 이 자리에 나오기 싫어했다는 말을 부러 제 입으로 전할 필요는 없었다.

"흠흠!"

혜옥이 헛기침을 했다. 먼저 일어서기까지 했는데 태욱이 궁둥이를 붙이고 있을 수는 없었다. 그가 낭패라는 표정을 다 숨기지도 못하고 어설프게 웃으며 일어났다.

"설마 대표님을 제가 뭐 그런 뜻으로 의심해서 그랬겠습니까? 하하, 농담도 살벌하게 하십니다."

"아범도 일어났으니 우린 먼저 나가 볼게요. 이 대표라고 했던가."

"예. 말씀 편하게 하셔도 됩니다. 할머님."

"그래도 초면인데 어찌 그러겠어요. 다음에 또 볼 일이 있으면 그때는 조금 점잖은 척을 내려놓아 볼까."

혜옥의 말에 형찬이 소리 없이 웃었다.

"우리 제영이가 아직 어려서 좀 천방지축인 데가 있지만, 음악적인 소양은 있으니 이 대표님의 취미가 그쪽에 있다면 얘기 나누기에 나쁜 상대는 아닐 게요. 그럼, 좋은 시간 보내요. 늙은이는 이만 좀 쉬어야겠습니다."

"사려 깊게 배려해 주셔서 감사합니다. 살펴 돌아가세요."

늙은이 운운하며 피곤한 티를 내던 혜옥은 그 모습과는 달리 빠르게 태욱과 함께 자리를 비웠다. 곧장 자리에는 제영과 형찬, 둘만 남았다.

형찬이 제영의 얼굴을 다시금 살폈다. 신경 쓸 다른 사람이 없으니 아까보다 더 제영의 얼굴을 감상하기에 좋았다.

그러니 보였다. 이런 자리를 어지간히도 싫어하는, 어릴 때의 프라이드가 그대로인 박제영. 덩달아 저를 향한 호감은 마이너스를 향하고 있는 것도 느껴졌다.

"이 자리가 불쾌하셨던 모양입니다. 늦었지만 사과드리죠."

"예."

"그래도 어른들이 자리까지 피해 주셨는데, 길게는 못 잡아도 차 한 잔 나눌 시간은 주실 수 있겠죠?"

"저는 아메리카노로 부탁드려요."

제영이 예의 차린 중간 과정을 건너뛰고 말했다. 형찬은 그래도 미소를 잃지 않은 채 고개를 끄덕였다. 그가 아메리카노 두 잔을 주문했다. 곧 두 사람 앞에 커피가 한 잔씩 놓였다.

"그러고 보니 저는 희은······ 아니 제영 씨의 바뀐 이름까지 들어 놓고 제 소개를 못 했네요."

"말씀하세요."

"유성 매니지먼트의 대표직에 있는 이형찬입니다. 사실 박 이사님이 희은 씨의 종숙 되시는 걸 알고 있었던지라, 이렇게 자리를 부탁드렸고요."

답답한 자리에 질려 마른 목을 축이던 제영이 아주 잠깐, 멈칫했다.

눈앞의 남자가 이성을 방송으로 내돌리려던 바로 그 대표님이었다. 어쩐지, 목소리가 익숙하다 싶더니.

잠시 멈칫했던 제영이 언제 그랬냐는 듯 눈을 내리깔고 커피로마저 목을 축였다. 가뜩이나 형찬에 대한 제영의 인상은 좋지 않았다. 그런데 거기다 더 마이너스. 과연 그를 향한 제영의 점수가 플러스마이너스 제로까지 올라올 일이 생기기는 할는지.

"소개는 끝이신가요?"

"더 필요하시다면 아예 프로필을 전부 불러 드릴 수도 있지만, 원하지 않으실 게 보이네요."

"제게 썩 유쾌하지 않은 자리다 보니."

제영이 싸늘하게 웃었다. 형찬이 그런 제영을 마주하며 저는 반대로 온기가 담긴 웃음을 머금었다.

첫인상이 안 좋을 수밖에 없다는 건 이미 능히 예상한 바였다. 여기서 기가 꺾일 필요가 없었다. 형찬의 얼굴에 떠오른 미소는 내내 떠나갈 줄을 몰랐다.

물론 제영의, 본인의 말을 빌리자면 썩 유쾌하지는 못한 표정이 그에게도 마냥 기껍지만은 않았다. 하지만 그를 떠나서 좋았다. 그녀는 기억이나 할까 싶은 첫 만남 이후로는 화면 속에서나 봤던 제영이 어른이 되어서 제 눈앞에서 생생하게 살아 움직이고 있잖은가.

"충분히 예상한 바입니다."

"알면서도 굳이 자리를 만들어 달라고 하셨고요?"

"네."

"왜요?"

"박희은 씨의 팬이니까요."

제영의 날 선 물음에 형찬의 대답은 막힘없이 흘러나왔다. 형찬의 마지막 답변에서는 제영이 참지 못하고 실소하고야 말았다.

제영이 제 오른손을 들어 올렸다. 힘을 주어 쫙 폈다가, 다시 주먹을 쥐었다. 분명히 제영은 제 손이 그렇게 움직이도록 힘을 주었다.

하지만 그녀의 약지와 소지는 실에 묶여 자유를 잃은 것처럼 제대로 움직이지 못하고 바들바들 떨렸다.

"지금 저는 피아니스트 박희은이 아니에요. 피아니스트일 수가 없어요."

"압니다."

"물론 잘 아시겠죠. 팬이었다고 하셨으니까. 제가 피아노를 포기할 수밖에 없었던 사고에 대해서도 알고 계실 테고요."

제영의 말을 차분히 듣던 형찬이 얕은 한숨을 내쉬었다. 그의 시선이 흘긋, 제영의 오른손을 향했다. 그 시선에 안타까움이 묻어 났다.

"팬이었던 게 아니라, 여전히 저는 당신의 팬입니다."

제영이 곧장 인상을 일그러뜨렸다.

"설마 제 비극까지 본인의 흥밋거리로 소비하는 인성은 아니실 거라고 믿어도 되겠죠?"

제영은 이미 형찬이 쓰레기 같은 인성의 소유자라고 확신하는 태도로 말했다. 미약한 의심으로 끝내겠다는 의사 표현은 말뿐이 었다.

형찬이 이마를 짚으며 기어이 얕은 한숨을 뱉었다.

"절대로."

아니라고 하겠지. 잠시 말이 맺히듯 끊긴 사이로 제영이 그렇게 생각하며 커피를 홀짝였다.

"절대로, 절대로 아닙니다."

"그러면 지금도 여전히 저의 팬이라는 말씀은 저를 조롱하기 위 해서 하신 건가요?"

"그것도 아닙니다."

이제 제영은 다시 묻지도 않았다. 형찬의 말을 제대로 들을 가 치도 없다고 여기는 태도였다. 형찬의 한숨이 깊어졌다. 이런 이야 기를 하자고 제영을 만나 보자고 한 게 아니었는데.

형의 말에 조바심이 나서 급하게 만날 자리를 잡는 게 아니었다. 그냥 제 생각대로 천천히, 느리게, 우연을 가장하는 편이 나을 뻔 했다.

하지만 때늦은 후회를 해 봐야 무슨 소용이겠는가.

"제영 씨가 피아노를 더는 칠 수 없다고 해서, 제영 씨가 가진 음악적 감성이 전부 사라집니까?"

해서 형찬은 오히려 제영에게 공격적인 말을 던졌다. 제영이 눈을 동그랗게 뜨고 형찬을 바라보았다. 그가 이런 말을 할 줄은 몰랐다.

"외람되지만, 피아노를 더는 칠 수 없게 된 순간부터 제영 씨는 본인의 인생에서 음악을 완전히 몰아냈습니까?"

제영이 여전히 형찬을 빤히 쳐다보는 채로, 느리게 고개를 저었다. 느리지만 단호한 고갯짓이었다. 그럴 수 있을 리가 없었다. 그녀가 사랑한 것은 단순히 피아노가 아니었다. 박제영은 피아노의 선율을 개중 가장 아꼈을 뿐, 사실은 음악 그 자체를 사랑했으니까.

그래서 의미 없을 것을 알면서도 기어이 예대를 갔고, 악기를 잡을 수 없으니 작곡과를 선택했다. 과거의 사고로 피아노와 양친을 한 번에 잃고 빠졌던 절망에서 다시 기어 나오는 데도 결국은 윤이성을, 그의 피아노를 이용했다.

"그럼 이제 제가 몹쓸 인간이라는 의심은 거둬 주시는 겁니까?"

분위기가 너무 가라앉았다. 형찬이 무거운 분위기를 의식해서인지 아까와는 달리 밝은 목소리로 말했다. 마치 농담이라도 건네는 듯했다.

먼저 활짝 웃으면서 살갑게 구는 형찬을 앞에 두고 제영도 마냥 얼굴을 굳히고 있을 수만은 없었다. 그는 충분히 매력 있고 매너까지 좋은 흔치 않은 남자였다. 제영이 피식, 저도 모르게 웃어 버렸다.

그래도 여전히 제영의 안에서 형찬은 마이너스 점수를 벗어나지는 못했다. 하지만 적어도 방금 제영이 보였던 웃음은 퍽 가벼웠다.

"그렇게 감상적인 말을 하실 분으로는 안 보였는데요."

"예?"

"안 어울리셔서요. 첫인상이랑."

"제 첫인상이 어땠는데요?"

제영이 어떻게 답할까 잠시 고민했다. 여전히, 형찬이 제가 굳이 잘 보여야 할 사람으로는 생각되지 않았다. 태욱이 다니는 대기업의 3세라던가, 듣기는 했지만 뭐 어쩌라고. 제영이 태욱을 지극하게 아끼는 가족으로 여기는 것도 아닌데.

제영은 몹시 솔직하게 답했다.

"이익만 따라 움직이는 사업가요?"

"……좋진 않네요?"

"아, 그보다 전이면 할머니에게 오늘 자리를 미리 언질받으면서 혹시 원조 교제가 필요한 늙은이가 아닌가 하는 생각도 했죠."

제영이라면 제게 배타적으로 굴고 날을 세워도 다 받아 줄 수 있다고 자신해 왔던 형찬이지만, 아무렴 그래도 방금 말은 좀 아팠다. 그가 처음으로 어색한 얼굴로 웃으며 제 목덜미를 주물렀다.

"후자는 제 정보를 모르면, 그렇게 생각했을 수도 있겠다 싶네요."

"기분 나쁘셨다면 사과드려요."

진심이라고는 한 톨도 들어 있지 않은 말투였다. 형찬이 대충 사과를 받아들이겠다는 듯 고개를 끄덕였다.

"다만 이익만 따라다니는 사업가라는 이미지는 좀 의외입니다."

"재벌가 아드님이시잖아요?"

"보통 사람들은 재벌가 아드님에 대한 인식을 좀 다르게 하지 않습니까? 이익을 따라다닌다기보다는, 수저 잘 물고 태어난 천방지축 양아치에 가깝죠."

"뭐, 그런가요."

"오히려 제영 씨의 감상은 첫인상이라기보단, 마치 사업가로서의 저를 알고 있었던 사람의 소감에 가깝다는 느낌이……. 다소 드네요."

제영이 조금 뜨끔했다. 형찬이 정확히 짚어 냈기 때문이었다. 제영이 그를 이익만 좇아다니는, 예술 따위엔 쥐뿔도 관심 없는 사람으로 느낀 건 이성의 후원가로 나섰을 때 나눈 통화 때문이었으니까.

그와 그녀가 앉은 테이블에 잠시 침묵이 감돌았다. 침묵을 먼저 깬 건 형찬이었다. 그가 얼굴을 두 손으로 감쌌다.

"아……. 제영 씨랑 만난 귀한 시간을 이런 대화로 보낼 생각은 아니었는데요. 참 어렵네요."

"그럼 무슨 대화를 하실 생각이셨는데요?"

형찬이 즉시 답했다.

"제영 씨의 팬이기에 앞서, 당신에게 이성적으로 호감이 있습니다. 제가 무슨 대화를 원했을 것 같아요?"

제영은 굳이 답하지 않았다. 한참 남았지만, 굳이 다시 손대고 싶지는 않은 커피를 가만히 내려다보았다.

"절 좋아하신다고요?"

"그렇습니다."

"왜요?"

"음, 우리 같은 이야기를 반복해야 합니까? A에서 A´로 넘어가는 듯한 그런 대화요?"

"아뇨, 그럴 필요는 없고요."

제영이 가방에서 휴대 전화를 꺼내 시간을 확인했다. 정오 무렵 집에서 나왔는데 벌써 2시 30분이었다. 살롱을 들렀다 호텔에 도착했던 시간이 2시를 조금 넘겼을 때였으니까.

제영은 딴에 제 시간을 형찬에게 충분히 할애했다고 생각했다. 이만하면 예의는 차릴 만큼 차렸다. 제영의 사고로는 그랬다.

그녀가 자리에서 일어났다.

"역시나 그런 의도가 있으셨다면 저는 이 자리를 더는 지킬 수 없겠네요."

"음."

형찬은 제영이 뒤에 무슨 말을 할지, 얼추 알 것 같았다. 하지만 확실하게 듣고 싶었다. 그녀가 뭐라고 하든, 제영을 향한 저의 마음이 변할 것 같지는 않았지만.

"좀 더 명확한 표현을 요청합니다."

"사귀는 사이는 아니지만 관계를 맺은 남자가 있어요."

"관계라 함은?"

"어른 남녀 사이에 사귀는 게 아닌데 관계라고 부를 만한 무언가겠죠. 더 정확히 말씀드려요?"

원나잇이라도 했다는 얘기인가. 형찬이 처음으로 제영의 앞에서 제대로 인상을 구겼다. 어쩐지 한 방 먹은 느낌이라, 아까 원조 교제니 하는 소리를 들었을 때보다 더욱 뒷골이 당겼다.

"너, 그렇게 어영부영하다가 다른 놈이랑 사귀고 사고라도 치면 너는 영영 그 여자 못 가지는 거야."

형의 협박과도 같은 조언이 떠올랐다. 형이 틀렸다고 생각했는데, 완전히 틀리지는 않았다.

"충분히, ……알아들었습니다."

"그래서, 저의 도덕관으로는 도저히 다른 남자를 만날 수가 없습니다. 그러니까 죄송하지만 이런 만남이 두 번은 이어지지 않았으면 합니다."

제영이 아주 똑 부러지게 말했다. 그사이, 금세 형찬의 낯빛이 피곤한 듯이 바뀌었다.

"내게는 기회조차 없는 겁니까? 제영 씨의 도덕관 때문에?"

"예."

"어쩌죠."

"네……?"

형찬이 제영을 따라 자리에서 일어났다. 훌쩍 높아진 눈높이를 따라 제영이 시선을 들었다. 형찬이 저를 올려다보는 제영의 눈을 마주하며 부드럽게 눈꼬리를 휘어 웃었다.

"난 상관없습니다. 내게 기회만 주어진다면 심지어 제영 씨가 나와 사귀고 있는 와중에 다른 남자를 만나고, 잠자리를 가지더라도요."

상상할 수도 없는 발언에 제영은 순간 말문이 막혔다.

"제영 씨의 종착지가 제가 되기를 바라는 겁니다."

"전 이해할 수가 없네요. 이해하고 싶지 않은 사고관이고요."

"이해해 달라고 말했다기보다는, 그냥 저는 그렇다고 말하는 겁니다. 그만큼, 제영 씨를 향해서 제가 홀로 키워 온 마음이 작거나 가볍지 않다고 얘기드리는 거고요."

"거기까지 전부, 이해할 수가 없다는 거예요."

"사람의 감정이 이해할 수 있는 범위에서만 생기면……. 좋았겠죠."

형찬이 쓸쓸하게 웃으면서 말했다. 그의 표정에 진심이 가득 담겨 있어서, 제영은 마치 저도 같이 입에 아주 쓴 초콜릿을 문 듯한 느낌을 받았다.

이성이 그녀의 삶에 재등장하면서 조금은 말랑해진 제영이라지만, 여전히 타인의 진득한 감정은 버거웠다. 결국 제영이 일방적으로 이 자리를 끝내려 했다.

"아무튼, 잘 들었어요. 저는 선약이 있었던지라 먼저 가 봐야겠네요."

"잠깐만요."

형찬이 제영을 붙잡았다. 어차피 영양가 없는 말이나 주고받을 듯해 그를 무시하려던 제영의 시선이 형찬과 마주쳤다. 제영은 마지막 한마디쯤은 들어 줘도 될 것 같다고 생각을 고쳐먹었다.

그래야 할 것 같은 눈으로 형찬이 자신을 보고 있었으니까.

"할 말이 남으셨나요?"

"열 살 때 참여했던 국내 유소년 콩쿠르를 혹시 기억하십니까?"

제영의 고개가 모로 기울었다. 세 살 때부터 건반을 가지고 놀았다. 그리고 콩쿠르에서 처음 1위를 차지한 건 여덟 살 때였다. 참가로는 두 번째였고, 국내에서 진행하는 콩쿠르였지만 꽤 큰 자리였다. 저보다 네댓 살은 많은 언니 오빠들을 제치고 1등을 차지한 만큼 주목을 받기 시작했다.

그 뒤로 국제 유소년 콩쿠르라면 빠지지 않고 참여하면서 수상을 놓치지 않았다. 이름을 알리고, 아홉 살부터 첫 연주회를 가져 열 살. 당시 제영은 어린 손가락을 과하게 혹사해 잠시 휴식을 취해야 했다.

형찬이 언급한 대회는 그녀가 휴식 후 출전한 첫 콩쿠르였다. 손을 풀기 위해 오랜만에 참여한, 마지막 국내 콩쿠르기도 했다.

한창 연습이 필요한 시기를 휴식으로 날리고 난 직후의 복귀 무대라 수상할 수 있을지 사람들의 입에 오르내리던 때였다. 기억하지 못할 리가 없었다.

"글쎄요. 안 난다고 하면 거짓말이겠죠."

"……그때 건방진 말을 했던 한 소년도 기억하십니까?"

형찬이 어딘가 간절한 목소리로 물었다. 그런 일이 있었던가. 머릿속의 기억을 휘저어 보던 제영이 담담한 목소리로 말했다.

"소년이든 어른이든, 제게 별 이야기를 다 했던 사람이 워낙 많아서요. 달리 기억에 없네요."

형찬이 허탈한 얼굴로 고개를 끄덕였다. 제게는 인생의 터닝 포인트와도 같았던 그날의 그 순간이, 제영에게는 아무렇지 않은 평소의 불쾌한 어느 한때였던 모양이다.

반응 없는 형찬을 보며 제영이 가볍게 고개 숙여 인사했다. 이제 가도 되겠지, 하는 생각이 들어 건넨 마지막 인사였다. 제영의 걸음은 주인을 닮아 사뿐하고 단정하게 형찬에게서 멀어졌다.

형찬이 털썩, 자리에 주저앉아서 이마를 쓸어내렸다. 왜 이렇게 된 건지 모르겠다, 하는 생각이 그의 머릿속을 가득 채웠다. 제영이 부담을 느끼도록 할 생각은 없었는데.

그녀가 도발하듯 꺼낸 말에 그만 확 받아 버리듯 제 속을 다 내뱉어 버렸다. 심지어 그날의 일까지 꺼냈다. 제영은 하나도 기억하지 못한다는 사실을 굳이 확인했다. 자살골이라도 넣은 기분이었다.

"하하……."

들을 사람이 없는 웃음이 형찬의 입술을 비집고 흘렀다. 감당할 수 없고, 손해가 분명한 발언을 하는 것은 그답지 않은 행동이었다. 살면서 이형찬이 해 본 적 없는.

사랑이라는 게 다 이런 건가 싶었다. 홀로 간직한 짝사랑이라고 해도 기어이 사람을 바꾸게 하고 이상하게 만드는 것 말이다.

제영의 한마디 한마디를 곱씹으며 그는 문득 이런 생각도 했다. 제영의 목소리가 너무나 익숙하다고.

"어른이 된 목소리는 분명 처음 들었는데……."

너무 좋아해서, 상상 속에서 다 자란 제영을 마주했던 일이 너무나 많아서일까. 어쩌면 그래서 진짜 제영의 목소리를 들어 본 적이 있다고 여긴 건지도 모르겠다.

형찬이 감정을 추스르고 자리에서 일어났다. 그에게도 선약이랄 게 있었다. 오늘이 '두근두근 심포니'의 첫 촬영 날이었다. 윤이성에 신인 배우까지 꽂아 두었으니 한 번은 관계자에게 얼굴을 비쳐야 했다.

다시 본래의 이형찬이 될 시간이었다.

* * *

'두근두근 심포니' 첫 촬영은 예정된 대로 스튜디오에서 진행됐다. 첫 촬영에서는 연예인 패널과 연주자들을 쭉 소개한 뒤, 팀을 나누기 위한 연주자들의 대결을 촬영했다.

피아노, 현악, 목관, 금관에 타악기 연주자까지 연주를 보여 줘야 할 출연진의 수가 제법 많아서 촬영은 사실상 이른 오전부터 시작되었다.

오케스트라의 꽃은 현악이라고 했다. 그중에서도 바이올린. 그래서 경연의 처음은 바이올리니스트들로 시작했다. 총 네 명의 바이올리니스트가 순서대로 연주하고 연주를 들은 연예인 패널들의 심박 수를 쟀다.

바이올린 다음으로 두 명의 비올라 연주자가, 그 다음으로는 두 명의 첼로 연주자가 연주했다. 목관은 오보에와 클라리넷, 플루트까지 세 종류의 악기 연주자가 나왔다.

"타악기 연주자 고힘찬, 이동운 씨 나와 주세요!"

프로그램 MC가 다음 순서인 타악기 연주자 두 사람을 불렀다. 두 사람이 카메라를 보며 인사를 하고 자기소개를 했다.

"자 이제 두 분의 연주를 들어 봐야 할 시간인데요. 촬영 팀, 두

분 악기 세팅 완료되었나요?"

"잠시만요. 저희 할 말이 있습니다!"

MC의 말을 끊고 고힘찬이라고 자신을 소개한 연주자가 끼어들었다. MC가 눈을 동그랗게 뜨고 그를 바라보았다.

물론 다 연출된 상황이었다.

"저희 타악기 연주자들은 솔직히 이 방식이 좀 불리합니다. 그렇게 생각 안 하세요?"

"아니, 왜죠?"

"어떻게 보면 유리하다고도 볼 수는 있죠. 고힘찬 씨."

"이동운 연주가님 말도 맞긴 하죠. 그냥 겁나 크게 꽝꽝 내려치면 다들 깜짝 놀라서 심장이 쿵쾅거리시긴 하지 않겠습니까?"

패널들이 앉은 자리에서 와하하 하고 웃음이 터져 나왔다. 그 뒤에야 고힘찬이 씩 웃으면서 본론을 말했다.

"그래서 저희 타악기 연주자 둘이 합의를 봤습니다. 저희는 연주를 우선 들려드리기만 하고, 나중에 1등 팀에서 맘에 드는 놈으로 골라 가시라고!"

"아……. 이건 예상치 못했던 상황인데요. 그럼……."

촬영이 순조롭게 진행되었다. 잠시 멈췄던 악기 세팅을 마치고 두 연주자가 순서대로 연주했다. 패널들에게 심박 체크기를 달지는 않았지만 두 사람의 연주가 어땠는지에 대한 인터뷰는 했다.

마지막 순서가 피아니스트 둘의 차례였다. 이성이 불퉁한 얼굴로 대기석에서 휴대 전화를 살폈다. 안 온다더니 정말로 안 오려고 그러나. 화면에는 미동도 없었다.

위-잉!

미동도 없다고 생각했던 화면 위로 진동과 함께 알림이 하나 떴다.

[방송국 앞이야. 나 어떻게 들어가야 해?]

내내 뚱하던 이성의 얼굴이 활짝 피어났다. 순식간의 일이었다. 그가 자리에서 잽싸게 일어났다. 촬영 팀의 시선이 그에게 쏠렸다. 촬영을 지켜보고 있던 PD의 시선도 함께였다. PD가 촬영장을 나가려는 이성을 붙들었다.

"이성 씨, 어디 가요? 곧 이성 씨 차례인데?"

"알아요."

"그러니까 알면서 어딜 가시냐고 묻는 거겠죠?"

"내 후원자님이 오셔서."

이성의 말에 PD가 이해가 안 간다는 뉘앙스로 인상을 찌푸렸다. 3년간 SNS나 주야장천 하면서 활동 없이 쉬었다고는 하지만 정점을 찍은 연주자가 이성이었다. 여전히 클래식계에서는 꾸준히 회자가 될 정도에 대중들도 얼핏 그의 얼굴 정도는 기억하는 스타급 피아니스트인 그에게 아직도 후원자가 있다니.

기업체인가. 악기 회사나 기업체의 후원이라면 이상할 일은 아니긴 했다. 다만 그런 사람을 맞으러 간다기에는 이성의 표정이 너무 밝았다.

좀 이상한 표현이지만, PD는 내심 그의 표정이 마치 기다리던 주인이 와서 꼬리를 흔드는 대형견 같다는 생각을 하고야 말았다.

"기업체 사람이시면 사명 확인하고 절차 따라 촬영장 안내받으실 텐데요. 굳이 이성 씨가 나가야 하나?"

"개인 후원자라서."

"개인?"

PD의 표정이 썩 좋지 않은지라, 가만히 서 있던 성길이 이성의 어깨를 붙잡았다. 이성은 그 속내를 다르게 해석했다.

"요."

PD의 얼굴이 더욱 이상해졌다. 기어이 떨떠름한 얼굴이 된 PD가 어차피 말려도 안 들을 듯한 이성을 보내 주었다.

"10, 아니 8분 정도 여유 있네요. 빠르게 모셔 오세요."

"늦으면 좀 쉬면 될걸. 어차피 뒤로도 한참 뺑이치게 만들 거 아닙니까?"

"예?"

PD가 황당한 얼굴로 반문했다. 오늘 촬영이 들어가기 전까지는 이성이 소문보다 얌전하게 굴길래 방심하고 있었다. 이성은 PD의 황당해하는 반응을 가볍게 무시한 채 달려 촬영장을 빠져나왔다. 답 메시지를 보낼 정신이 없어서 냅다 제영에게 전화부터 걸었다.

연결음이 흐르고 얼마 가지 않아 제영이 전화를 받았다.

"왔네! 안 온다더니!"

-다시 가?

"야! 누가 그렇대?"

-아무튼 어떻게 들어가? 너 왜 그렇게 숨차? 벌써 연주 끝났어?

"지금!"

-지금 하고 있는데 전화를 걸었다고?

단숨에 방송국 입구까지 내달린 이성이 곧장 제영을 발견했다. 무슨 옷을 입고 어떤 모습을 하고 있어도, 갑자기 노인이 되거나 다시 아이가 되어도.

윤이성은 이렇게 한눈에 제영을 발견할 자신이 있었다. 문득 그런 자신감이 생겼다.

"야, 윤이성. 너 진짜야? 진짜 연주 중에 받았어? 그럼 끊어 이 멍청아!"

"내 연주 곧 시작해."

이성은 세 걸음 만에 성큼 제영에게 다가갔다. 그러곤 그녀를 뒤에서 끌어안으며 정수리를 제 턱으로 쿡 하고 찍었다.

"지금이라고만 해서 놀랐잖아!"

제영이 짜증 섞인 핀잔을 주었다. 이성이 제영의 어깨를 붙잡고 휙 돌려 저와 마주 보게 세웠다. 그러고는 머리끝부터 발끝까지를 새삼스럽게 살폈다.

"뭐야. 그래도 방송국까지 나 보러 온다고 예쁘게 하고 왔네. 야 너는 안 해도 예쁜데."

처음에는 새삼스럽게 칭찬으로 시작하더니, 결국 끝나면서는 시비조였다. 저 모든 게 진심이라는 게 이성다웠다.

박제영이 예쁘게 하고 와서 좋지만, 또 이 예쁜 모습을 모두의 눈에 공유하는 게 싫은 거다.

"그 입 좀 어떻게 못 하니? 내가 퍽이나 너 보라고 차려입고 왔겠다."

"그럼! 그럼 뭔데!"

"그냥⋯⋯."

제영이 그녀답지 않게 말을 얼버무렸다. 그대로 이성을 빤히 쳐다보았다. 맞선 상대였던 형찬에게는 잠자리를 같이한 남자가 있어서, 안 되겠다고 참 쉽게도 말이 나왔는데.

막상 제영은 이성을 그렇게까지 진지하게 생각하지는 않았다. 자신을 좋아하는 그의 마음을 알아도, 그저 알고 있을 따름이었다.

그런데 이상하게도, 이성에게 말할 수가 없었다. 자의는 아니었더라도 다른 남자와 맞선을 보고 왔다는 이야기를.

"근데 너 지금 순서는 아니더라도 촬영 도중에 나온 거 아냐?"

"어? 어⋯⋯. 그렇지?"

제영이 화급히 말을 돌렸다. 지금 상황에서 꼭 필요한 체크이기도 했다. 이성이 얼빠진 얼굴로 고개를 끄덕이고 휴대 전화 시계를 확인했다.

"PD한테 말은 하고 나왔는데⋯⋯."

"그래도 빨리 가야 하는 거 아냐?"

"8분 내로 어쩌라고 듣긴 한 것 같은데, 알 바냐? 늦으면 기다리겠지."

"2분 남았잖아! 네가 뭐라고 그 많은 사람들을 기다리게 해? 너 3년 전이랑 같은 상황 아닌 거 몰라? 근데 뭐 이렇게 여유를 부리고 있어! 제정신이야?"

말을 돌리려고 물어봤던 제영이 더 다급해졌다. 제영이 저도 모르게 이성의 손을 붙잡고 뛰었다.

"네 얼굴만 보여도 출입은 되지?"

"내 얼굴 정도면 프리 패스지."

이성이 속도 없이 웃었다. 제영이 바삐 달리는 길에도 잊지 않고 이성의 등을 퍽 소리가 나게 후려쳤다.

"아이고 윤이성 피아니스트, 생각보다 많이 늦지는 않으셨네요? 그래서 잘 모시고 왔……."

당연하게도 2분 안에 도착하지는 못했다. 아무리 열심히 뛰었다지만, 이성 혼자서 열심히 달려도 족히 5분은 걸리는 거리였다. 제영까지 함께 달려서 돌아 들어오는 길을 2분 안에 주파하기는 무리였다.

반쯤은 체념이고 반쯤은 비아냥인 말을 나름 상냥하게 건네던 PD가 말끝을 흐렸다. 처음에는 이성의 후원자, 스폰서가 함께 돌아왔을 텐데 굳이 돈 많고 힘깨나 쓸 사람의 심기를 건드리지 말자는 생각 때문이었다. 그런데 막상 제영의 얼굴을 확인하고는 다른 생각 때문에 말을 이을 수 없었다.

'기업 임원 같지는 않은데……. 뭣보다 저렇게 어린 애가, 암만 3년을 쉬었다고 그래도 이름값 꽤 있는 윤이성의 스폰서라고?'

예상과는 달리 어디의 임원으로는 보이지 않는 제영의 외양 때문이었다. 하지만 PD는 섣불리 제영을 향한 제 의구심을 입에 올리지 않았다.

"아무튼, 지체됐으니까 빠르게 스탠바이합시다!"

PD의 한마디로 곧장 촬영 준비가 시작되었다. 제영을 데리러 다녀오느라 뛰어서 잘게 땀이 맺힌 이성의 메이크업을 점검하고,

옷차림도 바로잡았다.

이성이 촬영장 조명 아래 서기 전, 제영이 잠시 그를 붙잡았다. PD가 불만이 섞인 묘한 눈으로 제영을 바라보았지만, 이성의 날선 시선을 마주치고는 슬그머니 눈을 피했다.

저 불같은 성격 얘기를 한두 번 전해 들은 게 아니었다. 괜히 이성의 심기를 건드려서 촬영을 망쳐 좋을 게 없었다. 이 촬영장에는 이성만큼은 아니어도 예민한 성격으로 그를 피곤하게 할 출연진들이 많았다.

"왜?"

"연주곡, 뭐로 하기로 했어?"

"그건 왜?"

"빨리 대답해. 뭐야. 설마 비창은 아니지?"

제영의 말에 이성이 꿀이라도 한가득 퍼먹은 것처럼 입을 열지 못했다. 눈알이 또르르 굴러서 시선을 피하는 게 정곡을 찔린 모양새였다.

"이 멍청이가……."

제영이 입술을 꽉 깨물었다. 그놈의 〈비창〉이 뭐라고 거기에 집착해서 콘서트로도 모자라 첫 방송 곡부터 〈비창〉을 고집하는 건지.

한 소리 하려던 제영이 그저 이성을 흘겨보는 것으로 그쳤다. 보는 눈도 많은 곳에서 이성에게 대놓고 한 소리 하는 건 그를 무안 주는 것밖에 안 되었다. 가뜩이나 저는 이성보다 한참 어렸고, 한참 어려 보였다.

이미 이성이 함부로 튀어 나가 저를 데려온 것부터 별로 좋은 이미지는 아닐 텐데 더 긁어 부스럼을 만들 필요는 없었다.

제영이 이성의 귀를 바라보았다. 제가 직접 골라 준 밤바다 같기도 하고 별 무리 같기도 한 피어스가 보였다. 이걸 보고 윤이성은 〈비창〉에 어울린다고 생각한 모양이었지만.

제영에게 이 피어스는 바다보다는 별이고, 하늘이었다.

"그거 말고, 나. 그때 그거 듣고 싶어."

"그때, 그거?"

이성이 제영을 다시 만난 후 들려준 곡은 하나가 아니었다. 그는 제영이 말한 그 곡이 무엇인지를 고민하며 고개를 갸웃댔다.

"반짝반짝."

"아."

그거면 제일 최근에 들려줬던 곡이다.

"그게 제일 좋았어?"

"그냥. 다시 듣고 싶어. 기왕이면 좀 더 윤이성 스타일로."

이성이 자신만만한 얼굴로 씩 웃었다.

"분부대로."

그가 촬영장 무대 위로 올랐다.

* * *

피아니스트의 오른손이 건반 위에 올랐다. 사람들의 기대감이 한껏 부풀어 오르는 타이밍이었다. 다른 누구도 아닌 윤이성의 연주였다. 3년이나 잠적했던 스타 피아니스트.

모두 그가 3년 만에 들려줄 첫 연주를 기대했다. 그런 기대를 등에 업고 윤이성의 손끝이 건반을 눌렀다.

"어, 이건……."

왼손의 반주조차 없이 단음으로 연주되는 곡은 모두가 익히 아는 멜로디였다. 엄마의 허밍으로, 학교의 풍금으로도 들어 본 적이 있을 멜로디.

반짝거리는 별이 아름답네 하는 가사가 모두에게 익숙한 동요. 〈작은 별〉.

막 촬영장에 들어선 형찬의 귀에도 그 멜로디가 꽂혔다. 늦지는 않아서 다행이라고 여기며 자리를 잡고 서서 듣던 그의 미간에 주름이 잡혔다.

그와 비슷한 오묘한 표정을 심박 측정기를 단 연예인 패널들도 똑같이 짓고 있었다. 이건 별로 좋지 않았다.

'왜 이 곡을…….'

윤이성이 아무리 천방지축이라도 3년 만에 사람들에게 선보이는 곡이라는 걸 잊지는 않았을 거다. 그가 아무리 제멋대로 구는 이라도 피아노를 향한 마음만큼은 진지하기 짝이 없었다. 형찬이 들은 그의 연주로 봐서는 그랬다.

저 단음으로 연주가 끝나지 않을 건 형찬도 알았다. 아마, 다음으로는 제대로 된 변주곡이 이어질 것이었다. 흔히들 〈작은 별 변주곡〉이라고들 하는, 12 Variations on "Ah vous dirai-je, Maman".

윤이성이 연주하려는 것은 그것일 테니까.

형찬의 예상대로 이성은 잠깐의 정적 뒤에, 제대로 양손을 써서 연주하기 시작했다. 무심하게 툭툭 건들듯 연주하는데, 건반에서 믿을 수 없이 청명하게 반짝이는 소리가 터져 나왔다.

별똥별의 꼬리가 타오르면서 나는 소리. 빗방울이 떨어지며 여린 잎사귀를 두드리는 소리. 물수제비를 던지고 까르르 웃는 꼬마의 웃음소리.

연주에 이성의 감성이 얹어지며 패널들의 얼굴도 맑게 갰다. 언제 오묘한 표정 안에 실망을 숨겼었냐는 듯이. 그리고 그들의 심장 박동도 점점 빨라졌다.

고조되는 선율은 이제 그저 통통 튀는 것을 지나서 은하수처럼 넓고 광활하게 퍼져 나갔다. 그사이에도 여린 음을 놓치지 않고 강약을 조절하면서, 정말로 무수히 많은 별이 각자의 반짝임을 보이듯 연주했다.

그리고 곡의 엔딩, 클라이맥스.

패널 최고 심박 평균 137, 분위기는 금방이라도 터질 듯 고조되었다.

그리고 형찬이 촬영장 맞은편의 제영을 발견했다.

"패널 최고 심박 수 평균 137! 이야, 윤이성 피아니스트 대단한데요!"

이성의 연주가 끝나고 얼마 안 가 MC가 고조된 분위기를 끌고 가듯 소리 높여 멘트를 쳤다. 이성이 카메라, 정확히는 카메라 너머의 제영을 바라보면서 자신만만한 미소를 얼굴 위로 한껏 띠었다.

제영이 이성의 미소에 화답하듯 가볍게 고개를 한 번 까닥였다. 곧 MC가 이성보다 먼저 연주했던 피아니스트와 이성을 촬영장 한 가운데로 불렀다.

서로의 연주를 들은 소감을 묻고, 승자는 누가 될 것 같냔 의례적인 물음을 던졌다. 제영은 팔짱을 끼고 이성이 제대로 답하는지를 지긋한 시선으로 살폈다.

그러다간 문득, 옆얼굴이 따가울 정도로 저를 직시하는 시선을 느꼈다. 절로 제영의 고개가 시선의 방향을 따라 돌아갔다.

형찬이 놀란 기색을 숨기지 못하고 그녀를 바라보고 있었다. 여기서 만날 줄은 몰랐는데.

'윤이성 소속사 대표님이었지. 오늘이 방송 첫 촬영이고…….'

왜 마주칠 수도 있을 거란 생각을 못 했을까. 하긴 아무렴 3년 만에 복귀를 알리는 이성의 첫 촬영이라고 해도 대표씩이나 되는 사람이 찾아올 거라고 상상이나 했을까. 제영은 저를 빤히 보는 형찬의 시선을 피하지 않았다. 오히려 거기에 대고 가볍게 고개를 숙여 인사까지 했다.

형찬이 저도 모르게 실소했다. 어이없다는 속내가 넉넉히 드러나는 웃음이었다. 제영은 금세 형찬에게서 시선을 거두고 무대 위의 이성만을 똑바로 바라보았다.

그러나 형찬의 시선은 제영에게 붙박여 떠날 줄을 몰랐다. 그는 처음 듣는 다 자란 제영의 목소리가 익숙하다고 생각했었다. 수도 없이 많이 어른이 된 제영과의 만남을 떠올렸기에, 그래서라고 여겼다.

그런데 그게 아니었다. 정말로 들어 본 적이 있었기에 귀에 익은 것이었다.

'그때 그 전화…… 제영 씨였군.'

박제영이 윤이성의 스폰서였다. 물론 확실한 확인의 과정이 필요하겠지만, 형찬은 이미 99퍼센트 이상의 확률로 확신했다.

그와 그녀가 어떻게 후원가와 예술인의 관계로 만났는지도 대충 알 것 같았다. 제영의 조부인 박신환이 소개를 해 주었을 것이다.

어쩌면. 애초부터 박신환 전 재단장이 윤이성을 찾아와 키운 이유부터가 사고 이후 더는 피아니스트일 수 없는 손녀를 위한 것이었을 수도 있겠지. 아마 이쪽인 듯했다. 그러지 않고서야, 제영이 어릴 때 하던 연주를 이성의 연주가 이만큼이나 닮아 있을 수는 없었다.

형찬이 사색에 빠져 있는 사이, 이성과 다른 피아니스트의 대결 결과 발표가 시작되었다. MC 두 명이 대본대로 말을 주고받으며 진행했다.

"자, 마지막 피아노 협주자의 팀 결정을 놓고 다시 한 번 점수 산정 방식을 설명하겠습니다!"

"심박 체크기를 착용한 우리 패널분들의 심박 수를 연주 시작부터 끝까지 확인하고요."

"가장 높은 심박 수와 가장 낮은 심박 수의 평균을 점수로 삼게 됩니다."

"그럼 3년 만에 우리 '두근두근 심포니'로 다시 세상에 나온 윤이성 피아니스트와, 리즈 콩쿠르의 요정 김산 피아니스트의 결과는!"

무대 뒤편의 화면에 이성과 상대 피아니스트의 이름이 떴다. 그리고 그 아래로 실제 심박 수를 체크 중인 화면처럼 80에서 130의 숫자가 오르락내리락하면서 사람들의 긴장을 자아냈다.

천천히 숫자의 움직임이 느려지다가 멈추었다.

"윤이성 피아니스트 109! 김산 피아니스트 110! 박빙이었네요!"

"하지만 조금 더 두근두근한 피아니스트는 바로, 김산 피아니스트였습니다!"

패널들이 결과가 다소 의아하다는 얼굴로 서로를 돌아보다가 뒤늦게야 하나둘 손뼉을 치기 시작했다. 김산 피아니스트와 친분이 있다고 미리 밝혔던 패널 하나는 소리를 높여서 '축하해요!' 하고 외치며 분위기를 환기하기도 했다.

평균 심박 수로 점수를 표시하던 화면 아래로 각자의 연주에서 나온 최저 심박 수와 최고 심박 수도 표시되었다.

이성이 최저 80, 최고가 138이었고 김산 피아니스트는 최저가 92, 최고가 128이었다. 사실 연주의 클라이맥스에서는 이성이 훨씬 높았던 거였다.

패널들이 처음에 결과를 듣고 의아한 얼굴이 되었던 것도 다 이 탓이었다. 이긴 것은 상대방이었지만, 사람들에게 강렬한 인상을 남긴 건 윤이성이었다.

이성이 제가 진 것이 분하다는 듯 잠시 입술을 깨물었다가, 이내 등 뒤의 화면을 확인하고는 슬그머니 웃었다. 그러다 다시 촬영 카메라 사이에 서 있는 제영을 보면서 슬쩍 눈을 흘겼다.

이 결과를 만들어 낸 곡, 〈작은 별 변주곡〉을 추천한 게 제영이었으니 괜한 탓을 해 보는 것이었다. 제영은 이성의 눈 흘김을 받고는 샐쭉하게 웃었다. 그리고 그들의 시선이 오가는 것을, 형찬은 하나도 빼놓지 않고 보았다.

* * *

연주자들의 팀 편성은 미뤄 두었던 타악기 연주자들을 선택하는 것까지 해서 끝이 났다. 하지만 촬영은 마무리되지 않았다. 잠시 쉬었다가 바로 연예인 패널들의 팀 편성을 촬영하기로 했다. 초반 촬영분은 비공개로 진행되는 만큼 말이 새어 나가지 않도록 한 번에 많이 찍기로 했단다.

제영은 이성의 연주를 다 들은 만큼 굳이 더 있을 생각이 없었다. 그런 제영의 낌새를 눈치챈 이성이 상대 피아니스트와 짧게 이야기를 하다 말고 제영에게로 다가왔다.

"벌써 가게?"

"볼 거 다 봤잖아. 설마 그냥 자리에 앉아 팀 결정하는 데서 실수하진 않을 거 아냐."

"뭘 또 말을 그렇게 하나?"

"그럼 어떻게 해?"

"너어무 아쉽고 더 보고 싶은데 바빠서 어쩔 수 없이 가 봐야겠다든가?"

제영이 인상을 찌푸렸다.

"우리가 그런 체면치레 할 사이야?"

"아니면 더 좋고."

이성이 씩 웃으면서 답했다. 그러고는 제영을 품에 덥석 안으려다가, 주변 눈치를 살피고는 손을 거뒀다. 제영이 고 짧은 새 눈에 힘을 잔뜩 주고 부리부리한 눈빛으로 이성을 흘겨봤다.

"아 왜. 안 했잖아."

"상황 봐 가면서 행동 좀 해라. 사람 그만 곤란하게 해."

평소의 이성이라면 충분히 반박하고도 남았겠지만 오늘의 제영은 어쩐지 영 기분이 좋지 않아 보여서, 이성은 반박을 포기하고 고개를 끄덕였다.

"오늘 집에 가서 듣고 싶은 곡 골라 둬."

"왜?"

"오늘 와 준 거 고마우니까 내가 한 곡 쳐 주게."

이성이 일부러 가슴을 내밀고는 우쭐한 기색으로 말했다. 제영이 고개를 절레절레 내저었다.

"윤이성 참 쉽다. 처음에는 갖은 수를 써서 비싼 척을 하더니."

제영의 비아냥거림에도 이성은 여전히 웃는 낯이었다. 그가 고개를 숙여 제영의 귓가에 속삭이듯 말했다.

"너한테만 쉬운 거야."

"징그럽게 무슨 귓속말이야?"

신경질을 부리는데 어째 타격감이 없다. 이성이 씩 웃으면서 어깨를 으쓱였다. 주변인들이 은근슬쩍 제영과 이성을 흘긋거렸다.

"배웅해 줄까?"

"됐어. 내가 애도 아니고. 촬영 다 마치고……."

제영이 이제 정말로 마무리 인사를 하고 나가려던 때였다. 그녀의 뒤로 커다란 사내의 인기척이 다가왔다. 제영과 마주 보고 있던 이성의 시선이 남자를 향했다.

"여기서 또 보게 될 줄은 몰랐습니다."

제영의 뒤에 선 남자는 형찬이었다. 제영이 놀라서 어깨를 움츠리며 몸을 돌렸다. 그러곤 형찬의 얼굴을 확인하고는 얕게 한숨을 내쉬었다.

이성의 연주를 들으며 잠시 물려 두었던 피로감이 다시 돌아온 기분이었다.

"그러게요. 대표님이 직접 촬영장을 찾으실 줄은 몰랐네요."

"기대주의 활동 첫날은 되도록 챙기는 편입니다."

"아아, 기대주……."

말을 줄이는 제영의 목소리가 영 의뭉스러웠다. 과연 앞으로 다시 재기할 기대주 피아니스트를 보러 온 건지, 저처럼 사고뭉치인 놈을 조금이나마 제어하려 온 건지 의심하는 모양새였다.

형찬은 제영의 표정을 유심히 살피며 이내 웃음을 터뜨렸다. 웃음의 시작에 묻은 씁쓸함은 아주 찰나에 지나갔다.

오묘했던 표정을 정리해 무덤덤한 얼굴이 된 제영이 형찬을 올려다봤다. 형찬이 표면으로 드러내기를 이성을 '기대주'로 표현했으니 그래서 어땠냐는 답을 묻는 듯했다.

형찬은 답을 줄 듯 말 듯, 마치 놀리기라도 하듯 입술을 두어 번 떼었다 다시 다물었다. 제영이 바라는 것을 들어주는 것은 어렵지 않았다. 승패와 상관없이 윤이성은 사람들의 이목을 끌 기반을 만들어 냈다. 아니 이목만으로 그치지 않고 화제가 될 수도 있었다.

장난스럽게 시작한 연주는 그 끝에 다다랐을 때, 그만큼 빛났었다. 그러나 형찬은 기어이 제영이 원하는 윤이성에 대한 평가는 내려 주지 않았다.

제영이 원하는 답을 주어 봤자 이야기의 주제는 일, 아니면 윤이성이 될 터였다. 둘 모두 형찬이 원하는 대화의 방향은 아니었다.

"잠깐만. 지금 이 상황 뭐지?"

뚱한 얼굴로 제영과 형찬을 보던 이성이 드디어 딴죽을 걸었다. 제영이 눈을 똥그랗게 뜨고 이성을 바라보았다. 아, 그러고 보니까 이성에게는 오늘 맞선을 보고 온 사실을 말하지 않고 얼버무렸었다.

"뭐가 말입니까?"

"지금 되게, 이해가 안 되는데."

"그러니까 뭐가요?"

"왜 그쪽 대표님이랑 박제영이가 아는 사이처럼, 아니 먼저 만난 적이 있는 것처럼 얘기하냔 말이야. 그것도 내 앞에서."

기어이 이성이 인상까지 구겼다. 형찬이 대충 상황을 파악하고는 여유롭게 웃었다. 이성은 오늘 제영이 저를 만나고 온 상황을 모르는 모양이었다. 하긴, 스폰서가 누굴 만나고 다니는지 후원받는 예술인이 알아야 할 이유가 없긴 했다.

"바로 오늘 만났습니다. 지금 여기서 다시 뵙기 전까지는 박제영 씨가 윤이성 씨의 후원자 대리인 건 저도 몰랐지만요."

형찬이 자신의 추측에 쐐기를 박듯, 제영을 바라보며 물었다.

"맞습니까?"

주어도 뭣도 없는 물음이었지만, 이 물음이 뭘 뜻하는지는 모를 수가 없었다. 제영이 떨떠름한 얼굴로 고개를 끄덕였다.

"예. 예상하신 대로요."

"아까는 왜 말하지 않았습니까?"

형찬과 제영이 나누는 대화의 흐름에 이성의 얼굴이 대번에 일그러졌다. 둘은 분명 지금 이 촬영장에서 다시 마주치기 전에 만났다. 그런데, 그때는 서로가 윤이성의 소속사 대표와 스폰서 관계인 것을 몰랐다.

결론은 이 둘이 이전에 일과는 전혀 상관없는 자리에서 만났다는 뜻이었다. 원래 알던 사이도 아닌데.

왜?

"그쪽, 아니 대표님이 근데 제영이를 왜 만났습니까?"

이성의 날 선 물음에 형찬이 여유로운 미소를 지었다. 이 상황이 썩 나쁘지 않다고 여기는 얼굴이었다. 제영이 이성에게 저와의 만남을 알리지 않았다는 것.

"성인 남자와 여자가 만날 법한 일로 만났습니다."

형찬이 모호한 말로 답했다. 하지만 이성에게는 그리 모호하게와 닿지도 않았다. 이성은 제영이 이전에도 맞선을 본 것을 알고 있었다. 상대가 형찬은 아니었지만 말이다.

형찬이라면 유성 그룹의 계열사인 유성 매니지먼트의 대표씩이나 되는 놈이었다. 제영이 이전에 봤던 맞선 상대와 비교해도 더 우월한 조건이었다.

이성이 제영에게 낮게 가라앉은 목소리로 물었다.

"……선봤나?"

제영이 크게 한숨을 내쉬었다. 아닌 척해도 사람들의 이목이 이쪽으로 몰린 게 느껴졌다. 흘긋거리는 사람들의 시선이 따가웠다.

사람들의 시선을 신경 써야 할 윤이성 본인도, 그를 관리하는 회사의 대표인 이형찬조차도 이 상황을 개의치 않고 있었다.

"봤어."

제영이 답하며 형찬과 이성을 번갈아 노려보았다.

"근데 지금 이게 여기서 나눌 이야기인가요?"

어느 때보다 싸늘한 제영의 목소리에 그제야 두 남자가 멈칫했다. 다만 그 이후로도 주변 사람들이 아니라 제영의 눈치를 살폈다.

그러다간 형찬과 이성이 서로를 탐색하는 시선으로 훑기 시작했다. 아래에서 위로, 혹은 위에서 아래로 서로를 보는 눈빛에 상대를 재 보는 기색이 완연했다.

제영이 신경질적으로 머리칼을 쓸어 넘겼다. 이 자리에서 빨리 벗어나지 못한 게 천추의 한이었다. 무표정한 얼굴로 바닥을 내려보던 제영이 안녕을 통보하고 자리를 뜨려던 때였다.

"어쨌든 전 볼일 끝났으니 가……."

"윤이성 씨!"

제영의 귀에 익은 목소리가 들렸다. 발랄하게 이성의 이름을 부르며 제영을 툭 치고 지나간 그녀는 다름 아닌 박제윤이었다.

"조금 이따가 패널들 뽑을 때요, 그때 저 꼭 이성 씨 팀으로 뽑아 주세요! 추천! 알겠죠?"

"너 있었냐?"

"신인들은 구석으로 몰아 놓고 인터뷰도 안 따서 보이지도 않으셨죠?"

제윤이 아주 자연스럽게 이성의 팔에 팔짱까지 껴 가며 애교 가득한 목소리로 말했다. 이성이 금세 떫은 감이라도 씹은 표정으로 우선 제윤의 팔부터 치웠다. 하필이면 제영이 앞에서.

그리고 슬쩍 제영의 눈치를 살폈다. 시야 끝에 걸리는 형찬의 흥미 가득한 눈초리가 몹시 거슬렸다.

그런데 어째, 제영의 표정이 묘했다.

"박제윤⋯⋯? 네가 왜⋯⋯."

제영의 말에 제윤이 그제야 고개를 돌려 제영을 바라보았다. 아까 형찬과 이성이 서로를 탐색했던 그 시선과 꼭 닮은 눈으로 제윤이 제영을 살폈다.

그러고는 혼자서 아, 하며 무언가 깨달았다는 듯이 고개를 끄덕였다. 제영이 이성과 무슨 관계인지를 파악했다는 뜻이었다. 완벽히 아는 건 아니라도, 제윤이 제영의 친척인 데다 혜옥을 모시고 살기까지 했다. 그만큼 관련이 있는 이상 이전에 박신환이 윤이성을 후원했던 걸 모르긴 어려웠다.

사실 아까 다른 이도 아닌 윤이성의 대기실을 가장 먼저 찾았던 건, 그런 식으로나마 그에게 끈이 닿아 있어서도 있었다. 물론 그보다, 윤이성의 얼굴이 화려한 만큼 방송에 얼굴이 비치면 분명 외모만으로도 화제가 될 걸 알아서이기도 했다.

본래 본인의 역량으로 어려우면 도움 될 것 같은 사람 곁에 붙어서라도 분량을 챙겨야 하는 법이었다. 제윤은 그런 것에 있어서 별수 없이 능했다.

다만, 제윤이 알기로는 할아버지인 박신환이 이성을 후원하고 키웠다. 제영이 그 자리를 따라다닌 건 알지만 막연히 정신과적 문제 때문이라고 알고 있었다.

본인이 하지 못하는 연주를 타인의 손으로라도 하는 걸 보면서 안정을 찾는다나 어쨌다나. 지금 생각해 보면……

우습지도 않은 핑계였다. 제윤은 문득 얼마 전에 윤이성이 학교에 제영을 찾으러 쳐들어와 일을 벌였던 것을 떠올렸다.

스폰서를 찾으러 왔다고 했었나. 그렇다면 윤이성을 키운 건 역시.

제윤이 제영을 빤히 바라봤다. 제영은 제윤의 시선을 느끼면서도 한 번을 고개 돌려 주지 않았다. 제윤은 이죽거리려는 입술을 가라앉히기 위해 애썼다.

이거 어째, 되게 재밌는 상황이네.

제윤이 금세 표정을 바꾸고 화사하게 웃는 낯으로 말했다.

"나 배우 하려고 연영과 들어갔잖아. 소속사에서 여기 출연해 보라고 찔, 아니 추천해 주셔서 왔지?"

"소속사……?"

"아, 넌 모르나? 아 참, 우리 아빠한테는 비밀이야. 알았지?"

"종숙 몰래 이러고 다니니?"

제영이 따지는 듯이 물어서 제윤도 한 소리 하고 싶었다. 이러고 다니냐는 말은 너나 들을 소리 아니냐고. 제윤의 성격에 이 자리에 형찬만 없었더라면 하고도 남았을 거다.

제윤은 말을 돌리는 쪽을 택했다.

"어머나, 대표님도 계셨네요?"

눈을 동그랗게 뜨고 말하는 제윤을 보고 형찬이 가볍게 고개를 까닥여 인사하는 시늉을 했다. 제윤이 배시시 웃으면서 다시금 허리를 깊이 숙여 인사했다.

"여기 왜 오셨……. 아니다, 참 참. 윤이성 피아니스트가 대표님 회사에 소속되어 있죠?"

"예. 그렇습니다. 그런데 누구셨죠?"

형찬이 부드럽게 웃으면서 물었다. 사실 그는 제윤이 누구인지 기억하고 있었다. 사람을 상대하는 것이 사업가의 기본인데 한 번 본 얼굴이라도 몇 년 지나지 않은 이상에야 기억하는 게 보통이었다. 적어도 그는 그랬다.

제윤이 낯을 붉혔다. 아무리 그가 유성 그룹 회장의 친손자라고 해도 계열사 이사의 딸인 저를 기억하지 못하는 건 무례하다고 느꼈다.

"유성 모직 박태욱 이사 딸 박제윤이에요! 저번에 아빠 사무실에서 한 번 뵈었고요."

"……아. 그랬었죠."

그걸로 끝이었다. 형찬은 굳이 제윤에게 더 말을 붙일 기회를 주지 않았다. 제윤이 형찬을 마주 보고 웃었다.

제윤은 속으로 짧은 순간에 여러 생각을 했다. 피아니스트였던 어린 박제영을 좋아하던 마음 때문에 맞선을 부탁한 이형찬. 학교에 찾아와서 벌였던 미친 짓이나, 촬영 내내 한쪽만 향하던 시선까지. 제영에게 마음이 없다고 하면 더 이상할 윤이성.

누가 봐도 아까울 남자들은 왜, 이제 아무것도 아닌 박제영에게 여전히 목을 매는 걸까.

"종종, 촬영장에 찾아오시나요? 오늘처럼?"

제윤이 제 머릿속을 가득 채운 시커먼 생각들을 숨긴 채 밝게 웃었다. 그녀의 물음에 형찬이 짧게 답했다.

"글쎄요. 아마 별다른 일이 없다면 그럴 일은 없을 겁니다."

매정한 말을 참 쉽게도 했다. 심지어 답은 제윤에게 주고 있었지만, 시선은 제영을 향하고 있었다.

매정한 데다 시선 처리까지 무례한 답이었지만 틀리진 않을 거다. 그래도 별다른 일이 생기면 어쩔 수 없이 촬영장에 찾아오든, 아니면 다른 곳에서라도 마주칠 일이 생기든 할 테지.

"제영 씨는 이제 돌아갈 생각이신가요?"

"이미 너무 오래 있었네요."

제영이 피곤한 낯으로 수긍했다.

"돌아가시기 전에 하나만 여쭤도 되겠습니까?"

안 된다고 딱 자르려던 제영이 이성을 흘긋 보았다. 그는 할 말이 많은 표정으로 저와 형찬, 거기다 제윤까지 번갈아 보고 있었다. 저 성질에 입 다물고 이만큼이나 참았으면 잘 참았다. 아마 제가 떠나고 나면 분명히 형찬과 대거리라도 한판 하리라. 저까지 보태서 형찬의 기분을 더 상하게 할 수는 없었다.

제영이 슬그머니 손을 뻗어 이성의 팔꿈치를 툭 쳤다. 이성의 눈에 들었던 힘이 조금이지만 슬그머니 빠졌다. 형찬의 시선이 흘긋 제영의 손이 닿았던 이성의 팔꿈치로 향했다.

"윤이성 피아니스트가 오늘 연주한 변주곡, 제영 씨의 추천이었습니까?"

제영이 곧장 고개를 끄덕였다. 어쨌든 이성을 지게 만든 곡이었다. 제영은 의도한 바였으나, 형찬이 그 속내까지 알지는 못할 거였다.

"네."

결론적으로 이성은 〈작은 별 변주곡〉을 연주했기에 졌다. 물론 연주의 시작을 반주조차 없이 오른손으로 대충 친 탓도 컸겠지만, 결과적으로 실점을 쌓은 게 맞았다. 제영은 굳이 이 부분을 이성의 과실로 하기는 싫었다.

형찬은 제영의 답을 듣자마자, 더없이 입꼬리를 끌어 올려 웃었다. 제영은 자신의 답변이 형찬에게서 이런 반응을 끌어낼 줄 몰랐다.

"화제성을 이쪽으로 가져오는 패배를 의도하는 후원가라."

형찬이 느리게 고개를 끄덕였다.

"제게는 당신을 포기하라고 하셔 놓고, 자꾸만 매력을 보여 주시네요. 제영 씨는."

06. 어떤 설렘

[바빠?]

메시지 알람 소리에 휴대 전화를 들고 내용을 확인한 제영이 얕은 한숨을 내쉬었다. 본래 잘 울리는 일이 없는 그녀의 휴대 전화가 최근 들어 바빴다. 매일 울리는 진동을 만드는 사람은 하나뿐이었다. 윤이성.

[바빠.]

제영이 이성의 짧은 물음에, 마찬가지로 짧은 답을 보냈다. 거짓

말은 아니었다. 제영은 지금 학교 도서관에서 시험공부 중이었으
니까.

[이거 이거 대답 매정한 거 봐라?]
[그렇게 바빠?]
[야, 윤이성 스폰서. 그렇게 바쁘냐?]
[나한테 5분만 주라. 어?]
[야.]
[야! ㅠㅠ]

제영의 짧은 대답이 불만인 듯 득달같이 메시지가 연달아 날아
왔다. 윙윙 쉴 새 없이 울리는 진동에 주변 사람들의 시선이 불편을
담고 제영에게 꽂혔다.

제영이 얕은 한숨을 내쉬었다. 첫 방송 이후, 곧장 시험 기간이
시작된지라 만나지 못했더니 윤이성은 매일 이런 식이었다.

[왜.]
[5분만 달라고ㅠㅠ]
[통화할 여유 없어.]

나름대로 성의 있는 답변을 줬다. 5분도 여유가 없다고 밝혔으
니 적어도 30분은 잠잠하겠지. 휴대 전화 화면을 끄기 전에 시간
을 확인한 제영이 알림을 아예 무음으로 바꾸었다.

이렇게까지 했는데도 윤이성은 박제영에게 제 목소리를 전해 왔다.

"통화 말고 그럼 이렇게 보는 건?"

등 뒤에서 이성의 목소리가 들려왔다. 요 며칠 전화며 문자로 시달리다시피 그를 마주해서 환청이라도 들은 건가 싶었다. 그런 데 또 환청이라기에는 너무나 선명하고, 제게만 들린 건 아닌 듯 사람들의 시선도 제 뒤편을 향했다.

자연스레 제영의 고개도 등 뒤로 돌아갔다.

"너……!"

자리에서 벌떡 일어서 뭐라고 말을 하려던 제영이 주변의 눈치 를 살피며 다시 조용히 앉았다. 정신머리를 어디다 처박고 사는 거냐고 한마디 하려다 말았다.

적어도 곧 방송을 앞두고 얼굴을 가릴 정신머리는 지니고 온 것 같아서. 이렇게 학교엘 다시 찾아온 것부터 위험하지만.

"학생증 찍어야 되는데 어떻게 들어왔어?"

"얼굴 팔아서."

"미쳤니? 얼굴을 팔아? 곧 방송도 시작하는 사람이? 돌았어?"

이성이 제영의 3단으로 이어지는 비난에 입술을 삐죽였다.

"말이 그렇다는 거지. 안에 찾을 사람 있다고 잠깐 들어갔다 나 온다고 했어. 쉽게 들여보내 주던데?"

"마스크 올리고, 내리고?"

"거야 내렸지."

제영이 인상을 확 찌푸렸다.

"일단 나가."

"뭘 나가? 시험공부 중이라며. 어차피 오래도 못 있어. 5분만 네 얼굴 충전하고 갈게."

이성이 속에 능구렁이라도 한 마리 키우는 것처럼 웃으며 제영의 옆자리에 앉았다. 나가겠다고 소란을 피웠다간 괜히 사람들의 눈초리만 더 몰릴 듯했다. 마스크는 턱 밑에 걸었지만, 모자를 눌러써 결국 얼굴이 반쯤 가려지긴 한 이성을 제영이 쏘아봤다. 그러곤 다시 자리에 앉았다.

"조용히 있다가 5분 뒤에 꺼져라."

제영이 속삭이듯 말했다. 바로 옆에 앉아서 부담스러울 정도로 그녀를 응시하고 있는 이성에게만 딱 들릴 정도였다. 이성은 달리 답하지 않았지만 제영은 더 신경 쓰지 않기로 했다. 5분이 지나면 윤이성이 꺼지지 않아도 제가 자리를 비킬 생각이었다.

제영이 다시 책을 들여다보기 시작했다. 쉼 없이 제영의 얼굴만 뚫어지게 보던 이성이 흘긋, 제영이 보는 책의 내용을 훑었다.

'도미넌트 세븐스 코드는 다소 불안정한 울림을 가진 것이 특징이다. 이 울림의 불안정함은 장 3도음과 단 7도음의……'

화성 교재인 듯한데. 제영이 손끝으로 책장을 잡고 넘겼다. 다음 장에는 코드를 사용한 예제 악보가 그려져 있었다. 제영의 손이 악보의 리듬에 맞춰서 톡톡 움직였다. 책 아래 꼬리말로 붙은 제목이 이성의 눈에 들어왔다.

『실용 음악 화성학』.

참 재미없는 이름의 책인데 제영은 퍽 집중해서 보고 있었다.

이성은 재미없는 책에서 눈을 뗐다. 제게 무엇보다 재밌는 제영의 얼굴이나 감상할 생각이었다.

제영의 눈이 깜박였다. 속눈썹이 같이 팔랑이는 게 보이는데 괜히 가슴이 두근거렸다. 새카맣게 윤이 나는 속눈썹이 창문 넘은 햇살을 조각내어 빛 가루로 만든 듯했다. 그 반짝이는 가루들이 심장에 콕콕 박혀서 반짝였다.

이 두근거림은 그런 느낌이었다.

가을인데 윤이성의 눈에 고인 박제영만 봄 같다. 이성의 세상은 쉼 없이 달콤했다. 배경 음악으로 미뉴에트를 깔아 주면 딱 좋을 것 같은데.

이성의 손가락이 도서관 책상 위 허공을 찌르듯 콕콕 두드렸다. 미뉴에트의 3박자를 따라 까딱거렸다.

뭔가 아쉬운데.

이성이 입술만 움직여 소리 없이 중얼거렸다. 그렇다고 정말로 배경 음악을 깔아 줄 수도 없는 노릇이고. 눈앞의 제영은 예쁘고.

이 순간을 박제할 방법이 하나 있었다. 이성이 휴대 전화를 꺼냈다. 교재를 뚫어지게 바라보는 제영의 얼굴을 한 번 찰칵, 찍었다.

시험 기간의 대학교 도서관은 몹시 조용했고, 이성이 휴대 전화를 꺼내 촬영하며 난 찰칵 소리는 유난히 크게 들렸다. 모두의 시선이 한 번에 쏠렸다.

제영이 눈을 부릅떴다.

"이 미친놈아."

"공부하는 모습이 이렇게 예뻐서 어쩌냐."

제영의 경악 서린 비난을 깡그리 무시하고, 이성이 배시시 웃으면서 말했다. 눈은 반쯤 풀려서 홀린 얼굴이었다.

"소란 그만 피우고 좀 꺼져. 제발. 부디."

"아니 뭐 찰칵 소리밖에 더 냈나. 지금 말도 이렇게……."

이성의 얼굴이 제영의 귓가로 다가갔다. 그러더니 그가 속삭였다.

"소곤거리고 있잖아요. 착하게."

제영으로서는 이성이 '착하다'라고 여기는 기준을 이해하는 것이 불가능했다. 제영이 한숨을 내쉬었다. 무시가 답이었다. 제 입으로 5분 지나면 간다고 했고 이제 대충 한 2분이나 남았을 거다.

그렇게 무시를 하려는데. 도무지 무시할 수가 없도록 이성의 시선이 제영의 옆얼굴을 콕콕 찔렀다.

"작작 쳐다봐. 뚫리겠네."

이성의 손에서 다시 시작되어 요정의 춤처럼 허공을 통통 튀던 미뉴에트가 그쳤다. 제영의 핀잔을 들은 이성의 입술이 또 삐죽 튀어나왔다. 제영의 한숨이 깊어졌다.

"5분 안 지났나?"

"아직인데. 내 5분은 적당히 한…… 박제영 시계로 한 10분 지나면 다 차겠다."

윤이성은 처음부터 저럴 작정이었을 거다. 제영은 다시금 무시를 택했다. 무시하다가 한 번이라도 더 사람들 이목을 끌 소란을 피운다면, 저도 나가고 윤이성도 쫓아낼 생각이었다. 사실 이미 도서관에서의 공부는 글렀다 싶었다.

"시험이 그렇게 중요하나?"

제영이 왜 당연한 걸 묻냐는 눈으로 이성을 째려봤다. 사실 대학교 성적 따위야 어떻든 제영은 그리 크게 신경 쓰지 않았다. 그렇지만, 이성이 제 16마디 연습곡 과제를 연주하는 걸 보고 나서는 조금 진지해졌다. 전부터 관심이 좀 깊어지기도 했었다. 작곡도 음악의 길이었으니까 어찌 보면 당연한 수순이었다.

이성이 어깨를 으쓱였다.

"하여간 뭐든 열심히 한단 말이지. 제가 가르치는 거나, 제가 배우는 거나."

제영이 피식 실소했다. 저와는 시작부터 음악으로 묶인 이성에게는 자신이 뭐든 열심히 하는 사람으로 비칠 만도 했다. 정작 그를 제영에게 소개해 준 할아버지는 제영이 무엇도 제대로 하기 싫어하는 그 상태를 어떻게든 하려고 하셨는데.

문득 떠오르는 할아버지 생각에 제영의 표정이 잠시 어두워졌다. 추억과 엉겨 붙어 떠오른 슬픔을 잠재우며 제영이 괜히 시계를 확인했다.

2시 15분. 김무진 교수와의 약속 15분 전이었다. 어차피 일어날 시간이기도 했거니와, 윤이성도 거슬리는데 잘됐다 싶었다. 제영이 자리에서 일어났다. 이성이 급히 따라 일어났다. 다리는 이성이 훨씬 긴데, 마음이 급한 만큼 앞서가는 건 제영이었다.

도서관에서 음악원 건물까지 거리가 제법 있었다. 이성이 저는 신경도 쓰지 않고 훌쩍, 곧 달음박질이라도 칠 듯한 제영을 따라잡아 앞에 섰다.

"야!"

"왜."

"내 5분 아직 안 지났다니까?"

"헛소리 받아 주니까 막 치대도 될 것 같니? 제발 좀 꺼져라. 가서 공연 연습을 하시든지 아니면 촬영할 곡 연습을 하시든지 하라고요. 그리고 나 약속 있어."

이성이 눈을 가름하게 떴다. 그러곤 제영에게 조금 더 가까이 다가갔다. 코끝이 부딪칠 듯 가까운 거리였다. 이성의 모자챙이 만드는 그늘이 제영의 얼굴에까지 드리웠다.

"무슨 약속? 누구랑? 뭐랑?"

"뭐 하니, 너?"

"남자야?"

"뭐?"

"약속 대상, 남자야?"

김무진 교수님의 성별이야 남자였다. 하지만 제영이 그를 이성으로, 남자로 느끼고 만나는 거냐고 하면 당연히 아니었다. 이럴 때의 보편적 대답은 '아니'가 맞았다. 그리고 무슨 약속인지, 왜 만나는지를 설명하겠지만.

"남자야."

제 앞을 막아선 이성에게는 그러기 싫었다. 윤이성을 따라 저도 제멋대로의 어린아이가 된 것처럼.

제영이 팔짱을 끼곤 이성을 뚜하게 바라보았다.

"야!"

"소리 작작 질러."

"남자 누구!"

"알아서 뭐 하게?"

허리를 굽혀 제영과 눈높이를 맞추고 있던 이성이 허리를 쫙 폈다. 높아진 눈높이를 따라 제영이 고개를 드니, 토라진 아이 같은 표정을 한 이성이 보였다.

턱에는 호두알 하나를 심고, 입술은 뚜하게 내민 게 정말 제대로 토라진 아이 표정이다. 근데 그렇다고 또 마냥 따지지는 못하고 혼자서 끙끙 앓는.

손을 뻗어서 저 높이에 있는 모자 꽁무니라도 쓰다듬어 줘야 할 듯한 기분이 되었다. 문득 제영은 방금 제가 한 생각에 깜짝 놀랐다.

"교수님 뵈러 가."

아무래도 이건 윤이성이 지금 짓고 있는 표정 탓이다. 제영이 마치 변명이라도 하듯 말했다. 여기까지만 했으면 딱 좋았을 텐데.

이성이 장난스레 눈을 휘어 웃으며 한마디를 더 얹었다.

"그 교수 남자야?"

"작작 해라?"

제영이 눈을 흘겼다. 이성이 장난스러운 눈초리 그대로 제영을 빤히 보다가 슬그머니 손을 뻗었다. 이성의 두 팔이 제영을 부드럽게 감쌌다.

"그럼 남은 1분은 이걸로 받아야겠다."

"5분 지났다고……."

"내 시계로는 안 지났다니까 그러네."

이성의 뻔뻔한 말에 제영이 얕은 한숨을 내쉬었다. 스킨십을 언어 내기 위한 변명도 정말 가지가지였다.

"너 곧 공중파 방송 타는 건 까맣게 잊었니? 조심 좀 해라."

"그래서 키스 말고 포옹으로 참은 건데."

뻔뻔하기가 둘째가라면 서러울 정도였다. 제영의 한숨이 깊어졌다.

그리고 이 광경을, 멀리서 제윤이 흥미로운 표정으로 바라보고 있었다.

"너 진짜……!"

정말로 답이 없었다. 하긴 윤이성이 제멋대로 구는 건 예전부터 그랬다. 지금까지 한결같기도 하지. 제영은 이성을 제어하는 것을 체념했다. 다만 그녀의 성질머리상 그냥 넘어가는 것도 무리였다.

"내가 만든 윤이성이라는 가치를 망가뜨리지 마. 제발."

"누가 만들어 준 가치인데. 그게 그렇게 쉽게 떨어지겠냐?"

"세상이 그렇게 너 편한 대로만 돌아가지는……."

제영이 말을 하는 와중인데, 윤이성의 시선이 돌아갔다. 흔치 않은 경우인지라 제영이 말을 끊고 미간을 찌푸렸다.

"어? 조용히 왔는데 어떻게 알았어요?"

이성의 시선이 옮겨 간 대상은 제윤이었다. 이성에게 가려져 제영에게는 보이지 않던 제윤이 옆으로 한 걸음 걸어 제영에게도 보이게 섰다.

"언니도 안녕?"

그럴 사이가 아닌데 퍽 발랄하게도 인사했다. 이성이 헷갈린다는 표정으로 제영과 제윤을 번갈아 봤다. 둘이 혈연이라는 건 알겠다. 이름도 비슷하지, 풍기는 분위기는 천양지차라도 이목구비의 오밀조밀함은 어딘가 닮은 데가 보였으니까.

제영은 형제가 없으니 그녀의 동생은 아닐 거였다. 그렇다면 아마도 아주 멀지는 않은 친척이겠거니 싶었다. 다만, 둘의 사이가 참 모호했다.

지금의 제윤은 제영에게 사감 없이 친해 보였다. 하지만 처음 셋, 아니 넷이 대면했던 촬영장에선 제윤도 제영에게 날을 세웠었다. 제영이야 그때나 지금이나 제윤을 대하는 데는 싸늘하기 짝이 없고.

다만 제영은 이성을 포함한 모두에게 어느 정도는 늘 가시를 세우고 사는 사람이었다. 저러면 안 피곤할까 싶을 정도로 말이다. 결국 둘의 관계는 제윤의 태도를 봐야 알 수 있을 텐데.

그때만 싸워서 싸늘했던 건지, 아니면 지금의 상냥한 척이 저를 의식한 모습인지. 제윤의 관심은 저보다는 분명 제 소속사 대표인 이형찬에게 쏠려 있었는데.

"뭐예요! 둘 다 사람 민망하게 인사도 안 받아 주고."

넉살 좋게 잔망을 떨어 대는 제윤을 보고 제영이 피곤한 것처럼 눈을 문질렀다. 제윤이 등장한 타이밍을 봤을 때, 분명 이성이 저를 끌어안고 있는 걸 봤을 거다. 나쁜 짓을 하다 걸린 것도 아니건만, 꼭 죄지은 사람이 된 것처럼 속이 불편했다.

"뭐야? 그쪽도 이 학교 학생?"

"네. 피아니스트님은 놀러 오셨어요? 언니…… 보러?"

"잠깐 일 때문에 할 말이 있어서. 근데 그쪽도 여기 다닐 줄은 몰랐네."

이성의 말에 제윤이 뿌듯하다는 얼굴로 웃었다. 굉장히 자랑스러운 듯 가슴까지 쫙 펴지고 자세마저 곧아졌다.

그럴 만했다. 대한 종합 예술 학교. 국내에서 예능 전공 학생들이 가장 가고 싶어 하는 학교니까.

학업도, 전공 실력도 좋아야만 입학이 가능했다. 독보적인 입시 스타일로도 유명했다.

"제가 데뷔도 제대로 못 했다고 무시하셨구나! 그래도 우리 제영 언니랑 같은 핏줄인데, 그 능력이 어디 가겠어요?"

제윤이 발랄하게 답하며 내친김에 제영의 팔짱까지 꼈다. 왜 친한 척이야. 속마음을 숨기지 못하는 표정으로 제영이 고개를 돌렸다. 평소라면 치워 내고도 남았을 제윤의 팔을 참아 가면서.

"그으래……?"

이성이 괜히 말꼬리를 늘여 가며 답했다. 제윤이 새침하게 눈을 뜨고 이성을 흘겼다. 참을 만큼 참았다 싶었는지 제영이 제윤에게 붙들린 팔을 뺐다.

"너 왜 거기서 와? 연극원 건물은 그쪽 아니잖아."

"심포니 촬영 때문에. 음대 교수님들한테 어드바이스 좀 받느라고."

제영이 대충 수긍했다는 뜻으로 고개를 끄덕였다. 사실 제윤이 어디서 나타나든 제영이 알 바는 아니었다. 제윤과 이성이 길게 대화하는 게 내키지 않아서 흐름을 끊기 위한 질문일 따름이었다.

"인사했고, 할 말 다 나눴고."

제영이 시간을 다시 확인했다. 2시 21분. 지금부터 열심히 걸어야 시간 전에 김무진 교수의 교수실에 도착할 수 있을 듯했다.

"각자 갈 길 가죠들."

"이따 밤에 하던 얘기, 마저 하자."

"밤에요? 피아니스트님도 오늘 촬영 아니에요? 오늘 촬영 늦게 까지 할 텐데……."

"윤이성 씨는 중간에 촬영장에서 뛰쳐나오지 말고, 촬영 마무리 까지 잘…… 하시고."

제윤이 눈을 동그랗게 뜨고 이성과 제영을 번갈아 보았다.

"내가 피아니스트님 끝까지 계시는지 확인해 줄까?"

그러면서 제윤이 슬그머니, 이번엔 이성에게 친한 척 다가가 옆 에 섰다.

"각자 할 일이나 잘 하자고."

제영이 묘하게 불안하다는 눈으로 제윤과 이성을 보고는 결국 돌아섰다. 담임 교수이기도 한 김무진을 기다리게 할 수는 없었다.

빠른 걸음으로 제영이 음악원 건물을 향해 멀어져 갔다. 그 뒷 모습을 이성이 빤히 보았다. 어차피 제영이 안 볼 걸 알면서도 괜 히 손까지 흔들어 봤다.

제윤이 그런 이성을 가만히 보았다. 이성이 제윤의 시선을 느끼 고 고개를 돌렸다.

"왜?"

"어차피 촬영장 가시는 길일 텐데 저도 태워 주시면 안 돼요?"

이성이 인상을 찌푸렸다. 무슨 스캔들을 내려고 이러나. 얘가.

아무래도 제영은 제윤에게 호감을 느끼는 건 아닌 모양새로 보였다. 그렇다 보니 이성도 딱히 제윤에게 상냥하게 대할 생각은 없었다.

"내가 왜?"

제윤이 짐짓 놀라는 시늉을 했다. 정말 별다른 감정 없이 모르는 사람을 대하듯 저를 대하는 남자라니 그리 흔치는 않았으니까.

형찬도, 이성도. 잘난 데가 있는 남자들이 제영에게는 상냥하고 저는 무시하는 상황이 썩 좋지는 않았다. 솔직히 속이 뒤틀렸다.

하지만 제윤은 속으로 무슨 생각을 했는지 전혀 모르게, 표정을 풀고 씩 웃었다.

"박제영 좋아하죠?"

"그게 너랑 상관있냐?"

"박제영이랑 잘되게, 내가 도와줄까요?"

제윤의 웃음이 짙어졌다. 이성은 내심 둘 사이가 별로 좋아 보이지도 않는데, 돕긴 뭘 돕냐는 생각을 했다.

하지만 제윤의 말을 영 무시하기에는 그가 제영을 너무 좋아했다. 그 마음을 숨길 생각을 하지도 못할 정도로.

"……차 후문 주차장에 있다."

"고마워요. 우리 윈윈 하자고요!"

제윤이 후문 주차장 쪽으로 앞장서서 걸었다. 어째 말린 기분에, 이성이 한숨을 푹 내쉬었다.

* * *

다행히 늦지 않게 김무진의 교수실에 도착했다. 제영이 미리 받았던 과제를 보여 드리곤 김무진의 조언을 들었다.

"확실히 많이 좋아졌네. 하지만 여기서는 코드를 어그먼티드보다는……."

아니, 듣고 있지를 않았다. 제영의 표정이 어딘가 멍했다. 그녀가 평소와 다른 태도임을 알아챈 김무진이 말을 하다 멈췄다.

제영은 교수가 말을 멈춘 것도 깨닫지 못하고 여전히 멍했다. 머릿속에서 제가 두고 온 제윤과 이성이 무언가 대화를 나누는 모습이 자꾸만 떠올랐다. 이건 제영이 생각해도 본인답지 않았다.

"박제영 학생?"

"……아. 교수님. 죄송합니다."

제영이 보기 드물게 뺨까지 붉혀 가면서 사과했다. 김무진이 인자한 얼굴로 웃으면서 고개를 저었다. 넓은 창을 통해 교수실 안으로 낮은 햇살이 떨어져 내렸다. 가을의 하늘은 오늘 유난히 파랬다.

구름 한 점 없이 파란 하늘을 배경으로 두고 빨갛고 노랗게 물든 교정의 잎사귀들도 바람을 따라 춤췄다.

봄이 아니라 가을의 설렘도 있을 법했다. 김무진은 그렇게 생각했다. 학생들 아닌가. 40대를 지나가는 그에 비하자면 학교의 학생들은 늦깎이라도 무릇 청춘이었다.

"연애하나?"

"……네?"

"연애란 나쁜 게 아니지. 자네가 강한 그 클래식 작곡가들도 연애의 감정으로 말미암아 더 좋은 곡들을 써내곤 하지 않았나. 예술인에게 연애는 마냥 시간 낭비가 아니야. 부끄러워할 일도 아니고."

"아니, 그런 게 아니라⋯⋯. 아닙니다. 교수님. 저 연애 같은 거 안 해요."

평소와 달리 반쯤 상기된 목소리로 부정하는 제영의 뺨이 붉었다. 늘 덤덤하던 제영이 다른 모습을 보이는 것이 김무진의 눈에는 썩 귀엽게 비치었다. 역시 젊은이들이란 파릇파릇하니 귀엽지.

그도 아주 많은 나이는 아니면서 그런 늙은이 같은 생각을 하며 웃었다.

"정말로 안 하는 거라면 지금의 설렘을 이끌어 발전시켜 봐도 좋지."

"교수님⋯⋯."

김무진이 제영이 가져온 과제곡 악보를 손에 쥐고 흔들었다. 제영이 그제야 제 과제에 시선을 집중했다.

"이것도 나쁘지 않았다네. 내가 내 준 주제에 맞춰서 정말 '요새 곡' 스타일로 썩 괜찮게 바꿨지."

"아⋯⋯. 감사합니다."

"사실 워낙에 기본이 탄탄하게 갖추어져 있고 감성도 충만한 학생이라서 말이야. 기계적으로 코드나 여타 멜로디를 트렌디하게 맞추는 건 어떻게 하더라도 알아서 잘해 낼 것 같단 생각이 드네."

"⋯⋯과찬이세요. 감사합니다."

계속 이어지는 칭찬의 말이 기꺼우면서도 버거웠다. 제영이 어색함을 지우지 못한 얼굴로 웃으며 연신 고개를 끄덕였다.

아까와는 다른 의미로 볼이 붉어진 제영을 김무진이 올려다보면서 묘한 얼굴로 웃었다. 정말로 재능이 있는 학생이었다. 그는 재능 있는 학생을 만나고 키우는 것을 퍽 좋아했다.

"그렇다고 내가 자네에게 내 주는 과제가 여기서 끝이라는 건 아니야. 아직 자네는 학생이지, 그것도 내가 키우는 학생이잖은가? 미래에는 아주 좋은 작곡가가 되겠지만."

"나중에, 제가 작곡가가 될까요?"

"이만하면 훌륭한 재능을 묻을 셈인가?"

"교수님이 이끌어 주신 거죠. 저는 그냥……."

제영이 씁쓸하게 웃었다. 어딘가 도약할 곳을 두고 한 걸음 물러나듯, 아쉬움과 미련 따위를 담고 있는 웃음이었다.

제영은 음악을 사랑했다. 과거에 피아니스트였을 때는 물론이고 지금도 그리 다르지 않았다.

다만 그녀는 이미 한 번, 제가 사랑하는 음악에 좌절을 겪은 적이 있었다. 재능을 빼앗겼다. 망가진 손가락에 힘이 들어가고, 경련하듯 떨리는 것이 맞잡은 맞은편 손에 선명하게 느껴졌다.

또, 그런 일이 생기지 않으리라는 보장이 없었다. 모든 것이 손에 잡힐 듯, 내 것일 듯한 미래에서 밀려나 절망했던 그 순간이. 지금의 상냥한 순간이 악몽이 될 미래가 오지 않을 거라는 보장이.

"……음악을 좋아하는 학생입니다."

제영이 완곡하게, 자신은 학생으로 남을 것임을 밝혔다. 김무진이 묘한 얼굴로 제영을 바라보았다. 재능을 가졌지만 소극적이고, 그러면서도 음악을 너무나 사랑하는 게 보이는 학생이라.

김무진으로서는 처음 보는 타입이었다. 보통은 재능 있는 것들이라면 본인만의 견고한 프라이드를 가진 녀석들이 많은데. 어쨌든 무진의 입장에서야 나쁠 게 없었다. 신경 쓸 이유도 없었고.

그가 고개를 끄덕였다.

"다음 과제를 할 생각은 있는가?"

"내 주시면요."

"시험과 병행할 수 있겠나?"

"노력하겠습니다."

만족스러운 대답이었다. 김무진이 다시금 창밖을 쳐다보았다.

"사랑, 설렘⋯⋯."

"네?"

"이것을 주제로 곡을 써 보면 좋겠군. 길지 않아도 되네. 다만 이번에는 맺음이 있는 하나의 곡이면 좋겠어. 내가 낸 주제에 맞는 작곡을 해 보게."

이렇게 갑자기 과제가 튀어나올 줄 몰랐다. 그것도 아까 김무진이 제게 했던 말과 관련한 과제였다. 그가 연애하냐고 물었던 것이 떠올라 제영의 뺨이 새삼 다시 붉어졌다.

그러나 곧장 제영이 평정을 찾았다. 사담은 사담이고, 과제는 과제였다. 제영은 이미 본인이 생각하는 것보다 더 음악을 사랑하고 있었다. 작곡에 흥미를 두고 있었다.

교수의 지도를 따라가며 더 성장할 수 있는 길을 마다할 생각이 없었다.

"언제 다시 찾아뵈면 될까요?"

"하나라도 완성되었을 때 오게. 아니, 완성되면 곡만 보내게. 과제용 학교 메일이 아니라 내 개인 메일로 첨부하면 좋겠어. 이건 내 강의에서 내는 과제랑은 동떨어져 있으니까.”

김무진이 자신의 개인 명함을 하나 꺼내서 건넸다. 학교에서 사용하는 메일이 아닌 포털 사이트의 개인 메일과 김무진의 번호가 적혀 있었다.

“아⋯⋯. 감사합니다.”

“그럼 나가 보게. 또 다른 학생과도 약속이 있어서 말일세.”

“네. 그럼 나가 보겠습니다.”

제영이 허리를 깊이 숙여 공손하게 인사하고 김무진의 교수실을 나갔다. 혼자 남은 교수가 제영의 과제곡 악보를 보면서 입술을 곱씹었다.

그가 편곡을 고민할 때 하는 버릇이었다.

* * *

유성 매니지먼트의 수뇌라고 불리는 이들이 모두 모였다. 유성 매니지먼트 소속의 연예인들과 예술인, 재단 소속의 신진 예술가 모두를 아우르는 회의를 위해서였다.

원래 매년, 그리고 매달 있었던 이 회의는 항상 재단과 매니지먼트가 따로 진행했었다. 또한 그들 모두의 수장이랄 수 있는 대표는 참여하지 않는 것이 불문율이었다.

그러나 그것도, 형찬이 유성 매니지먼트의 대표이자 재단의 총괄이사로 취임하면서 모두 바뀌었다. 그는 취임과 동시에 재단 소속의 아티스트들의 의사는 존중하되, 재단과 매니지먼트의 구분을 천천히 허물었다.

지금에 와서는 통합 프로젝트와 컬래버레이션을 진행하기도 하며 경계를 많이 없앴다. 해서 회의도 매달 이렇게 통합하여 진행했다.

"……그럼 재단 소속 아티스트는 얼추 정리됐네요. 곽 실장님은 특히 엄유리 작가 개인전에 신경을 좀 써 주세요. 엄유리 작가님 작품의 스타일이 다가오는 겨울에 여러 기업체들과 프로모션을 진행하기에 굉장히 좋습니다. 이 이점을 살려서 작가의 인지도 상승 및 수익 측면에서 충분한 이익을 얻을 수 있도록 부탁드립니다."

"예, 대표님."

"매니지먼트 쪽도 기존에 계약 중인 배우들과는 딱히 논의가 필요한 내용은 없겠네요. 아, 8개월 뒤에 배우 유준 씨와는 재계약 협상 들어갈 시기인데 미리 신경 써 주고요. 당장 지금 작품 끝나면……. 크랭크 인 멀지 않은 작품 중에 괜찮은 시나리오 있으면 좀 건네줘 보세요."

형찬의 말에 배우 파트 팀장이 고개를 갸웃거렸다.

"시나리오요? 유준이 슬슬 드라마 할 때가 된 것 같은데요."

"유준 씨가 그렇게 말하던가요? 글쎄요. 내심 영화에 욕심내고 있을 겁니다. 그럴 연차가 됐지 싶은데요?"

"하긴……."

금세 배우 파트의 팀장이 수긍하고 고개를 끄덕였다. 형찬은 주연급보다는 화면 노출 분량이 높은 편인 조연급이 좋겠다는 말로 언급된 배우에 대한 의견을 맺었다.

곧바로 신인 파트의 총괄을 맡은 실장이 발언했다.

"대표님, '두근두근 심포니'가 방송 전인데도 예고편만으로 대중들 관심도가 높습니다."

"그렇죠?"

"저희 쪽에서도 힘을 써서 패널부터 윤이성 피아니스트까지 밀어 넣은 만큼 좋은 일이긴 합니다만, 비슷한 시기에 계약한 오시은 배우가 다소 불만이 있어요."

"음……."

방금 실장에게 이름이 언급된 배우는 '두근두근 심포니'와 약속된 패널 자리를 놓고 최종까지 사내에서 말이 오갔던 이였다. 결국 다른 배우가 그 자리를 채웠으나, 형찬이 알기로 당시에는 큰 불만은 없었다.

클래식 음악을 주제로 한 방송인 만큼 교양 방송에 가까울 테니 파급력이 크지 않으리라 여겼을 거다. 하지만 막상 예고편 공개만으로도 커뮤니티에 언급이 잦아지고 있었다. 꽤나 배가 아플 것이었다.

"오시은 배우 최근에 웹 드라마 오디션 봤던 건 결과가 나왔던가요?"

"예. 캐스팅은 됐는데, 웹 드라마치고 드물게 제작이 연기됐습니다. 아마 계약 기간 내 공백이 길어지는 게……."

"현재 매니지먼트 사이트 프로필 외에는 다른 노출이나 홍보, 없었죠?"

"그렇습니다."

"2년 전 데뷔에 반짝했다가, 이후로 계속 오디션 되는 것마다 제작 무산에 연기에……. 오 배우도 불안하겠어요."

신인 파트 실장이 조금 조심스러운 목소리로 말했다.

"대표적으로 시은이가 그렇지만……. 다른 애들 눈치도 썩 좋지는 않습니다."

"예상 가능한 바입니다. 한 소속사라도 같은 업계 경쟁자니까요."

형찬이 흐리게 웃으면서 실장의 말을 긍정했다. 그리고 잠시 침묵이 이어졌다. 형찬이 그 침묵을 산뜻하게 깼다.

"오시은 배우랑 다른 신인들 몇 추려서, 가볍게 동영상 사이트 광고를 내 보죠. 30초에서 1분 30초 정도로 짧게, 스타일리시한 형태로."

"신인 배우들 홍보 광고를 내자는 말씀이세요?"

형찬이 곧바로 고개를 끄덕였다.

"오시은 배우는 캐스팅됐다는 웹 드라마 콘셉트에 맞게, 다른 친구들은……. 최근에 2차 콘텐츠 계약 얘기가 활발하게 오가고 있는 웹툰이나 소설에서 캐릭터를 따와서 맡겨 보면 어떻습니까? 별로인가요?"

"나쁘지…… 않은 듯하긴 한데, 광고는 3초 후 스킵을 해 버리는 사람도 많아서 얼마나 호응이 있을지."

"광고 제작은 어떨지 모르겠지만 동영상 플랫폼 노출은 단가가 저렴하면서도 이슈가 되었을 때 노출도가 남다르다는 장점도 있으니까요. 그 3초를 30초나 1분 30초까지 늘릴 방안을 고려해 보면 괜찮지 않겠습니까?"

"으음……."

다 같이 고민에 빠졌다. 형찬이 제 앞에 놓인 보고 형식의 서류 가장자리에 의미 없는 낙서를 했다. 끼적이다 보니 오선지에 음표가 자리 잡았다.

"초반 임팩트가 있는 음악으로 귀부터 잡아 보는 건 어떻습니까. 기존에 귀에 익은 곡들보단 아예 새로운 것도 나쁘지 않을 듯하군요."

"괜찮은 아이디어이십니다."

"다만 이러면 작곡가든 곡이든 직접 구하러 움직여야 하는데 마땅한 사람이 있겠습니까? 오시은 배우가 기대주이긴 해도 아직 수익 모델까지 가기에는 무리가 있고, 예산을 크게 잡기가 어려운데."

형찬의 말에 재단 음악 예술인을 전담하는 팀장이 손을 들었다.

"재단 쪽 작곡가를 써 보시는 건요? 그쪽으로 사내 공모를 해 보면 어떨까 합니다."

곧장 가수 파트의 팀장이 반박했다.

"강 팀장님 의견 나쁘지 않습니다만, 광고 음악은 실용 음악을 전문으로 하는 작곡가에게 맡기는 게 좋을 듯합니다. 그 편이 실패의 여지가 적습니다. 요구 조건 맞추는 것도 용이할 거고요."

형찬이 가수 파트 팀장의 손을 들어 주었다.

"추천할 만한 작곡가가 있는 눈치군요."

"김무진 작곡가가 스코어가 좋습니다. 인지도에 비해서는 코스트도 괜찮은 편이고요."

형찬이 고개를 모로 기울였다. 김무진. 어디서 들어 본 이름이기는 했다. 분명히 서류상으로 접했던 듯한데…….

"LK 전자 스마트 워치 광고 BGM이랑, 최근에는 레드비트의 '나 좀 봐'라는 곡 작업을 했습니다."

두 곡 모두 형찬도 들어 본 적이 있었다. 꽤 색이 다른데 한 작곡가의 곡이라니 다소 의외였다. 광고 음악도, 아이돌 그룹 가수의 곡도 성적은 매우 좋았다. 꽤 회자된 편이었고.

형찬이 결정을 고민하는 도중 회의를 마칠 시간이 되었다. 다음 일정을 진행해야 하는 그를 호출하기 위해 수행비서가 회의실로 조용히 들어왔다.

"대표님, 30분 뒤 다음 일정 약속 시각입니다. 호텔이 멀어서 슬슬 이동하셔야 할 듯합니다."

"아아. 그래요."

슬슬 마무리할 시간에도 토의가 이어지던 분위기가 단숨에 정리되었다. 형찬이 자리에서 일어났다. 그는 흐지부지하게 끝을 맺는 성격은 아니었다. 모두가 그의 성격을 알기에 맺음말이 어떻게 나올지 주목했다.

"우선 그 김무진……. 그 작곡가에게 오퍼 넣어 봅시다. 준비된 곡이 있으면 그걸 사도 좋고, 아니면 새로 작업해도 좋지만 어떻게 됐든 다 같이 모여서 들어 보고 결정하도록 하는 게 좋겠습니다."

"네."

형찬의 말에 다들 수긍하며 고개를 끄덕였다. 다만 음악가 전담 팀장은 다소 아쉬움이 있어 보였다. 형찬이 흐릿하게 웃으면서 한 마디를 덧붙였다.

"대대적으로 사내에서 공모까지 하기는 어렵겠지만, 강 팀장님 께서 생각하시기에 괜찮은 스타일 작곡가가 있다면 그쪽으로도 오 퍼 넣어 주세요. 같이 보죠."

그제야 강 팀장의 낯빛도 조금 밝아졌다. 그가 고개를 끄덕이며 답했다.

"네!"

"오늘도 다들 고생 많았습니다. 제가 오면서 일이 많아졌을 텐 데 잘 따라 주셔서들 고맙고요. 해산합시다."

회의를 끝마친 형찬이 그제야 비서를 뒤따라 회의실을 나섰다. 그 뒤로 또 팀장과 실장들이 회의실을 떠났다. 강 팀장과 김무진 을 언급했던 팀장은 제각기 바삐 휴대 전화로 연락을 돌렸다.

"여보세요? 김무진 작곡가님 되시죠? 다른 게 아니라……."

* * *

매년 제영의 조부 박신환의 기일에는 일가가 모두 모였다. 제영 도 빠질 수 없는 자리였다. 제영은 근래 혜옥과 종숙인 박태욱과 도 사이가 썩 좋지 못했다. 그래서 이번만큼은 그다지 모이고 싶 지 않았다. 하지만 다른 것도 아니고 할아버지의 기일을 앞두고 모이는 자리인 만큼 빠질 수가 없었다.

다만 늘 종숙인 태욱의 집에서 모이던 자리를 왜 오늘따라 호텔

레스토랑으로 잡았는지. 그 이유를 제영은 좀 더 곱씹어 봤어야
했다.

"으하하하! 우리 태욱이가 잘났긴 잘났어! 어? 대한민국 1등! 1등
기업 유성 모직에서 홍보이사로도 모자라서 이제 총괄이사까지 넘
보고 있고 말이야!"

"아버지는 무슨 그런 말씀을 하세요. 행여 누가 들으면 어쩌려
고요. 겨우 일 하나 잘 풀려서 성과급 좀 나온 걸 가지고."

"에라이, 혹시라도 너 같은 인재가 어디로 갈까 싶어서 잡아 두
려고 그러는 게 이 아비 눈에도 훤히 보이는구먼! 그럼 뭐! 총괄이
사도 떼 놓은 당상이지!"

태욱의 아버지이자 제영에게는 작은할아버지 되는 박신평은 가
볍기 짝이 없었다. 제영이 달리 좋아하는 말은 아니지만, 그를 설
명하는 데 '천박하다'는 말만큼 어울리는 말이 또 없었다.

지금도 그러했다. 설레발을 떨어 대는 꼴이 우습고 천박하기 짝
이 없었다. 입에는 호텔의 고급 음식을 욱여넣고, 옷차림도 제 아
들이며 본래 잘살았던 집안 덕에 호사를 두르고 있으면서도 입으
로 뱉는 말은 저렴함이 줄줄 흘렀다.

오죽하면 박신평이 어려울 태욱의 아내마저도 얼굴에서 불쾌함
과 난처함이 뒤섞인 표정을 떨쳐 내지 못했다.

제윤은 입을 꾹 다물고 제 아버지 태욱과 혜옥만 번갈아 보고
있었다. 가끔 포크가 나가 찍어 대는 건 소스도 뿌리지 않은 풀때
기뿐이었다.

속 불편한 얼굴로 그 모습을 지켜보고 있던 제영의 눈길까지 혜

옥에게 꽂혔다. 그러나 혜옥은 박신평을 제지하지는 않고 얕은 한숨만 내쉬었다.

기어이 제영이 나섰다.

"작은할아버지. 사람들이 다 저희만 쳐다보는데 안 느껴지세요?"

"느껴지지! 느껴지고말고! 아니 그럼 대단한 유성 그룹 이사님이 오셨는데 사람들이 다 우러러봐야지!"

"아버지……."

"우러러보는 게 아니라, 작은할아버지 혼자 소란스러워서 불쾌한 얼굴로 쳐다보는 거예요."

기어이 돌직구를 던진 제영을 박신평이 눈을 흡뜨고 째려봤다. 혜옥의 한숨이 깊어졌다.

"네 작은할아버지가 기분이 좋아서 잠시 목소리가 높아진 걸 그리 트집을 잡고 싶으니? 부모가 되면 내 새끼가 한 걸음 내디던 것만으로도 자랑하고 싶은 마음이 넘치게 마련이다."

"어련히 그러시겠죠. 다만 장소는 좀 가려셔야죠. 이럴 거면 차라리 작년처럼 종숙 집에서 다 모였으면 좋았겠네요."

박신평의 입이 닫히긴 했다. 대신에 날 선 눈빛이 제영을 찌르기라도 할 것처럼 쏘아졌지만. 혜옥이 혀를 찼다. 제영이 다소 건방지게 말하긴 했더라도 잘못을 따지자면 박신평의 고성이 먼저였다. 그러나 큰 어른 둘이 분위기를 만드니, 순전히 죄인은 제영이 되었다.

"작은아버지가 일이 잘 풀려서 좋은 식사 자리 마련해 줬는데 그게 그리 고까우냐?"

"아뇨. 식사 자리는 괜찮은데요. 음식도 나쁘지 않고요. 그냥 주변 시선이 쏠리는 게 불편하다고 말씀드린 거예요. 다른 사람들 불편하게 하는 게 옳은 일은 아니니까요."

"어째 날이 갈수록……. 꼬박꼬박 따져 드는 건 어디서 배운 버르장머리지?"

제영이 입을 꾹 닫았다. 상황을 지켜보던 제윤이 눈알을 굴리다가 고개를 숙이고 웃었다. 연신 쏟아지는 웃음을 그치려고 입술을 깨물기까지 해야 했다. 꼭 제영의 상황이 고소해서라기보다는, 그냥 상황 자체가 웃겼다.

혜옥이 입을 꾹 다문 제영을 보고 다시금 얕은 한숨을 내쉬었다. 여기서 제영을 더 단속한다고 말을 들어줄 제영이 아니었다. 이미 박신평 덕에 사람들 시선은 흘긋흘긋 그들이 앉은 테이블 쪽을 향하는데 괜히 사람들 눈만 더 타면 탔지.

혜옥이 주제를 돌렸다. 오늘 모인 이유는 달리 있었으니 본래의 주제를 찾아 가는 것이기도 했다.

"이만하면 내가 단단히 이야기한 거니 서방님도 그쯤 하셔요."

"형수, 저 싹수 노란 것이 미안하다는 말 한마디가 없는데요? 여기서 갑자기 어른인 날 잡고 물어지면, 내가 많이 섭섭합니다?"

"서방님. 오늘이 어디 제영이 단도리하자고 모인 자리인가요? 서방님 형님 되시고 제 바깥사람이었던 신환 씨 3주기 때문에 모인 자리지요."

"뭐……."

박신평이 슬그머니 꼬리를 내렸다. 얼굴에는 불만이 가득했지만, 그가 욕심냈으나 끝내 가지지 못했던 '재단'과 집안의 실권을 지닌 혜옥의 앞에서 더 나댈 수는 없는 탓이었다.

　"전날 저녁에 제를 지내고 당일은 늘 그랬듯이 납골당으로 가는 거로 하지요. 시간들은 다 내 났지?"

　혜옥이 말하면서 둘러앉은 가족들을 훑어보았다. 다들 고개를 끄덕이거나 그렇다고 답했다.

　"저······. 큰어머님."

　그때 태욱의 아내가 혜옥에게 조심스레 말을 건넸다. 혜옥이 눈을 크게 뜨고 그녀를 보았다간 고개를 끄덕였다.

　"편히 얘기해라."

　"어머님도 이제 연세가 있으셔서 큰아버님 제를 준비하시는 데 어려움이 있으신데, 슬슬 절에 맡기시는 건 어떠신가 해서요."

　송구한 얼굴로 그리 말하는 제 아내를 보고 태욱이 인상을 구겼다. 그러곤 그로도 모자랐는지 기어이 제 아내의 옆구리까지 찔러가며 나무랐다.

　"여보!"

　남편인 태욱까지 저를 말리는 통에 그녀의 얼굴에 안절부절못하는 표정이 걸렸다. 하지만 그러면서도 제 의견을 바꿀 생각은 없는 모양이었다.

　"올해까지는 이제 시간이 많이 남지 않았으니까, 저희가 준비하고요······. 장 볼 거나 이런 것도 다 해 두었으니까요······."

　눈치를 보면서도 끝끝내 제 할 말을 하는 아내를 보고 태욱이 한숨을 삼켰다. 혜옥은 표정 하나 없는 얼굴로 그녀를 똑바로 바라보았다.

"정미야, 너 이 아비의 형님 제사 준비하기가 그렇게 싫더냐! 엉?"

숫제 건달이나 할 법한 말투로 박신평이 태욱의 아내에게 소리쳤다. 혜옥이 그제야 인상을 찌푸리며 박신평을 우선 말렸다.

"서방님. 제가 얘기할게요."

"아니, 형수! 우리 며느리가 그러는데 이번에야말로 내가 입을 대야 맞지!"

"신환 씨 제사 이야기이기도 하잖아요."

혜옥의 한마디에 다시금 박신평이 깨갱 하며 물러섰다. 물론 태욱의 아내를 노려보는 것은 잊지 않았다.

"시아버지도 아니고, 큰 시아버지 제사까지 맡아 하는 게 힘이 들기는 드는 모양이지?"

"아뇨, 저는⋯⋯. 저는 괜찮은데⋯⋯."

짧은 찰나 그녀가 제 딸인 제윤을 흘긋 보았다. 제영의 할아버지 신환의 제사는 태욱의 집에서 상을 차렸다. 그러니 사람을 불러 쓰더라도 집안 여자인 제윤과 태욱의 아내 손을 가장 많이 탔다. 큰 어른인 혜옥이야 사실 손가락 까딱하고 일 순서를 정리하는 것 말고는 힘에 부칠 일이 없었다.

태욱의 아내가 제윤을 쳐다본 건 아주 잠깐이었지만 혜옥이 그 시선을 읽었다. 혜옥이 제윤을 바라보았다. 제윤이 입술을 이 사이로 집어넣어 꾹꾹 씹어 대다가 대답했다.

"엄마가 제가 힘들까 봐 걱정했나 봐요, 할머니. 너무 혼내지는 마세요. 네?"

제윤이 애교스럽게 웃으면서 말했다. 그래도 혜옥은 여전히 언짢은 기색이었다.

"딱 10년까지만 집에서 하기로 했으니까 이제 일곱 번 남았나? 엄마, 나 할 만해요. 언니도 늦게라도 와서 돕잖아요. 나만 하는 것도 아니고, 뭐."

그리고 제윤은 대뜸 화살을 제영에게 돌렸다. 저를 제하고 벌어지는 일에 멀쩡히 식사 중이던 제영이 그제야 고개를 들고 사람들을 둘러보았다.

"그래. 할아버지 제일 좋아하던 제영이도 어디 말해 봐라."

심지어 혜옥이 제영을 부추기듯 말했다. 할아버지를 그렇게 좋아하고 따랐던 제영이었다. 혜옥이 기대하는 답변이야 뻔했다.

하지만 제영의 답변은 혜옥의 기대를 벗어났다.

"할아버지가 살아 계셨다면 겉치레보다는 내실이라고 하셨겠죠. 마음이 중요하잖아요."

"……그래서?"

"절에 모셔요. 좋은 곳 알아보고, 그리로 모셔도 어차피 제삿날 되면 신경 써서 살펴야 하는 건 같을 거고. 가서 할아버지 좋은 곳에 잘 계시냐고 여쭙는 것도 같을 거잖아요. 어쩌면 오히려 그게 더 편한 마음으로 할아버지께 기도드리게 될지도 모르고요."

"그게, 그게 네가 할 말이냐? 신환 씨가 죽기 직전까지 싸고돌았던 네가?"

제영이 냅킨으로 입 주변을 닦았다. 절반은 넘게 남은 음식이 접시 위에서 차게 식어 가고 있었다. 제영이 제 앞에 놓인 식어 가는 음식을 사감 없는 눈으로 내려다보았다.

"집에서 모실 정성이면 아꼈다가 할아버지 납골당이나 더 자주 찾아뵙는 게 낫죠. 지금처럼 가까스로 1년에 한 번 제삿날에나 뵙는 것보다는."

혜옥이 이를 꽉 물었다. 화가 치밀어 오르는지 꼭 감은 눈꺼풀이 파르르 떨렸다.

"제사 지내 드리면서 가족끼리 모여 도란도란 얘기도 나누고 서로 안부도 묻고, 그런 것도 네 할아버지가 원하셨으리라곤 생각 안 하니?"

제영이 헛웃음 쳤다.

"글쎄요."

"네가……."

파르르 떨리던 혜옥의 눈에 힘이 잔뜩 들어갔다. 어느새 감정을 갈무리하고 제영을 바라보는 혜옥의 눈동자가 유난히 이글거렸다.

"네가 아직 뭘 몰라 그러지. 암. 그렇겠구나. 사내를 마음에 품어서 지아비로 모셔 보기를 했겠어, 아니면 자식을 낳아 품어서 길러 보기를 했겠어?"

이야기가 또 왜 이렇게 튀나 싶었다. 제영은 혜옥을 이해할 수 없었다. 그 생각이 표정에 고스란히 묻어났다.

"……예?"

"결혼은 생각도 없고 어른들이 소개하는 남자는 눈에도 차지 않는단 천방지축이니 반평생을 살았던 지아비를 내 손으로 모시고 싶은 이 할미 마음을 이해할까."

혜옥은 말을 이으며 이제는 아예 씩 웃기까지 했다.

"아니면 제 자식 좋은 일이 생겨서 사방 천지에 자랑하고 싶은 그 뜻깊은 마음을 이해할까. 어른 공경이라고는 눈곱만치도 없으니 네가 어린 게지."

"어리다는 얘기 들을, 코흘리개 시절은 진작 지났는데요."

"글쎄, 이 할미 생각은 다른데? 너는 나이만 먹어 스물이 지났지, 웃자랐어. 하기야, 아무렴 네 할아버지가 너를 고이 길러 주었다만 그 대단한 양반도 어미 아비 없이 자란 틈을 다 메워 주진 못했겠지."

듣다못해 제영이 자리에서 벌떡 일어나 소리 질렀다.

"할머니!"

"그러니 이 할미는 너를 좀 일찍 철들게 좋은 자리 마련해서 시집이라도 보내려는 거다. 신부 수업이라도 하다 보면 좀, 시댁 어르신 어려운 줄을 알면 좀 고분고분해질까."

"그렇게 저를 마음대로 휘두르고 싶으세요? 할아버지가 돌아가시기 전까지 싸고돌았던 손녀라서? 할머니 아들을 잡아먹은 못된 계집애라서요?"

"너도 내 핏줄인데 마냥 밉기만 하겠니? 가엾어서 그런다. 그리고 올해는 힘들지만, 내년쯤에는……. 네가 좋은 남자 만나서 할아버지께 '저 잘 살고 있어요. 이제는 이이가 저를 지켜 준다네요.' 하고 소개하는 것도 나쁘지 않겠구나."

가슴이 답답하고 말문이 막혔다. 제영이 마땅히 반박도 못 하고 입술만 깨물었다. 제윤은 저 상황이 제 몫으로 돌아올 일은 없겠구나 싶어서 안심되고 고소하면서도, 한편으로는 속이 복잡했다.

"그래. 이번에 소개받은 그 대표님이 아주 괜찮던데. 태욱이 일하는 유성 그룹 그쪽 자제분이라는."

"그런 일이 있었어? 아니 그런데 태욱이 너도 그렇고 형수님도 그렇고 어떻게 나한테 한마디를 안 해요?"

"서방님이 괜히 나설까 그랬지요."

제 얘기를 하는데도 제영은 입 한 번을 열 수가 없었다. 무슨 말을 해도 혜옥이 원하는 대로 말리는 상황이 되어 버려서였다.

제영이 머릿속에 가득 차는 복잡하고 불편한 생각들을 겨우 비워 냈다. 어차피 정할 건 저들 마음대로 정해 놓고 체면치레만 하듯 모이는 자리였다. 오늘, 그리고 할아버지의 제삿날이 지나고 나면 한동안은 연락도 않고 지내리라. 그렇게 마음을 먹었다.

"내가 나서면 뭐 더 잘되면 잘됐지!"

"아버지한테 일부러 말을 안 한 게 아니라, 그때 아버지가 사업 때문에 정선 호텔에 있어서 연락이……."

태욱이 정선 이야기를 꺼내자 혜옥의 눈초리가 뾰족해졌다. 그리고는 혼이라도 내듯 박신평을 노려보았다.

박신평은 찔리는 게 있는지 입을 꾹 다물었다.

그러나 혜옥의 생각에 지금은 박신평보다도 제영의 고집을 꺾는 것이 더 중요했다. 어쩔 수 없이 그녀가 박신평에게서 시선을 거두어 제영을 바라보았다. 세상 너그러운 얼굴을 꾸며 내고는 제영에게 물었다.

"제영아. 그래서 그때 그 유성 그룹 자제분하고 연락은 잘 하고 있니? 그러고 보니 그 얘기를 한 번도 듣지를 못했구나."

연락을 했을 리가. 왔어도 무시하고 넘겼을 거였다. 제영이 형찬을 떠올리며 얕은 한숨을 뱉었다. 또 형찬의 이야기를 꺼내자면 혜옥과 얼마나 답답한 대화를 나눠야 할까.

제영이 갑갑한 마음으로 입을 열려는 때였다.

"가족끼리 모인 분위기에 끼어들어 송구하긴 합니다만, 제가 말씀드려도 되겠습니까?"

"어머……."

갑작스레 듣기 좋은 사내의 목소리가 들려왔다. 일순 이들의 시선이 전부 목소리가 들려온 쪽을 향했다. 어디서 갑자기 나타난 건지, 형찬이 다가와 제영이 앉은 의자의 등받이를 손으로 짚고 웃고 있었다.

"자네가 여긴 어떻게……."

"할머님이랑 이사님도 같이 계셨네요. 잘 지내셨습니까? 아무래도 이 호텔도 유성 그룹 소유다 보니……. 사업차 컨벤션 룸을 좀 이용하느라."

형찬이 유려하게 말하며 분위기를 휘어잡았다. 어쨌든 혜옥이야 제 마음에 들었던 제영의 짝을 이곳에서 마주한 게 흡족한 듯 부드럽게 웃었다. 태욱은 얼떨떨하게 앉아 있다간 자리에서 일어나 형찬에게 인사를 건넸다.

형찬이 태욱의 인사를 가볍게 받았다.

"연락이라면 잘 하고 있습니다."

"우리가……."

연락이라면 잘 하고 있다는 형찬의 말에 제영이 반박하려 입을 열었다. 다만 형찬이 제영의 어깨를 손끝으로 톡톡 두드려 만류하는 게 먼저였다.

그가 제영에게만 들리도록 귓가에 속삭였다.

"곤란한 상황 같은데. 빠져나가는 것만 도와줄게요. 말 좀 맞춰요."

제영이 입을 꾹 다물었다. 굳은 얼굴이 되지는 않도록 애쓰며 입술만 혀로 축였다. 두 사람이 귀엣말하는 것을 혜옥이 마음에 찬다는 얼굴로 바라보았다.

"그래서 때마침 제영 씨가 이곳에서 가족 모임을 가졌다기에 이렇게 끼어들게 되었고요. 예의 없는 일이었습니다만……."

형찬이 일부러 말꼬리를 조금 흐렸다.

"괜찮아요. 젊은이들이 서로 만나고 하다 보면 그럴 수 있는 일이지."

"이해해 주셔서 감사합니다. 가까운 곳에서 일정이 맞으니 잠깐 얼굴이라도 보자고 약속을 잡았거든요. 제가 먼저 끝나서 기다리다가, 도통 제영 씨가 나올 생각을 하지 않아서요."

형찬의 말에 곧장 혜옥부터 고개를 끄덕였다. 태욱이 자리에서 벌떡 일어났다.

"약속이 있었으면 미리 말을 하지 그랬냐. 뭐 해. 어서 안 가 보고?"

제윤이 샐쭉한 눈으로 제 아빠 태욱을 슬쩍 흘겨보았다. 혜옥에다 친할아버지까지 어른들이 다 모인 자리라 차마 형찬에게 대놓고 알은체를 할 수는 없었다.

제영이 애매하게 떫은 얼굴로 자리에서 일어났다. 그러곤 예의만 대강 차리는 수준으로 어른들에게 인사를 하고 곧장 형찬을 따라 자리를 빠져나갔다.

형찬의 등장으로 잠시 어수선했던 분위기가 금세 정리되었다. 곧이어 가짜 화목이 가족들 사이로 들어찼다. 제영이 없는 자리에서 제영의 흉을 잡는 어른들을 보면서 제윤도 생각 없이 웃었다.

"그래도 태욱이 덕에 저 망아지 같은 제영이한테도 좋은 남자가 붙었지 뭐니."

"아유 형수님 말도 마쇼. 태욱이가 유성 그룹에 안 다녔으면 언감생심 저 몸도 멀쩡하지 못한 계집년이 어디 그런 좋은 신랑감 꿈이라도 꿨겠습니까?"

"서방님은 그 말투 좀……."

혜옥이 언짢은 기색을 드러냈다. 태욱도 한숨과 함께 제 아버지에게서 고개를 돌렸다. 두 번은 혜옥에게 눌려 주었던 박신평은, 세 번은 안 되겠던지 얼굴이 시뻘게졌다.

그때까지 어른들 말만 들으며 가만히 웃고 있던 제윤이 불쑥 끼어들었다.

"할머니. 저런 손주 사윗감이 좋아요?"

"응? 좋지. 좋다마다. 우리 제영이한테도 좋지만, 가족들한테도 아주 도움이 될 사람이잖니."

제윤이 배시시 웃었다. 일부러 순진해 보이도록 꾸며 낸 제윤 특유의 표정이었다.

"그럼 저도 저런 손주 사윗감으로 데려올까요?"

태욱이 제 딸의 말에 문득 제윤과 형찬이 처음 마주쳤을 때를 떠올려 냈다. 그러곤 의미심장한 얼굴로 제윤을 바라보았다. 혜옥이야 그 속내까지는 모르니, 그저 철없는 손녀를 보는 얼굴로 웃으며 고개를 끄덕였다.

"그래그래, 손녀 둘이 다 좋은 사윗감을 데려오면 얼마나 좋겠니. 늙은이한테는 그런 게 사는 기쁨이지."

"할머니가 그렇게까지 얘기하시는데, 제가 그 마음에 꼭 보답해야겠다!"

제윤이 또 아이처럼 맑게 웃으며 답했다. 그런 제윤의 손은 테이블 아래에서 빠르게 메시지를 작성하고 있었다.

[박제영 대표님이랑 방금 내 앞에서 같이 나감. 난 어디로 갔을지 알 것 같은데 알려 줄까?]

그리고 곧장 발송 버튼을 터치했다.

수신자는 윤이성이었다.

* * *

어쩌다 보니 생각지도 못하게 살면서 두 번이나 외간 남자의 차에 탔다. 이성의 차에 한 번, 그리고 형찬의 차 보조석에 탄 지금이 두 번째였다.

참 신기하게도 차가 주인을 닮아 있었다. 똑같이 클래식 음악을 틀고, 검은색 일색인 내부 공간에 차종만 다를 뿐인데 그랬다.

이성의 차는 나무와 송진, 바다 냄새가 어우러져 지난밤의 피아노 별장을 떠올리게 했었다. 반면 형찬의 차에서는 마른 종이 냄새가 났다. 오래된 종이의 묵고 닳아진 냄새와는 달랐다. 악보보다는 서류. 오래된 것보다는 새 종이와 잉크 냄새.

그리고 값이 비쌀 것처럼 느껴지는, 부담스럽지 않지만 선명하게 코끝에 닿아 오는 형찬의 향수 냄새.

"어디에 내려 줄까요?"

"식사는 제가 부담스럽고, 커피는 살게요."

"……네?"

"빚지고는 못 사는 성격이라서요. 어쨌든 불편한 자리에서 건져 주셨는데 그냥 보내기는 좀 그렇네요."

제영의 목소리는 딱딱하기 그지없었다. 사업차 만난 사람들끼리도 저렇게 벽을 세운 듯이 대화를 나누진 않을 거였다. 형찬이 힘 빠진 웃음을 지었다.

"그래요, 커피. 그런데 꼭 오늘이어야 합니까?"

"네?"

이번엔 제영이 형찬의 물음에 반문했다. 형찬이 신호를 받으며 차의 속도를 천천히 줄였다.

"꼭 오늘이어야 할 이유가 없다면 날짜를 맞춰서 약속을 정했으면 하는데요."

"제가 대표님보다 바쁘지야 않겠지만, 저도 시험 기간의 학생이라 시간이 넉넉하지는 않아서요."

완곡한 변명이 붙은 거절이었다. 다만 시험 기간이라는 말에 '그래도 시간을 내 달라'는 말을 붙이기는 어려워졌다. 제영에게 그 정도로 염치없는 사람이 되기는 싫었기에.

"자주 가는 카페가 있습니까? 아니면 제영 씨 집 근처로 가도 좋고요. 커피 한 잔 마치고 다시 내 차를 타기는 싫어하실 듯해서."

다시 차를 출발시키는 형찬의 옆모습을 제영이 빤히 바라보았다. 이상하게, 자꾸만 윤이성과 그를 비교하게 되었다.

"싫어. 오늘부터 보고 싶어졌어."

집 근처 역까지 와서 비를 맞으며 저를 기다리던 윤이성. 바로 다음 날이었던 약속조차 이성의 억지로 잡은 거였다.

제영이 비 맞은 개처럼 흠뻑 젖어 늘어져 있던 이성의 모습을 떠올리곤 피식 웃었다. 제영의 웃음에 형찬이 흘긋 눈을 돌려 그녀를 바라보았다.

뭔가 달랐다. 둘 다, 제가 좋다며 저돌적으로 달려드는 건 같은데 또 그것 말고는 전부 달랐다. 예의나 상대방이라고는 눈곱만치도 신경 쓰지 않는 이성은 그럼에도 불구하고 어떤 면으로는 저를 배려했다. 그리고, 그와의 만남은 하나같이 우연이란 없었다.

늘 윤이성이 박제영을 보고 싶어 해서 쳐들어오거나, 혹은 제영이 윤이성을 쫓아가거나.

형찬은 예의가 있었다. 매너라는 말, 좀 더 나아가서 노블레스 오블리주라는 말을 사람으로 빚어 놓은 듯한 이미지가 있었다. 그의 목소리를 처음 들었던 통화상으로는 냉철한 사업가에 지나지 않았는데, 서로를 알고 실제로 보니 자못 상냥한 남자였다.

제영은 문득 의아해졌다. 첫 만남의 시작이 좀 불쾌했을 뿐, 사실 제가 편하게 느낄 타입은 형찬 쪽이었다. 그런데 지금 제영에게 편안함을 가져다주는 건 윤이성인지라⋯⋯.

그리고 또 하나. 이제 와서 싶기는 하지만, 그를 처음 만났던 억지 맞선 자리에서 형찬이 했던 마지막 말이 유난히 걸렸다.

"제영 씨?"

"아."

"대답이 없으시길래. 무슨 중요한 생각을 하고 있었던 거면 미안합니다."

제영이 생각에 빠져 있던 사이 형찬은 차를 골목 어귀에 멈춰 두고 있었다. 목적지도 모르는 채 마냥 달릴 수는 없으니.

"아니에요. 딱히 자주 다니는 카페는 없어요. 그냥 아무 데로나 가요."

"혹시 내가 제영 씨 사는 동네를 알게 되는 게 걱정되어서 그럽니까?"

형찬의 조심스러운 물음에 제영이 미간을 찌푸렸다. 달리 그런 생각은 하지 않았다. 형찬을 매너 있는 사람으로 상정하고 있었기 때문이었다. 더불어 사업가. 기본적인 상식은 충분히 갖추고 있는.

"그런 생각을 하지는 않았는데, 먼저 얘기하시니 그럴 수도 있겠다는 생각이 문득 드네요."

"이런."

실점한 스포츠 선수 같은 표정을 한 형찬을 보고 제영이 또 피식 웃었다. 어쨌든 아까 미친 듯이 갑갑했던 기분은 좀 나아졌다. 보고 싶지 않은 사람들을 한 시간 가까이 보면서 식사까지 했더니 속이 불편하기도 했다.

공기 좋은 곳으로 가고 싶은 마음이 문득 들었다. 더해서 할아버지도, 보고 싶었다.

"혹시 좀 먼 곳도 괜찮나요?"

"얼마든지요. 제 입장에서는 도리어 환영할 일이겠죠?"

"아, 절 좋아하시니까."

"기억은 해 주는군요."

"그럼 됐어요. 그냥 이 근처 아무 데나 가죠."

"어딜 가고 싶었던 건데요?"

형찬이 딱 한 번 더 물은 게 마치 등을 떠미는 듯했다. 제영이 머뭇거리다가 답했다.

"납골당 근처에⋯⋯. 매번 오는 길에 들르던 카페가 있어요."

형찬이 차를 빼서 다시금 큰 도로를 탔다. 굳이 묻지 않아도 제영이 말하는 납골당에 안치된 사람이 누구일지 알 것 같았다. 아마도 제영이 많이 의지했을 그의 조부이리라.

"어느 쪽인지 내비게이션만 좀 찍어 줄래요? 시간이 늦었다고 생각 없이 차부터 출발해 버려서."

제영이 찍은 경기도 외곽 주소로 차가 소리 없이 달렸다. 바다를 가로지르는 다리를 건너면서는 차 창문도 조금 열렸다.

"답답해하는 것 같아서요."

"……네."

창문 틈으로 들이치는 바람은 날카롭고 싸늘했다. 하지만 덕분에 가슴에 고여 있던 어떤 앙금들이 고운 모래처럼 건조하게 쓸려나갔다.

바람이 큰 소리를 냈다. 어떠한 리듬도 멜로디도 없이 자연이 만든 소리였다. 그 큰 소리에 제영의 허밍이 조그맣게 섞였다.

형찬은 제영의 목소리에 귀를 기울였다. 그 소리를 더 잘 듣고 싶어서, 창문을 다시 닫아 버리고 싶은 마음을 몇 번이나 고쳐 잡았다.

그렇게 달린 끝에 주변으로 나무가 드리운 산 중턱, 까만 밤을 밝히는 큰 건물이 하나 선 곳. 목적지인 납골당에 도착했다.

"카페가 납골당 가는 길목에 있을 줄 알았는데요."

"생각해 보니 그 카페가 영업할 시간이 아닌 듯해서요."

형찬이 고개를 끄덕이며 먼저 차에서 내렸다. 따라 내린 제영은 깊어진 눈으로, 수목장으로 심긴 나무들이 드리운 곳을 바라보았다.

"뵙고 싶은 분을 먼저 뵈어도 됩니다."

"바쁘신 분 기다리게 하는 취미는 없는데요?"

제영이 먼저 건물 쪽으로 걸음을 옮겼다. 이번에는 형찬이 제영을 따라가는 모양새가 되었다. 그런데 가는 날이 장날이었다. 추모관 안의 카페도 닫혀 있었다. 평소라면 거의 24시간에 가깝게 운영하는 곳이었다. 상상치도 못한 상황이었다. 제영이 난감한 얼굴로 입술을 꽉 깨물었다. 형찬이 웃으면서 제영의 어깨를 가볍게 톡톡 두드렸다.

"자판기 커피도 괜찮습니까?"

"대표님이 그런 거 드실 분으로는 안 보이시는데요."

"제영 씨가 생각하는 것처럼 이것저것 깐깐하게 가리는 사람은 아닙니다."

대체 제영이 저를 어떤 이미지로 보는 건지 생각하면서 형찬이 어깨를 으쓱였다. 제영이 설핏 웃음을 터뜨렸다.

"커피는 제가 대접해야 하니까……."

제영이 가방을 뒤져 지갑을 꺼냈다. 다만 곤란하게도 현금이라곤 만 원권 지폐뿐이었다.

"잠깐 기다려요."

형찬이 재빠르게 차에서 동전을 꺼내 왔다. 우여곡절 끝에 두 사람의 손에 자판기 커피가 들렸다. 수목장한 나무들이 보이는 바깥 벤치에 두 사람이 자리를 잡고 앉았다.

"분위기 좋네요. 별도 잘 보이고."

"저한테는 별로 좋은 상황은 아닌데요."

"커피를 못 사고 빚을 달아 두게 되어서요?"

제영이 고개를 끄덕였다.

"나한테 시간을 내 준 것만으로도 충분히 갚음이 됐다고는 생각하지 않습니까?"

좋아하는 여자의 시간을 가진 건데, 하는 말은 목구멍 뒤로 삼키며 형찬이 말했다. 제영이 말없이 커피 잔을 매만졌다.

김을 올리는 커피 잔의 따뜻함이 제영의 손끝을 녹였다. 늦가을의 밤, 나무와 풀이 가득한 산속은 적잖이 추웠다. 형찬이 제 코트를 벗어 제영의 어깨에 걸쳤다.

"지금 굉장히 행복합니다."

"행복이라……. 뭐라고 말씀드려야 할지 모르겠네요."

제영이 씁쓸하게 웃었다. 자판기 커피는 특유의 값싼 단맛을 제영의 혀끝에 남겼는데, 어쩐지 쓸 만큼 짭짤한 소금을 물고 있는 느낌이었다.

더는 나눌 말이 없었다. 제영이야 이 침묵도 나쁘지 않은 모양이었지만 형찬에게는 다분히 아쉬운 상황이었다. 둘 사이에 대화 거리라고는…….

뭘 해도 윤이성을 끼우지 않고는 성립하기가 어렵다는 것까지.

뭐라도 아쉬운 쪽은 형찬이었다. 형찬이 제영의 목소리를 듣고자, 입에 올리기 싫은 이름을 기어이 입에 올렸다.

"제영 씨의 조부께서 살아 계시던 동안에도 제영 씨가 윤이성 피아니스트를 후원한 겁니까?"

"아……. 네, 뭐 그랬죠."

"그의 연주가 제영 씨를 많이 닮아 있다는 생각을 했었습니다. 연주도 혹시……?"

제영이 그제야 형찬을 똑바로 바라보았다.

"윤이성 피아니스트의 연주는 저를 만나기 전에도 저랑 닮은 점이 많았어요. 그게 제가, 아니 할아버지가 다른 사람이 아닌 윤이성 피아니스트를 후원하게 된 이유고요."

"그런가요?"

제영이 고개를 끄덕였다. 형찬은 궁금증이 남았으면서도 내심
안도하기도 했다는 표정을 짓고 있었다.

마냥 사업가라고만 생각했는데 얼굴에 이렇게 생각이 드러나는
사람이었나. 어쩐지 제영은 짓궂은 생각을 하게 됐다.

"저랑 윤이성 피아니스트 사이를 의심하세요?"

"음……."

형찬이 말을 아꼈다. 딱히 제 입으로 수긍하고 싶지는 않아서
였다.

"사귀는 사이는 아니지만, 관계를 맺은 남자가 윤이성은 맞아요.
그러니까 대표님의 의심이 달리 틀리진 않았네요."

"이렇게 밝혀도 되는 겁니까?"

"대표님 회사 소속인데 어디 가서 밝히진 않으실 거잖아요."

제영은 형찬이 회사의 이익을 위해서라도 굳게 입을 다물 거로
생각하는 모양새였다. 그 말 그대로 형찬은 누구에게도 제영의 말
을 전할 생각이 없었다. 다만 제영의 생각대로 회사의 이익 때문
은 아니었다.

"그때도 말했지만, 나는 제영 씨가 누구랑 관계를 맺었든 어쨌
든 상관없습니다."

"저는 있다니까요?"

형찬이 말없이 웃었다. 제영이 길게 한숨을 뱉었다. 묘하게 추운
날씨가 흐릿한 입김을 만들었다. 토해진 한숨이 뿌옇게 바래는 것
을 보는 제영의 눈에 별이 담겼다.

형찬은 제 눈앞의 제영이 퍽 아름답다고 느꼈다. 그녀의 연주

그대로를 빚어 놓은 사람이 바로 제영이 아닐까, 생각했다. 섬세하고, 예민하고, 때론 과격하면서도 그 모든 것이 하나의 감성으로 이어지는.

사랑스러울 수밖에 없는 연주, 그리고 사람.

"어떻게 지냈습니까?"

"네?"

"그날, 그러니까 그 사고 이후에⋯⋯. 힘들었을 텐데 말입니다."

"아아⋯⋯."

제영이 발끝으로 괜히 바닥을 툭툭 찼다. 형찬이 이렇게 갑자기 치고 들어와 민감한 질문을 막 던질 거라곤 생각지 못했다. 다만, 차라리 단도직입적으로 물어서인지 썩 기분이 나쁘지는 않았다.

어쩌면 할아버지가 있는 공간이라서 기분이 풀어져서일 수도 있고, 여기까지 데려다준 사람이라 고마움에 마음의 문이 조금 헐거워진 걸 수도 있었다.

"내가 그 얘기를 하면 필연적으로 윤이성 그 사람 얘기도 나올 수밖에 없는데요?"

제영이 이성의 이름을 굉장히 편하게 불렀다. 형찬은 그게 거슬렸다. 그가 쥔 종이컵이 조금 구겨졌다. 그러나 그는 제 속내를 드러내지 않고 웃으며 제영에게 말했다.

"괜찮습니다. 윤이성 피아니스트가 제영 씨의 인생에 끼어들었다면, 그 얘기까지도 제영 씨 얘기죠. 전 듣고 싶습니다."

잠시 뜸을 들인 후 제영이 말했다.

"엉망이었죠? 엄마, 아빠도 다 돌아가시고. 나는 혼자 남았는데 그나마 내가 엄마 아빠 다음으로 사랑했던 피아노도 더는 칠 수 없고……."

형찬이 제영의 말에 귀를 기울였다. 딱히 맞장구를 쳐 주거나 답을 주지 않아도 될 것 같았다.

"병원에서 엄마 아빠 소식 듣고, 망가진 손까지 보고는 죽으려고 했어요. 그것도 뭐 자살을 시도하고 이런 게 아니라 안 먹고, 안 자고, 그냥 쉬어지는 대로 숨만 쉬었어요."

올곧게 제영만을 향하던 형찬의 시선이 바닥으로 떨어졌다.

"사람이 비쩍 마르고 기운이 없으면요, 그럼 감각도 더 흐려지고 그래야 하잖아요? 근데 오히려 심장 소리는 계속 제 귓속에서 커지는 거예요. 두근두근. 거슬릴 정도가 되는데, 그때는 막 소리를 질렀어요."

"많이, 힘들었군요……."

"그때 할아버지가 찾아왔어요. 좀, 생각보다 늦게? 알고 보니까 내가 미쳐서 죽기 직전일 때 우리 엄마 아빠가 남긴 재산으로 누군가는 싸우고 있었더라고요. 그걸 우리 할아버지가 정리하고, 그러고 나서 날 찾았는데 내 앞으로 상속된 우리 엄마 아빠 재산이 탐나서 날 데려가 키우겠다는 사람들이 정작 진짜 나는 병원에 버려둔 거죠."

제영이 할아버지의 첫마디를 떠올리고는 씁쓸하게 웃었다.

"우리 할아버지 첫마디가 '혼자 둬서 미안하다.'였어요. 나랑 우리 엄마 아빠 지켜 주겠다고 늦게 온 거였는데 그 말부터 했어요. 나는 내 심장 뛰는 소리가 너무 싫어서 막 소리를 지르다가……. 다른 소리는 아무것도 안 들렸는데 할아버지 소리는 들리더라고요."

제영이 한숨을 내쉬었다.

"할아버지 눈물 떨어지는 소리가 들렸어. 그 작은 소리가. 내 심장 소리도 쿵쾅거려서 너무 크다고 생각했는데, 그건 환청이었어요."

숨을 고르듯 잠시 말을 맺은 제영의 시선은 어린 과거를 향하고 있었다. 형찬은 제영을 그저 가만히 기다렸다. 아직 할 말이 다 끝나지 않은 것만큼은 알 수 있었다.

그녀는 제 얘기에서 윤이성이 빠질 수 없다고 했다. 그리고 아직, 이성의 이야기는 시작조차 하지 않았으니까.

"우리 아빠가, 할아버지를 정말 많이 닮았거든요. 나 때문에 죽지 않았으면 아빠가, 늙으면 저런 얼굴이 되어서 울었을까? 그런 생각이 들었어요. 그리고 적어도 할아버지가 하는 말은 다 들어줘야겠다는 생각도 했는데, 그게. 그게 참 쉽지는 않더라고요."

제영이 어깨를 으쓱였다. 옆자리에 가만히 앉아 있던 형찬이 느리게 손을 뻗었다. 제영의 어깨 한 뼘 위쯤에서 멈춘 손이, 그녀를 위로하는 게 좋을지 아니면 손을 거두는 게 좋을지 고민했다.

결국, 형찬의 손은 제영을 감싸지 못했다.

"엄마랑 아빠의 빈자리는 할아버지가 채워 줬지만, 내가 잃어버린 피아노의 빈자리는 할아버지가 채워 줄 수가 없어서였어요. 여전히 정신을 못 차리는 제 앞에 그래서 할아버지가……."

"윤이성 피아니스트를 데려다 놓았군요."

제영이 고개를 끄덕였다가, 이내 고개를 저었다.

"비슷하지만 좀 달라요. 윤이성뿐만이 아니었거든요. 제가 선택할 수 있었던, 나를 대신해서 내 연주를 완성해 보여 줄 수 있었던 후보들."

그리고 이내 제영의 얼굴에 흐릿한 미소가 감돌았다.

"윤이성을 선택한 건 저였어요. 그 사람만이, 내가 원하는 연주의 끝을 보여 줄 수 있을 거라는 확신이 들었어요. 고작 열세 살짜리가. 엄청 건방진 생각이죠?"

제영의 말에 가슴이 지끈거렸다. 여전히 제영의 어깨 주변에서 머뭇거리던 형찬의 손이 오기처럼 제영의 어깨를 감쌌다. 타이밍이 조금 이상해졌다. 제영이 의아한 얼굴로 제 어깨를 짚은 형찬의 손을 흘깃댔다.

형찬이 애써서 웃는 낯을 했다. 하필이면 박제영이 선택한 남자, 윤이성. 그리고 그 윤이성이 사랑해 버린 박제영.

마치 두 사람이 처음부터 맺어지기로 정해진 운명이라도 지닌 듯한 그 과거가 유난히 아팠다. 이 통증이 단순한 심리적인 감각인지 실제인지도 구분할 수 없을 정도로.

그녀와 윤이성의 운명, 따위를 알아 버린 순간에 제가 얼마나 제영을 진심으로 생각하는지까지 한 번에 깨달았다. 이건 조금, 형찬에게는 가혹했다.

"하나도 건방지지 않습니다. 고작 열세 살이 아니에요. 그때 이미 제영 씨는 최고의 피아니스트였습니다. 여전히 그 연주를 잊지 못하는 저라는 팬을 만들어 내지 않았습니까?"

형찬이 애써 윤이성을 지워 내며 제 딴에 최선의, 진심의 답을 했다. 제영이 말간 눈으로 형찬을 바라보았다.

"할아버지 말 듣고 숨 붙이고 있기를 잘했단 생각이 드네요. 이런 말도 들어 보고."

감사를 표하는 말과 달리, 제영은 형찬의 손을 제 어깨에서 완곡하게 치웠다. 앉은 자리에서 허리를 깊이 숙여 일어나는 식이었다.

형찬이 제영의 작은 어깨가 주는 느낌이 여전한 손으로 조심스레 주먹을 쥐었다.

"제영 씨, 많이 추워 보이네요. 할아버님 뵙고 가실 겁니까?"

이만큼의 거리감. 더 다가가고 싶지만, 지금은 때가 아님을 형찬은 잘 알았다. 그래서 도리어 먼저 제영에게 자리를 파할 것을 청했다.

제영이 고개를 저었다.

"더 폐를 끼칠 순 없죠."

"폐라고 생각하지 않으면 좋겠습니다."

"산 아래까지만 데려다주셨으면 해요. 거기서 택시를 타고 가면 되거든요."

제영이 세운 벽은 단단했다. 형찬이 얕은 한숨을 내쉬며 제영을 말없이 바라보았다. 그녀의 벽 앞에, 형찬이 보기 드물게 무너진 모습을 보인 것이었다.

난처한 그의 표정에 제영의 얼굴도 비슷한 표정을 담았다. 그녀도 형찬처럼 얕은 한숨을 내쉬었다. 가슴 깊이 갇혀 있던 온기를 품은 숨이 희미한 김을 만들었다간 금세 흩어졌다.

"그럼, 집 근처 역까지만 부탁드려요."

형찬이 그제야 웃으며 고개를 끄덕였다.

＊ ＊ ＊

입 속이 달았다. 아니, 입 속만 달았다. 어울리지 않게 막대 사탕을 물고 웅크려 있던 이성이 손톱 크기만큼 작아진 사탕을 퉤 뱉었다.

"더럽게 맛없네."

그러고는 웅크려 앉은 바닥 주변에 널브러진 제가 뱉은 사탕들을 멍하니 내려다보았다. 빨주노초파남보 웬 무지개를 그려 놨다. 한적할 정도로 띄엄띄엄 자리한 값비싼 주택가와는 참 어울리지 않는 꼴이었다.

입술을 짓이겨 씹던 이성이 한숨을 푹 내쉬고는 사탕을 주섬주섬 주웠다. 그리고 주머니에서 이제는 텅 빈 봉투를 꺼내 담았다.

먹다 뱉은 사탕을 치우는 모양새가 남이 보기에 퍽 우습고 한심할 것 같았다. 그래도 좋아하는 여자의 집 앞을 이렇게 계속 더럽게 해 두는 것보다는 나으니까.

"……너 뭐 하니?"

조금만 더 일찍 치울걸. 아니면 처음부터 뱉지를 말든가.

하필이면 이 꼬락서니를 제일 보이기 싫은 사람한테 들켰다.

"아이 씨."

"아이, 씨?"

이성의 입에서 툭 튀어나온 볼멘소리를 제영이 똑같이 따라 하며 입술을 깨물었다. 이성이 주섬주섬 주운 사탕을 다시 주머니에 욱여넣고 일어났다.

제영보다 낮았던 눈높이가 이번에는 반대로 쑥 올라갔다. 이성이 배시시 웃었다. 이런 꼴을 들킨 건 면이 팔리지만 그래도 제영의 얼굴은 반가웠다.

"왜 이렇게 늦게 왔어? 기다렸잖아."

"네가 내 엄마도 아니고 아빠도 아니고 친오빠도 아닌데 내 집 앞에서 나를 왜 기다리니?"

제영의 말에 금세 이성의 얼굴에서 웃음이 사라졌다. 이성의 무표정한 얼굴은 썩 싸늘하고 날 선 편이었다. 누구의 말을 빌리자면 싹수가 노란.

그런데 어째 제영의 눈에는 오늘따라 영 불쌍하게 비치었다.

"그래. 내가 박제영한테 아무것도 아니긴 하지."

"그렇게는 말 안 했는데."

"아냐?"

제영이 곧장 반박하듯 입을 열었다.

"나랑 너는……!"

그마저도 곧 이성의 말에 막혔다.

"그냥 일적으로 엮인 사이. 어쩌다 하룻밤 같이 잤고, 그냥 후원가랑 후원받는 예술인 나부랭이. 그 이상은 더 갈 수도 없고 더 가게 해 줄 생각도 없고."

"야."

"아, 박제영 너무 어렵다."

더 뭐라고 말도 못 하게, 이성은 씩 웃어 버렸다. 제영이 제 말에 반박할 수도 없게 말이다. 제영이 굳은 얼굴로 입술을 깨물었다.

"어디 갔다 왔어?"

"할아버지. 보고 왔어."

이성이 고개를 끄덕였다. 사실 어디를 다녀왔는지 알고 있었다. 누구와 함께 있었는지도.

[아까 나가는 꼴 봐선 할아버지 납골당으로 갔을걸? 할머니한테 신나게 쪼이는 박제영을 대표님이 구해 갔으니 점수 좀 따셨을 듯. 너도 따라잡아야지. 주소는 알지?]

박제윤이 미주알고주알 일러 주었으니 모를 리가 없었다. 납골 당이야 이성도 후원받은 예술인으로 들른 적이 있으니 주소도 모르지 않았다.

하지만, 갈 수가 없었다. 그곳으로 가서 우연히 만난 척을 하기에도 우습고.

또 제가 제영에게 그렇게까지 굴어도 될 정도로, 박제영의 안에서 얼마만큼의 자리를 차지하고 있는지도 모르겠고. 확 부딪치려다가, 저답지 않게 가슴이 턱 막혔다.

짜증이 일었다. 대신에 제영의 집으로 향해서, 가는 길에 끊었던 담배가 미칠 만큼 생각이 나 대신에 사탕을 사다가.

그러다가 지지리 궁상떠는 모습이나 들켰다.

누구는 점수를 땄다는데, 누구는 있지도 않은 점수를 까먹기 바빴다.

"넌 뭘 그렇게 주웠어? 혹시, 너 또 담배……."

"네가 싫어하는 거 알아서 끊은 지가 언젠데!"

"……그럼 아까 줍던 건 뭔데?"

이성이 반대쪽 주머니를 뒤적거렸다. 아까 사탕을 사면서 하나는 제영의 몫으로 빼 뒀던 게 기억났다. 이성이 제영에게 사탕을 내밀었다.

"딸기 맛 좋아하냐?"

제영이 헛웃음을 터뜨렸다. 정말 어울리지도 않는 짓을 했다 싶어서 저도 모르게 튀어나온 웃음이었다. 좋아하는 여자가 웃는데 별수 있나, 이성도 다시금 씩 웃었다.

"까 줘?"

"웃기고 있다."

"나 오래 기다렸는데 차라도 한 잔 줘라."

"저번처럼 한참 있다가 안 나가려고? 늦었다, 가라."

제영이 이성을 지나쳐서 집으로 들어가려 했다. 이성이 다급히 제영의 앞을 막고 섰다.

"아 한 잔만 마시고 갈게!"

어울리지도 않게 사탕을 몇 개씩이나 먹더니 정신 연령까지 애 수준이 되어 버렸나. 어린아이처럼 떼를 쓰는 이성의 모습에 제영이 고개를 내저었다.

"먹고 오늘은 집에 가라."

"뜨거운 거로! 김 팍팍 나는 거로 줘!"

제영이 이성을 흘겨보았다. 이성이 뭐 별일 있었냐는 듯 어깨를 으쓱였다. 그러곤 집으로 들어서는 제영의 뒤를 쫄래쫄래 따랐다.

비 맞은 개 꼬락서니만 아니었어도, 절대 집에 들이진 않았을 거다. 제영이 그렇게 생각하며 설핏 웃었다.

뜨거운 커피 위에 작은 각 얼음 두 개.

녹으면서 서로 멀어지는 얼음 두 덩이가 괜스레 제영과 저 사이 같아 이성의 입술이 삐죽 나왔다.

"분명히 먹고 가라고 했어."

"완전 치사해."

이성이 제 방으로 올라가려는 제영의 뒤통수를 흘겨보았다. 그 시선이 뒤통수를 따끔하게 찌르는 듯해 제영이 기어이 몸을 돌렸다.

"뒤통수 뚫어지겠다."

"오늘 뭐 했어?"

제영의 빈정거림에 이성이 뜬금없는 물음을 건넸다. 제영이 팔짱을 끼고 이성을 아래서 위로 훑었다. 아까 대문 앞에서부터 지금까지. 오늘의 윤이성이 조금 이상했다.

"뭘 했는지가 왜 궁금해?"

"좋아하니까. 난 좋아하는 사람이 뭐 했는지 궁금해."

"오늘따라. 갑자기."

제영이 이성을 뚫어지게 바라보았다. 이번에는 이성이 제영의 따끔함을 느낄 차례였다. 똑바로 제영의 시선을 마주하던 이성이 기어이 눈알을 휙 굴렸다.

"마치 뭘 알고 있는 사람처럼."

"내가 알긴 뭘 알……."

답지 않게 말꼬리까지 흐리는 게 더욱 수상했다. 제영이 흐음, 하고 묘한 한숨을 내뱉었다. 방으로 향하려던 걸음을 아예 돌려 이성의 맞은편에 앉았다.

"수상하게 굴고 있잖아."

"뭘."

"마치 내가 어디에 누구랑 있었는지 알면서, 제대로 물어보지는 못하고 떠보는 것처럼 굴고 있어. 지금, 너답지 않게."

이성이 아무런 답도 하지 않고 입을 꾹 다물었다. 제영이 이성의 앞에 놓인 커피 잔을 들어서 제가 몇 모금 꿀꺽 삼켰다.

"잔 비면 가는 거야."

"야! 그건 반칙이지! 나 먹으라고 준 걸 네가 도로 먹는 게 어디 있나?"

"집주인 마음인데요."

또 한 모금.

이성의 마음이 다급해졌다.

"아니……."

"윤이성. 너 나 감시하니?"

"아니거든?"

"그럼 뭔데?"

제영이 또 커피 잔을 들었다. 이성이 급하게 말려 보겠다고 제영의 손을 붙잡는다는 게, 커피 잔을 확 쳐 버렸다.

"꺅!"

"야! 괜찮아?"

얼음 두 알이 녹았다곤 해도 맨살에 닿았을 때 꽤 뜨거울 온도였다. 이성이 화들짝 놀라선 단숨에 테이블을 뛰어넘었다. 그가 제영의 손을 붙들고 연신 제 옷으로 닦았다. 정신을 못 차리는 기색으로 주변을 두리번거리기까지 하다간 잽싸게 부엌으로 달려갔다.

돌아온 이성의 손에는 한가득 얼음이 담긴 봉투가 들려 있었다. 그 얼음주머니를 제영의 손에 대고는 안절부절못하며 이성이 연신 사과했다.

"이게 나는, 아니, 미안하다. 내가 일부러 그런 게 아니라, 아 젠장. 하필 손이……."

"……됐어. 화상 입을 정도는 아니었어."

제영이 이성의 손에서 얼음을 빼앗았다. 사실, 맨살갗에 커피가 쏟아져 흘러내린 손보다는 옷이 젖은 몸통 쪽이 조금 더 화끈거렸다. 제영이 빼앗은 얼음주머니를 옷 부근에 댔다.

"아 거기가……. 거기도 젖었구나. 진짜, 와……. 나는……."

이성이 한숨을 깊이 내쉬면서 자리에 주저앉았다. 바닥에 깔린 카펫에도 커피 얼룩이 생겼다. 제법 젖어 축축했다.

이성이 여전히 걱정과 미안함 가득한 눈으로 제영을 흘깃거렸다. 제영이 얕게 한숨을 내쉬며 얼음주머니를 내려놓고 옷을 슬쩍 들어 올렸다. 아랫배가 빼꼼하게 속살을 드러냈다. 본디 뽀얀 피부가 조금 붉게 열기를 머금고 있었다.

"멀쩡해. 보이지?"

"빨갛잖아. 거기 손도."

"손은 얼음 들고 있느라 그런 거고. 윤이성 네 손도 지금 빨개."

"내 손이 문제냐?"

"그냥 얼음 때문이라고 말하는 거잖아. 그리고 당연히 네 손이 문제지, 아니야? 넌 피아니스트인데."

제영의 말이 끝나기 무섭게 이성이 입술을 꽉 물었다. 그녀가 굳이 입에 담지 않고 생략한 말이 무엇인지 너무나 잘 알아서였다.

넌 피아니스트지만, 난 아니야. 지금은.

목구멍에 큰 가시가 걸린 것처럼 느껴졌다. 이성이 고개를 수그렸다. 제영을 계속 보고 있기가 버거웠다. 제영이 고개 숙인 이성의 머리꼭지를 빤히 바라보았다.

박제윤의 도움을 받는 게 아니었다. 이성의 생각이 단숨에 거기까지 닿았다. 도리어 괜히 더 일만 만들고, 박제영에게 자신이 얼마나 도움이 안 되는 인간인지나 확인하게 되었다는 기분을 지울 수 없었다. 기가 확 죽었다.

"나 사실 너 어디 다녀왔는지 알아."

"뭐?"

이성이 뜬금없는 말을 했다. 제영의 입장에서는 적어도 딱 그러했다. 제영의 얼굴이 묘한 표정으로 일그러졌다. 이성이 한숨을 깊게 내쉬었다.

"어디 갔었는지, 누구랑 있었는지 안다고."

"……어떻게?"

"박제윤이 저번에 나 도와준다고 내 번호 받아 갔어. 문자 주던데? 너 누구랑 어디로 갔다고."

"허……. 그 계집애가 진짜."

이성이 수상한 태도를 보인 게 박제윤 때문이었다니 상상도 못했다. 뭔가 가만히 있을 애가 아닌데, 형찬이나 이성을 가만히 두고 있다 싶었다. 적어도 두 사람이 아니면 자신이라도 찔러봤을게 박제윤인데 말이다.

어쩐지 할머니 앞에서 말 한마디 없이 조용하다 했지. 그게 제엄마가 할 말이 있어서 입을 다물어 준 것인 줄 알았더니, 뒤로 이런 헛짓거리를 하고 있었다.

여기저기서 감시인 노릇 하느라 참 나름대로 공사다망하시겠다 싶었다.

"누구랑 있었는지는 박제윤이 말해 줄 수 있는데, 어디에 갔었는지는 걔나 네가 어떻게 알아?"

"할아버지 보러 갔을 거라고 하던데?"

"왜? 아예 거기로 찾아오지."

"네가 먼저 가자고 한 것도 아닌데, 내가 무슨 자격으로?"

그제야 이성이 다시금 제영을 쳐다보았다. 뭔가 서럽기도 하고 억울하기도 한 기색이 완연한 얼굴이었다. 제영은 이성이 뭔데 그런 걸 억울해하나 싶었다. 그랬다가, 갑자기 방금 이성이 한 말이 가슴에 콕 박혔다.

"좋아하니까. 난 좋아하는 사람이 뭐 했는지 궁금해."

좋아하는 사람이 뭘 하든 같이 있고 싶고, 곁을 지키고 싶었던 거다. 이상하게도 어렴풋이 그 마음이 읽혔다.

그 마음이 읽히니 저 억울한 얼굴도 나름대로는 이해가 됐다. 똑같이 저를 좋아한다고 말한 다른 남자와, 저와는 같이 간 적이 단 한 번도 없는 할아버지의 납골당을 갔다는 말을 전해 들은 거니까……

그러다간 문득 이상해졌다.

'내가 왜 이게, 이해가 되지?'

그리고 자꾸만 마음이 쓰였다. 말로 꺼내지 않아도, '너한테는 내가 쓸모없지?' 하고 연신 묻는 듯한 이성의 표정이 자꾸 거슬렸다.

"그래, 거기서 마주쳤으면 볼 만했겠네."

생각과는 달리 말은 빈정거리듯이 흘렀다. 제영의 서늘한 목소리에 되레 이성이 피식 웃으면서 표정을 풀었다.

"다음엔 나 데리고 가라. 응? 할아버지랑은 나도 좀 친했거든?"

더 많이, 더 먼저 좋아하는 쪽이 언제나 먼저 수그리게 된다. 이성도 다를 바 없었다. 표정을 풀고 평소와 다름없게, 혹은 평소보다 더 양순한 태도로 제영을 대했다.

이러면, 받은 것을 돌려줄 길이 없는 쪽이 더 미안해지고야 만다. 지금 박제영이 그랬다. 제영이 혀끝으로 입술을 축이며 머리를 쓸어 넘겼다. 어쩐지 윤이성의 쓸모를 확인해 주어야 할 것 같다는 부채감이 생겼다.

"커피 잔 비었다."

"와, 정작 나는 입도 못 댔는데!"

이성의 투덜거림에 제영이 제 손을 들어 보였다. 더해서 이제 겨우 붉은 기가 가실락 말락 하는, 이제는 반대로 차가워진 옷까지 살짝 들쳤다.

"아니! 뭐, 그렇다고 내가 뭘 어떻게 하겠다는 게 아니라……. 가면 되잖아. 가면!"

입으로는 투덜거리면서도, 이성은 정작 제영의 손과 축축하게 젖은 옷에서 시선을 떼지 못했다. 걱정과 미안함이 가득한 기색이었다.

"갈 테니까 옷 갈아입고 혹시 모르니까 연고 잘 발라라. ……화상 연고는 있나?"

"있겠지."

"있겠지가 아니라 잘 찾아보고 발라. 저건 뭐 제 몸 귀한 줄을 몰라요. 간다."

이성이 자리를 털고 일어났다. 밝은 갈색의 곱슬거리는 머리칼이, 어느새 조금 자랐다. 같이 가서 스타일링을 봐준 게 엊그제 같은데.

"누가 가래?"

"잔 비었다며. 가라며."

"커피 달래서 줬더니 먹지도 않고 사람한테 쏟아 버리고는, 그냥 가면 양심이 좀 없는 거 아냐?"

"이건 또 무슨 신종 시비 수법이야? 그래서 가라는 거야, 말라는 거야?"

제영이 뚱한 얼굴로 이성을 바라보았다. 그러고는 한숨을 푹 내쉬고 말했다.

"기다려."

이성이 얼굴 가득 물음표를 띄웠다. 제 생각을 벗어난 지금의 상황이 도무지 이해가 안 가는 듯했다. 제영이 얼빠진 얼굴로 선 이성을 두고 제 방에서 금세 악보를 쥐고 내려왔다.

"……뭐냐?"

제영에게 악보를 건네받은 이성이 물었다. 정갈하게 그려진 게 꼭 인쇄라도 된 듯한 악보였다. 하지만 자세히 보면 사람의 손으로 꼼꼼하게 고치고 고친 다음에 직접 그려 완성한 흔적이 남아 있었다.

이성이 처음 보는 곡이기도 했다. 금세 선율이 머릿속에 그려지는데, 꼭 박제영을 닮았고.

클래식 악보도 아니고. 박제영의 과는 작곡과고.

"박제영 곡?"

제영이 고개를 끄덕였다. 긍정이었다.

"양심값 연주로 좀 같아. 네 양심이 그 정도 값어치는 하지?"

"내가 처음 치는 거?"

"연주는 윤이성이 처음."

제영의 답이 떨어지자마자 이성의 입이 크게 호선을 그리며 올라갔다. 그 자신만만한 표정이 이제야 박제영이 아는 윤이성다웠다.

"어떤 설렘이라……."

이성이 제영의 글씨로 또박또박 적힌 곡의 제목을 읽었다. 제영의 뺨이 조금 붉어졌다. 명백히 수줍어하는 태도였다.

제영이 다시금 몸을 돌렸다.

"옷 갈아입고 올 테니까 연주 준비나 해."

"내 양심값만큼, 네 곡의 가치만큼 완벽하게 할 테니까 얼른 내려오기나 해."

제영이 아무런 답 없이 제 방으로 올라갔다. 이성이 피식 웃으며 악보를 들고 피아노 앞에 앉았다. 보면대에 악보를 올린 이성이 오른손만으로 가볍게 선율을 짚었다.

제목에 어울리는, 제 곡의 주인과도 꼭 닮은 담담하고 간질간질한 멜로디가 조용히 거실을 채웠다.

그 밤, 젖은 머리칼을 쓸어 넘기며 돌아온 제영의 앞에서 이성이 뽐낸 제대로 된 연주는 정말로 곡의 제목 그대로였다. 무어라하나로 꼽을 수 없는 설렘의 연속이 이성의 손끝에서 쏟아졌다.

봄비 같고, 소원을 담은 꼬리별 같은 멜로디.

박제영의 감성을 담은 곡이, 박제영의 감성을 닮아 낸 윤이성의 손끝을 만나 조화를 이루었다.

그럭저럭 아름다운 밤이었다.

07. 스캔들

김무진 교수의 작업실은 평소 그가 가진 젠틀하고 깔끔한 이미지와는 달리 난잡했다. 여기저기 수기로 작성한 악보가 널브러져 있고, 신시사이저와 음향 기기의 선 또한 정리 하나 없이 복잡하게 늘어진 채였다.

조명마저 어두침침한 곳에서 김무진은 바닥에 잔뜩 늘어뜨려 놓은 악보를 발끝으로 툭툭 치워 가면서 무언가를 연신 고심했다.

"이건 별로, 얘도…… 별로. 얜 얼마 전에 공모전 수상했다더니 왜 이렇게 쓰레기야? 어디서 표절이라도 했나?"

악보를 짚으며 비아냥거리던 김무진의 발끝이 하나의 악보 위에서 툭 멈췄다.

'어떤 설렘.'

김무진이 눈을 찌푸렸다. 얕은 한숨까지 뱉었다. 곡은 나쁘지 않은데, 아니 사실 썩 좋은데 제목이 영 별로였다.

40대 중반을 바라보는 저도 이렇게 노숙하다 못해 유치하다 싶을 정도의 제목은 안 짓는데. 차라리 다른 학생들처럼 무제, 논타이틀 따위로 적어서 내든가.

지나치게 솔직했다. 사랑이나 썸의 느낌을 주제로 곡을 써 보라고 했더니, 제목을 그냥 설렘 따위로 짓는 센스는 어디서 왔는지.

"이런 것들도 비싼 돈 주고 예술을 한다는 말이지······."

발끝으로 휘적대던 악보들 사이에서 김무진이 처음으로 허리를 숙였다. 한껏 제목 센스를 비웃어 놓고는, 언제 그랬냐는 듯 또 슬그머니 웃음을 머금고 악보를 자세히 짚었다.

그의 머릿속에 곡이 그려졌다. 조금 나아지긴 했지만, 여전히 그랜드 피아노로 고루하게 쳤을 때가 가장 생동감이 느껴질 스타일의 멜로디가 머릿속을 떠돌았다.

"이 촌티를 못 벗네. 쯧. 그러니 학생이지."

그가 입가를 비틀어 올리며 웃었다. 명백한 비웃음이었다.

"그러니 앤 만년 학생인 거고."

김무진이 헤드폰을 귀에 썼다. 헤드폰이 연결된 신시사이저 쪽으로 의자를 돌린 그가 악보의 음표대로 건반을 눌렀다. 작업 화면에 제영이 제출한 악보의 음표가 고스란히 베껴졌다.

"현대적으로 재해석해서 써먹을 수 있는 센스가 있으니까, 난 작곡가인 거지."

완벽히 똑같던 음표의 구성이 몇 시간 사이 조금 바뀌었다. 흐름은 비슷하지만, 박자가 달라지고 조성이 변했다. 클라이맥스가 과장되었다. 꼬리별이 담은 소원 같고 봄비 같았던 설렘은 조금 죽어 버렸다.

그렇지만 길 가다 들으면 잠깐 멈춰 서서 들을 만큼 익숙하면서도 트렌디했다. 원작자인 박제영, 김무진의 제자 '그' 박제영의 감성은 완전히 바뀌지 않았다.

김무진의 생각으로는 '어설픈 학생의 곡을 자양분으로 삼아 완벽한 자신의 곡으로 재탄생'시킨 것이었지만, 기실 이것은 편곡에 지나지 않았다.

그러나 김무진은 그렇게 생각지 않았다. 이게 처음이었더라면, 조금이나마 양심의 가책이라도 가졌을지 모르겠지만.

벌써 몇 년이나 해 온 일이었다. 그에겐 몹시 손쉬운 일이기도 했다.

"⋯⋯좋아. 이 정도면 완벽하지."

그가 콧노래로 제가 편곡한 멜로디를 흥얼거렸다. 그렇게 완성한 데모 음원을 곧장 재생 파일로 저장했다.

파일명은 '유성신인_홍보_demo.mp3'로 정해졌다.

그가 휴대 전화를 찾아 들고 누군가의 번호를 찾아 터치했다. 밤늦은 시각이었지만, 엔터테인먼트 업계라는 게 본래 밤낮이 없는 동네인지라.

-아이고 작곡가님!

"하하하, 안녕하십니까. 팀장님. 얼마 전에 부탁하셨던 홍보

음원 말입니다."

-예. 예. 일전에 부탁드렸던 그거요.

"네. 그게 데모 버전이 얼추 완성되어서요. 한번 들어 보시라고 메일로 보내 드릴까 하는데요……."

늦은 밤에 어울리는 음산한 미소가 김무진의 얼굴을 한껏 채웠다. 박제영의 곡이 그 밤, 프로 작곡가이자 교수인 김무진의 곡으로 둔갑하는 건 그렇게 쉽게 이루어졌다.

* * *

'두근두근 심포니'의 촬영도 중반에 접어들었다. 첫 방송은 얼마 전에 시작했다. 반응은 미리 약속이라도 해 놓은 것처럼 엄청났다. 예고편부터 사람들의 이목을 끌더니 실제 첫 방영 이후에는 더욱 관심이 뜨거워졌다.

그중에서도 가장 큰 관심을 얻고 사람들의 입에 오르내리기 시작한 것은 단연 윤이성이었다. 팀 편성 경연에서 이기지조차 못했는데 말이다. 졌음에도 이성의 연주 클립 영상은 다른 연주자들의 것보다 압도적으로 높은 조회 수를 기록했다.

이성은 이전부터 공백기가 길었음에도 종종 얼굴을 알아보는 이가 있어 마스크와 모자를 쓰고 다녔다. 이제는 복귀를 알리고 사람들의 관심까지 다시 뜨거워졌으니 그것만으로는 부족했다. 같이 일하는 소속사 직원들까지 새삼스러운 시선으로 그를 바라볼 정도였다.

"대표 사무실에 볼일이 있는데."

이성이 반짝이는 눈으로 저를 흘깃거리는 경비 요원에게 퉁명스레 말했다. 마스크 끝을 손가락으로 슬쩍 내려 얼굴을 비치면서였다.

"어……. 대표님께선 지금 회의 진행 중이신데, 미리 약속이 있으시단 말을 제가 못 들어서……."

"그쪽이 약속을 잡아 줘야 할 시기가 지났는데도 안 잡아 줘서 찾아왔죠. 오래 기다려야 하나?"

"아이고, 아닙니다. 유성 매니지먼트 최고 인기인을! 제가 대표님 비서실로 호출 넣어 보겠습니다."

이성이 안내 데스크에 팔을 괴고 고개를 끄덕였다. 매니저 성길이 이성의 등짝을 쿡쿡 찔렀다. 이제 알아보는 사람도 많은데 작작 좀 건방지게 굴라는 표시였다.

이성이 성길을 바라보면서 마스크를 다시 올렸다. 마스크에 가려 안 보여도 윤이성이 어떤 표정을 짓고 있을지 선했다.

'나 건방진 거 하루 이틀 보나?'

성길이 한숨을 푹 내쉬었다. 하기야 소속사 대표 앞에서도 건방이 하늘을 찌르는 이성인데 누구 앞에선들 예의를 차리겠는가. 과연 윤이성이라는 작자를 얌전하게 만들 수 있는 사람이 세상에 존재는 할까 싶어졌다.

"어, 회의 끝나 간다고 비서실에서 잠시 대기하시랍니다. 안내할까요?"

"뭐 안내씩이나. 알아서 갑니다."

"하하, 예……. 저, 근데……."

용건을 마친 이성이 대표 사무실로 향하려는데 경비 요원이 그를 불러 세웠다. 무시하고 갈까 하던 이성이 마음을 바꿔 알은체를 해 주었다. 며칠 전 제영의 곡을 처음으로 연주하는 영광을 얻고는 며칠 내내 기분이 좋은 까닭이었다.

"우리 딸이 그, 저, 엊그제 선생님 방송에 나온 걸 보고 그렇게 좋아 죽더라고요. 실례가 안 되면 그 사인이나 어떻게 사진 좀 가능할까요? 딸애 보여 주면 참 좋아할 텐데……."

딸 핑계를 대는 경비 요원 본인도 이성에게 지대한 관심이 있어 보였다. 이성이 피식 웃었다. 어어 하는 새에 사진 한 장 팔리게 생겼다. 성길이 나서서 막았다.

"사진은 안 되고요. 사인이야 뭐."

서글서글하게 웃는 낯으로 말하는 이성에게 그것도 감지덕지라며 경비 요원이 잽싸게 종이와 펜을 꺼냈다. 이성이 건네받은 종이에 사인해서 도로 넘겨주었다. 다시 대표 사무실로 향하는 이성의 뒤로 성길이 평소보다 바짝 따라붙었다.

"네가 웬일이냐. 그 귀찮아하던 사인 요청을 들어주고? 오늘 해가 서쪽에서 떴냐? 아니면 아침에 수탉이 아니라 뻐꾸기가 울었나? 응?"

"형은 또 왜 해 줘도 지랄이야?"

"네가 답지도 않은 짓을 하니까 그러지."

"아니 그럼 해 준 거 도로 뺏어 오기라도 해?"

"이 새끼는 잘 나가다가도, 누가 그런 뜻으로 말했겠냐? 뭐 좋은 일이라도 있냐, 너 평소랑 다르다 그 뜻이지!"

이성에게 좋은 일이 있었던 건 확실하지만 구구절절 성길에게 알릴 생각은 없었다. 그가 마스크를 벗으며 피식 웃고는 말았다.

성길은 이성이 3년의 잠적을 뒤로하고 별안간 제영의 학교에 찾아갔던 그 당시 진저리를 치며 난리를 피워 댔었다.

"제정신 아닌 건 알았지만 이렇게까지 미쳐 날뛸 줄은 몰랐다! 나를 피 말려 죽여라, 죽여!"

당시 이성이 벌인 '스폰서 찾기' 교내 방송 건을 수습하며 그가 얼마나 이를 갈았던가.

이성은 굳이 제 기분이 왜 좋은지 구구절절 말하지 않고 입을 닥쳤다. 성길이 보일 반응이 빤히 보였다.

아홉 살이나 어린 여자애, 그것도 저 후원해 주는 어려운 사람 뒤꽁무니를 그렇게 쫓아다니고 싶냔 말밖에 더 듣겠나.

제 말을 생으로 무시한 이성의 뒤에서 성길이 입술을 삐죽거렸다. 몇 년이나 제 놈 뒤치다꺼리를 하고 있는데 이렇게 푸대접인 건 도무지 바뀌를 않았다.

이성이 형찬의 비서실에 도착해 소파에 털썩 앉았다.

"마실 것 좀 드릴까요?"

"됐습니다."

"매니저분께서는요? 드시겠어요?"

"아 저는 그냥 물, 아니다 커피 한 잔 주시면……."

이성이 성길을 쏘아보았다. 평범하게 커피 한 잔 달라는 말을 했다가 대뜸 날 선 눈초리를 받은 성길은 황당해졌다.

"왜 고따위로 보나?"

"커피 마시지 마. 뭔 커피야."

더해 이성은 아예 인상을 와락 구기기까지 했다. 평소엔 저도 커피 잘만 마시면서 지랄이다 싶어 성길도 인상을 팍 썼다. 아까 경비 요원에게 사인해 줄 때까지만 해도 평소보다 기분이 좋다 싶더니.

하긴 이성의 기분이 오락가락하는 일이야 익숙하긴 했다. 오늘따라 유난하기는 했지만.

"너 진짜 오늘 왜 그러나?"

"커피가 사람한테 얼마나 위험한지 알고 하는 소리야, 형은?"

"아니 커피가 위험해 봤자 뭐가 그렇게 위험해? 저도 잘만 먹던 게 이게 진짜 오늘 왜 이러실까?"

"만약에 형이 커피 처먹다 나한테 쏟기라도 하면? 어? 하필이면 내 손에 쏟아져서 내 손 조지기라도 하면? 그럼 형이 책임지나?"

이성의 억지 논리에 성길이 할 말을 잃었다. 이성이야 커피라는 말에 제가 제영에게 쏟은 커피를 떠올려서 결론이 거기까지 간 거라지만, 성길은 이에 대해 당연히 알 길이 없잖은가.

"됐다. 널 누가 말리냐? 죄송합니다. 저 그냥 물 한 잔만 주세요."

"냉수로 마셔라."

"오냐 아예 버들잎이라도 구해다 띄워 먹으마!"

이성의 지랄이 익숙한 성길의 반응이 마치 만담이라도 하듯 했다. 그 모습이 웃겨서 음료를 권했던 비서가 겨우 입술을 깨물어 웃음을 참았다.

비서실의 다른 비서들도 조용히 킥킥거렸다. 부끄러움은 성길의 몫이라서 성길만 얼굴이 시뻘게졌다.

물 잔을 받은 성길도 자리를 잡고 앉았다. 곧 끝난다던 회의를 10분가량 기다렸다. 이성의 짜증 게이지가 슬슬 차기 시작할 참이었다.

회의가 진행 중인 대표 사무실 안에서는 중간중간 방음되지 않은 멜로디가 흘러나왔는데 그중 이성의 귀에 익숙한 곡이 들렸다.

'어, 이거……?'

이성이 늘어져 있던 자세를 똑바로 했다. 조성이 다르고 박자가 조금 달라졌지만, 확실히 귀에 익숙한 멜로디였다.

모를 수가 없었다. 바로 일주일 전에 제영이 제가 작곡한 곡이라고 들려주었던 〈어떤 설렘〉의 멜로디였으니까. 잊을 수도 없었다.

처음 대표 사무실 앞 비서실에 도착했을 때는 가장 많이 바뀐 클라이맥스 부분만 들려서 전혀 눈치를 못 챘다. 깨끗한 피아노나, 적어도 클래식 악기로 연주하는 게 어울릴 법한 멜로디로만 기억하고 있어서 더욱 그랬다.

지금 들리는 건 신시사이저와 기계음이 합성된 데다 편곡된 부분도 많았다. 그러니 처음에 듣고는 못 알아들었던 거다.

"……내가 처음이라더니."

하긴, 연주만이라고는 했다. 처음 들려준 건 자신이 아니라 형찬이었던 모양이다. 지난밤 납골당에서 그런 얘기들을 했었나.

뭐로 들려줬을까. 허밍? 제영의 방에서 신시사이저를 본 적은 없으니 어쩌면 휴대 전화로 악보라도 찍어서 보여 줬을 수도 있겠다. 저게 다른 곳도 아니고 형찬의 대표 사무실에서 회의 중에 흘러나온다는 건 분명히 뭐 소속사 일에 쓰인다는 건데.

"데뷔라도 시켜 주고 점수 따겠다는 거야?"

"넌 혼자 대체 뭐라고 중얼거리냐? 얘 오늘 진짜 이상하네?"

"아 형은 좀!"

닥쳐 보라는 말만 가까스로 삼킨 이성의 표정이 전에 없이 싸늘했다. 짜증을 낼지언정 이렇게 분노하는 일은 잘 없는 이성인지라, 이번에는 성길도 진심으로 놀랐다.

"야……."

놀란 바람에 단숨에 일어나서 대표 사무실 문을 열어젖히는 이성을 즉시 말리지 못했다.

"야, 야, 야!"

활짝 열린 문 안의 시선이 이성에게로 쏠렸다. 그중 가장 안쪽, 테이블의 상석에 앉아 있던 형찬이 굳은 얼굴로 이성에게 물었다.

"……뭡니까?"

문이 열린 덕분에 흐릿하게 들리던 멜로디가 더욱 뚜렷하고 크게 들렸다. 곡 제목이 〈어떤 설렘〉인데 설렘 따위는 개나 줘 버린, 쾅쾅 울리는 클라이맥스가 비서실까지 쩌렁쩌렁 퍼졌다.

"아니, 나도 명색이 음악 하는 사람인데 음악 소리가 들리길래. 듣기 좋아서 좀 크게 들으려고."

"……야, 윤이성!"

"요."

무례를 범해 놓고 건방지기 짝이 없는 이성의 태도에 형찬이 눈을 감고 심호흡하며 화를 내리눌렀다. 저 인간이 저런 걸 모르지 않고 있었다. 차라리 다른 사람이었더라면 참지 않고 정제된 화를 낼 수 있었을 텐데, 윤이성을 보면 제영이 같이 떠오르느라. 제가 괜히 더 흥분해서 화를 낼까 봐. 형찬은 몇 번이고 제 속을 다스렸다.

"우리 회사에서, 대표 사무실에서 진행되는 회의는 극비이기에 굳이 이곳으로 불러서 진행하는 겁니다. 그런 자리에 이렇게 끼어들어 놓고 그 태도는 뭡니까? 윤이성 피아니스트."

"내가 거기까진 몰라서. 실수했습니다. 근데 내가 뭐 이거 좀 듣는다고 어디 까발리고 다니고 그럴 인성까지는 아닌데."

"이봐요, 윤이성 씨."

하필이면 타이밍 좋게 끝난 음악 덕에 사위가 숨소리 하나 없이 적막해졌다. 싸늘한 분위기에 자리한 사람들 전부가 불편과 불안을 느낄 정도였다.

"으흠!"

그 조용한 적막을 깬 건, 방금까지 흘러나오던 '김무진 작곡가의 데모곡'을 가져온 가수 파트 팀장이었다. 분위기가 심하게 무거워서 부담스럽긴 했지만, 그는 나름대로 이 상황이 마냥 불편하지만은 않았다.

"저, 대표님. 그래도 윤이성 피아니스트도 음악가고, 우리 회사 소속인데 뭐 어디에 함부로 말 옮기고 하기야 하겠습니까?"

가수 파트 팀장의 속내야 모르지만, 일단 이 속 불편한 상황을 모면해 보고자 사람들이 말을 보탰다.

"그래도 윤이성 씨가 좀 조심을 해 줬어야 하긴 하죠……. 물론 저도 대표님께서 하신 말씀에 동의하지만요."

"대표님, 우선 이렇게 된 거 저희 다시 회의를 잡을, 까요?"

"아닙니다. 하던 건 마무리해야죠. 미리 일정 잡고 찾아오지도 않고 폐까지 끼친 윤이성 씨가 다음에 약속을 잡고 와야 맞습니다. 다들 다시 집중……."

눈알을 요리조리 굴리던 가수 파트 팀장이 형찬의 말을 끊고 끼어들었다.

"저, 외람되지만 대표님."

"……말하세요."

"윤이성 씨가 그래도 지금 대한민국에서 가장 핫한, 그 뛰어난 피아니스트긴…… 하잖습니까?"

"그래서요."

"그런 사람이 다른 곡에서는 조용하다가 이 곡에서 사무실 안으로 들어온 데는 이유가 있지 않을까 하는, 그러니까 그런 생각이……."

형찬이 다시금 눈을 내리감았다. 짜증이 솟구쳤지만, 가수 파트 팀장이 저러는 이유가 납득이 안 되는 건 아니었다.

유성 매니지먼트는 형찬이 대표로 앉기 전까지만 해도 예술 재단에 속한 예술가를 지원하는 게 주목적이었던 회사였다. 물론 그때도 유의미한 수익을 위해 소수의 배우나 가수들이 속해 있기는 했다.

그러던 회사에 형찬이 들어오면서, 본격적으로 수익을 내기 위해 구조가 바뀌었다. 예술가 지원 사업은 그대로 유지하되 연예계 엔터테인먼트 쪽의 역할을 크게 키운 것이었다.

이전부터도 배우 파트는 그럭저럭 수익을 내며 돌아갔지만, 가수 파트는 그렇지 않았다. 더군다나 형찬이 대표가 된 지금도 배우 파트는 괜찮은 중견부터 신인까지 대거 영입하며 탄탄하게 성장 중이었지만, 가수 쪽은 아쉬움이 많았다.

그렇다 보니 가수 파트를 맡은 팀장의 실적 또한 썩 좋지는 않았다.

제가 가져온 곡이라도 꽂아 놓고 실적을 챙기고 싶을 거였다. 내년이면 유성 매니지먼트의 대표가 형찬으로 바뀌고 만 1년인지라, 인사이동이 있을 거란 말이 사내에 돌고 있으니 말이다.

소속된 연예인이나 예술인 전부가 하나하나 다 소중하다지만 경중은 있었다. 지금 회의는 여러 가지가 엮이긴 했지만, 어쨌든 신인 배우들의 광고 삽입곡을 정하는 자리였다.

따지자면 회의 초반의 진짜 조심해야 할 정보들보다는 가치가 낮다는 뜻이었다. 형찬은 이성이 아니라, 제 회사 직원인 가수 파트 팀장의 체면을 생각하며 한 번 참았다.

"아주 틀린 말은 아니군요. 그러니까, 기왕 이렇게 된 거 윤이성 씨의 의견도 들어 보고 싶다는 거죠?"

"예. 최종 후보 세 곡을 다시 투표하자고 하셨고, 이 곡이 거기 들긴 했지만 또 새로 투표하고 하면 그만큼 시간이 밀리잖습니까. 저희 파트 일은 아니지만, 신인이 데뷔랑 푸시 밀리는 일에 예민한 건 어느 파트나 가리지 않고요."

"그쯤 하셔도 알아들었습니다. 그래요, 그럼 윤이성 씨 생각을 물어봅시다. 비서실 밖으로 곡들이 다 들렸습니까?"

가만히 듣고 있던 이성이 고개를 갸우뚱 기울였다. 지금 상황은, 제영의 곡을 딱히 형찬이 달가워하는 것처럼 보이지가 않았다.

어째 묘하게 찜찜했다. 마치 형찬이 제영을 무시하는 것처럼 들려서 기분이 나빴다. 어떻게 보면 형찬이 지금의 곡이 제영의 것인 줄 모르는 것처럼도 보였다.

상황은 이상하고, 설마하니 제영이 다른 루트로 연습작이라던 제 곡을 넘기진 않았을 테니 형찬은 알고 있을 테고. 이 상황에서 팀장의 말에 힘을 실어 주자니 그것도 좀. 같이 제영을 좋아하는 마당에 결국 형찬에게 보너스 점수를 넘기는 듯해서 내키지 않기도 하고.

어쩌나.

고민하던 이성이 마음을 정했다.

"들렸고, 방금까지 나오던 곡이 제일 좋았고. 근데 어디에 쓰려는지는 모르겠지만 좀 아쉬운 부분도 있었습니다만?"

이성의 말에 곧장 형찬이 반응했다.

"아쉬운 부분이라면요?"

"곡이 원래 표현하고자 하는 느낌은 어떤 설렘이나 기다림, 이런 느낌? 뭐 감성? 같은 게 아닐까 싶은데 클라이맥스나 전체적인 구성이 좀 어긋난 것 같아서. 편곡의 실수라고 해야 하나."

이성이 편곡의 실수라고 하자마자 형찬이 저도 모르게 고개를 끄덕였다. 다만 가수 파트 팀장은 의아한 얼굴로 고개를 갸웃거렸다. 곡을 완성하자마자 데모 파일로 받은 것인데, 김무진 작곡가가 도중에 편곡할 시간이 있었을 리가 없었다.

이건 마치 원곡이 따로 있는데 편곡자가 잘못 만졌다는 뉘앙스가 아닌가. 그가 눈치를 살살 살폈다. 형찬이 이성의 말에 수긍하는 듯했다. 이러면 지금의 데모곡이나 김무진 작곡가에 대해 자신이 아는 바를 밝히는 게 더 손해이지 않을까, 하는 생각이 들었다. 그는 그냥 입을 다물고 상황을 지켜보기로 했다.

"확실히 좀, 우리가 기존에 요구했던 느낌에서는 다소 벗어나긴 했죠. 곡도 지금보다 차분하고 산뜻한 쪽이……."

"어울리고."

"예를 들자면, 베이스로 깔린 비트와 기계음 같은 것?"

"애써 몽환적인 느낌으로 꾸며 놓은 자질구레한 건 다 빼고 깔끔하게 악기 음만으로 들어도 충분할 것 같고?"

이성과 형찬의 대화가 철석같이 맞물렸다. 다른 이들도 두 사람의 의견에 수긍하듯 고개를 끄덕였다. 그들의 말을 듣고 보니 확실히 그런 점이 다소 아쉽게 느껴졌다.

입가에 만족스러운 미소를 띠고 있던 두 사람의 시선이 맞부딪쳤다. 기실 그들은 서로를 견제하는 사이였다. 의견이 맞물렸다는 사실이 뒤늦게 불쾌해졌다. 떫은 표정으로 서로를 보다가 고개를 돌렸다.

형찬이 가수 파트 팀장을 보고 물었다.

"편곡 조율해서 계약 진행할 수 있겠습니까?"

"해야죠. 못 할 게 뭐 있겠습니까?"

가수 파트 팀장의 입이 헤벌쭉 벌어졌다. 그가 제 앞에 놓인 서류 가장자리에 순식간에 이것저것을 메모했다.

"회사 소속으로 공모에 참여한 사람들에게 충분히 좋은 곡들이었다고 감사하다고, 각자 담당들께서 전달해 주세요. 소정의 사례도 따로 준비하도록 합시다. 관련 예산안은……."

"제가 준비할까요?"

"아닙니다. 내가 직접 하죠."

형찬이 나긋하게 웃으며 회의를 마무리 지었다. 가수 파트 팀장이 가져온 곡에 마음이 끌렸다. 희미하지만 어딘가 제영의 감성을 닮았다고 생각해 아쉬운 점이 확실하면서도 마음이 동했다.

하필이면 윤이성, 이 거슬리는 인간의 덕이지만 그 거슬림이 해소되고 만족할 만한 곡을 받아 티저를 진행할 수 있을 듯했다. 좋으면서도 떨떠름한 이상한 기분이 되었다.

회의를 마친 직원들이 우르르 빠져나갔다. 사무실에는 이제 형찬과 이성만이 남았다.

형찬이 얕은 한숨을 내쉬고 이성을 다시 똑바로 바라보았다.

"그래서 무슨 일로 왔습니까?"

"나 빼고 진행되는 내 콘서트 얘기 좀 나누려고?"

"그건 당장 촬영이 한창이라……."

"요."

"하아……."

처음부터 거슬려도 그냥 그러려니 무시하고 있던, 이성의 저 기이한 존댓말이 기어이 형찬의 말을 도중에 끊었다.

형찬이 이번에는 대놓고 깊은 한숨을 내쉬었다. 아까까진 회의 때문에 제 직속 상사까지 있었던지라 가만히 입 닥치고 있던 성길이 이성의 옆구리를 찔렀다.

"공사 구분은 좀 합시다. 윤이성 씨."

형찬이 차분하게 내리누르며 단호하게 말했다. 이성이 사무실 소파에 앉았다. 자리를 권하지도 않았는데 앉는 건 딱히 예의에 맞는 행동은 아니었다.

다만 평소와 달리 이성이 저답지 않게 자세를 곧게 해서 앉았다. 예의를 차린 듯 아닌 듯, 공과 사 구분도 한 듯 안 한 듯 모호한 태도였다.

"원하시면 그러죠."

더해서 뱉은 말투는 사회적으로 평범하고 깔끔한 존대였다. 형찬이 혀를 차고 웃었다.

"그러니까, 제가 원하지도 않았던 촬영 덕에 바쁜 저를 배려하느라 알아서 진행 중이셨을 콘서트 얘기 좀 합시다. 이형찬 대표님."

비아냥대는 내용만 제하면 정말로 사회적인 어투의 말이 돌아왔다.

형찬도 사감을 지우고 일 얘기에 집중했다.

* * *

"그래서 내일부터 친구가 소속사 직원이라는 등 하는 말로 바이럴을 돌릴 것 같다고?"

"뭐 그렇다던데. 방송 반응이 워낙 좋아서 세트리스트나 진행은 내가 원하는 쪽으로 맞춰 주기로 했고."

"잘했네. 홍보 방법도 나쁘지 않은 듯하고."

제영이 느리게 고개를 끄덕였다. 확실히 방법이 영리했다. 지금 그러잖아도 방송 이후 온라인상에서 이성에 대한 반응이 뜨거웠다. 콘서트 정식 공지를 띄워도 사실 충분히 이슈가 될 거였다. 하지만 사람들의 입소문으로 먼저 뜬소문이 돌았다가 그게 진짜였다, 하는 쪽이 더 기대감을 불릴 테다.

"근데 너 촬영 안 가니? 연습은?"

"여기서 하고 있잖아."

이성이 씩 웃으면서 건반 위에 올리고 있던 손을 들어 반짝 흔들었다. 제영이 피식 웃었다. 거실로 쏟아지는 볕이 좋았다. 해가 낮아진 만큼 길게 뻗었다.

"좋은 연습실 두고 왜 남의 피아노를 헐게 만드니?"

"차마 소음 공해라고는 못 하겠고?"

"아무리 연습이라도 프로의 연주가 공해급이면 안 되지."

이성이 고개를 끄덕였다. 건반 위로 자연스레 내려앉은 손이 물 흐르듯이, 미리 정해져 있었다는 듯이 연주를 시작했다.

베토벤 피아노 소나타 No.27, 2악장.

연인의 대화를 테마로 했다는 곡을 이 시점에서 연주하는 이성의 속내가 궁금해지는 선곡이었다. 제영이 이것저것 깊이 생각하다가 연주 자체에 빠져들며 눈을 감았다. 어차피 한 시간 뒤면 이성은 촬영장으로, 저는 오후 강의를 들으러 학교로 가야 했다.

남는 시간에 군이 연습이랍시고 들려주는 연주를 마다하고 쓸데없는 것들을 머릿속에 집어넣고 있을 필요는 없었다.

한창 즐기며 잘 듣고 있는데, 중반부에서 갑자기 원곡을 따르면서도 묘하게 빗겨 나가는 애드리브가 끼어들더니.

'갑자기 웬 1악장?'

같은 27번 소나타의 1악장으로 곡이 바뀌었다. 앉아서 팔짱까지 낀 채 눈을 감고 곡을 감상하던 제영이 눈을 번쩍 떴다.

그녀가 일어나 이성이 연주하는 피아노 앞으로 향했다. 제영이 피아노 근처에서 손을 뻗곤 잠시 머뭇거렸다. 그러다간 이내 결심이 선 듯, 이성의 연주를 방해하며 그의 양손 가운데 건반을 손바닥으로 지그시 내리눌렀다.

갑자기 끼어든 불협화음에 이성이 연주를 멈추었다. 그리고 제영을 올려다보았다. 그의 눈동자 속이, 27번 1악장의 악보보다 복잡하고 심란했다.

"나한테 할 말 없어?"

이성이 물었다. 제영으로서는 영문을 모를 물음이었다.

"……내가 무슨 할 말이 있어야 해?"

"없어? 진짜?"

이성의 갑작스러운 태도가 너무 수상했다. 제영이 인상을 찌푸리곤 그를 바라보았다. 마치 제가 뭐라도 숨기는 게 있다는 듯이 구는데, 제영은 이성에게 숨기는 게 없었다.

짚이는 게 하나 있었다.

"너 지금 나 추궁하니?"

"추궁?"

이성이 제영의 물음에 반문했다. 그러곤 머리를 긁적였다. 추궁이라면 추궁이었다. 자기한테만 보여 준 것처럼 자작곡을 연주해 달라고 하더니, 사실은 이형찬을 통해서 이미 곡 발표를 준비하고 있었던 거니까.

좋은 소식 있다며, 제게 직접 얘기해 주기를 바랐다. 박제영이 직접. 윤이성에게.

하지만 제영의 입은 이성의 생각과는 다른 말을 뱉었다.

"어디서 또 내가 남자라도 만났단 소문이라도 들었니?"

"만났어?"

이성이 제영의 입에서 나온 남자라는 말에 방금까지 하던 생각을 싹 날려 먹었다. 벌떡 자리에서 일어나며 흥분하는 이성을 보면서 제영이 한숨을 내쉬었다.

"박제윤 하는 말 곧이곧대로 믿지 마라."

"걔랑 연락 안 하거든? 남자 얘기는 네가 먼저 꺼냈잖아! 방금!"

"네가 먼저 나 의심하는 것처럼 구니까 꺼낸 소리잖아. 여태 네가 만든 트러블이 다 그런 쪽이었으니까."

"이번엔 아니거든?"

"그럼 뭔데?"

이성이 입을 꾹 다물었다. 먼저 듣고 싶은 거지, 굳이 이렇게 캐내듯이 듣고 싶은 게 아니었다. 차라리 나중에 다 알려지고 나서 서운했다고 박제영 속을 뒤집으면 뒤집었지.

이성이 소파에 대충 팽개쳐 두었던 제 외투를 들었다.

"갈란다."

퉁명스럽게 말하는 이성을 제영이 빤히 쳐다봤다. 이성이 저보다 한참 나이가 많은데도, 저렇게 어리게 구는 모습을 보면 애 같다는 생각이 절로 났다.

지금은 심통 나서 앞뒤 보이지도 않는 애.

달래 줘야 할 것 같은.

제영이 현관까지 금세도 걸어간 이성의 뒤를 따라잡았다. 그러곤 이성의 손을 붙잡았다.

"뭔데?"

"연주값."

붙잡은 손을 들어 올려, 펼쳐진 이성의 손바닥에 제영이 입을 맞췄다. 순간 이성의 얼굴이 새빨갛게 달아올랐다.

"이, 이렇게 갑자기!"

"뭐가?"

사람을 훅 달아오르게 해 놓고 제영은 태평했다. 이성이 두 손으로 얼굴을 감쌌다. 손바닥에 남은 제영의 입술 감촉이 뺨으로 번지는 기분이었다.

"잠자리까지 한 사이에 별……."

정작 일을 친 제영만 아무렇지 않았다. 제영의 피식 웃는 소리에 이성이 밉지 않게 그녀를 흘겼다.

"박제영 하여튼 너무해. 사람을 아주 들었다 놨다!"

"헛소리 그만하고 얼른 가."

여전히 상기된 얼굴로 이성이 제영의 집을 나왔다. 방금까지는 중요한 소식을 한 톨도 전해 주지 않던 제영이 야속했는데, 고작 손바닥에 받은 뽀뽀 한 번으로 화가 사르륵 풀려 버렸다.

"씨발, 윤이성 이렇게 싼 놈 아니었는데……."

이성이 제영의 입술이 닿았던 손바닥을 내려다보며 중얼거렸다. 피식 웃으며 근처에 세워 두었던 차로 가려는데, 주머니에서 휴대 전화 메시지 알림음이 울렸다.

우선 차에 오른 이성이 그제야 휴대 전화를 꺼내 메시지를 확인했다. 차에 오는 동안에도 몇 번이나 알림이 울리더니, 전부 한 사람이었다.

[똑똑]
[저기요?]
[그날은 잘 됐나?]
[지금 무시당한 건가 나?]

메시지를 보낸 사람은 제영이 곧이곧대로 믿지 말라던 바로 그 박제윤이었다. 그래서 이성은 미련 없이 메신저 창을 아예 나와 버리고, 내비게이션을 켰다.

"이게 아주 이제 전화질까지……."

한 번, 두 번. 세 번까지 전화를 끊었더니 다시 메시지가 왔다.

[박제영이 가장 좋아하는 작곡가는? 윤이성 씨나 걔나 쇼팽 곡

을 가장 많이 쳤지만 사실은 드뷔시죠~! 그럼 가장 좋아하는 음식
은 뭘까?]

내비게이션을 가리고 뜬 알림 창의 긴 나열에 이성이 인상을
썼다.

"뭐냐, 얘?"

메시지는 끊이지 않고 이어졌다.

[궁금하면 전화!]

저와 만담이라도 나누려는 것처럼 구는 제윤의 문자와 전화질에
이성이 헛웃음 쳤다. 먼저 전화를 달라는 마지막 문자 이후로는
전화도 다시 오지 않았다.

여기서 걸면 지는 거다. 지는 걸 아는데도 사람 마음이 참 그랬
다. 이성이 오만상을 하면서 통화를 연결했다.

따로 설정한 발랄한 대중가요가 흘렀다. 박제영과는 이름 하나
차인데도 이렇게 달랐다. 제영의 무뚝뚝한 기본 연결음이 떠올라
이성이 피식 웃었다.

-전화할 줄 알았지!

"그래서, 박제영이 제일 좋아한다는 음식이 뭔데?"

-글쎄요, 뭘까아?

"너 지금 어른 가지고 장난치냐?"

-어머, 저도 성인이거든요?

수화기 너머로 제윤이 까르르 웃었다. 해맑은 목소리였지만 이성에게는 얄밉게만 들렸다.

"됐다. 전화한 내가 바보지. 끊는……."

이성이 전화를 끊으려는 때였다.

-천왕역에 되게 오래된 순댓집이 하나 있어요.

제윤이 떡밥을 던졌다.

* * *

"금세 왔네?"

제윤이 이성의 차 조수석에 앉으며 말했다. 문이 시원하게도 쾅 소리를 내며 닫혔다. 반면에 이성의 속은 갑갑해졌다.

"처먹기는 네가 처먹고 있었는데 여길 좋아하는 건 박제영이라고? 나보고 그걸 믿으라고?"

"어머, 믿었으니까 온 거 아닌가?"

"지랄 작작 해라. 진짜."

"진짜 맞아요. 나중에 박제영한테 물어보든가. 할아버지가 제영이 기분 좀 안 좋아 보일 때마다 데려온 덴데? 여기가?"

이성이 코웃음 쳤다. 선팅이 짙게 된 차창으로도 한낮의 햇살은 잘도 넘어 들어왔다. 눈이 부실 정도는 아니지만, 충분히 뜨끈했다. 아니면 윤이성의 속이 끓고 있어서 화끈하게 느껴지는 것일는지도 몰랐다.

"하긴, 정확히는 걔 엄마가 좋아했지, 여길."

살짝 가라앉은 제윤의 목소리에 이성이 흘긋 그녀를 보았다. 언제 서늘한 기색을 품었냐는 듯, 다시 발랄하게 돌아온 제윤이 제 휴대 전화 화면을 뒤적거렸다.

　"그래도 여기까지 에스코트하러 와 주셨는데 선물이라도 하나 드려야겠지?"

　제윤의 말이 끝나기 무섭게 이성의 휴대 전화 메시지가 왔음을 알렸다. 이건 또 무슨 수작인가 하고 휴대 전화를 들었던 이성은.

　"헙."

　그야말로 입에 주먹을 물었다.

　"박제영 세 살 때. 인정하기 싫지만 뭐 좀 귀엽긴 하죠? 내가 오빠 꼬시려고 어제 할머니 앨범을 얼마나 뒤졌게?"

　제윤이 제가 보낸 제영의 사진에 홀딱 빠진 이성을 보면서 피식 웃었다. 조그마한 손가락으로 장난감 피아노 건반을 제법 야무지게 짚은 게 귀엽기는 할 거다.

　한창 사진에 빠졌던 이성이 뒤늦게 정신을 차렸다. 괜히 헛기침까지 한 다음에, 돌연 제윤에게 따지듯 물었다.

　"근데 꼬셔? 네가 나를?"

　"응. 내가 오빠를."

　"오빠? 지랄한다. 꼬셔? 어림도 없지."

　"그건 모르지."

　"너 근데 말이 짧다?"

　이성의 삐딱선에도 제윤은 그저 의미심장하게 웃을 따름이었다. 그녀가 핸드 기어를 쥔 이성의 손을 감쌌다. 중립에 놓인 기어를 드라이브로 슬며시 바꿔 주며 그녀가 말했다.

"우리 서로 동맹 맺은 거 아니었나? 동맹은, 원래 동등한 관계끼리 맺는 거잖아요."

"뭐 그렇긴 했는데."

이성이 제윤의 손을 툭 치웠다. 하필 제영의 입술이 닿았던 손이었다. 불쾌했다.

"언제든 바뀔 수 있는 게 인간의 사이인지라."

"그렇게 나오시겠다?"

"네가 딱히 도움이 될 것 같지는 않아서. 보니까 박제영이랑 별로 친한 것 같지도 않더만."

이성이 브레이크를 밟고 있던 발에서 힘을 뺐다. 도롯가에 멈춰 있던 차가 출발했다. 차선 변경은 매끄러웠다.

"역에 내려 준다."

"어차피 가는 길인데 같이 가죠?"

"내가 왜 네 기사 노릇을 하고 자빠졌냐? 너 내가 그렇게 만만해 보이냐?"

"해야 할걸?"

제윤의 태도가 자못 당당했다. 이성이 이해할 수 없는 상황에 미간을 살짝 찌푸렸다.

"우리 할머니, 내 아빠, 친할아버지 전부 다 박제영이 그쪽 대표님이랑 잘되기를 바라는데. 박제영 집안에 아군 하나쯤 만들어 두는 게 좋지 않겠어요?"

"후……."

제윤의 말이 끝나기 무섭게 이성이 깊은 한숨을 내쉬었다. 무슨 결혼을 하자는 것도 아니고 그냥 좋아하는 여자, 박제영을 제 맘대로 좋아만 하겠다는데 이렇게 장애물이 많아서야.

제윤이 말한 그쪽 대표님이라면 이형찬을 이르는 걸 거다. 제영을 좋아하는 게 뻔히 느껴지던, 박제영의 맞선 상대이자 제가 소속된 유성 매니지먼트의 대표.

그리고 박제윤이 좋아하는 남자이기도 했다.

"박제영이 잘도 어르신들 말씀 듣고 따르는 캐릭터겠다."

"다른 사람은 몰라도 할머니 말은 쉽게 거역 못 하죠. 다른 사람도 아니고 할아버지의 아내인 데다 유일한 직계 혈육인데."

"아무리 그래도⋯⋯."

"그래서 맞선 봤잖아요. 대표님이랑. 할머니 고집 때문에."

실제 사정은 조금 달랐지만, 이성에게 곧이곧대로 알려 줄 필요는 없었다. 제윤의 말에 이성이 말려들었다.

"⋯⋯그러는 넌 그 할머니 이기냐?"

"오빠가 날 좀 도와주면 뭐, 할머니도 내 뜻 따를걸? 박제영이 아니라 누가 상대여도, 그런 가족에 도움 될 쓸 만한 남자 우리 집안 사람으로 만드는 게 할머니한테는 중요한 걸 테니까."

요는, 결국 돌고 돌아 박제영이 아니라 제가 이형찬을 차지하면 제영은 자연스레 이성의 몫으로 돌아올 거라는 뜻이었다. 이성으로서는 딱히 반기지 않을 이유가 없는 상황이었다.

다만 그런 식으로 제영을 '차지하듯' 이 되는 게 몹시 불쾌했다. 중요한 건 박제영의 마음 아닌가?

"안 내키는데."

이미 제윤을 내려 주려던 지하철역은 지나쳤다. 어차피 곧 촬영이 시작될 시각이었다. 이성의 차는 별일 없이 '두근두근 심포니'의 촬영 장소로 향했다.

제영의 집에 들렀다 올 심산으로 성길도 뿌리치고 촬영장에서 만나기로 했다. 중간에서 말려 줄 사람이 하나 없었다는 뜻이다.

"그러지 말고 좀 도와줘요. 네?"

"안 내킨다니까?"

"들어나 보지 좀?"

"중간에 아예 못 올 데 내려놓기 전에 닥쳐라."

제윤이 입술을 삐죽이면서도 결국은 이성의 말대로 입을 닫았다. 하지만 곧장 그녀의 입가에는 미소가 물렸다.

이성이 곁눈질로 제윤의 표정을 살폈다. 눈에 들어온 그녀의 웃음이 영 수상했다. 이성이 코웃음 쳤다. 고작해야 스물, 스물하나짜리 꼬맹이가 머릿속에 무슨 생각을 품고 있을지 어째 알 것 같았다.

안 내킨다고 딱 자르긴 했지만, 사실 제영의 집안 사람들이 전부 형찬을 반긴다는 사실이 내심 걸리기는 했다.

굳이 저를 태우고 촬영장까지 가게 하는 행태, 도와 달라면서 한마디도 꺼내지 않고 새침만 떨고 있는 제윤의 꼬락서니.

입장과 사정은 달라도 이성을 이런 식으로 이용하려고 했던 사람이 여태 없었던 게 아니다.

지금은 알면서도 속아 줘야 할 듯했다.

서로 다른 생각으로 꿍꿍이속을 품은 두 사람을 싣고, 이성의 차는 쉼 없이 달렸다. 어느덧 촬영장에 도착했다.

　촬영장 입구가 평소와는 달랐다. 인기 프로그램인 만큼 늘 두엇의 기자는 상주해서 뭐든 캐 보려고 하기는 했다. 하지만 오늘은.

　"웬 기자가 이렇게 많이 몰렸지……?"

　제윤이 이성의 눈치를 살살 살피면서 아무것도 모르는 척 물었다. 이성이 싸늘하게 웃었다.

　"떡밥 좀 쌓아 뒀다가 터트릴 줄 알았더니 어린 아가씨가 아주 화끈하네."

　"제가요? 뭘요?"

　제윤이 뻔뻔하게도 눈을 동그랗게 뜨고 금시초문이라는 듯 물었다. 그 와중 기자들은 이성의 차 번호를 확인한 건지 금세 차 주위로 몰려들었다.

　"이거 네가 준비한 거 아냐?"

　제윤이 선팅된 창밖을 흘긋 보더니 씩 웃었다. '알아차렸구나?' 하고 말로 듣는 것보다 더 확실했다.

　"이 스캔들로 네가 이형찬 그 사람을 얻을 수 있겠어?"

　"오빠가 대표님한테 그만한 가치가 있으면, 가능하지 않을까요?"

　"없으면?"

　"오빠가 그것밖에 안 되는 걸 몰랐던 내 실책이죠?"

　"실책은 네 건데 손해는 내가 다 보고?"

　제윤이 어깨를 으쓱였다.

"갓 스물 넘은 예쁜 여자애랑 나는 스캔들이 손해예요? 오빠 보통 클래식 피아니스트랑 노선도 여태 달랐으면서. 핫한 이미지 좋지 않아요? 그냥 즐겨요. 뭐, 일이 잘 안 풀리면 안 풀리는 대로."

"즐겨?"

"재벌 3세보다는 아쉽지만 나한테 오빠도 썩 나쁘진 않은 상대라서."

제윤이 몹시 얄밉게 웃었다. 하, 하고 이성이 코웃음 쳤다. 그가 차 문의 잠금을 풀었다. 철컥, 소리가 잠깐의 정적 사이에 유난히 크게 울렸다.

꾸며 낸 듯 커다란 제스처로 이성이 제윤의 안전벨트 클립을 풀었다. 제윤이 저도 모르게 긴장해 침을 꿀꺽 삼켰다. 제게 가까워진 이성에게서 시원한 듯 날카로운 향수 냄새가 풍겼다.

이성이 곧바로 물러나지 않고 제윤의 귓가에 속삭이듯 말했다.

"피도 안 섞인 박제영 할머니를, 네가 더 많이 닮은 것 같다?"

"칭찬…… 으로 들을게요. 실리적이라는 뜻으로."

이성이 긴 팔을 뻗어 차 문을 열었다. 찰칵이며 사진 찍히는 소리가 크게 들려왔다. 리포터와 기자들의 질문 소리가 한꺼번에 뒤섞여 귓속을 엉망진창으로 쑤셔 댔다.

기자들에게 시달리며 인상을 잔뜩 쓴 윤이성은 박제윤이 입은 원피스의 브랜드를 깨닫고 실소했다. 제영의 옷장을 과하다 싶게 채워 준 그날, 자신이 SNS에 올린 영수증에 찍힌 바로 그 브랜드의 것이었다.

박제윤은 역시 작정을 하고 저를 부른 것이었다.

* * *

베토벤의 〈비창〉.

2악장의 시작은 서정적인 흐름으로 사람의 마음 깊이 스며든다. 이성의 예민하고 감성적인 스타일이 어우러진 연주는 더욱이나 곡의 강점을 살렸다.

듣는 이의 마음마저 서글프게 저며 오는 그 곡의 사이로, 거친 걸음이 만드는 소리가 뒤엉켰다. 멀리서부터 가까워져 오던 걸음은 이성이 차지한 연습실 앞에서 멈추었다.

쾅. 큰 소리와 함께 문이 열리고 걸음의 주인이 당도했다. 본래는 페달을 밟아 더욱 소리를 키우며 이어 가야 할 부분임에도, 이성은 손끝의 힘까지 빼 가며 소리를 죽였다.

뚝. 어설프게 마지막 건반이 눌렸다. 그리고 온 사방에 신문지가 흩날렸다.

'두근두근 심포니' 첫 커플 탄생?! 피아니스트 윤이성, NBK 소속의 배우 지망생 박제윤과 스캔들!

하필이면 우습지도 않은 타이틀이 적힌 면이 이성의 손에 잡혔다. 이성이 빤히 제 손에 잡힌 신문을 내려다보다가, 제게 그걸 집어 던진 형찬을 바라보았다.

"공연이 2주 남았습니다."

"그렇죠?"

"알면서 이런 사고를 만듭니까? 일부러입니까?"

형찬의 일갈에 이성이 답하지 않고 딴 곳을 바라보았다. 형찬이 이마를 짚었다.

"실제로 관계가 있는 겁니까?"

"상식적으로 생각해서 있을지 없을지 구별 안 되시나?"

"상식적인 행동을 하지를 않는 사람한테 상식적인 무엇을 기대하고 묻겠습니까, 내가?"

"내가 박제영 좋아하는 거 당신도 알잖아. 눈치 깐 거 아냐?"

이성이 피아노 건반에 삐딱하게 팔을 괴며 말했다. 팔꿈치에 눌린 건반이 불협화음을 만들었다.

"후원자를 향한 호감에, 윤이성 씨 같은 작자들 특유의 어린애 건드는 가벼운 마음 아니었습니까? 설마 진지한 거였습니까?"

"알 바 없고, 그래서 무슨 말을 하러 온 건데? 왜 박제영을 건드리고 있으면서 박제윤까지 꼬셨냐? 아니면 굳이 이미지 조져 가면서 왜 스캔들을 냈냐? 소속된 아티스트 관리도 안 되는 회사로 만들려고 이러냐?"

"그 전부."

"마음에 안 들면 계약 깨."

형찬이 이성의 말에 두 손으로 제 얼굴을 짚었다. 깊은 한숨을 내뱉었다.

"당사자가 상황 설명해 봐. 대체 왜 이런 짓을 벌인 건지."

"그냥 어쩌다 보니까? 장단에 한두 발쯤 맞춰 줄 생각은 있었는데, 촬영장 앞으로 자리 펴 놓고 기자들 다 불렀을 줄은 몰랐지."

둘 다 서로에게 거짓된 존대를 하는 건 그만뒀다. 형찬의 물음에 이성이 솔직하게 있는 그대로 답했다. 그게 더 형찬을 갑갑하게 했다.

이성의 스캔들 상대인 박제윤이라면 형찬도 아주 조금은 알고 있었다. 제영의 종숙인 박태욱의 딸이었다. 일전에 촬영장에서 본 적도 있었다. 물론 그 전에 박태욱의 사무실에서도 일 문제로 찾아갔다 마주쳤던 적도 있고.

그녀가 이성에게 원래부터 관심이 있었던가? 아니라고 확신할 수 있었다. 왜냐하면, 박제윤이 저를 쳐다보던 눈빛을 기억하니까.

박제윤은 이형찬, 유성 그룹 적통 손주인 자신의 옆자리를 차지하고 싶어 했다. 그런 사람들의 눈과 똑같은 눈으로 자신을 바라보았다.

"그 장단이라는 거……."

"걔가 진짜 좋아하는 건 그쪽 같던데."

"절대, 아냐."

"확신이 지나친데? 혹시 박제영 좋아하는 데 걸림돌이 될까 봐 그러는 건가?"

"자기 좋아하는 남자랑 엮여 보겠다고 다른 남자랑 쉽게 스캔들 내는 여자도 있나? 그 마음이 진심이면 다른 사람이랑 엮이는 것 자체가 끔찍한 게 정상이지."

형찬은 제윤을 이해할 수 없다고 말했으나 사실 눈앞의 이성 또한 그와 다르지 않다고 한 것이나 다름없었다. 어쨌든 이성 또한 제윤의 행각에 한 발 걸친 처지였다. 놀아났든 아니든 그건 형찬이 알 바가 아니었다.

이성이 어깨를 으쓱였다.

"난 그쪽이 가지고 있는 정상인에 대한 정의는 별로 안 궁금한데."

"나도 윤이성이라는 사람한테 별 기대도, 실망도 없고 궁금하고 말 것도 없어."

"그런데 왜 굳이 이렇게, 먼저 찾아와서 날뛰시나? 공연을 2주를 앞뒀든 한 달을 앞뒀든 신경도 안 쓰시던 분이."

"제영 씨가 만들고 내가 이어받았던 윤이성의 이미지를, 그걸 장본인인 당신이 지금 망치고 있잖아."

이성이 일어나 형찬의 코앞까지 다가왔다. 그러곤 부러 제 옷깃을 툭툭 털더니, 형찬의 손을 붙잡아 자신의 멱살을 쥐게 했다.

"그래서. 이렇게 멱살이라도 잡혀 줘?"

"윤이성, 당신!"

처음엔 이성이 쥐여 주기에 그저 올라가 있던 손이, 이제는 제 의지로 이성의 멱살을 거칠게 쥐어 비틀었다.

"생각보다 화끈한 성격이셨네?"

이성이 짐짓 눈을 크게 떴다가, 이내 웃으며 말했다. 이성은 자신이 멱살을 잡히고도 이렇게 평온할 수 있는 사람인 줄 처음 알았다.

"근데 회사 대표답진 않았어. 방금 당신."

"……뭐?"

이성의 멱살을 쥐었던 형찬의 손에 힘이 풀렸다. 어쩐지 충격이라도 받은 표정인 형찬을 보면서 이성이 피식 웃었다. 잠깐 잡힌 것치고는 제법 목이 뻐근했다. 이성이 목을 풀고 괜히 손을 털털 흔들었다.

"내가 '피아니스트 윤이성'으로서의 이미지를 망쳤다고 생각해?"

"그럼 아니야?"

"애초에 난 보통 클래식 피아니스트들이랑 노선이 달랐는데? 윤이성이라는 이름은 원래 그랬어. 스캔들이 처음도 아니고, 천박하게 놀아나던 이미지에서 별반 달라진 것도 없고."

이성이 바닥에 떨어진 신문을 쥐고 괜히 읽는 시늉을 했다. 기사 내용이야 저도 잘 알고 있었다. 사실 제영에게 혼쭐이 날까, 저도 맘 졸이며 밤새 뜨는 인터넷 기사부터 다 찾아 읽은 후였다.

"기사부터도 클래식 피아니스트씩이나 되는 새끼가 개차반처럼 어린애 꾀어냈다, 뭐 이딴 게 아니라 그냥 윤이성이 또 저 같은 짓 했다. 이건데. 이게 내 이미지 망치는 일이야? 정말 그래?"

이성이 한 번 더 못을 박았다.

"정말 매니지먼트 대표로서 순수하게 아티스트를 책하러 온 게 맞아?"

그 이유가 없지는 않았다. 하지만 그게 전부는 아니었다. 윤이성의 말이 틀리지 않았다.

제영이, 이 스캔들로 하여금 이성을 신경 쓰게 될 상황이 싫었다. 자신이 그 똥을 고스란히 치워야 하는 상황인 것도 마음에 들지 않았다.

무엇보다, 이로 인해 제영이 이성을 새로이 인식하거나 혹은 그에게 섭섭함을 느낄 수도 있다고 여겼다.

그렇게 생각하니까, 당장이라도 윤이성의 면상에 주먹을 한 대 날리고 싶었다.

거기다 이성의 상대가 하필이면 박제윤인 것도, 그 박제윤이 대체 뭘 노리고 이런 짓을 벌였는지를 알 것 같은 것도. 박제윤의 소속사가 스캔들 대응을 놓고 지지부진하게 구는 것까지 짜증을 솟구치게 했다.

"윤이성 씨, 당신 말이 맞아."

"그렇겠지."

"하지만 다는 아니야. 아무리 그렇다고 용건 없이 찾아올 정도로 내가 한가한 사람은 아니거든."

이성이 건성으로 고개를 끄덕였다. 하긴, 만나기 쉬운 분은 아니긴 했다. 워낙 바쁘셔야지.

"책임을 묻고자 왔어. 그게 가장 먼저야."

"예. 물론 그러시겠죠."

이성의 비아냥거림에도 형찬은 흥분하지 않았다. 자신의 속내를 꿰뚫은 이성의 말이 가져다주었던 충격을 금세 다스려 냈다.

"당신은 별일 아니라고 생각하기야 하겠지만 그렇다고 이게 사고가 아닐 순 없지. 그리고 망할 소속 아티스트의 사고도, 사고 친 자식은 따로 있다고 한들 수습은 내 몫이라서. 그 수습의 행방을 찾으러 오기도 했지."

"뭐가 궁금한데?"

"박제윤 소속사가 미적거리는 이유."

이성이 보일 듯 말 듯 아주 작게 고개를 끄덕였다. 스캔들을 터뜨렸던 바로 당일, 기자들 앞을 지난 뒤 촬영장으로 가는 길목에서 제윤에게 들은 바가 있었다. 형찬의 예상대로 이성은 제윤과 그녀의 소속사가 원하는 요구 조건을 알았다.

"알고 있죠? 뭡니까?"

형찬의 말투는 다시 비즈니스를 지향하고 있었다. 이미 놓았던 말을 다시 높이고 이성을 소속 아티스트로 대했다.

이성은 형찬을 단순한 대표님으로만 대할 생각이 전혀 없었기에, 그대로 말을 올리지 않았다. 그래도 대답은 해 주었다.

"박제윤이 원하는 건 그쪽이랑 단둘이 세 번 만나는 거."

"소속사가 원하는 건 따로 있겠군요."

제윤의 소속사가 원하는 조건은 이성도 딱히 내키지 않는 일이었던 터라 답이 좀 느렸다.

"……보도 정정을 좀 늦추자고 하던데."

형찬이 이를 갈면서 물었다.

"정확히 얼마나?"

"내 연주회 당일까지."

형찬이 주먹을 꽉 움켜쥐었다. 그러지 않으면 당장에 이성의 멱살을, 이번에는 제 의지로 쥐게 될 것 같아서였다.

말을 꺼낸 이성도 피곤한 낯을 숨기지 못하며 제 머리를 쓸어 올렸다. 형찬이 깊은 한숨을 내쉬었다. 숨을 고르고 감정을 제어했다.

"그 2주 사이에 내년 1분기 안에 편성 확률이 높은 드라마 오디션만 세 개는 있습니다. 그때까지 주목성을 끌고 가겠다는 심산이네요."

"그건 내 사정이 아니고."

"그 드라마 오디션에 우리 유성 쪽 신인들도 몇이나 목을 매고 있는지는 압니까?"

"그건 좀 미안하게 됐네."

이성이 어깨를 으쓱이며 말하는 꼴이 보기에 참 얄미웠다. 미안하다는 말이 빈말처럼 여겨져서 더욱.

형찬이 이리저리 복잡한 머릿속을 가까스로 정리했다. 이성의 앞에서는 제정신을 차리고 평정을 유지하기가 힘들었다. 몇 번 마주하지 않았는데도 그랬다. 특히나 오늘은 더했다.

분노와 짜증, 제영의 생각에다 회사의 손익 계산까지 한꺼번에 몰려 과부하라도 일어날 것 같았다.

"그쪽은 근데 박제윤 세 번 만나는 조건은 고민도 안 하네?"

"그게 고민씩이나 될 거리입니까?"

"나도 한 방 먹었는데 재벌 샌님이 또 얼마나 털릴지 싶어서."

형찬이 이성을 비웃었다. 피식 소리에 발끈한 이성이 형찬을 노려보았다.

"누구는 스캔들까지 냈는데 고작 세 번 만나는 게 고민이나 될 일이겠습니까?"

이성이 참지 못하고 끙 앓는 소리를 냈다. 박제영의 앞에서 누가 더 당당하겠냐를 따져 드는 말에 반박할 여지가 없었다.

다른 여자면 몰라, 하필이면 박제윤이었다. 그 박제영이 껄끄럽게 여기는 친척 말이다. 차라리 아무 여자였으면 덜 불편했을 거다. 이성의 스캔들 자체는 이게 처음도 아니었고, 과거의 그는 일부러 스캔들을 허용한 적도 몇 번 있었다. 다 그런 놀음판이었다. 사람의 입에 이름이 오르내리는 사람들의 세상이란.

아무리 그래도 하필 박제윤이 상대인 것은, 박제영을 두고 몹시 치명적이긴 했다.

"NBK와 조정해서 이번 건은 내가 처리하겠습니다만."

"……만?"

"2주 뒤, 사람들이 공연에서 당신을 보는 눈빛이 아주 볼 만하겠군요. 연주가 아니라, 어떻게 어린 여자애를 꾀었는지 지켜보는 게."

이성이 형찬의 말에 그건 걱정도 안 된다는 듯이 아주 자신 있게 웃었다. 그가 다시 피아노로 다가가 건반을 손끝으로 훑었다.

낮은음에서 높은음까지 부드럽게 이어지며 맑은 소리가 났다. 지금 상황과는 어울리지 않았다.

"무슨 눈을 하고 어떤 놈이 오든 그게 무슨 상관이야? 어차피 내가 건반을 두드리기만 하면 게임 끝날 텐데."

형찬이 이성의 자신감 넘치는 말에 아무런 답도 하지 않고 돌아섰다. 홀로 남은 이성이 다시 자리를 잡고 앉아 연주를 시작했다.

그러나 연주는 끝까지 이어지지 않고 흐지부지되었다. 뜻대로 움직여 주지 않은 제 손을 이성이 내려다보았다.

정말로 연주회는, 흥미 본위로 절 쳐다볼 관객들은 하나도 두렵지 않았다.

이성의 고민은 다른 데에 있었다. 새삼, 박제영 얼굴을 보기가 무서웠다.

이성은 결국 연주회 첫날까지 제영을 마주하지 못했다. 그가 제영을 피해서가 아니었다.

박제영이 윤이성을 만나 주지 않았다.

* * *

연주회 당일.

이례적으로 연주회를 일주일밖에 남겨 두지 않고서야 열었던 티켓팅은 전 좌석 매진이었다. 윤이성급의 프로 피아니스트라면 매진되는 것이 보통이라지만 이번 연주회를 향한 관심은 그 이상이었다.

'두근두근 심포니'라는 방송을 통해 다시금 사람들의 입에 오르내린 것 하며, 3년 만의 연주회인 점만 해도 표는 다 팔리고도 남을 거였다. 일반인들은 그를 연주 잘하는 이슈 메이커, 혹은 SNS 인플루언서로 기억한다지만, 클래식계에서 윤이성의 명성은 원래 국내외를 가리지 않고 높은 편이었다.

하지만 거기에다 맘먹고 진행된 홍보에, 아예 스캔들까지 보태졌다.

2분 만에 매진된 그 관심과 열기가 그대로 관객이 되어 회장을 채웠다. 약 2천여 석의 객석에 빈자리 하나 없이 사람들이 앉았다.

그리고 맨 앞줄, 초대석 한 자리를 제영이 채웠다. 무채색의
단정한 바지 정장을 입고 얼굴을 거의 다 가리는 마스크를 쓴 채
였다.

-잠시 뒤 윤이성 피아니스트의 연주회가 시작됩니다. 아직 객석
에 착석하지 않으신 분께서는 신속하게 자리를 찾아 앉아 주시길
바랍니다. 휴대 전화는 꺼 두시기를 권하며, 불가피한 경우 무음으
로 해 두실 것을 요청합니다.

공연을 알리는 안내가 콘서트홀에 울렸다. 웅성거리던 사람들의
목소리가 전부 잦아들었다.

객석이 어두워졌다. 곧이어 무대 위를 밝히던 조명도 소등됐다.

다섯 번 정도 숨을 골랐을까, 적막을 깨고 발걸음 소리가 들렸
다. 무대 뒤의 대기석에서 올라와 피아노로 향하는 이성의 발소리
였다.

그가 피아노 의자에 앉았다. 건반을 덮은 뚜껑을 들어 올리고
건반 위에 손을 얹었다.

약속된 타이밍에, 피아노를 향하는 핀 조명만이 오롯이 켜졌다.
새카만 그랜드 피아노와 상반되는 새하얀 연미복을 입은 이성이
비추어졌다.

피아노와 이성을 밝히는 핀 조명이 마치 땅에 내려앉은 보름달
같았다.

Debussy, Claire de lune.

첫 곡은 연주회장 밖을 비추는 달빛을 닮은 곡이었다. 그리고
이성을 비추는 핀 조명이 그리는 모습과 닮았으며, 또한.

이성이 3년 만에 제영을 찾아갔던 바로 그날, 교정에 흐르던 곡이기도 했다.

"와, 윤이성 실력 어디 안 갔네……."

"더 좋아진 것 같기도 하고. 그렇지?"

"거, 조용히 좀 하죠."

음과 음 사이의 틈에 끼어든 속삭임에 누군가가 핀잔을 주었다. 비싼 값을 치르고 들어온 윤이성의 연주를 즐기는 데에 방해받고 싶지 않았던 탓이다.

벌써부터 그저 연주 자체에 흠뻑 빠져서 속삭임을 아예 듣지 못한 이들도 있었다.

다만, 누구라도 객석의 속삭임을 들은 이는 어김없이 그 말에 공감했다. 3년간 두문불출하던 윤이성의 실력이 줄었으리라, 내심 속으로 그렇게 그를 폄하하던 이들이 있었다. 그들 모두가 생각을 바꾸었다.

건반을 누르는 손끝은 더욱 경중을 섬세하게 조절했으며 깔끔했다. 완벽함 뒤에 따르는 감성은 더욱이나 잘 벼려졌다.

이미 TV 프로그램으로 그의 연주를 먼저 접했던 이들이지만, 모두가 새로운 감동의 향연을 느꼈다. 매체를 통하지 않고 실제로 듣는 연주는 오히려 TV를 통하는 것보다 듣는 이를 매료했다.

누군가는 이성이 3년의 공백 뒤에 연주회가 아닌 방송으로 돌아온 것을 두고 이렇게 말했다.

'떨어진 실력을 무마하려고 저러겠지. 녹화한 연주는 음 보정이 가능하니까.'

그 냉정한 평가를 그대로 들고 연주회장을 찾은 이들도 더러 있었다. 초대석에 앉은 몇몇 클래식 평론가들 또한 그랬다.

그들도 저의 생각을 손바닥 뒤집듯 뒤집었다. 오히려 한 번의 녹화를 거쳤던 연주는 이성이 새로 얻은 그 감성이라는 것을 완벽히 전달하지 못했다.

별빛이 바람에 나부끼는 커튼처럼 흩날리고, 달빛은 밤을 맞은 짙은 녹음의 이슬에 반짝이는 듯한 연주였다. 기계는 이 감동을 전부 담지 못했다.

한순간 가슴으로까지 미어지게 파고들던 달빛은, 언제 그리도 시리게 쏟아졌냐는 듯 구름 사이로 제 모습을 감추었다.

연주의 끝은, 그렇게 느껴졌다. 감동에 젖어 얼어붙은 사람들은 박수조차 잊었다.

첫 박수는 제영이 시작했다. 유감이 많아서 보러 올까 말까를 고민했더라도, 좋은 연주를 들려주었으면 밉든 곱든 연주의 보답은 해야 하는 거였다.

첫 곡의 감동을 둘, 셋, 네 번째 곡이 이어 갔다. 이성의 연주는 곡마다 새로운 감동을 느끼게 했다. 놀라운 수준이었다. 감히 평가하기가 송구할 정도의 어떤 아우라를 지녔다.

마지막 곡 〈비창〉을 앞두고 관객들은 아쉬워했다. 이성을 가십처럼 다루며 불순한 의도로 공연장을 찾은 것도 잊었다.

〈비창〉의 선율이 그들의 마음에 스며들었다. 부드럽고 애잔하게 파고들더니, 끝내 마음의 격정을 불러일으켰다.

온갖 슬픔과 참담한 마음은 그렇게 휘몰아치다 이내 이성의 손가락 안에서 느리게 닫혔다.

　사람들은 첫 곡에서 충격이라도 받은 듯 박수도 잊었던 것과는 달리 마지막 곡의 끝에서는 한뜻으로 일어났다. 기립 박수를 받는 이성의 눈은 그러나 어느 한 곳을 향하고 있었다.

　제영이 앉아 있던 자리였다.

　지금은 비어 있었다.

* * *

　공연은 잘 마쳐 놓고 대기실로 들어서는 이성의 표정은 벌레라도 씹은 듯했다. 공연 첫날인 만큼 형찬도 도중부터 착석해 이성의 연주를 들었다. 반박할 길 없이 잘했다. 그게 기꺼우면서도 떨떠름해 형찬의 표정도 썩 좋지는 못했다.

　"잘했더군요. 수고했습니다."

　"공연 이틀이나 더 남았는데 벌써 초 치시나."

　제영의 빈자리를 확인한 이성의 기분이야말로 엉망이었다. 그러잖아도 유감이 많은 형찬에게 고운 말이 나갈 리가 없었다. 형찬은 윤이성이야 늘 그래 왔던 걸 알기에 그저 웃고 말았다. 나이로는 이성이 어른인데, 행동을 놓고 보면 꼭 형찬이 한참 어른 같았다.

　"뭐가 또 문제입니까? 곧 정정 보도도 뜰 테고, 공연은 잘됐고."

　"제일 중요한 걸 망친 거?"

　"제일 중요한 거라……."

형찬이 곧장 알아들었다. 제영과의 관계를 얘기하는 걸 거다. 형찬의 자리도 초대석이었던지라, 그리 멀리 앉지 않은 제영이 먼저 일어서 나가는 것을 보았다.

"그러게, 감당 못 할 사고는 왜 쳐서."

"지난 일로 뼈 때리지 맙시다."

　라이벌이랄 수 있는 이성이 시원하게 한 방 먹었으니 기꺼워야 했다. 하지만 형찬은 마냥 기쁘지만은 않았다. 혀뿌리에서 거슬리는 쓴맛이 느껴지는 것처럼 기분이 꼭 그러했다.

　씁쓸함의 이유는 복합적이었다. 개중 가장 큰 것을 꼽자면 이것이었다. 제영이 이성의 일에 일희일비할 정도로 서로 간의 교감이 있었다는 것.

　형찬에게는 없는 것이었다. 어쩌면 앞으로도 감히 뛰어넘을 수 없는 시간과 감정의 깊이였다.

"기자들 와 있습니다. 인터뷰는 어떻게 할 겁니까? 정정 보도 확인하고 나갈……."

　형찬이 먼저 감정을 갈무리하고 사무적인 용건을 꺼냈다. 그런데 참 공교롭게도 그 타이밍에.

"저 실례지만, 윤이성 씨의 후원자라는 분이 오셨는데요."

"내 후원자?"

　이성이 보안 직원의 말에 되물었다. 지금 그의 후원자라고 할 수 있는 사람은 하나였다. 방금까지 두 사내의 기분을 저조하게 했던 바로 그 사람.

"네. 그런데 후원자라기엔……."

"젊은 여자?"

"젊다기보다 좀 앳되어 보입니다."

이성이 보안 직원의 말을 듣고 바로 말했다.

"안 들여보내고 뭐 해요?"

젊다기보다 앳되어 보인다면, 거기다 이성의 후원자라면 누가 들어도 제영 얘기였다. 보안 요원이 이성의 다그침에 화들짝 놀라며 제영을 대기실 안으로 들여보냈다.

제영의 굽 낮은 구두가 석조 바닥과 만나 경쾌한 걸음 소리를 냈다. 그런데 그 소리가 형찬과 이성을 한 번에 긴장시켰다. 팔짱을 끼고 뭔가 심기 불편한 표정을 한 제영의 얼굴을 보니 긴장은 더해졌다.

"와, 왔었구나."

"공연 잘 봤어. 연주도 잘 들었고."

"내 후원자 이름에 먹칠할까 봐 열심히 했지……."

찔리는 게 있는 이성의 말꼬리가 길게 늘어졌다. 점점 목소리는 작아지는 게 한눈에 봐도 제영의 눈치를 살피는 것이 보였다.

제영이 이성의 꼴을 보고 피식 웃었다. 그리고 주변을 두리번거리다가 뒤늦게 형찬을 발견했다. 제영이 팔짱을 풀고 허리를 가볍게 숙여 인사했다.

"같이 계셨네요. 죄송합니다. 늦게 봤어요."

"아닙니다. 잘 지내셨습니까?"

제영이 싸늘한 눈으로 이성을 노려봤다. 이성이 드물게 제영의 시선을 피했다. 제영은 형찬의 말에 대답하지 않고 말했다.

"실례지만 잠시 자리 좀 비켜 주실 수 있을까요?"

누군가 다른 이가 이런 부탁을 했다면, 형찬은 대수롭지 않게 비켜 주었을 것이다. 아마 평소라면 제영의 부탁이라도, 내키지 않아도 들어줬을 거다.

하지만 오늘은 그러기 싫었다. 형찬이 여유롭게 웃으며 말했다.

"무슨 얘기를 나누실지 짐작이 가는데, 그거라면 저도 상당히 관계가 있는 일이라서. 옆에 있겠습니다."

"정말 괜찮으시겠어요?"

제영의 되물음이 묘했다. 얼굴은 딱딱하게 굳어 있지만, 마치 정말 너 같이 들어도 괜찮겠냐고 걱정이라도 하는 듯했다. 물론 저는 상관없다는 태도였다.

"예."

형찬의 대답이 떨어지기 무섭게 제영이 이성에게 쏘아붙였다.

"내 이름은 모르겠는데, 내 기분에는 제대로 먹칠했어."

"어, 미안······."

그리고 형찬을 바라보고 말했다.

"덕분에 잘 지내지는 못했고요. 답이 되셨나요?"

형찬이 고개를 끄덕였다. 그가 얕은 한숨을 뱉었다. 제영은 아직 할 말을 다 못 했다는 듯 여전히 싸늘한 얼굴이었다. 차라리 불같이 화를 내면 나을 거다. 이렇게 갈무리하는 얼음 같은 분노가 훨씬 상대를 어렵게 했다.

"너 나 좋아한다며."

"응······."

"그런데, 내가 불쾌하게 여기는 내 친척 동생이랑 스캔들을 내니? 그것도 내가 엮이지 말라고 한 지 얼마 되지도 않아서?"

이성이 조심스럽게 제영의 눈치를 살피며 말했다.

"무릎, 이라도 꿇을까?"

"내가 네 무릎 꿇려서 어디에 쓰게?"

"잘못했어. 진짜야! 이제 안 그럴게!"

이성이 마치 비 맞은 강아지라도 되는 것처럼 졸아서 말했다. 변명 한 번이 없었다. 형찬은 제영의 앞에서만 순한 양이 되는 미친개 윤이성을 보곤 실소했다.

제영이 한숨을 깊이 내쉬었다. 그래도 감정이 정리가 안 됐다.

제영은 늘 바람과 파도라고는 모르는 것처럼 잔잔한 수면 같은 감정을 지니고 있었다. 어쩌면 아예 얼어붙어서 흐름조차 없이 차갑고 단단하게 굳은 마음일지도 몰랐다.

자신을 이루던 모든 소중한 것들을 잃고, 정신이 조각나 미치지 않기 위해서라도 그렇게 살았다.

"화가 났어."

그런데 문득 윤이성이 나타났다. 그리고 자꾸만, 자꾸만. 따뜻한 태양 볕처럼 제영의 마음을 녹여 버렸다. 처음엔 인식하지도 못할 만큼이었다.

3년 만에 봐도, 그만큼 더 어른이 되어도 윤이성은 똑같구나. 저게 또 이상한 짓을 하는구나, 하고 넘겼다. 하지만 그렇게 넘긴 것들이 쌓이고 쌓여 얼음은 녹아 버렸고, 감정은 풍랑을 만난 듯 요동쳤다.

"솔직히 윤이성이라는 작자한테 아무 감정도 없는 게 아니라서."

제영이 입술을 깨물었다. 형찬이 옆에 없었다면 이성에게 욕이라도 퍼부었을 거다.

"나도 너한테 마음이라는 게 생겼거든?"

"……어?"

이성이 울상을 하고 제영의 화를 받아 주다가, 생각지도 못했던 제영의 말에 얼빠진 표정을 했다.

"좋아하지 마."

"응…….."

"아직 좋아한다, 사랑한다. 뭐 이런 것까지는 가지도 않았어. 그냥, 네가 자꾸 나를 흔들어."

제영이 흘러내린 머리칼을 쓸어 넘겼다. 자연스레 아래를 향했던 시선은 저도 모르게 형찬을 향했다. 형찬이 찰나 마주친 제영의 시선에 딱딱하게 굳어 있던 입가에 어렴풋한 웃음을 물었다.

그 웃음이 쓰디썼다.

같은 자리에 있지만, 제영과 이성이 나누는 대화에서 그는 완전히 배제되었다. 그뿐인가. 제영을 마음에 담기로는 형찬과 이성이 마찬가지였다. 그리고 박제영은 방금 이성에게 '흔들리고 있다'며 고백했다.

제영은 그 나름대로 예의를 차리려고 했다. 형찬이 듣지 못하도록 자리를 비켜 주기를 청했다. 하지만 버티고 서서 자리를 지킨 건 이형찬 본인이었다.

형찬은 후회하면서, 또 한편으로는 안도했다. 제영의 마음을 새카맣게 모르는 것보다는, 저와 이성의 위치가 그녀의 안에서 어떤 가를 아는 편이 훨씬 나았다.

그리고 곧 자신의 계산적인 속내에 허탈해졌다. 어쩌면 그래서 제영이 자신이 아닌 이성에게 흔들렸을지도 모르겠다. 그렇지만 타고난 걸 어쩌겠는가. 그는 뼛속부터 사업가 집안 태생다운 사람이었다.

지금도, 이 분위기를 바꾸기 위해 그는 일부러 손목에 맨 시계를 확인했다.

"나한테 흔들린다고? 흔들렸다고? 진짜?"

"되묻지 마. 너 지금 엄청 짜증 나니까."

"그래도, 야. 그런 중요한 말을 이런 타이밍에……."

'이런' 타이밍이 어떤 타이밍인지는 모르겠지만, 형찬이 끼어들기에는 꽤 적시였다.

"정정 보도, 떴겠네요."

제영이 형찬에게 시선을 돌렸다. 형찬이 스마트폰으로 포털 사이트 메인에 뜬 기사를 클릭했다.

"정정 보도요?"

제영이 물었다. 형찬은 말로 답하기보다는 제 휴대 전화를 제영에게 내미는 편을 택했다. 제영이 머뭇거리다가 형찬의 휴대 전화를 받아 들었다.

그녀가 말없이 화면에 뜬 기사를 죽죽 내렸다.

["우리는 그런 사이 아냐" 천재 피아니스트와 신인 배우 스캔

들의 진실은?]

배우 기획사 NBK의 신인 여배우 박제윤 양과 피아니스트 윤이성 군의 스캔들이 지난 보름간 세간의 관심으로 뜨거웠던 가운데 침묵하던 양측이 드디어 사실을 밝혀 왔다.

(참고 사진)

-윤이성 군이 박제윤 양을 기자들에게서 보호하며 다정하게 '두근두근 심포니' 촬영장으로 향하고 있다.

두 사람이 심상치 않다는 측근의 제보와, 비밀 연애라도 하듯 했던 윤이성 피아니스트의 SNS 내용이 두 사람의 연애를 가리키는 것이 사실인가를 확인하기 위해 기자들이 찾은 촬영장에서, 두 사람은 은밀한 소문이 틀리지 않았다는 듯이 다정한 모습을 보였다. 피아니스트 윤이성의 차로 동반 출근 하는 모습은 소문의 신빙성을 더했다.

그러나 본지에 NBK 소속사에서 밝힌 이 스캔들의 진상은 세간을 뜨겁게 달군 사실과는 조금······.

어느 한순간 제영의 손이 멈추었다. 화면을 뚫어지게 쳐다보며 헛웃음 쳤다.

······박제윤 양은 '피아니스트 윤이성 씨와는 전혀 그런 사이가 아니다. 윤이성 씨가 무명이었던 시절, 큰할아버지께서 재단을 통해 윤이성 씨를 후원하셨다'고 그와 본인 사이의 특별한 인연을 전했다.

박제윤 양의 말은 거짓이 아니었다. 사실을 확인한 결과, 실제로 윤이성 피아니스트는 박신환 전 재단장이 운영하던 '헤븐 하모니 음악 재단'의 후원을 받았다.

그렇다면 왜 지금껏 모르다가 이렇게 같은 프로그램을 시작한 이후에야 알게 되었는지 묻지 않을 수 없었다.

이에 박제윤 양은 '해당 시기에 피아니스트를 향한 할아버지의 후원은 전부 아끼는 손녀 박희은 양의 정신적 재활을 겸해 은밀히 이루어졌다. 그래서 당시에는 모르다가, 이야기를 나누어 보고 알았다'고 답했다.

故 박신환 전 재단장의 손녀인 박희은 양은 9년 전 큰 사고로 안타깝게 피아노의 꿈을 접은 비운의……

제영의 반응이 심상치 않았다. 이성이 제영의 손에서 형찬의 휴대 전화를 빼앗았다. 그리고 제영이 본 것과 같은 것을 봤다.

더해서 하나 더. 베스트 댓글이 되어 최상단에 올라온 누군가의 동정표까지.

[공감순]
asp** (공감231/비공감3)
박희은 피아니스트 기억해요!!
이름으로 기억 못 하시는 분도 쇼팽 주니어 콩쿠르 한국인 최초 1위 했다고 기사 엄청 났던 예쁜 꼬맹이는 기억하실걸요? 정말 예쁘고 잘했는데ㅠㅠ 사고 때문에 손가락 망가지고 좌절한 거 대한민국 국민 입장에서 너무 안타까울 정도였어요~ 아마 사고만 아니었으면 지금 윤이성 피아니스트만큼⋯⋯.

"뭐야? 젠장, 여기 네 이름이 왜 나와?"

이성이 눈을 휘둥그레 뜨고 제영에게 물었다. 정정 보도 기사에 제영의 과거 이름, 박희은이 언급된다는 얘기는 들은 바가 없었다.

스캔들의 한 축이 피아니스트인 윤이성이었다. 그를 아는 클래식 팬들 중에는 박희은이라는 이름을 기억하는 이들이 수두룩했다. 오랜만에 듣는 박희은의 이름은 당연스레 그들의 동정을 불렀다. 이건 좋지 않았다.

"이게 무슨, 씨발⋯⋯. 여기 박희⋯⋯ 아니 아무튼 이 이름이 왜 나오냐고."

제영이 이성을 쏘아보고 답했다.

"그걸 왜 나한테 물어?"

그리고 곧장 형찬을 바라봤다. 싸늘하게 가라앉은 눈동자가 지나치게 시렸다.

"기사, 박제윤 소속사 이름으로 나갔지만 대표님도 같이 검수하셨죠?"

"그렇습니다만⋯⋯."

"그럼 제 옛 이름."

제영이 치밀어 오르는 화를 참기 어려워 한 번 말을 끊었다.

"피아니스트 박희은 이름이 기사에 나간 것도, 대표님 허락이 있었겠네요?"

형찬은 드물게 얼이 빠진 표정이 되었다. 그런 얼굴로 제영을 바라봤다.

박제영의 과거 이름이 기사에 들어갔다고?

그럴 리가 없었다. 형찬이 확인한 정정 보도 내용, NBK에서 준비해 넘겨준 내용에는 그런 단락이 없었다.

"말씀하신 대로 보도 내용은 저희 측의 감수도 있었습니다. 하지만 제영 씨와 관련한 내용은 결코 없었습니다. 엮일 이유가 없는 이름인데, 박신환 전 재단장님의 이름이라면 모를까……."

형찬의 변명에 이성이 형찬의 휴대 전화를 주인에게 돌려주었다. 형찬 또한 기사를 확인했다.

"이게 대체 왜……."

"그럼, 대표님도 모르게 기사가 바뀌거나 추가가 됐다는 뜻이네요?"

"예. 확실히, 변명이 아니라 정말 몰랐습니다. 이렇게 지저분하게 이것저것 끌어와서 이슈를 만드는 거, 제 업무 스타일 아닙니다."

형찬의 당황은 짧게 끝났다. 그가 단호하게 말했다. 제영은 형찬의 말을 전부 신뢰하지는 못하겠는지, 그를 한참 말없이 노려보았다.

하지만 형찬의 눈빛은 결백해 보였다. 보이는 것만 믿기에는 제영이 지나쳐 온 삶이 그리 녹록지만은 않았지만, 믿지 않기에도 어려웠다. 적어도 형찬이 이런 일로 거짓말을 할 사람은 아니긴 했다.

이형찬을 믿지는 않아도, 그의 사업가로서의 자존심은 일부 믿어 주기로 했다. 그리고 제영은, 형찬이 아니라면 그도 모르게 이렇게 일을 벌일 사람이 누군지 충분히 짐작이 갔다.

"일단은 의심해서 죄송하네요."

"충분히 이해합니다."

형찬이 제영의 사과를 쉽게 받아들였다. 제영이 이성을 바라봤다.

"가 봐야겠다."

"벌써?"

"따질 일이 생겼잖아."

굳어진 제영의 얼굴을 보고, 이성이 더 있다 가라고 붙잡을 엄두도 못 냈다. 그가 아쉬움을 겨우 삼키며 고개를 끄덕였다.

"가 보겠습니다."

"모셔다드릴까요?"

"아뇨. 집안일이라. 다른 분 도움을 받기는 좀 그렇네요."

제영이 꾸벅 인사했다. 처음 등장했을 때보다 더 쌩하니 칼바람을 몰고 나갔다. 이성과 형찬이 서로를 묘한 눈으로 바라보다가 시선을 돌렸다.

두 남자 사이에 어색함이 감돌았다. 다만 승리자는 윤이성이었다. 형찬은 얕게 한숨을 뱉었고, 이성은 제영을 향한 걱정 어린 표정을 짓다가도 기어이, 슬쩍 웃었다.

* * *

부르지 않아도 먼저 '본가'를 찾은 건 처음이었다. 제영이 택시에서 내려 초인종을 누르며 머릿속을 차분하게 식혔다.

-네가 웬일이야?

이 사달을 만든 제윤의 목소리가 태평하게 들려왔다.

"문이나 열어."

칫. 짧은 짜증과 함께 대문이 열렸다. 현관은 미리 열려 있었다. 문을 붙잡고 제윤이 마중까지 나와 계셨다. 제영의 방문이 흔한 일은 아닌지라 태욱과 그의 아내까지 거실에 앉아 흘긋 밖을 살피고 있었다.

제영이 집 안으로 들어갈 생각도 하지 않고 현관 앞에 서서, 단도직입적으로 물었다.

"네 짓이야?"

"뭐가? 스캔들 얘기면 아빠한테 이미 죽을 만큼 잔소리⋯⋯. 아니 혼났거든?"

"내 이름 팔아먹은 거, 네 짓이냐고."

제윤이 대답 없이 얄밉게 씩 웃었다. 그리고 제영을 아래서 위로 훑었다. 시선의 끝은 두 손으로 차분하게 가방을 쥔 제영의 손끝에서 머물렀다.

오른손 약지와 소지가 제대로 오므라들지도 펴지지도 않은 채 잘게 떨리고 있는 손.

"별것도 아닌 이름 좀 팔아먹는 게 어때서? 넌 이제 안 쓰잖아. 그래서 내가 좀 써먹었는데 그게 그렇게⋯⋯. 악!"

제영이 제윤의 머리채를 휘어잡았다.

"악! 야! 이거 안 놔?"

"박제영 너 이게 무슨 짓이야! 아무리 막 자랐어도 그렇지 동생 머리채를 잡아? 어른들 다 보는 데서?"

"어머, 제윤아!"

앉아서 무슨 일이 벌어지나 구경만 하고 있던 태욱과 그의 아내가 달려 나왔다. 그리고 제영의 손을 치워 내려 했다.

하지만 악에 받친 제영의 손아귀 힘은 생각 이상이었다. 심지어 멀쩡한 왼손이었다. 피아노를 오래 쳤던, 멀쩡한 손은 보통 이상의 악력을 가지고 있었다.

제윤은 머리털이 싹 뽑힐 것 같아서 무섭고, 아픈 마음에 눈물을 쏙 뺐다. 시뻘게진 얼굴로 악악 소리를 질렀다.

차분한 건 제윤의 머리채를 쥔 박제영뿐이었다.

"네가 뭔데 내 옛날 이름을 들춰? 네가 뭔데 사람들이 나를 동정하는 소리를 내가 보게 하냐고."

"악! 놓으라고! 놓고 얘기해!"

"넌 내 말 들었어? 너도 남 말 안 듣고 천방지축으로 날뛰는데, 난 내가 화났다는 표현도 못 할 줄 알았니?"

"야!"

제영은 끝까지 제윤의 머리채를 쉽게 놓아주지 않았다. 이쯤 하니 제윤도 등줄기에 소름이 돋았다. 워낙 찔러 봐야 이래도 흥 저래도 흥 하던 재수 없는 계집애였다.

그런 박제영이기에, 잘나가던 때 이름이랑 명성 좀 가져다 써도 좀 화내다 말 줄 알았다. 무엇보다…….

"채신머리없게 이게 무슨 짓거리들이야! 제영이 너 그만 못 해!"

혜옥, 이 집안의 가장 큰 어른인 할머니가 허락한 일이었다.

"제 분 풀리면 그만두고 갈 거예요."

"악! 좀 놓으라고! 머리 다 뽑힌다고!"

제영은 혜옥의 등장에도 쉬이 제윤의 머리채를 놓지 않았다. 그만큼 화가 났다. 하지만 말투만큼은 차분하기 그지없었다.

그래도 손에 힘이 조금 풀리기는 했다. 제윤이 악 소리를 내며 제영의 손을 뿌리치는 데 성공했다.

제영의 손에 걸린 제 머리카락을 보면서 제윤이 씩씩거렸다. 똑같이 머리채를 뜯어 주고 싶긴 한데, 혜옥의 눈치가 보였다.

제영이 제 빈손, 정확히는 제윤의 머리카락이 한 움큼 걸린 손을 내려다봤다. 그러고는 먼지라도 묻은 것처럼 별일 없이 손을 툭툭 털었다.

제윤이 황당해 죽겠다는 얼굴로 제영을 노려봤다.

"불러도 잘 오지도 않던 애가 뭐 때문에 이 난리야? 이렇게 교양 없게 구는 건 또 뭐고."

"제윤이가 제 이름을 팔아서요. 할머니도 알고 계셨어요?"

혜옥이 제영의 말을 가만히 들었다. 그리고 답했다.

"내가 그러라고 했다."

제영이 듣자마자 인상을 썼다. 인간미 없는 계집애 같으니라고. 혜옥이 조용히 중얼거렸다. 그래도 가까이 있는 사람들에게 전부 들렸다. 제영이 피식 웃었다.

"할머니가 왜요? 무슨 자격으로 허락하셨어요?"

"동네 시끄럽게 거기서 그러지 말고 내 방으로 와."

제영이 곧장 뒤따르지 않고 현관 앞에서 뒤돌아선 혜옥을 빤히 바라봤다.

"어서 들어오지 않고 뭐 하니?"

혜옥의 채근에 제영이 한숨을 내쉬었다. 아무리 화가 났어도, 제윤에게 했듯이 혜옥의 머리채를 잡을 수는 없는 노릇이었다. 제영이 혜옥의 뒤를 따랐다.

혜옥의 취향을 따라 병풍을 세워 두고 개량 한옥처럼 꾸민 그녀의 방이 제영에게는 몹시 갑갑했다. 낮은 상을 마주하고 앉았다. 김 오르는 찻잔까지 두 개.

참 우습지만 현실 감각이 없어지는 기분이었다. 마치 드라마나 영화 세트장에 와서 앉아 있는 기분이기도 했다. 제영은 찻잔에 손 하나 대지 않았다.

제 몫이 아닌 것 같았다. 오늘따라 더했다.

"이 대표랑 살갑게 지내는 듯해서, 나는 네가 정신을 좀 차린 줄 알았다."

그래서인가, 혜옥의 입에서 흐르는 말이 도무지 무슨 뜻인지 모르겠다. 이런 얘기를 하려고 제가 이 방에 들어온 게 아닌데 말이다.

"그런 얘기를 하려고 온 게 아닌데요."

"철이 좀 든 줄 알았다는 말을 하고 있잖니. 네가, 그렇게 막 부모 잃어서 생떼를 부리던 애에서 벗어난 줄 알았다고."

"아. 그래서 이제 괜찮을 줄 알고 박희은이 어쨌다 하는 얘기를 기사에 실으라고 하셨다고요?"

"어쨌든 네가 제일 좋았을 때의 이야기 아니니? 그때의 명성으로 네 동생이 빛 좀 더 보겠다는데, 그걸 말릴 이유가 뭐에 있어."

"전 싫은데요. 당사자인 전, 싫다고요. 그때 일, 그때 쓰던 이름 언급되는 거."

"허허……."

혜옥이 기가 찬다는 듯이 웃었다. 따뜻한 차를 한 모금 넘기고 우아하게, 철없는 손주를 마주한 눈으로 혜옥이 제영을 봤다.

"넌 도대체 뭐가 문제냐? 이름을 바꾸고, 그렇게 꽁꽁 숨어야 할 이유가 대체 뭐냔 말이야."

"남들이 날 불쌍하게 보는 게 싫어요."

"어때서? 동정심도 호감이라고, 남들이 널 좋게 보니까 동정도 하는 건데. 그걸 값싸게 사서 다들 도움을 얻을 수 있으면 얻는 거지. 네 이름값이 무에 그리 비싸다고 이리 호들갑을 떨어?"

"누가 저를 동정하는 게 싫고 좋고는 제 마음이고, 박희은이라는 이름이 제 몫이었던 만큼 제가 더는 세상에서 언급되기 싫다는데……. 할머니는 뭔데 제 이름을 마음대로 언급하고 제 생각을 재단하세요?"

제영의 말에 혜옥이 입을 다물었다. 차분하게 분노를 전하는 손녀의 얼굴이 참 많이도 자랐다. 어리게만 봤고, 여전히 어리긴 하지만 슬그머니 제 손을 떠나는 게 느껴졌다.

아니, 애초에 제 손에 들어왔던 적이 없는 아이다. 혜옥이 사랑하는 제 남편을 똑 닮았던 아들도 그랬다. 한 번도 이 손에 잡혀 준 적이 없었다.

귀하게 키웠고 곱게 자랐는데, 그래서 세상 물정도 모르고 제게 맞지도 않는 여자를 데려와 옆자리에 앉혔다. 야속하게도 제 남편은 며느릿감이 마음에 든다고 했었더랬다. 아들에게 참 잘 어울린다고. 우리처럼 둘이 서로 다른 점을 보듬어 주며 살 것 같다고.

혜옥의 생각은 달랐다. 그 모자란 며느리를 꼭 닮은, 딱딱한 얼굴로 앞에 앉아 있는 손녀를 보면 젊어 죽어 나이를 먹지 않는 아들이 생각났다. 그래서 가엾으면서도 미웠다.

아들이 해 주지 못한 것들, 아들에게 해 주지 못한 것들을 제영이 채워 주길 바랐다. 제 아비를 잡아먹은 재능이 미우면서도, 마냥 미워할 수는 없었다.

이 복잡한 마음을 저 어린 손녀는 모를 거다.

"……다 집안이 잘되고 너 잘되라고 하는 일이야."

"전 싫어요. 제 옛날이 사람들한테 언급되는 것도, 불쌍하다는 소리 듣는 것도. 다시는 찾을 수 없는 옛 영광을 떠올리는 것도."

"제영아."

"할머니. 다시는 그러지 마세요. 차라리 저를 없는 사람 취급 해 주시면 좋겠어요."

"넌 말을 어떻게…… 어떻게 그렇게 하니? 이 할미가 한창 젊었던 네 아비를 어떻게 보냈는지 알면서, 그 아들이 유일하게 남긴 혈육을 어떻게!"

"그 젊은 아들, 저한테도 너무 일찍 잃은 아버지였어요. 다시 떠올리기도 힘들어서 가슴에 묻고 사는 아버지요. 예전에 할머니가 저한테 하신 말씀 빌리자면, 제가 잡아먹은 내 아빠요."

제영이 입술을 꽉 깨물었다. 오랜만에 사고를 당할 때의 기억이 떠올랐다.

"희은아, 너 손부터……!"

저를 덮치는 거대한 차의 그림자에 삼켜지면서도, 아빠는 그저 딸부터 걱정했다. 그게 자신의 마지막 말이 되리라는 건 알았을까. 곧장 충격이 덮쳐 왔다. 본능적으로 머리를 감싸고 웅크린 손을, 곧장 깨진 유리 파편이며 찌그러지고 찢긴 차체의 날카로운 면이 찢었다.

그리고…….

"괜찮아……. 희은아, 괜, 찮을 거야……."

혼자 남을 딸 걱정에 쉬어 터진 목소리로, 엄마는 제 딸을 달래 듯 말했다. 둘 다, 그저 저의 걱정만 하다가 죽었다. 마지막 말이 다 그러했다.

제영이 눈을 감았다. 감긴 눈이 파르르 떨렸다.

박희은이라는 이름에 그 모든 걸 다 담아서 버렸다. 더는 칠 수 없게 된 피아노도 함께.

그리고 그 위로 박제영이라는 이름을 덮고, 할아버지의 도움으로 이성을 만나서 이만큼이나 새로운 삶을 꾸역꾸역 쌓아 오고.

이제 좀 잊어도 되지 않을까, 괜찮아질 수도 있지 않을까…….

했는데.

"이미 나가 버린 기사야 어쩌겠어요. 제윤이한테 할 분풀이는 했으니까 그걸로 끝낼게요. 하지만 두 번은 안 돼요. 할머니. 더는 남의 입에서 박희은 이름 언급되고 불쌍하니 어쩌니 말 나오는 것도 싫고, 그걸로 다 덮이지도 않은 제 상처 다시 들쑤셔지는 것도 끔찍해요."

"네가 싫어도 할 수 없다. 그런다고 지워지고 사라질 일도 아니고, 돌려 생각하면 네 인생에 다시 오지 않을 좋을 때 아니었니? 필요할 때 갖다 쓰고 추억하고 하는 게 뭐가 나쁘다고!"

"……마음대로 하세요. 대신 할머니 손녀 박희은은 이제 없는 거예요. 원하는 대로 휘두르지도, 부르지도 마세요."

"박제영!"

"연락 안 받을 거예요. 할머니가 그렇게 좋아하셨던 이형찬 대표님이랑 제가 뭘 어떻게 잘되는 일도, 할머니가 아끼시는 이 가족이니 뭐니 하는 사람들한테 떡고물 떨어질 일도 없을 거고요."

제영이 자리에서 일어났다.

"제멋대로 제가 좋아하는 남자 만날 거고, 제가 좋아하는 대로 살 거예요."

"너, 너 할아버지가……!"

"남들처럼 할 거 다 하고 살라고 하셨던 말이요?"

제영이 피식 웃었다.

"그거 죽지 말고 살라는 뜻이었잖아요. 할머니 말씀 고분고분 따르면서 죽은 듯이 사는 게 아니라."

그리고 꾸벅 고개를 숙여서 혜옥에게 마지막으로 인사했다.

"안녕히 계세요."

제영이 미련 없이 혜옥을 두고 방을 나왔다. 태욱과 제윤이 뭐라고 하는 소리가 들렸다. 그저 귀에서 웅웅대는 쓸모없는 이야기들이었다.

제영은 시선조차 주지 않았다. 정말로 다시는 이 집에 발 들이지 않을 생각이었다.

미련은 없었다.

오히려, 조금은 후련했다.

* * *

뒤늦게 정정 보도에서 '박희은'의 언급이 빠졌다. 첫 보도 이후 우후죽순 올라오던 박희은에 관한 기사들도 속속 내려갔다.

그리고 형찬은 제영에게 '미안합니다.' 하고 메시지를 보냈다. 제영은 '대표님이 잘못하신 거 아니니까 사과는 받지 않겠습니다. 기사 내려 주신 거 대표님이 손쓰신 것 같던데 감사합니다. 그리고 이제 연락은 안 하셨으면 합니다.' 하고 저와 똑 닮은 딱딱한 답변을 보냈다.

그 뒤로 형찬은 제영과 연락이 닿지 않았다. 번호를 바꾼 건 아닌 듯하고, 그냥 제 번호가 차단되지 않았을까 생각했다.

형찬이 제영의 마지막 메시지를 다시금 확인하며 얕은 한숨을 흘렸다. 그 모습이 흡사 화보 같았다. 다만 맞은편에 앉은 제윤은 그 모습이 썩 마음에 차지 않았다. 그녀가 손을 들어 식탁 위를 콩콩 두드렸다.

"집중 좀 해 주세요."

"조건에 집중해 주는 것도 있었습니까?"

"되게 딱딱하게 따지시네……."

입술을 삐죽거리던 제윤이 금세 또 웃는 낯을 만들었다. 형찬은 여전한 딱딱한 얼굴로 제윤을 바라봤다. 앞에 앉은 제윤 덕분에 손해가 참 막심했다.

"마지막이잖아요. 그래도. 앞에 두 번은 봐드렸어요?"

"예."

"진짜 딱딱해……."

귀엽게 툴툴거리는 제윤의 모습에도 형찬은 요지부동이었다. 제윤의 앞에 놓인 잔에서 얼음이 녹으며 잘그락거리는 소리가 났다. 뚱한 얼굴로 제윤이 얼음을 휘휘 저었다. 불만이 섞여 얼음의 잘그락거림이 더 커졌다.

"그래요. 만나 주시는 것만으로도 황송하죠. 어휴, 나는 안 나올 줄 알았어. 그래도 약속은 잘 지키시네."

"약속이 아니라 계약, 이죠. 제윤 씨 말대로 오늘이 마지막이고."

"약속이든 계약이든……. 의미 없이 횟수만 채웠잖아요. 이게 뭐야."

제윤이 한숨을 푹 쉬었다. 눈앞의 이 남자, 가진 게 많은 만큼 참 쉽지 않았다. 보기만 해도 배부를 정도로 잘생기긴 했지만, 내 것이 아니면 먹을 수 없는 떡이었다. 제윤이 원하는 건 눈요깃거리가 아니었고.

"근데 아까부터 뭘 그렇게 보세요?"

"박제영 씨가 보낸 연락."

"왜요, 사귀자고라도 해요?"

"알 필요 있습니까?"

"있죠. 박제영 연락이면 더. 내가 대표니임…… 아니 형찬 씨 좋아하니까."

"저랑은 상관없죠. 제윤 씨 마음 별로 안 궁금하니까요."

제윤이 눈을 갸름하게 뜨고 형찬을 흘겼다. 그래도 사람을 앞에 두고 휴대 전화만 뚱하니 본 건 형찬의 잘못이었다. 그가 휴대 전화를 내려놓고 제윤을 바라봤다.

속에 새카만 게 가득 들어차 놓고 제 앞에서는 어찌나 귀엽고 세상 모르는 척을 하는지. 얄미우면서도 한편으로는 제윤이 이해가 됐다.

이형찬은 죽어도 이런 방식으로는 지저분하게 굴지 못할 것이다. 하지만 그 또한 때로는 다소 비열하고 지저분하게라도 제영을 취하고 싶다는 생각을 했다. 아주 가끔, 그러니까 윤이성과 박제영이 엮일 때 주로 그 욕구는 선명해졌다. 그럴 때마다 생전 느껴 보지 못했던 자괴감을 느끼기도 했다.

그러니 형찬은 불쾌하긴 할지언정 제윤의 방식을 적어도 이해는 했다. 게다가 자신은 억지로 무언가를 해낼 능력과 힘이 있었다. 결국, 자신이 박태욱 이사를 통해 제영과 만날 자리를 만든 것도 따지고 들면 박제윤이 지금 하는 행동과 그 바탕은 크게 다르지 않을지도 몰랐다.

다만 형찬에게는 그를 고상하게 포장할 힘과 권력이 있었고,

제윤은 자신과 처지가 달랐으니 좀 더 치졸하게 발버둥 쳤을 따름이다.

한편으론 저를 차지해 보겠다고 아등바등 이렇게까지 능력 밖의 일을 벌인 게 참, 비약하자면 조금 존경스럽기도 하고.

다소 안쓰럽게 느낄 수도 있을 듯했다. 자신을 향한 제윤의 마음이 진심이라면.

"내 어디가 좋습니까? 몇 번 마주치지도 않았는데."

그래서 형찬은 제윤에게 던질 일 없을 줄 알았던 질문을 던졌다. 제윤은 즉답했다.

"조건 좋잖아요. 집안, 얼굴, 키, 능력, 재력. 빠지는 거 있으신가?"

"예상이야 했지만 상당히 불순하군요."

"사실 얼굴이 제일 큰 비중을 차지했어요. 얼굴만 뜯어 먹고 살아도 한…… 10년은 버틸 수 있을 것 같은데."

"감사하다고 말씀드려야 합니까?"

"그래도 얼굴만이었으면 이렇게까지 지저분하게 굴진 않았겠죠?"

제윤이 퍽 산뜻하게도 본인이 지저분하게 굴었음을 인정했다. 형찬은 제윤을 마주하고 처음으로 웃었다. 실소였다.

반쯤 장난스럽게 얘기하던 제윤이 저를 보고 실소하는 형찬을 보고 다소 진지한 얼굴을 했다.

"형찬 씨는 박제영이 왜 좋은데요?"

일부러라도 제영의 이름이 언급되는 걸 피해 왔던 제윤이었다.

지난 두 번의 만남부터 이번까지 그랬다. 첫 만남에서 제영이 화가 많이 났다는 걸 알리려던 형찬에게 뭐랬더라.

"나름 데이트라고 생각하고 나왔는데 다른 여자 이야기하기 있기예요?"

퍽 사람 황당하게 하는 소리를 했었지.

형찬은 제윤의 질문에 곧장 대답하지 않고 잠시 그녀를 빤히 바라봤다. 이제 와서 제영의 이름을 꺼낸 의도가 궁금했다.

단순히 제가 먼저 왜 좋아하느냐고 물어서 물음을 돌려주기 위함인지, 아니면 제영이 좋은 이유를 물어서 벤치마킹이라도 하려고 그러는 건지.

"알면, 따라 하기라도 할 겁니까?"

"내가요? 백번 죽었다가 깨어나도 그 계집애는 못 따라 하죠. 그 뻣뻣한 걸 어떻게 따라 해요? 그리고……."

제윤의 얼굴이 순간 어두워졌다.

"날 때부터 다 쥐고 태어난 건 백날 발버둥 쳐 봤자 안 되더라고요."

언제 그랬냐는 듯이 또 금세 웃었지만 말이다.

"그냥 궁금해서 물어보는 거예요. 궁금해서. 대답 안 해 주시게요?"

형찬이 제가 제영에게 반했던 순간을 떠올리며 희미한 웃음을 띠었다. 제윤이 턱을 괴고 형찬의 얼굴을 빤히 바라봤다.

"벌써 12년 전이군요."

"엥? 12년 전이요?"

제윤은 생각지도 못했던 형찬의 말에 눈을 동그랗게 떴다. 12년 전이면 저는 막 초등학교에 입학한 코흘리개, 그리고 제영도 고작 열 살 때였다.

"……스물여덟 살 맞으시죠?"

"그렇습니다."

"그럼 박제영이 열 살, 대표님은 열여섯 살 때?"

형찬이 고개를 끄덕였다.

열여섯.

당시의 형찬은 아주 건방졌다. 질풍노도의 시기를 보내는 열여섯 청소년이란 무릇 다 그렇겠지만 형찬의 경우에는 좀 심했다. 어쩌면 다르다는 말이 더 맞을 수도 있겠다.

재벌가 직계 적손의 차남. 외모는 부모의 잘난 데만 물려받아선, 흔히 말하는 '마의 15세'도 겪지 않고 준수한 외모를 자랑했다. 키는 그때도 평균 이상으로 컸으며, 성장판까지 쌩쌩해 더 크실 예정이라는 소리를 들었다.

타고난 게 그뿐이랴, 두뇌도 비상해 1등을 놓친 적이 없으며 손주들까지 모아 놓고 미래를 셈하던 조부의 눈에도 특별히 눈에 넣어도 아프지 않을 손가락으로 꼽혔다.

그러다 보니 친형이며 사촌들의 시샘을 받으며 자랐다. 넌 잘나서 좋겠다? 비아냥거리는 소리가 귀에 인이 박일 정도였다.

형찬에겐 모든 게 쉬웠다. 다만 태어나 살아온 순간에 고비가 없으니 모든 게 쉬운 만큼 무료했다. 물론 사회의 쓴맛을 보지 않아서 그런 것일 수도 있었겠지만, 거기까지 헤아리기엔 어려운 나이가 또 열여섯이었을 것이다.

하여 15세의 이형찬은 사는 것이 재미가 없었으며, 16세의 이형찬은 정말 쓸데없는 것을 고민하기 시작했다.

누군가가 시기하고 질시하며 경외하기까지 하는 자신의 대단함은 과연 타고난 것인가?

아니면 대단하신 집안을 타고났으니 누구나 갖출 수 있는 것을 누리고 있을 따름인가?

열여섯 형찬의 나름 진지한 고민이었으나 어른들은 그를 귀엽게 여겼고, 또래들은 그를 이해하지조차 못했다. 형찬은 그러잖아도 재미를 느끼지 못하는 일상에 하루하루 더 질려 갔다. 그러다 약간의 탈선을 겪었다.

집안만 좋은 새끼가 제가 잘난 줄 알고 나댄다며 제게 시비를 걸어오던 녀석들을 흠씬 두들겨 패 줬다. 상대방은 꽤 크게 다쳤으며 병원 신세까지 졌다.

형찬은 제 생에 직접 만든 오점을 담았으니 조금 후회했다. 하지만 속은 후련하다고 여겼다. 문제는 그게 오점으로 남지 않았다는 점에 있었다.

어른들이 나서서 아무 일도 없었던 거로 만들어 버렸다. 학교도 한통속이 되어, 기록부에도 남지 않았다. 다만 형찬이 제가 두들겨 패 준 놈의 병실에 사과 비슷한 것을 하러 가야 하기는 했었다.

그리고 형찬은 거기서, 다리가 부러져 누워 있던 놈의 '거봐라.' 하는 비웃음을 마주했다. 내가 뭔 짓을 하고 어떻게 행동하든 결국 타고난 집안과 돈, 권력이 모든 것을 덮지 않느냐는 상대의 눈빛에 형찬은 처음으로 상처라는 걸 입었다.

열여섯의 형찬은 생각했다. 여태까지 자신이 잘났다고 생각했던 것들은 전부, 그저 집안이 많은 돈과 권력을 쥐고 있기에 당연히 누려 왔던 것들일 뿐이었다고.

결론을 내리자 세상은 더욱 무료해졌다. 같은 집안 내에서 제가 조금 더 잘난 건, 그저 조금 더 열심히 해서일 뿐인데 열심히 살아 무엇 하랴 싶었다. 그러자 놀랍게도 정말로, 친형제와 사촌들과 저의 격차랄 것은 사라지고 고만고만해졌다. 더해 어른들의 관심도 줄었다. 참으로 우스운 일이었다.

달리 튀고 싶은 마음은 아니었으므로, 형찬은 남들이 하는 만큼은 했다. 교양을 차리라면 차리고, 격을 높이라고 하면 격조 있는 어른의 시늉을 했다.

매일 다르지 않게 무료한 시간은 흘러갔다. 그러다 어느 날. 형찬은 박희은이라는 사람을 만난다.

"박희은? 얘가 왜 국내 콩쿠르를 참여해?"

"조건은 되잖아. 16세를 넘기지 않은 대한민국 국적의 유소년일 것, 다른 국내 콩쿠르에서 입상 경험이 있을 것."

"그래도 그렇지. 얘는 이미 국제에서도 눈여겨보는 어나더 클래스 아닌가?"

형찬은 유성 그룹에서 후원하는 청소년 피아노 콩쿠르 본선 경연에 부모님과 함께 참석했다. 있는 자들이 제대로 있어 보이기 위해 챙겨야 할 것들 중의 하나. 예술적인 조예. 그 허영심을 채우기 위한 자리였다.

형찬은 들려오는 수군거림에 손에 들린 팸플릿을 펼쳐 보았다. 본선에 참여하는 열여섯 명의 이름과 약력이 주르륵 적혀 있는 페이지가 눈에 띄었다.

열 살. 앳된 얼굴에 성숙한 표정을 한 소녀가 새파란 연주용 드레스를 입고 측면을 바라보는 사진이 가장 위에 올라 있었다. 조부가 예술 재단을 운영하고 있고, 아버지는 국내 음대에서 교수까지 지냈다가 그만두었고.

연주자가 꿈인 학생들의 실력을 논하는 자리에 대체 왜 부모의 대단함까지 실려 있는지는 모르겠지만, 그러한 내용부터 참여자의 수상 내력까지 빼곡히 적혀 있었다.

박희은뿐만 아니라 다른 참여자들도 비슷했다. 자국 내에서는 가장 큰 대회인 이번 콩쿠르 본선까지 진출할 정도면, 결국 집안까지 받쳐 주는 이들이나 가능하다는 것을 여실히 보여 주는 듯했다. 형찬이 입꼬리를 비틀어 웃었다. 우습기 짝이 없었다.

"왜, 저번 프랑스에서 있었던 아동 콩쿠르 참여 마치고 너무 무리했다나 어쩐다나 하면서 한국에 쉬러 왔잖아."

"거기서 3등 안에 못 들었던가?"

"말로는 무리해서 그렇다고 하는데 그냥 어려서 잘했다, 잘했다 해 주는 거 끝난 거지. 본실력이야 다 비슷한 영재급인 거 우쭈쭈 그만큼 받았으면 끝난 거 아니겠어?"

"뭐, 그냥 재활 겸해서 이번에 나왔다 다시 해외 나가는 걸 수도 있지."

"봐라. 좀 있음 연주 시작할 건데. 다른 참여자들이나 얘나 고만고만할걸?"

"그런가……."

"너는 박희은 얘기 그만하고 우리 애 응원이나 잘 해."

비아냥 섞인 속삭임은 계속되었다. 이쪽 아니라 저쪽에서도 박희은의 이름이 계속 언급되었다. 형찬이 팸플릿을 접었다. 어머니가 형찬에게 '벌써 지루하니?' 물으면서 살그머니 웃어 주셨다.

형찬이 어머니에게 마주 웃어 주며 고개를 저었다. 사실 지루하긴 처음부터 지루했으나, 굳이 그런 말을 어른들에게 알릴 이유는 없었다.

그리고 형찬은, 내심 이 박희은이라는 꼬맹이가 저와 비슷하지 않은가 생각했다. 엄밀히 따지자면 분야는 다르지만, 고만고만하게 잘난 집안에서 완벽한 케어를 받으며 자라난 일종의 천재.

하지만 그 바운더리를 벗어난 이들이 보기에는 다 똑같은, 받쳐 줄 집안이 있으면 누구라도 가능할 게 뻔한 빚어진 뛰어남.

형찬이 생각에 잠겨 있는 사이 박희은의 연주가 시작되었다. 이번 콩쿠르의 본선은 16인의 참여자가 각자 한 곡씩 연주해 우선 상위 수상 후보 5인을 가리고, 이후 다섯 명의 상위 연주자가 자유곡을 연주하여 최종 순위를 정하는 형식이었다.

그 첫 번째 연주들이 시작되었다.

박희은의 첫 연주곡은 베토벤 피아노 소나타 No.6 F장조 Op.1.

그야말로 악보 그대로를 표현하는 듯한 연주로 시작을 열었다.

나름대로의 '교양'을 갖추기 위해 클래식을 공부한 형찬의 귀에도 보통을 상회하는 실력이 느껴질 정도였다. 형찬이 조금 눈을 크게 뜨고, 연주하는 어린 소녀의 애티튜드를 똑바로 눈에 담았다.

"우리 형찬이가 좀 들을 줄 아네?"

"예?"

"저 친구. 박희은. 국제 물에서 노는 대단한 애잖니. 그럴 만도 해. 잘하지?"

"네 뭐. 그렇네요."

어머니의 말에 형찬이 성의 없이 답했다. 끊길 듯이 여려졌다가, 다시금 끓어오르는 연주에 형찬은 숨까지 가늘게 쉬며 집중했다.

그러다가.

"어머."

처음부터 빠르게 이어지는 곡의 중간, 더욱이나 박차를 가하는 부분에서 아는 사람만 알아챌 듯한 터치 실수가 있었다. 형찬의 어머니도, 형찬도 익히 들어 왔던 곡이기에 알아차린 정도였다.

주변을 봐도 희은의 실수를 알아들은 건 경연 참여자를 학생으로 두고 담당하는 강사, 교수, 그리고 심사 위원 정도인 듯했다.

그리고 한 명 더하자면 연주자인 박희은 본인 정도. 표정에 약간 변화가 있었다. 그래서 알아봤다. 심사 위원 바로 근처의 관계자석에 앉은 형찬이었기에 희은의 표정 변화가 선명하게 보였다.

그래도, 희은은 연주를 끝까지 마무리 지었다. 더한 실수는 없었다. 다만 연주를 마치고 인사를 하고 돌아 나가는 희은의 표정이 딱딱하게 경직되어 있었다.

희은이 나가고 다음 차례의 본선 진출자들의 연주가 이어졌다. 하지만 형찬의 귀에는 연주가 제대로 들리지 않았다. 그는 이미, 희은의 실수와 그녀의 굳은 표정에 집중해 다른 것을 받아들일 여력이 없었다.

하지만 뚫린 귀로 연주가 들려오긴 했다. 심사 위원들의 술렁거림으로 희은의 실수를 알아챈 건지, 뒤이어 나온 본선 진출자들의 표정에 여유가 보였다. 과한 긴장을 적당하게 풀고 나온 이후의 본선 진출자들은 악보대로 실수 없이 연주했다.

-30분간 브레이크 타임을 갖겠습니다. 이 시간 동안에는 관객분들과 관련자 여러분 모두 편하게 경연장을 오가셔도 됩니다.

-단, 본선 참여자의 대기실 출입은 엄격히 금지됩니다.

피아노 연주 소리, 박수 소리 외에는 조용하던 경연장이 조금 소란스러워졌다. 형찬은 자리를 지키고 여전히 앉아 있는 채였다.

형찬의 어머니는 화장실이라도 다녀올 생각인지 천천히 몸을 일으켰다. 형찬이 그런 어머니에게 조용히 물었다.

"떨어지겠죠?"

"응?"

"박희은이요."

"왜? 연주 좋았는데. 신경 쓰이니?"

"실수가 있었잖아요. 퍼펙트하진 않았는데."

형찬의 어머니가 이걸 어떻게 설명해야 하나, 하는 얼굴로 난처하게 웃었다. 그러곤 어린 아들의 어깨를 조심스럽게 짚었다. 형찬이 그제야 어머니를 똑바로 바라보았다.

"실수가 없으면 좋기야 하지만, 예술이 어디 퍼펙트 클리어만으로 순위를 세우는 거겠어?"

"세계 무대는 그런 모양이네요."

형찬은 이미 희은의 당락을 제 안에서 매듭지은 듯 답했다. 어머니는 어린 아들을 보며 절레절레 고개를 젓고는 회장을 나갔다. 형찬은 가만히 앉아서 어머니의 말을 곱씹고, 희은을 두고 뒷말을 하던 관객, 어쩌면 본선 참여자의 관계인이었을 이들의 말을 곱씹었다.

울고불고하고 있겠지. 인생의 쓴맛을 본 열 살이라면. 형찬은 그렇게 생각했다. 저만 해도 작년에 나름대로 세상의 비틀린 이면을 겪고는 적잖이 방황하고 있지 않은가.

고작 열 살. 그리고 고작 열여섯이었다. 그래도 형찬이 박희은이라는 꼬맹이보다는 6년이나 더 살았다. 형찬은 문득 인생의 쓴맛을 본 열 살 소녀가 지금 무슨 얼굴을 하고 있을지 좀 궁금해졌다.

그리고 그녀도, 저와 같은 세상의 비틀린 이치를 겪으면 어떻게 행동할지도 조금, 궁금했다.

그래서 형찬은 희은의 대기실을 찾았다. 콩쿠르의 후원사 자제분 자격으로 '엄격히 금지된 참여자 대기실 출입' 권한은 형찬에게 쉽게도 뚫려 줬다.

형찬이 희은의 대기실 문을 열고 들어갔다. 남들은 둘, 셋이 한 대기실을 나눠 쓰는데 박희은은 벌써부터 특별 취급을 받고 있었다. 큰 대기실을 혼자 차지하고 메이크업을 위해 준비된 화장대에 앉은 희은에게로 형찬이 다가갔다.

어린 소녀의 보호자여야 할 부모님이나 선생은 따라오지 않은 건지, 아니면 자리를 비워 준 건지 대기실에는 정말 희은 혼자였다.

희은은 형찬이 들어오는 기척을 느꼈을 텐데도 그에게 시선 한 번을 주지 않았다.

"연주 잘 들었어."

벽에 기대서 그런 희은을 빤히 바라보기만 하던 형찬이 결국 먼저 입을 열었다. 그제야 희은의 시선이 형찬을 향했다.

어린 소녀의 눈은 나이에 맞지 않게 어른스러웠다. 연주회 드레스가 학예회에 나온 꼬맹이처럼 보이게 만들기 딱 좋은 나이련만 희은은 나이에 비해 조숙하게 보였다. 뺨은 동글동글 젖살이 만연하고 앙다문 입술도 어린애처럼 분홍빛인데 눈빛이 그 모든 걸 상쇄했다.

형찬은 아주 잠깐이지만 희은의 눈빛에 압도됐다.

"대기실 출입 안 되는데요. 나가 주실래요?"

"난 관계자라 괜찮아."

"저 아세요?"

"오늘 처음 보는데."

"그럼 제 관계자는 아니시잖아요."

달리 반박할 말이 없는 진실을 또박또박 늘어놓는 희은의 말투에는 귀염성이라곤 전혀 없었다. 조금 화가 난 것처럼 보이는 건, 제 실수 때문에 감정을 죽이지 못하는 탓이라면 어린 티가 나는 것도 같고.

형찬이 입꼬리를 비틀어 올려 웃었다.

"다음 곡 악보는 안 봐?"

"저기요."

"실수 때문에 떨어질 것 같아서?"

이번에는 희은이 입을 꾹 닫았다. 형찬을 향한 시선에 날이 섰다. 저런 눈을 하고도 희은의 눈동자는 반짝거렸다. 때 묻지 않은 어린아이에게나 가능한 투명한 빛이었다.

문득 형찬은 거울에 비치는 제 얼굴을 마주했다. 저 역시 아직은 젊다기보다 어리다는 말이 더 어울릴 소년기를 지나고 있었다. 그러니 조명을 받아 모난 데 없이 둥그런 눈동자는 반짝이고 있었다.

하지만 희은의 눈빛과는 어딘가 달랐다. 그게 좀, 어린 형찬의 마음을 비틀리게 했을 거다. 아마도.

"프랑스니, 이탈리아니 하는 곳에서도 상을 쓸고 다니던 애가 국내 대회에서 입상조차 못 하고 떨어지면 말 많이 나오겠네."

"그런데요?"

"1등까지는 장담 못 해도, 내가 수상은 시켜 줄 수 있는데. 그렇게 해 줄까. 오늘 팬이 돼서 말이야. 네가 떨어지면 좀 나도, 아쉬울 것 같아서."

희은이 인상을 찌푸렸다. 이게 무슨 헛소리, 아니 헛소리를 넘어서 개소리냐는 속내가 고스란히 비쳐 나왔다. 이윽고 희은의 얼굴에 자존심을 구긴 사람의 분노와 경멸이 담겼다.

"대단한 집안 아들이라도 되는 모양이에요."

"뭐……. 그렇긴 하지."

"그래서?"

"뭐?"

희은이 혀를 찼다. 따라 나와 희은의 얼굴에 걸린 미소는 동그란 뺨에 어울리지는 않으나 명백한 비웃음이었다.

"그따위 도움을 받아서 내가 우승을 하면. 욕 안 먹고 사람들이 손가락질 안 하니까 좋아할 것 같아서?"

열 살의 기백이 대단했다. 형찬은 차마 희은의 말에 한마디도 대답하지 못하고 입을 꾹 다물었다. 머릿속을 채우던 건방진 생각이 전부 달아났다.

좋아하지는 않아도, 한참 고민하다가 정말로 그렇게 해 줄 수 있냐고. 그렇다면 해 달라고. 사실 자긴 실력이 안 되는데 어쩌다 보니 여기까지 왔다고. 뭐 그렇게 매달릴 줄 알았다.

"그렇게 해서 내가 상을 받으면 그게 내 거야? 내가 내 노력으로 이룬 게 아닌데 그게 무슨 의미가 있어?"

"……타인이 보는 너의 천재성. 그거에 대한 증명은 되잖아?"

"난 그런 거 신경 안 써. 남이 나를 천재라고 부르든 바보라고 부르든, 엉망이라고 평가하든. 내가 내 손으로 직접 만들어 낸 결과가 아니면 어차피 진짜 내 것도 아닌데 왜?"

"어차피 지금 박희은이 거기까지 온 것도 전부 가족들 지원 받아서 이룬 거 아닌가. 그럼 결국 남이 만들어 줬다는 데에서 다를 바가 없는데. 왜, 가족은 되고 나는 안 될까. 난 네 팬이라는데."

"팬 같은 소리 하네."

희은이 화장대 상판에 두 손을 올리고 두드렸다. 건반 위에 운지하듯 둥글게 쥐어진 손은, 진짜 건반 위에서 틀렸던 부분을 매끄럽게 톡톡 두드리며 이어졌다.

연습으로 굳은살이 박인 손끝이라도 아직 어리고 여물지 않은 손이었다. 희은의 손끝이 금세 붉게 달아올랐다. 그래도 희은은 끝까지, 어차피 들리지도 않을 연주를 형찬의 앞에서 복기했다.

"연습이 모자라서 실수했어."

제 실수를 인정하는 희은의 목소리는 뼈아팠다. 무대 뒤에서 다시 완벽하게 손가락을 두드려 낸다고 해 봐야 소용없는 일이다. 알면서도 희은은 오기처럼 형찬에게, 실수하지 않을 만큼 연습했음을 어필했다. 그리고 형찬을 노려보았다.

"근데 내가 실수했다고, 팬이라고 하는 이상한 사람한테 이런 모욕을 당해도 될 이유가 돼?"

잠깐, 형찬은 희은의 목소리가 물기에 젖은 것처럼 들린다고 느꼈다. 하지만 언제 그랬냐는 듯 희은은 평정을 찾았다. 프라이드가 돋보이도록 자세를 꼿꼿이 세우고, 치게 될지 어떨지도 모르는 악보를 꺼내 붙들었다.

"무슨 뜻인지 모르겠어?"

희은은 형찬을 쳐다보지도 않고 말했다.

"이제 좀 꺼져 주시겠어요?"

스물여덟의 형찬이 제윤을 앞에 두고 회상을 마치며 희미하게 웃음을 머금었다. 제윤은 그런 형찬을 얼빠진 표정으로 바라봤다.

"박제영 열 살 때면 그거 결국 우승했잖아요. 그래서 손을 썼다는 거예요, 아니라는 거예요?"

"내가 철이 없었고 어머니 말씀이 맞았던 거죠. 그 사소한 실수한 번은 덮을 수 있을 정도로 제영 씨 연주가 좋았던 거고. 그러니 당연하게도 수상권까지 최종 진출했고, 마지막 곡은."

제윤이 뚱하게 입술을 내밀었다.

"완벽했겠죠."

"정확합니다. 아니, 완벽하다는 말로 모자라겠네요. 환상적이었다고 해야죠. 한 대 얻어맞은 뒤라 더 그렇게 들린 걸지도 모르겠습니다만."

여전히 제윤은 입술을 뚱하니 내밀고 있었다. 여러 생각이 교차했다. 어린 형찬은 제윤이 생각하는 것처럼 완벽한 남자는 아니었다. 어쩌면 그래서 더 마음에 들었다고 하면 이상한가.

하지만 형찬의 기억 속 박제영, 아니 박희은은 그때도 지금도 제윤이 따라잡을 수 있는 무언가가 아니었다. 아예 클래스가 다른 멘털인데 뭐. 하지만 거기에 반했다는 형찬은 참 이상했다.

마치 로맨스 소설 속의 '내 뺨을 때린 건 네가 처음이야'도 아니고.

"아무리 그래도 열여섯이 열 살한테 반한 거면 좀 이상한 거 아니에요? 변태예요?"

"뭐, 그렇게 들려도 할 말은 없습니다만. 여자로 인식한 건 한참 나중이긴 합니다."

"그러시겠죠."

"그러는 박제윤 씨야말로 저랑 두 살 더 많은 여덟 살이나 차이

나는 건 알고 있습니까?"

"원래 내가 하면 로맨스, 남이 하면 불륜이죠 뭐."

형찬이 제윤을 마주하고는 처음으로 진심을 담아 웃었다. 겨우 피식, 하고 튀어나온 웃음이었지만 말이다. 제윤은 새삼 이형찬이 정말 잘나긴 했다 하는 생각이 들었다. 알고 있는 걸 재차 확인받았다.

어떻게 해도 형찬에게, 그리고 아마 다른 사람들에게도 제윤이 박제영만큼 사랑받을 일은 없을 것 같았다.

"잘났어, 정말……."

제윤이 후식으로 나온 아이스커피에 꽂힌 빨대를 잘근 씹었다. 입맛이 썼다.

〈2권에서 계속〉